Stefan Spreng

FUCHSJAGD AUF MAZEDONISCH

TÖDLICHER THRILLER ÜBER EINEN SOLDATEN DER BUNDESWEHR IM AUSLANDSEINSATZ IN MAZEDONIEN

EK-2 MILITÄR

Verpassen Sie keine Neuerscheinung mehr!

Tragen Sie sich in den Newsletter von *EK-2 Militär* ein, um über aktuelle Angebote und Neuerscheinungen informiert zu werden und an exklusiven Leser-Aktionen teilzunehmen.

Link zum Newsletter:
https://ek2-publishing.aweb.page

Über unsere Homepage:
www.ek2-publishing.com
Klick auf *Newsletter*

Via Google: EK-2 Verlag

Als besonderes Dankeschön erhalten Sie **kostenlos** das E-Book »Die Weltenkrieg Saga« von Tom Zola.

Deutsche Panzertechnik trifft außerirdischen Zorn in diesem fesselnden Action-Spektakel!

Ihre Zufriedenheit ist unser Ziel!

Liebe Leser, liebe Leserinnen,

zunächst möchten wir uns herzlich bei Ihnen dafür bedanken, dass Sie dieses Buch erworben haben. Wir sind ein kleines Familienunternehmen aus Duisburg und freuen uns riesig über jeden einzelnen Verkauf!

Mit unserem Label *EK-2 Militär* möchten wir militärische und militärgeschichtliche Themen sichtbarer machen und Leserinnen und Leser begeistern.

Vor allem aber möchten wir, dass jedes unserer Bücher **Ihnen ein einzigartiges und erfreuliches Leseerlebnis** bietet. Daher liegt uns Ihre Meinung ganz besonders am Herzen!

Wir freuen uns über Ihr Feedback zu unserem Buch. Haben Sie Anmerkungen? Kritik? Bitte lassen Sie es uns wissen. Ihre Rückmeldung ist wertvoll für uns, damit wir in Zukunft noch bessere Bücher für Sie machen können.

Schreiben Sie uns: info@ek2-publishing.com

Nun wünschen wir Ihnen ein angenehmes Leseerlebnis!

Jill & Moni
von
EK-2 Publishing

3

Über den Autor

Stefan Spreng wurde 1975 in Garmisch-Partenkirchen geboren. Als Soldat auf Zeit diente er in mehreren namhaften Traditionsverbänden der Bundeswehr. Als Sportsoldat feierte er Erfolge, unter anderem die Brigade-Vizemeisterschaft, mit dem Skizug. Er war als Teil der Kompanieführung an den Planungen für Auslandseinsätze in Mazedonien, Afghanistan und dem Kongo eng eingebunden und als Funktruppführer vor Ort. Heute ist er Lehrer.

»Glück! Ab!«
(Schlachtruf der Luftlandetruppe)

Prolog

Der junge Mann hat noch nie ein solches Grün gesehen. Er starrt ungläubig auf das saftig grüne Gras rings um ihn, in dessen weichem Schoß er wie in einem Nest liegt. Es ist ein grelles Grün. Ein Grün, das so jungfräulich frisch aussieht, dass man sich am liebsten die Schuhe von den Füßen reißen möchte, um barfuß darin herumzulaufen. Es kommt ihm ungerecht vor, dass er es nicht kann, dass niemand es kann. Alles hier, die ganze grüne Landschaft, ist von Minen durchseucht. Andenken an den Krieg.

Frieden kehrt in den jungen Mann ein.

Dieses unglaubliche Grün! Er kann nicht verstehen, warum der Hass sogar auf diesem geheiligten Fleckchen Erde Einzug gehalten hat.

Ein Grünfink zwitschert.

Jedenfalls den Tieren scheint er herzlich egal zu sein – der Krieg, und er, der Mensch.

Die Sonne scheint ihm warm ins Gesicht.

Es ist das erste Mal seit seiner Grundausbildung, dass er das fröhliche Auf und Ab vergnüglich trillernder Tonleitern wieder genießen kann. Als Rekrut waren sie ihm zum nervenzehrenden Gekreische geworden. Der Soundtrack quälender Strapazen endlos langer Fußmärsche im Morgengrauen mit vollem Marschgepäck und Waffe. Das Gebrüll der Ausbilder und der modrig erdige Geruch aus Nässe und Dreck.

Jetzt sind die Erinnerungen daran weit weg.

Die Stimme des Grünfinks ist Musik.

Der junge Mann lächelt.

Die Frau, die sich vorsichtig neben ihm auf ihre Knie niederlässt, lächelt ebenfalls.

Sie ist hübsch.

Er hat sie erst vor kurzem im Arm gehalten; nun beugt sie sich über ihn. Eine dünne blonde Strähne fällt ihr dabei neckisch in die Stirn. Sie streicht sie sich mit geschmeidig langen Fingern hinters Ohr.

Es kommt ihm wie ein Traum vor.

Er muss ihr unbedingt sagen, dass sie ihn nicht küssen darf, weil sein Herz an einer anderen hängt oder zumindest an dem Kind, das die andere von ihm erwartet. Er will sie auf Abstand halten und versucht seine Hände zu heben.

Mitfühlend weicht sie etwas zurück und bewegt ihre Lippen, doch er kann nicht verstehen, was sie sagt. Dem jungen Mann schwindelt.

Dass etwas nicht stimmt, bemerkt er erst, als er ihre Hände spürt, die fest auf sein Bein pressen. Er versucht den Kopf zu heben, doch die Frau drückt ihn sanft zurück.

Blut klebt an ihren Händen. Viel Blut.

Plötzlich hat er Angst um sie. Um ihr Leben.

Sein Herz beginnt zu rasen.

Irgendetwas ist mit dem Grün an diesem Ort ganz und gar nicht in Ordnung. Ihn überkommt das überwältigende Gefühl, dass er die hübsche Frau, die ihm so bekannt vorkommt, unbedingt von hier wegbringen muss. Er möchte sie auf seine Arme heben und davontragen, doch er kann sich nicht rühren.

Für ihn als Sportler, als Läufer, ist es eine Tragödie, dass seine Beine nicht so wollen wie sein Kopf. Das ist nicht richtig.

Die ganze Sache sollte ganz anders ablaufen. Halb so anstrengend wie ein Marathonlauf. Wenigstens.

Aber irgendwie hat ihn der Mann mit dem Hammer doch erwischt. Nun liegt er doch flach, bewegungsunfähig. So sehr er sich auch müht, er kommt einfach nicht mehr hoch.

15. April 2002 – Heimat

Ein Tag vor dem Abflug

Aufgeben ist für Timo Jäger noch nie eine Option gewesen.

Ein einziges Mal in seinem Leben blieb ihm nichts anderes übrig – und vielleicht das andere Mal, als er seine Lehre als Automobilkaufmann schmiss, aber das zählt für ihn nicht richtig.

Nein, wirklich beschissen erging es ihm nur bei diesem einen Stadtlauf in Frankfurt. Ein Wettkampf, bei dem aber auch alles schiefging. Im Vorfeld hatte er gar nicht richtig trainieren können. Seine Fallschirmjägereinheit war dauernd unterwegs gewesen. Schießstand, Übungsplatz, Lehrgang.

Ohne die richtige Vorbereitung ist ein Soldat nichts.

Deshalb liebt Timo seinen Beruf. Er bietet ihm Geradlinigkeit, Struktur und Menschen, die ihm das Gefühl geben, dass man sich seiner Uniform nicht zu schämen braucht, wenn man sie mit Stolz trägt.

Manchmal allerdings ist sein Beruf auch eine Last. Nicht jeder aus seinem Umfeld versteht, warum er so „geil" auf Bundeswehr ist, und häufig lässt ihm sein Beruf keine Zeit für seine andere Leidenschaft, das Laufen.

Ohne Training kackt er ab.

Frankfurt. Zehn Kilometer.

Seine Lunge fühlte sich schon nach fünf Minuten an wie ein brennendes Nadelkissen. Kurz vor der völligen Erschöpfung gab er auf. Nur dieses eine Mal. Riss sich die Startnummer vom Trikot, schlüpfte wie im Taumel zwischen den Zuschauerreihen hindurch und schlich davon.

Ein demütigendes Gefühl, das dem jetzigen gleicht.

Vor kurzem teilte ihm seine Verlobte Carolina mit, dass er sich verändert habe. Er, Timo, sei verschlossener geworden. Es lasse sich nicht vernünftig reden mit ihm. Alles pralle an ihm ab. Ein Tag mit ihm gleiche dem nächsten. In ihrer beider Leben gebe es keinerlei Abwechslung, und ständig lasse er sie allein.

Bla, bla, bla.

Ob er es nicht bemerkt habe?

Seine beinahe-Frau, die er Lina nennt, habe das Gefühl, alles plätschere nur noch so dahin. Um sie herum tobe das richtige Leben, und sie müsse seinetwegen, wegen seines Jobs, darauf verzichten. Dafür fühle sie sich einfach noch zu jung. Vielleicht war das ja der Grund, weshalb sie mit ihrem besten Freund ins Bett gestiegen war. Dem Kerl, von dem sie behauptet hatte – nein, geschworen hatte sie es – sie empfinde für ihn ähnlich emotional neutral wie für einen Bruder.

Die Frage nach der Schuld?

Scheiß auf die Schuld.

Timo lässt das verrückte Gefühl nicht los, dass bei der ganzen Sache nicht seine Verlobte die Gefickte sei, sondern er selbst.

Er hat es nicht kommen sehen. Die Gerade, die ihn quasi aus dem Nichts mitten ins Gesicht traf, war völlig überraschend gekommen.

Er hatte keine Chance gehabt.

Der Aufprall auf dem Boden der Realität war hart gewesen und die alles zermalmende Faust hatte ausgerechnet der Mensch geführt, dem er alles auf der Welt anvertrauen würde. Sein Herz eingeschlossen, auch wenn das für ihn ein wenig zu schwülstig rüberkommt und er es niemals aussprechen würde.

Timo ist getroffen. Schwer gezeichnet versucht er mit dem Umstand klarzukommen, dass Lina ihm Hörner aufgesetzt hat.

Doch da ist auch der Soldat in Timo.

Der Soldat, der sich bis ins Mark verraten fühlt. Kein Kriegsverbrechen wiegt für ihn schwerer. Eben dieser Soldat findet, dass es an der Zeit ist, das Miststück Lina wissen zu lassen, dass sie eine rote Linie überschritten hat.

Verrat verdient kein Mitgefühl, nur Rache.

Sie bezeichnet Timos Arbeit als Job.

Von wegen. Die Arbeit, der er nachgeht, ist nicht nur irgendein Beruf, sie ist für ihn Berufung. Eine, bei der man Leben nimmt und gibt, wenn es sein

7

muss. Leute wie Lina sind der Meinung, dass er innerhalb der Kasernenmauern kindische Ritterspielchen mit allerlei Männerspielzeug treibt, deren einziger Sinn darin besteht, Steuergelder im Tempo einer Maschinengewehrsalve zu verpulvern.

Auch wenn sie es nicht offen vor Timo zugibt, für Lina ist Soldat kein echter Beruf, anders als der ihres besten Freundes, der in der aufstrebenden Branche des Computerprogrammierens Fuß gefasst hat und in Welten unterwegs ist, die es gar nicht gibt, dafür aber großzügig entlohnt wird.

Timos innerer Soldat ist bereit, ihr zu zeigen, wozu ein in die Enge getriebener Kämpfer in der Lage ist. Er will einen Krieg entfesseln.

Mit allen zu erwartenden Konsequenzen.

Wegen des Verrats an seinem Leben und dem gemeinsamen, das nur Timo und Lina gehört hat.

Nichts von dem, was Lina in ihrem Leben vermisst oder nun glaubt zu verpassen, hat Timo je hinterfragt.

Das Leben wird zur Routine, oder nicht?

Es ist wie Trainingsrunden auf der Laufbahn.

Immer schön stur linksherum.

Man gewöhnt sich langsam ans Tempo. Nicht zu langsam, nicht zu schnell. Etwa 80 Prozent. Aufwärmen. Kilometer fressen. Intervalle. Cooldown und Ruhephasen. All das gehört zu einem guten Training.

Es versteht sich von selbst.

Ein Läufer wie Timo weiß das. Er hat es im Blut. Die richtige Ausgewogenheit ist der Schlüssel. Wenn man hart und ehrlich trainiert, folgen sogar ein paar heiße Höhepunkte.

So sind die Regeln.

Deshalb liebt Timo es, Soldat zu sein.

Sport und Armee, das passt zusammen; die Regeln sind klar, so läuft das Leben. Er hat sie vorschriftsgemäß eingehalten.

Was also ist falsch gelaufen?

Die Veränderung, von der Lina spricht, ist ihm nie aufgefallen. Trotzdem oder gerade deswegen versucht er sie weiter festzuhalten.

Er liebt sie und hofft, dass sie vielleicht im letzten Augenblick noch erkennt, dass er es wert ist, genauso von ihr geliebt zu werden.

Was ihr leicht von der Hand gegangen ist, fällt ihm schwer. Ein Seitensprung, mit dem sie Timo und damit alles, was ihm zur Normalität geworden ist, aus ihrer Prioritätenliste gestrichen hat.

Er will das nicht. Er will das Leben, das Lina längst fremd geworden ist, nicht loslassen. Timo tut zunächst so, als sei nichts passiert, ignoriert das Offensichtliche. Die Kälte zwischen ihnen fühlt er nicht. Den Geruch von Rasierwasser, das nicht seines ist, bemerkt er nicht. Linas verzücktes Lächeln, wenn sie glaubt, heimlich zu telefonieren, die verräterischen Flecken auf der zerwühlten Bettwäsche, wenn er von einer mehrwöchigen Übung nach Hause kommt, sieht er nicht.

Unbeirrbar tut er Dienst nach Vorschrift. Dreht Runde für Runde. Weitet seine Waldläufe aus. Erst eine Stunde, dann eineinhalb. Es befreit ihn von seinen belastenden Gedanken. Irgendwie wird es schon weitergehen.

Sie kriegen das hin. Lina und er.

Doch seine Scheinfassade bröckelt. Nichts fürchtet ein Soldat mehr als Verrat. Schickte man ihn durch das infernalischste Höllenfeuer, stürmte er geradewegs und ohne nach einem Grund zu fragen, hindurch.

Koste es, was es wolle.

Ein Krieger wird seinen Auftrag klaglos zu Ende führen und könnte sogar mit einer Niederlage umgehen, falls sie ihn ereilt – solange ihm diese Niederlage nicht aus den eigenen Reihen zugefügt wird.

Timos Seelenschmerz ist unbeschreiblich, als er sich endlich eingesteht, dass seine Verlobte nicht daran denkt, ihren Betrug an ihm einzustellen.

Es ist der Tag vor seinem Einsatz.

Dienstfrei.

Die Taschenkarte zur Vorbereitung auf den Auslandseinsatz der Bundeswehr spricht die Empfehlung aus, dieser Tag solle zur Erledigung privater Angelegenheiten genutzt werden.

Timo allerdings weiß mit dieser Zeit so recht nichts anzufangen.

Von seinen Eltern hat er sich bereits am Wochenende zuvor verabschiedet. Von Lina will er sich nicht verabschieden. Sie gehört nicht mehr zur Familie, nicht mehr so richtig jedenfalls.

Am Morgen holt er seine Sachen aus der gemeinsamen Wohnung. Es ist nicht viel. Alles passt bequem in drei Koffer und fünf Pappkartons. Nach nicht einmal einer Stunde ist er fertig. Tränen stehen ihm in den Augen.

Das ist für Timos inneren Soldaten das Signal. Er wird das Kommando für einen Auftrag übernehmen, den Timo unter normalen Umständen niemals erteilt hätte. Er vergeudet keine Zeit.

Der Soldat weiß, dass Timo nur Linas braves Werkzeug war, ein Spielzeug, das man nach Belieben austauschen oder wegwerfen kann. Vielleicht würde an diesem Tag sogar einiges anders laufen, würde sich der innere Soldat nicht einmischen.

Zielstrebig bringt er Timos wenige Habe in der nahegelegenen Kaserne unter – in einem kleinen Zimmer mit Einzelbett, einem Gemeinschaftsklo und Gemeinschaftswaschraum auf dem Flur, das ab sofort die Bezeichnung „Stube" trägt. Vorübergehend reserviert für den Stabsunteroffizier Timo Jäger.

9

Dann fährt der Soldat mit Timo ein letztes Mal zur Wohnung. Dort suchen sie jedes noch so kleine Stück zusammen, das an Linas und Timos gemeinsame Zeit erinnert. Fotos, Reisesouvenirs, Mobiliar, Briefe. Der Soldat lässt nichts heil. Alles, was an zwei sich ehemals Liebende erinnern mag, reißt er in Fetzen oder zerschlägt es in tausend Stücke. Nach und nach türmen sich kaputte Erinnerungsstücke, geviertelte Briefseiten und zerborstene Bilderrahmen zu einem wüsten Scheiterhaufen entfesselter Wut. Aus irgendeinem Grund schreckt der Soldat davor zurück, ihn anzuzünden. Es sicher zu beenden. Der Anblick des Chaos erscheint ihm womöglich ausreichend; seine Wirkung auf Lina würde es beim Betreten der Wohnung nicht verfehlen.

Er stellt direkt neben dem gestapelten Durcheinander das kleine Frühstückstablett ab, auf dem Timo seiner Verlobten fast jeden Sonntagmorgen Milchkaffee ans Bett brachte. Dort, wohin Timo immer ihren – inzwischen demolierten – Lieblingsbecher stellte, liegt ein weißes, blütenreines Kuvert. Der Brief erklärt den Müllberg in der gemeinsamen Wohnung nicht weiter. Das Schreiben ist kurz, knapp und unversöhnlich. Jeder einzelne Buchstabe der spärlich befüllten Zeilen ist darauf ausgerichtet, größtmöglichen Schaden anzurichten.

Es ist die Mitteilung, dass Timo den Mietvertrag gekündigt hat.

Lina bleibt bis zum Auszug noch etwa eine Woche.

Der Abschied ist eine wenig ernst gemeinte Grußformel, die Linas zukünftigem Liebesglück gilt. Das Zusammenkehren der Scherben, einst das Zusammenleben Linas und Timos, nun gerade noch eine Bemerkung im Post Skriptum wert, überlässt er „freundlichst" seiner „Ex".

Der letzte Satz, mit dem sie darüber informiert wird, dass Timo sich mindestens für das nächste halbe Jahr in Mazedonien aufhalten wird und dort, wenn überhaupt nur umständlich zu erreichen ist, soll ihr klarmachen, dass sie keinen Rechtfertigungsversuch mehr zu unternehmen braucht.

Es ist vorbei.

Sieben Jahre zuvor

Die erste Begegnung mit Carolina war keine dieser romantisch verklärten Geschichten, wie sie von anderen glücklichen Pärchen gerne erzählt werden. Im Gegenteil – blickt Timo auf diesen Tag zurück, so gab es bereits deutliche Hinweise, dass ihre Beziehung nicht unter günstigen Vorzeichen begann.

Verschwörungstheoretiker lieben Zahlenspiele. Quersummen zum Beispiel können mitunter ganze Schicksale besiegeln. Jede Ziffer hat eine eigene Bedeutung. In Timos Fall dürfte ihm die Zahl Sieben zum Verhängnis geworden sein.

7.

Sie kann sowohl für Glückseligkeit als auch für grenzenlosen Schmerz stehen. Die Zahl Sieben als Symbol des allzu Menschlichen. Menschen, Männer und Frauen als fehlerbehaftete Wesen.

Hätte ihm diese Bedeutung auffallen müssen?

Timo, dessen beste Schulfächer Sport und Religion waren, rechnete nicht damit, in einer Dorfdisko mit derart komplexer Zahlenmystik überfallen zu werden. Es war nur eine dieser pomeranzig-ländlichen Single-Partys mit bläulich zuckendem Stroboskoplicht und zischender Nebelmaschine, deren weißer Auswurf immer leicht brenzlig riecht.

Sein rot blinkendes LED-Herz, das man sich ans Revers stecken konnte, trug die Nummer 106. Carolinas die 34, was im Grunde nicht viel mehr auszusagen hatte, als dass Lina 72 Gäste früher in die Diskothek eingelassen worden war.

Obwohl er sich nie dazuzählte, setzen seines Wissens nach nicht wenige Menschen tatsächlich große Hoffnungen in solche musikbegleiteten „Zusammenführungsevents". Unter Zuhilfenahme reichlicher Mengen Alkohols. Ein Gutteil der einsamen Herzen aber, zu denen er sich schon damals zählte, schätzt die Sache realistischer ein.

Die Schar der Partywütigen teilt sich in der Regel in drei Teile.

Ein Teil sucht und findet, unter Umständen auch mehrmals, die ganze Nacht lang sein Glück. Ein zweiter Teil, der zunächst nüchtern die Lage sondiert, sieht in den günstigen Getränkepreisen eher einen Grund, sich bis zur Besinnungslosigkeit vollaufen zu lassen. Hin und wieder ergibt sich dabei ein Glückstreffer, es ist aber eher die Ausnahme.

Und dann gibt es, drittens, die Fahrer. Jene unentbehrlichen Helden der Abstinenz mit dem undankbaren Auftrag, abgefüllte Partygänger – der Muttersprache verlustig gegangene, kaum bewegungsfähige Alkoholleichen – irgendwie wohlbehalten zurück an ihren Heimatstandort zu schaffen.

Den ehrenhaften Fahrer, der noch öfter eine Fahrerin ist, erkennt man meist daran, dass er oder sie etwas abseits des Geschehens sitzt und lustlos mit einem Strohhalm in seiner oder ihrer Cola herumrührt, die ihm oder ihr bereits vor Stunden an der Bar spendiert worden ist.

Egal ob Mann oder Frau, diese wortkargen Helden der Nacht sind dazu verdammt, sich die Nacht in ebenjener rührigen Verlegenheitshaltung um die Ohren zu schlagen. Zwischenzeitlich wird diese besondere Form der Lethargie nur durch die Frage eines lallend vorbeiziehenden Freundes

11

unterbrochen, der wissen möchte, warum man die Party denn nicht genieße und nicht einmal im Leben Spaß haben könne.

Die gereizt darauf eingehende Standardfloskel, gehalten im beruhigenden Ton der Kleinkindsprache, lautet meist: „Mach dir um mich mal keine Sorgen, feier' du nur schön weiter."

An diesem Abend vor sieben Jahren hatte das Los den damals zum Wehrdienst erst frisch einberufenen Timo Jäger getroffen. Für seine vier Kameraden, die sich mit ihm eine Stube teilten, übernahm er mehr oder weniger gern die Fahrbereitschaft. Sie waren gerade befördert worden und wollten nun das Ende ihrer Grundausbildung feiern. Da sie das erste Mal seit langem wieder ein Wochenende ohne Verpflichtungen für sich hatten, musste das Ereignis kräftig begossen werden.

Man konnte die jungen Soldaten kaum als Freunde bezeichnen. Ihre Bekanntschaft beschränkte sich auf das erzwungene Zusammenleben in einer engen Stube mit vier Spinden und Stockbetten, womit sie eine Kameradschaft bildeten. Im Allgemeinen handelt es sich dabei um nichts, das Soldaten sich frei aussuchen dürfen, sondern vielmehr um eine aus militärischer Sicht notwendige Verpflichtung zur Gemeinschaft.

Gewissermaßen eine zeitlich eingeschränkt Freundschaft.

Die schlichte Tatsache, durch die der Gefreite Jäger zum Fahrer erkoren wurde, entsprang also weniger einem Verdikt der Glücksgöttin, sondern war vielmehr dem Umstand geschuldet, dass er Stubenältester war und ihm damit automatisch die Verantwortung für die kleine Besatzung zufiel.

Carolina ihrerseits hingegen leistete einen wahren Freundschaftsdienst. Sie chauffierte zu dieser Party ihren besten Freund, dessen damalige Freundin, die sie nicht leiden konnte, sowie einen weiteren Bekannten. Ihr bester Freund, dessen Name sich Timo nie merken konnte, weil er irgendwie schwul-französisch klang – Maurice, Marcel oder so – hatte nur ein wenig affektiert „bitte-bitte" machen müssen, und schon war Lina darauf angesprungen.

Ob reiner Zufall oder Vorsehung. Es fügte sich, dass einer von Timos Kameraden mit Lina in eine recht einseitige Unterhaltung geriet. Der Kerl schrie Lina regelrecht an, um gegen das Gewummer der übersteuerten Bässe anzukommen. Schließlich sah er ein, dass er selbst nicht bei der Dunkelblonden mit dem Pferdeschwanz landen würde, und entschloss sich stattdessen, wenigstens alles für seinen Fahrer in die Waagschale zu werfen, was im winzigen Kosmos des Dorfdiskomuffs kein seltener Vorgang ist. Der Suff hat oftmals die Angewohnheit, das schlechte Gewissen des Trinkers anzuregen.

Timos Waffenbruder verfiel der plötzlichen Eingebung, Wiedergutmachung an seinem Fahrer zu üben. Vielleicht empfand er in diesem

Augenblick eine Art melancholische Empathie für eben jenen Mitmenschen, der durch seine Schuld nüchtern bleiben musste.

Natürlich sprang Lina auf die volltrunkene Werbung nicht an, daher folgte der Kamerad einer anderen Idee. Dass er sich dafür nicht gerade in einem idealen geistigen Zustand befand, blendete er geflissentlich aus. Alles, was er benötigte, um Timo in Verlegenheit zu bringen, waren Stift und Papier. Als er sein Werk vollbracht hatte, widmete er sich zufrieden mit sich und der Welt dem nächsten Glas Bier.

Das Konzept einer Single-Party ist einfach. Jeder Diskobesucher erhält vor dem Einlass anstelle des allseits üblichen Stempels aufs Handgelenk ein rotes LED-Herz mit einer gut sichtbaren, abgedruckten Nummer darauf. Ans Revers geheftet, schaltet man das Herz an einem winzigen schwarzen Schalter ein, damit es lebhaft blinkt. Dies macht für jedermann den Single kenntlich, der auf Beutezug ist.

Nimmt man die Sache gebührend ernst, leiht man sich bei einer Barfrau, die gleichzeitig als weiblicher Amor fungiert, Stift und Zettel. Auf dem Notizblock großen Stück Papier kann man dann seinem Wunschpartner eine mehr oder weniger eindeutige Botschaft hinterlassen, die von der Dame hinter dem Tresen in ein rotes Plexiglasröhrchen gesteckt wird, das mit derselben Nummer gekennzeichnet ist, die man mit sich herumträgt.

Später bekommt man von der Bardame auf Nachfrage, meist verbunden mit einer Getränkebestellung, den Inhalt des eigenen Röhrchens herübergereicht.

Timo stand der Veranstaltung scheinbar gleichgültig gegenüber. Dennoch riskierte er manchmal aus reiner Neugier einen verstohlenen Blick in sein Plexiglasröhrchen. Es kränkte ihn mehr, als er zugeben wollte, dass sich den gesamten Abend über nicht eine einzige Nachricht für ihn darin befand. Weder nach der ersten Stunde noch nach fünf weiteren Stunden, in denen seiner Meinung nach die Damenwelt dank des reichlich fließenden Alkohols, den er mied, ihre Berührungsängste abgelegt haben sollte. Zu dieser fortgeschrittenen Uhrzeit ging er davon aus, dass es wenigstens eine willige und vollkommen besoffene Frau abzuschleppen gab, die nicht nach blinkenden Herzensnummern vorging. Er redete sich ein, dass es ausschließlich an seinem gelangweilten Blick lag, den er aufsetzte, während er in einer Ecke saß und lustlos in seiner Cola herumrührte.

Doch die harte Wahrheit, die er sich nicht erst an diesem Abend eingestand, war, dass er keineswegs mit diesem scheiß Brad Pitt vergleichbar war, über den Shania Twain gerade in überbordender Lautstärke sang. Auf der Tanzfläche, die von verschwitzten Leibern nur so wimmelte, kreischten die ausgelassenen Partygäste den Refrain mit.

Von wegen, dachte er. Die Weiber, die dort johlend ihre langen Haare in die Luft warfen, ließen sich von einem Brad Pitt durchaus beeindrucken.

13

Käme er just in diesem Moment zur Tür herein, ließen sie freiwillig jedes einzelne ihrer ohnehin schon knapp bemessenen Kleidungsstücke fallen.

Timo Jäger jedenfalls löst bei Frauen keine Begeisterungsstürme aus.

Gäbe es eine Sammlung aller über ihn zusammengetragenen Frauenzitate, so bliebe als nüchterne Erkenntnis hängen, dass das stärkste Attribut, mit dem er punktet, seine ehernen, weißen Zähne sind, die man nur sieht, wenn er lächelt. Wallungen verursacht nicht sein kurzes, nur ansatzweise schütteres, hellbraunes Haar. Nicht seine leicht verschlafen wirkenden braunen Augen und schon gar nicht sein Körper. Den weiß er immerhin mit Krafttraining und Laufsport in Schuss zu halten. Er ist mehr als ein ambitionierter Athlet. Er ist muskulös und durchtrainiert.

Es gibt hässlichere Typen als ihn.

Schön gerade Zähne. Geschenkt!

Frauen sind ihm ein Rätsel.

Carolina fügte dem unseligen Bonmot von den schönen Zähnen in jener Nacht noch ein weiteres hinzu. Sie stellte die für Timo nicht minder niederschmetternde Behauptung auf, dass er eigentlich ein ganz süßer Typ sei. „Süß". Der kleine Bruder von „Vollpfosten"!

Frühmorgens um 02:00 Uhr – die Hochzeit aller Partygänger – stand sie plötzlich neben ihm. Zunächst hatte er sie gar nicht wahrgenommen, weil die Musik so laut gewesen war und er in der dritten Cola der Nacht seinen eigenen Gedanken nachrührte. Erst als er in den Augenwinkeln eine abwinkende Bewegung wahrnahm, hob er den Kopf. Da war Carolina schon fast wieder im Begriff, sich von ihm abzuwenden.

Mehr als ein halb gebrülltes „Hi" wusste er ihr vor lauter Überraschung nicht hinterherzurufen. Heute kann er sich nicht einmal mehr daran erinnern, ob er überhaupt ansatzweise sein berühmtes Lächeln zu Stande gebracht hatte. Nur, dass sie sich doch noch zu ihm umdrehte, dessen ist er sich gewiss.

Ihm fiel sofort ihr seltsam geschminktes Gesicht auf. Puder, Rouge, Eyeliner, schwarzer Lidschatten, Lippenstift. Das volle Programm.

Nichts davon passte zu ihrem natürlichen Erscheinungsbild.

Das dick aufgelegte Puder mit Bronzeeffekt und das roterdige Rouge betonten ihr schmalkantiges Gesicht, verwischten damit jeden Ansatz ihrer ansonsten sehr feinen Züge. Ihre übergroßen, grünen Augen sahen aus wie das Werk eines japanischen Manga-Künstlers. Alice Cooper, der Schockrocker, kam Timo in den Sinn.

Doch auch wenn ihre Kriegsbemalung einen anderen Eindruck vermittelte, Lina war keines der aufgehübschten, gewöhnlichen Diskomäuschen, die das Landleben hervorbringt und die sich in dieser Nacht in Massen um den Verstand tanzten. Sie trug lediglich eine Maske, die einen Abklatsch der wasserstoffblonden Begleitung ihres besten Freundes darstellte, mit tiefem Dekolleté und viel zu kurzem, silbernen Glitzerrock.

Später würde Timo sich fast ständig den Kopf darüber zermartern, ob Lina dieses schauderhafte Make-up damals nur für ihn aufgetragen hatte – für ihren besten Freund.

Als sich zwischen den beiden Fahrern das alles entscheidende Gespräch entspann, trug sie denimblaue Röhrenjeans mit langem Zip. Liebend gerne hätte er sie augenblicklich an den Rundungen ihrer Hüften gepackt und sie an sich gezogen. Außerdem, so glaubt Timo sich zu erinnern, hatte sie ein satinrotes, enganliegendes Oberteil an. Der synthetische Stoff ließ ihre Brüste spitz hervortreten.

Sie schwitzte unter den Armen.

Ihr dunkelblondes Haar, von dem sie immer noch stur behauptet, es habe die Färbung eines räudigen Straßenköters, hing zu einem dichten Pferdeschwanz gebunden über ihre linke Schulter. Hinter ihrem Pony, der keck über den unsauber ausgedünnten Brauen hing, warteten ihre ungeduldig grünen Manga-Augen darauf, dass die bevorstehende Konversation mit dem irgendwie süßen Typen ihre offensichtlich gedrückte Stimmung aufhellte.

Grüne Augen.

Katzen haben grüne Augen.

Anschmiegsame, verschlagene Biester.

Ausgeglichen und abenteuerlustig.

Treu?

Hm.

Nur drei Prozent aller Menschen überhaupt haben grüne Augen. Fühlte sich Lina verpflichtet, diesen einen winzigen Augenblick länger bei ihm auszuharren, weil Timo den gutturalen Laut „hi" ausgestoßen hatte?

Ihre grünen Augen verrieten es nicht.

Hätte er Lina nicht in allerletzter Sekunde doch noch bemerkt, wäre vielleicht alles nur ein peinliches Missverständnis geblieben.

Sie fixierte ihn. Lauerte.

Es verging eine beklagenswerte Ewigkeit, in der sie nichts taten, außer sich anzustarren. Dann, als hätte Lina einen Entschluss gefasst, zog sie einen kleinen Zettel heraus und ließ ihn durch ihre Finger laufen.

Das war der entscheidende Moment.

Der Moment, der sie schließlich für sieben Jahre zusammenbrachte.

„Danke für deinen Zettel!", sagte sie zu ihm.

Timo runzelte die Stirn, was Lina veranlasste, verunsichert nach seinem blinkenden Herzbutton zu schielen. Etwas gereizter nun wedelte sie mit der Notiz unter seiner Nase herum. Eine kleine Geste, mit der sie ihm aber klar machte, dass es nicht das Flirtfieber war, das sie an seinen Tisch gelockt

15

hatte. Typen wie ihn gab es hier zuhauf. Sie nahm sich das ausschließliche Entscheidungsrecht darüber heraus, sich mit ihm weiter abzugeben oder eben nicht. Sie hielt ihn für stockbesoffen.

Timo hingegen war sich sicher, dass er sich von all den anderen Typen in diesem Schunkelclub abhob. Nicht unbedingt als etwas Besonderes, aber doch so unterscheidbar vom Rest, dass man ihn nicht für einen ganz üblen Fang halten musste.

Immerhin konnte er neben seiner Armeelaufbahn eine fast abgeschlossene Berufsausbildung als kaufmännischer Angestellter vorweisen, was nicht ganz so schlecht klang wie Jungverkäufer in einem Autohaus für Mittelklassewagen. Er hatte diesen reizlosen Job schnell hinter sich gelassen, als ihm klar geworden war, dass er dort Jahr für Jahr bis zum Renteneintritt in schlechtsitzenden Anzügen in einem miefigen Büro versauern würde.

Seit seiner Kindheit gilt seine größte Leidenschaft dem Sport. Es gab nichts, was ihn mehr herunterzog als die Vorstellung, auf Lebzeiten dazu verdammt zu sein, auf einem einzigen Flecken stillsitzen und Däumchen drehen zu müssen.

Bewegung war sein Leben. Schon immer.

Er schwamm regelmäßig, fuhr Rennrad über lange Distanzen, besuchte wöchentlich das Fitnessstudio im Ort und ging joggen. Besonders das Laufen hatte es ihm angetan. Es macht den Kopf frei.

Er trainierte wie ein Getriebener für Marathonläufe. Bestritt Wettkampf um Wettkampf. Wenn er lief, fühlte er sich wie eine Maschine, die er bis zum Anschlag aufdrehen konnte. Drei Mal hatte er die 40 Kilometer unter drei Stunden fünfzehn geschafft. Ein Leistungssportler war er damit zwar nicht, jedoch so ambitioniert, dass an seinem Körper mittlerweile nur noch wenige überflüssige Pfunde zu finden sind.

Er ist stolz auf seinen Körper und hält ihn in Schuss.

Was lag also näher, als Soldat zu werden?

Nirgends ließ sich seine Gedankenwelt so perfekt in das Leben einpassen, wurde Leistungswille so hochgeschätzt wie in der Armee. Das bestätigte ihm auch der Karriereberater der Bundeswehr. Timo benötigte keine Einladung zur Musterung. Er meldete sich freiwillig. Zu Beginn nur für vier Jahre, die längst in die Verlängerung gegangen sind, und diese würde er gerne in einen lebenslangen Dienstposten umwandeln.

Damals war er noch nicht so weit, aber als guter Soldat, als den er sich weiterhin sieht, hielt er sich in dem zweitklassigen Musikschuppen nicht für die schlechteste Partie des Abends.

Er kniff die Augen zusammen und las, was auf dem kleinen Papier stand, das ihm Lina immer noch herausfordernd hinhielt:

„Hallo Nummer 34", das auf dem Zettel war nicht seine Handschrift, „du siehst aus, als hättest du genauso viel Spaß wie ich! Haha. Tanzen?
Deine Nummer 106, die Nummer Deines Herzens!"

Das Papier war unsauber vom Block gerissen worden und es schimmerte siffig der Rand eines Bierglases durch, das zuvor darauf abgestellt worden war.

Timo wusste augenblicklich, wem er diesen Streich zu verdanken hatte. Doch anstatt alles aufzuklären und sich für den Alkoholpegel seines Kameraden zu entschuldigen, spielte er mit. Er setzte eine Mine auf, die plötzliche Erkenntnis spiegelte.

„Sorry!", sagte er und tippte sich gegen den Kopf, „ich … ich … war gerade total in Gedanken. Und … und … du siehst aus der Nähe einfach noch hübscher aus als so von weit weg … im Vorbeilaufen. Da hab' ich 'ne Sekunde gebraucht."

Das schien sie ihm abzukaufen. Oder wollte es, aus Mangel an Alternativen. Sie lächelte erleichtert, dann setzte sie sich zu ihm.

Sie unterhielten sich nett, trotz des Lärms und der frotzelnden Freunde und Kameraden, die sie auf ihrem regelmäßigen Weg zur Toilette mit kindischen Kommentaren in Verlegenheit brachten.

Sie redeten und redeten, bis das Licht anging.

Dann mussten sie sich voneinander verabschieden, um ihre betrunkenen Mitfahrer einzusammeln.

Drei Tage später meldete sich Timo bei Carolina.

Es folgten weitere Nächte, in denen sie einfach nur dasaßen und miteinander quatschten. Darüber traten der erste Kuss oder das erste Mal in den Hintergrund. All das geschah erst Wochen später.

Bei irgendeinem dieser Gespräche verliebte sich Timo tatsächlich in Carolina. Ihr erging es offenbar ähnlich, denn keiner von beiden erwähnte jemals etwas von Liebe auf den ersten Blick.

An sich kein Grund zur Beunruhigung. Viele Verbindungen wurden und werden angeblich erst durch die gemeinsam verbrachte Zeit zu richtigen Liebesbeziehungen.

Irgendetwas lässt Timo allerdings glauben, dass seines und Linas Liebesglück nie wirklich dazu bestimmt gewesen ist, dauerhaft von Bestand zu sein. Vielleicht liegt es am zweifelhaften Ruf, der Diskothekenliebschaften oft anhaftet, vielleicht aber auch daran, dass sie von vornherein nie füreinander bestimmt gewesen sind. Zeichen dafür gab es ja genug, er hat sie nur nie beachten wollen.

Das deutlichste Zeichen, an das er sich im Nachhinein erinnert, blitzte direkt nach dem ersten Sex auf.

Lina und Timo lagen nebeneinander, erforschten ihre Körper behutsam mit den Fingerkuppen, während sich ihre begierig zitternden Lippen zaghafte Küsse zu hauchten. Timo strich mit seinem Daumen liebevoll durch ihren Pony. In einem Anflug von Zuneigung flüsterte er ihr den Kosenamen zu, den er seitdem immer aus Gewohnheit benutzt: „Lina".

In einem nur Hundertstelsekunden andauernden Bruchteil, den Carolinas Wimpernschlag andauerte, meinte Timo so etwas wie Missbilligung in ihren grünen Augen zu erkennen. Doch niemand von ihnen wagte es, den trauten Moment durch das Ansprechen des Misstons zu zerstören.

Erst viel später, als das Scheitern ihrer Beziehung nicht mehr zu leugnen war, zeigte Lina ihm ihre Ablehnung während eines heftigen Streits. Sie warfen sich allerhand Nichtigkeiten an den Kopf, bis es irgendwann aus ihr herausbrach: „Nenn mich nicht immer Lina. Ich heiße Ca-ro-li-na!"

Natürlich hatte es ihr im Nachhinein leidgetan und Timo hörte auch nicht damit auf, sie mit ihrem Kosenamen anzusprechen, doch es war heraus.

Und es sind die kleinen Dinge, in Wut oder Rage von sich gegeben, die nachhallen. Die Wahrheit hinterlässt hässliche Narben, auch wenn sie nicht aus einem Kind oder einem Glas Wein spricht.

Bei ähnlicher Gelegenheit erfuhr Timo auch, dass sich an jenem – ihrem – Diskoabend nicht nur sein fingierter Zettel in Linas rotem Plexiglasröhrchen befunden hatte, sondern auch einer ihres besten Freundes.

Er hatte die Nummer 43 an seinem Kragen getragen und war der verfickte Grund dafür, dass Lina und Timo ihr „verflixtes siebtes Jahr" nicht hinter sich lassen konnten.

16. April 2002 – Mazedonien

Camp Fox

Letzte Nacht hat Timo nur wenig geschlafen. Immer wieder führt er sich das Bild des willkürlich zusammengewürfelten Trümmerhaufens vor Augen, den er in der gemeinsamen Wohnung hinterlassen hat. Ein Teil von ihm wüsste gerne, wie es Lina gerade geht. Der andere Teil, sein innerer Soldat, feiert sich selbst für die brillante Idee seines Zerstörungswerks und gesteht Timos Ex nicht mehr Würde zu als einer wertlosen Schlampe.

Timos Gedanken hängen fest.

Um ihn herum läuft alles viel zu schnell ab. Eben noch sitzt er in der Abflughalle, seinen Seesack mit den wichtigsten persönlichen Ausrüstungsgegenständen zwischen die Beine geklemmt. Dann findet er sich in einer Transall wieder, diesem ohrenbetäubend röhrenden Propellerflugzeug, das nicht bequemer als ein rumpelnder Eselskarren ist, dem das Schicksal Flügel verliehen hat. Die mächtigen Rolls-Royce-Triebwerke geben ein tiefes, monotones Röhren von sich, fast 6 000 PS, die schon manchen Anwohner, der das Pech hatte, seine Behausung in der Einflugschneise zu platzieren, zur Verzweiflung getrieben hat. Bugfahrwerk und Hauptfahrwerk surren die asphaltierte Piste entlang, dann hebt sich, langsam und behäbig, der Rumpf der alten *Tante Trall*, deren Baujahr ziemlich sicher nahe an ihre Indienststellung 1967 heranreicht.

Timo ist eingeklemmt zwischen zwei Uniformen, in denen irgendein weiterer Kamerad und ein Militärpfarrer stecken. Der Geistliche wirkt fahrig; er wäre nicht der erste, dem während des Fluges übel wird. Gegen den Drang, sich zu übergeben, hilft angeblich, sich einen Lederhandschuh vor die Nase zu halten, in das Leder zu atmen und die Gedankenspirale auf andere Bahnen zu lenken. Jemand reicht dem Pfarrer mit vergnüglichem Grinsen eine Tüte, dann eine Decke. Der Pfarrer würgt. Die meisten der gut 50 Passagiere haben keine bequemen, aber gute Sitzplätze. Die schlechtesten befinden sich im Heck der Maschine, nahe der Laderampe – dem kältesten Abschnitt des Flugzeugs. Nur Vielflieger wissen, wie ungemütlich dieser Platz werden kann.

Oder Fallschirmjäger wie Timo, der sich mit diesem Sitzplatz selbst kasteien will. Er sitzt hier hinten, weil er leiden will. Am liebsten würde er eine der beiden Seitenluken öffnen und springen. Doch keine der Türen wird sich für ihn auftun. Erst am Einsatzort wird er das Flugzeug nach hinten über die Laderampe verlassen. Ungewöhnlich für einen Soldaten, der sich oft genug, nur zur Übung, bei einer Geschwindigkeit von über 300 Stundenkilometern freiwillig in den reißenden Luftstrom stürzt. Schmerzen durchzucken Timo, als er aufstehen will. Seine Füße sind zu eiskalten Klumpen erstarrt, auf denen er sich kaum senkrecht halten kann. Er hat die Kälte in seinem Kopf einfach ausgeblendet, obwohl er es als deutscher Fallschirmjäger besser hätte wissen müssen. Taumelnd wankt er zur heruntergelassenen Rampe. Es ist, als baumelten tonnenschwere Betonklötze an den Enden seiner Beine, die er nun mehrmals gegen die Bordwand schlagen muss, damit kribbelnd wieder etwas Leben in sie kehrt.

Zweieinhalb Stunden sind seit dem Start vergangen.

Draußen blinzelt Timo in die gelblich flirrende Luft, als seine Zehen in den robusten Springerstiefeln endlich wieder als solche zu erfühlen sind. Stechender Treibstoffgeruch ergießt sich warm über sein Gesicht. Es fühlt sich an, als befände er sich in der wahrgewordenen Szene eines alten Stanley Kubrick-Kriegsfilms. Vietnam. Nur ohne Dschungel.

Die Soldaten verlassen die Gangway in Reih und Glied und schieben sich in schlecht klimatisierte Reisebusse mit abgegriffenen, roten Polstern.

Hier ist Endstation für die Welt, die Timo zu kennen glaubt.

Mazedonien selbst zieht an Timo in einem satten, leuchtenden Grün vorbei. Die Autobahn, der sie in Richtung Osten folgen, ist kaum befahren. Ein See, dann eine kleine weiße Kirche. Keine Moschee, eine Kirche! Wunderschön geschwungene Hügel im Nordosten, weite Felder und spitz zulaufende Bäume ringsum, eine Landschaft so grün wie Linas Augen.

Immer wieder fragt er sich: „Was ist das beschissene Problem hier; was stimmt nicht mit diesem Land?"

An der Zufahrt zum Lager wird er durch das rostige Kreischen der Busbremsen geweckt, und er bekommt einen ersten Eindruck davon, was nicht stimmt. Die Natur ist auf geheimnisvolle Weise verschwunden. Die vorherrschenden Farben sind braun und dunkelbraun. Dazwischen verläuft ein Ocker, das den weiteren Straßenverlauf beschreibt. Blickt er zur linken Seite aus dem Bus, erkennt er am Rande eines umgepflügten Ackers eine Flohmarktbude, vor dessen Auslage sich ein paar Soldaten drängen. Auf der rechten Seite sieht er die Autobahn und weiter hinten das Lager einer anderen Nation, wahrscheinlich die Amerikaner.

Sie halten vor dem Schlagbaum.

Camp Fox steht auf einem Schild.

Türkische Soldaten überprüfen den Bus mit vorgehaltenem Sturmgewehr, bevor sie ihn das schmale Tor passieren lassen.

Als nächstes sitzt Timo auf einer Bierbank in einem schlecht klimatisierten Unterkunftszelt, in dem die Luft steht, und füllt einen Packen Formulare aus. Dienstrechtliche Haftungsausschlüsse, dass er sich mit bestimmten Umständen einverstanden erklärt oder dass er bestimmte Dinge zu unterlassen hat, da Timo Gast in diesem Land ist. Er gibt seine Kontonummer an, damit die tägliche Gefahrenzulage überwiesen werden kann.

Kaum hat er den Stift beiseitegelegt, folgt eine zweistündige Einweisung in das Lagerleben durch den Kompaniefeldwebel. Angesichts seines Zustandes ist es ein Wunder, dass sich Timo doch so viel davon merken kann:

Das multinationale Militärlager, Camp Fox, liegt in der Nähe der mazedonischen Hauptstadt Skopje, angeschlossen an einen Weiler mit Namen Budnarzik. Es dient als Basis für drei größere Funkstationen im Umland, die Verbindung zu mehreren kleinen, beweglichen Trupps halten, deren Aufgabe es ist, Aufbauarbeit für die vom Jugoslawienkrieg gebeutelte Bevölkerung zu leisten. Es wird dabei geholfen, Schulen und Krankenhäuser wiederaufzubauen, Brunnen zu graben oder oft einfach auch nur im Gespräch auf politisch einflussreiche Mazedonier einzuwirken.

Im Camp selbst trifft man neben den eigenen Soldaten auf polnische, italienische, griechische und dänische Kameraden. Außerdem gibt es in der näheren Umgebung noch weitere militärische Lager der Franzosen, Italiener, Norweger und Amerikaner.

Timo ist ab sofort, auch wenn sein Dienstgrad ihn als Stabsunteroffizier auszeichnet und er seinem Land bereits seit sechs Jahren dient, ein *Tappsi*. Das ist die inoffizielle Bezeichnung für alle Frischlinge im Camp – unbeholfene Anfänger, in einem fremden, feindlichen Land.

Bei Fragen hat er sich gefälligst an einen Tappsiführer zu wenden. Im Zweifelsfall ist das ein Soldat, der auf jeden Fall schon länger hier ist als Timo.

Sonntags ab 13:00 Uhr ist die eigene Unterkunft feucht herauszufeudeln. Zusätzlich bekommt jeder Soldat ein Revier zugewiesen, also Klo- oder Duschcontainer, die ebenfalls zu reinigen sind.

Die eigene Unterkunft kann ein Zwei-Mann-Container oder ein Vier-Mann-Zelt sein, die am Eingang mit Dienstgrad und Namen der jeweiligen Besatzung beschriftet werden müssen.

Zwischen 24:00 Uhr und 19:00 Uhr herrscht absolutes Alkoholverbot, was bedeutet, dass ab 19:01 Uhr fünf Stunden lang Bier ausgeschenkt werden darf. Hierfür steht ein Betreuungszelt mit Bar, kurz B-Zelt, bereit, ebenso gibt es weitere Einrichtungen wie Tischtennisraum, Kraftraum und Beachvolleyballfeld.

Das Lager unterteilt sich in die Satellitenstadt (Wohncontainer mit SAT-Anschluss) und eine Zeltstadt. Um die Wohnstätten herum zieht sich eine zinnenartige Festungsmauer aus Plumpsklos, deren chemisch-süßer Geruch wie eine Glocke über dem ganzen Camp hängt. Im Norden und Süden wird es durch den Küchentrakt und das grellblaue Stabsgebäude begrenzt, im Osten und Westen jeweils durch die Instandsetzung mit angeschlossener Lagerfeuerwehr und Hubschrauberlandeplatz.

Alles in allem nimmt Camp Fox nicht viel mehr Platz ein als ein genormter deutscher Sportplatz. In der Mitte die Unterkünfte, drumherum eine staubige 400-Meter-Piste, daran angrenzend die übrigen Einrichtungen.

Vier mit Maschinengewehren besetzte Wachtürme und ein ringförmiger Wall mit Stacheldrahtverhau bilden die Grenze. Sie lassen keinen Zweifel daran aufkommen, dass die Benutzer der Anlage nicht gekommen sind, um Urlaub zu machen.

Gleichsam wird mit einem Augenzwinkern vor der reichhaltigen und guten Verpflegung gewarnt, dem üppigen Frühstücksbuffet, dem Mittagessen mit mindestens acht verschiedenen Salatsorten, dem dreigängigen Abendessen und dem Sonntagsbrunch. Sport, insbesondere Joggen außerhalb der Dienstzeiten, wird ausdrücklich empfohlen.

Bewegt man sich im Lager, hat man stets seine ID-Karte bei sich zu führen, die einen zweifelsfrei als die Person identifiziert, die man ist. Außerdem enthält der Pass eine Sicherheitsfreigabe, die für ganz bestimmte Bereiche des Camps gilt. Hat man sie nicht, ist es strengstens untersagt, diese Bereiche auch nur schräg anzusehen, geschweige denn zu betreten.

Mit dem abschließenden Wetterbericht werden die Neuankömmlinge zur nächsten Station weitergeleitet. Wie Timos Stimmung, so verhält sich auch das mazedonische Wetter launisch. Wechselhaft – kalt – heiß – warm – von morgens bis abends.

Vor der Waffenkammer bekommt er sein Gewehr ausgehändigt, das ab sofort griffbereit in seiner Nähe zu bleiben hat, mitsamt 60 Schuss scharfer Munition, deren erstes Magazin er umgehend einlegt. Komplettiert wird die Ausstattung durch einen neuen Kevlarhelm und eine sehr schwere Splitterschutzweste, die bei brisanten Außeneinsätzen herumfliegende Kleinteile fernhalten sollen und ebenfalls jederzeit parat sein müssen.

Timos Kopf schwirrt von den ersten Eindrücken, als ihm am Ende eines langen Tages sein Schlafplatz zugeteilt wird.

Natürlich wird es keiner der komfortableren Container mit Satellitenanschluss, sondern ein Zelt, das man allenfalls mit Spinden und Regalen in vier Raumabschnitte unterteilen kann, um wenigstens ein Minimum an Privatsphäre zu erhalten. Der Gedanke, dass jedem Bewohner derselbe Platz zusteht, wird durch den Umstand zunichte gemacht, dass die Stammbesatzung des Zelts, die sich zur Begrüßung nicht blicken lässt, offenbar ihre eigenen Raumvorstellungen hat – eine, die den Lebensraum eines Neulings sehr einengt. Timos spartanische Einrichtung besteht aus einem quietschenden Federbett, einem abschließbaren Spind und einem wackligen, dreiteiligen Holzregal. Alles steht eng zusammengeschoben an der Seite.

Seufzend macht sich Timo daran, alles so einzurichten, wie es ihm am praktischsten erscheint, ohne dafür mehr Raum als unbedingt nötig zu beanspruchen. Die kurzzeitig aufflammende Idee, sich bei irgendeinem Vorgesetzten über die Verhältnisse zu beschweren, verwirft er sogleich wieder, da er bereits am Eingangsschild bemerkt hat, dass von allen Dienstgraden dieses Zeltes seiner der niedrigste ist. Zudem erscheint es ihm nicht ratsam, seine Mitbewohner schon am ersten Tag zu verärgern.

Als seine Ausrüstung endlich verstaut ist, rollt er seinen Schlafsack über der in einen olivfarbenen Plastiküberzug verpackten Matratze aus.

Erschöpft lässt er sich darauf nieder. Die Federn unter ihm ächzen. Feuchte Träume dürften ihn auf diesem Bett nicht ereilen.

Sein Blick ruht auf dem Foto, das er trotz der starken Einwände des Soldaten aus seinem Innern auf das Regalbrett in die Mitte gestellt hat. In dem Rahmen lächelt Lina ein unbeschwertes Lächeln, das von der Art ist, die ein Mensch an sich hat, wenn er kurz davorsteht, eine Tür zu öffnen, von der er nicht weiß, was dahinter liegt.

Für einen lächerlich winzigen Augenblick bleibt die Zeit einfach stehen und Timo kann so tun, als sei alles in Ordnung.

Es ist 19:15 Uhr.

Mit feuchten Augen steht er auf, geht ins B-Zelt und lässt sich volllaufen. Sieben Bier mit Tequila in zwei Stunden. Oder soldatisch knapp ausdrückt: Druckbetankung mit gezieltem Abschuss.

Es interessiert ihn nicht, wie er wieder zurück in sein Bett kommt.

17. bis 22. April 2002 – Mazedonien

Akklimatisierungsversuche

Die Sonne tropft schwer vom Himmel. Timos Schritte klopfen über die staubig braune Piste rund um Camp Fox. Die Strecke ist durchpflügt von kleinen Löchlein, die von Insekten stammen könnten, wahrscheinlicher aber von der Kampfmittelbeseitigung EOD hinterlassen wurden. Vertrauenerweckend ist das nicht, aber der Rundkurs hat die Freigabe des Kommandanten erhalten.

Nie allein.

Außerhalb des Lagers darf man sich nur in Begleitung bewegen, auch wenn es nur am Lagerzaun, in Sichtweite der Maschinengewehrstellungen, entlanggeht.

Unterwegs wird kaum gesprochen.

Die CD im Discman gibt den Takt vor. 140 Beats pro Minute. Dröhnende, stampfende Rockmusik.

Der Pulsschlag eines Auslandseinsatzes.

Jeder Soldat hat seinen eigenen Soundtrack im Gepäck. Für die Jüngeren ist es meistens Rock.

Rage Against the Machine, Onkelz, Metallica, Megadeath, Slayer. In Timos Kopfhörern laufen die Böhsen Onkelz.

„Wenn du wirklich willst. Wenn du wirklich willst, versetzt du Berge."

Es sind Songs, die ihn aufputschen, Lieder, mit denen man ein halbes Jahr ununterbrochenes Soldatsein durchstehen kann. Lieder, die einen auch nach diesem Leben im Einsatz noch begleiten werden.

Auf der nahen Landstraße fährt ein silberner Scirocco mit heruntergelassenen Scheiben. Er drosselt das Tempo. Ein paar unrasierte Halbstarke mit fremdländischem Aussehen grölen und winken zu Timo herüber. Der Fahrer hupt, vom Rücksitz reckt sich ein ausgestreckter Arm aus dem Fenster.

„Heil Hitler!", ist einer der Willkommensrufe, mit denen die Deutschen in Mazedonien empfangen werden.

Die Laufgruppe um Timo achtet nicht darauf.

Nachdem die Türken ihren Auftrag an die deutschen Fallschirmjäger übergeben haben und wieder nach Hause geflogen sind, verbringt Timo nun die gesamte Woche damit, gemeinsam mit sieben anderen Soldaten aus seiner Einheit Camp Fox im Schichtbetrieb zu bewachen. Der Stabsunteroffizier Timo Jäger ist der Sicherungsgruppe zugeteilt worden. Manchmal sitzt er neben dem Maschinengewehr auf einem der vier Wachtürme. Manchmal ist er der Posten am Haupttor. Kontrolliert ein- und ausfahrende Geländewagen, korrekt ausgefüllte Fahraufträge und ID-Karten auf Foto und Gültigkeitssiegel.

12 Stunden Wache, 12 Stunden Ruhe.

Immer im Wechsel.

Jeden Tag.

Auch wenn er sich einredet und sich von seinen Vorgesetzten durchaus auch gerne einreden lässt, dass der Auftrag der Wachmannschaft im Camp überlebenswichtig ist, stellt sich schnell heraus, dass es kaum zu Situationen kommt, die bedrohlich oder im Amtssprech wenigstens als „besonderes Vorkommnis" zu werten sind. Nur einmal erschießt einer der Streifenposten auf seiner nächtlichen Runde einen streunenden Hund.

Davon gibt es hier mehr als genug und weil man nicht wissen kann, ob die Tiere tollwütig sind, hält man sie besser auf Abstand. Der Soldat, aus dessen Waffe sich der Schuss löste, war nervös genug, um auf den abgerissenen Straßenköter durch den Außenzaun hindurchzuschießen. Den weitaus größeren Erzählwert hat das Nachspiel des BVs. Die Dienstaufsicht verhängt über den Streifensoldaten eine Disziplinarstrafe. Sie beträgt 500 Euro seines Soldes. Nicht etwa, weil er ohne Not auf den Hund schoss, sondern weil er das Tier nicht richtig traf, und es daraufhin im Todeskampf so erbärmlich jaulte, dass das ganze Lager davon wach wurde. Der Veterinär aus dem benachbarten französischen Camp, der dem Tier den finalen Gnadenschuss gab, traf nämlich erst früh am nächsten Morgen ein.

Danach verschwindet das Ereignis wieder hinter der täglichen Routine, sogar der Streifensoldat dreht in der übernächsten Nacht wieder seine gewohnten Runden. Überhaupt scheint die tägliche Routine den gesamten Betrieb in Camp Fox zu vereinnahmen. Wenn man am Ende gar selbst davon verschluckt wird, bezeichnet man das fast liebevoll als *Lagerkoller*. Der inoffizielle Buschfunk behauptet, dass davon vorwiegend Offiziere befallen werden, und man erkennt die Erkrankten daran, dass sie Dinge tun, die für Außenstehende nur sehr schwer nachvollziehbar sind.

Man munkelt, dass es sogar den kommandierenden General von Camp Fox erwischt hat.

Angeblich schläft er nachts nicht mehr in seinem Container, sondern direkt in der Kommandozentrale mit dem blauen Dach am anderen Ende des Lagers. Er spricht kein einziges deutsches Wort mehr, da die befohlene Amtssprache, in den mehrere Nationen fassenden Lager Englisch ist. Man sieht den Befehlshaber kaum noch das Stabsgebäude verlassen, selbst das

Essen lässt er sich von einer Ordonanz bringen. Gerüchtehalber sieht man ihn manchmal zu unterschiedlichen Tageszeiten zwischen der Satellitenstadt und der Zeltstadt herumgeistern, Soldaten mit strengem Ton anweisend, Kartonreste oder Laub vom Boden zu entfernen, die vom Wind unablässig herangetragen werden.

Timo hatte bis zum Ende dieser Woche nicht die geringste Ahnung, wie lang zwölf Stunden sein können. Der Stabsunteroffizier und seine Fallschirmjägerkameraden waren an ihrem Heimatstandort im tausendfach wiederkehrenden, schweißtreibenden Drill für den Ernstfall ausgebildet worden. Deutsche Soldaten in Mazedonien hatten gefälligst jederzeit damit zu rechnen, Angriffe des Feindes mit Waffengewalt abzuwehren, von Landminen in Stücke gerissen zu werden oder wenigstens feindseliges Verhalten von den einheimischen Dörflern zu erwarten, die heimlich *Klingonen* genannt werden – nach der kampflustigen Alienspezies aus der Star Trek-Serie. Soweit die Theorie.

Stattdessen hält die Tristesse Einzug.

Staub und Dreck sind die einzigen Feinde, die den Soldaten wirklich zu schaffen machen. Jeden Tag werden die Rohre der Waffen durchgezogen und deren Verschlüsse geölt, damit das brünierte Metall keinen Rost ansetzt und der Schlagbolzen zündet.

Die wenigen Klingonen, die die Wachmannschaft zu Gesicht bekommt, sind die zivilen Angestellten des Lagers. Hilfsköche, Dolmetscher und Wäscherinnen.

Einen Großteil ihrer Zeit bringen die Soldaten in dem imaginären, stark frequentierten Bereich zu, den sie sich im Kopf zu bauen beginnen.

Das andauernde Nachdenken macht Timo fast wahnsinnig.

Während des Wachdienstes ist es verboten, Musik zu hören. Es ist untersagt, zu lesen, zu essen und zu trinken. Auf Hunde zu schießen, ohne vorher das Anrufverfahren durchgeführt zu haben, ist jetzt ebenfalls vorschriftswidrig.

Im Grunde ist es am besten, man hält die Füße still.

Man unterhält sich verstohlen mit dem zweiten Sicherungssoldaten, auch das ist eigentlich gegen die Vorschrift, aber selbst unter entkrampfteren Umständen ist irgendwann jede Pistole, jedes Sturmgewehr, jedes Maschinengewehr überprüft und jedes Wort gesagt.

Dann herrscht Schweigen.

Man bleibt mit seinen Gedanken einfach allein.

Die zwölf Stunden Ruhe nach dem Wachdienst machen alles nur noch viel schlimmer. Wenn man nicht schläft, werden die Ersatzwaffen gereinigt oder man wird für Dienste eingeteilt, die in etwa so sinnvoll sind wie das Befüllen von Sandsäcken, nur um sie hernach wieder auszuleeren.

Immerzu findet der eigene Kopf einen Grund zum Denken, weil er sich ohne Auftrag im Leerlauf befindet. Deshalb gilt die eiserne Regel, dass man seine privaten Probleme nicht mit in einen Auslandseinsatz nehmen soll. Weit weg von zuhause lässt sich der ganze Scheiß nur wälzen. Lösen lässt er sich nicht.

Timo wartet inzwischen auf die erste Post seiner Eltern. Sie waren gleich die ersten, die von ihm erfuhren, was vorgefallen war. Lina kontaktierte sie vermutlich noch an dem Tag, an dem sie die Tür zur gemeinsamen Wohnung aufschloss.

Doch die Post lässt sich Zeit. Tagelang.

Timo reagiert leicht verwundert, denn seine Eltern hatten bisher einen guten Draht zu Lina. Er rätselt jeden Tag und zerbricht sich den Kopf, was wohl gerade in der Heimat passiert.

Sein Gewissen regt sich.

Er fragt sich, ob es richtig war, sich freiwillig für diesen Einsatz zu melden. Eigentlich versteht er seine Entscheidung als Fluchtweg, als Befreiung, als Schlusspunkt. Er wollte einfach nur weit weg und Lina einen Denkzettel verpassen. Seine Eltern hat er eingeweiht, allerdings nicht in die Details. Den Marschbefehl hat er ihnen gezeigt und dessen wichtigste Folgeerscheinungen: Bankvollmachten, die Patientenverfügung und das Testament.

Die Eltern sind die einzigen ihm verbliebenen Vertrauten, wenn ihm etwas zustößt, denkt er. Es ist ein bisschen wie als Teenager, nur dass seine Erziehungsberechtigten kein Vetorecht mehr haben.

Timos Eltern sind Alt-68er, die nicht verstehen können, mit welch neoliberalem Eifer ihr einziger Sohn für einen Staat, gegen dessen Nazivergangenheit sie in ihrer Jugend auf die Straße zogen, in einen Krieg ziehen will, den genau dieser Staat mitzuverantworten hat. Sie schieben sein irrationales Verhalten auf seinen augenblicklichen Gemütszustand und hoffen, dass er diese persönliche Krise unbeschadet übersteht. Obwohl sie es besser wissen, fällt es seiner Mutter und seinem Vater leichter, die sechsmonatige Abwesenheit ihres Kindes als eine Art Selbstfindungstrip anzusehen, nach dem ihr Sohn hoffentlich wieder der Alte sein wird.

Sie sind ausgesprochene Pazifisten, die ein gerahmtes Foto von Timo in Uniform zwischen einige andere, weniger verfängliche Aufnahmen an die Wand im Wohnzimmer gehängt haben. Wenn sie es, wie in letzter Zeit öfter, betrachten, bekommen sie eine Ahnung davon, dass der entschlossen dreinblickende junge Mann mit dem tief in die Stirn gezogenen, bordeauxroten Barett vielleicht doch nicht als der zurückkommen wird, der er einmal war.

Sie geben sich damit zufrieden, dass Timo ihnen vor seiner Abreise versicherte, dass es für ihn in erster Linie darum gehe, den Frieden für die Menschen in Mazedonien zu bewahren. Wenn er seinen Teil dazu beitragen könne, was bedeute im Vergleich dazu schon die marginale Wesensveränderung eines Einzelnen? Diesem unschlagbaren Argument haben dem Altruismus zugeneigte Altrevolutionäre kaum eine vernünftige Antwort entgegenzusetzen.

Überhaupt mussten Timos Eltern nach ihren umstürzlerischen Tagen inmitten von Straßendemos eine Menge Kompromisse eingehen, als ihre Vorstellungen von einer friedlichen Welt auf die eigene Lebensrealität trafen. Am Ende gründeten sie eine Familie nach dem alten, spießbürgerlichen Muster, gegen das sie sich in ihrer Jugend so vehement aufgelehnt hatten.

Lediglich ein schwach studentischer Protestgeist ist ein Überbleibsel dieser Zeit und schwebt, je älter die Mutter und der Vater werden, nur noch als Worthülse durch die Wohnräume ihres gepflegten Einfamilienhauses mit Grünstreifen. Alle zwei Wochen fährt Timos Vater mit dem Rasenmäher darüber, und am Sonntag wäscht er die Familienkutsche.

Seine Frau saugt dann den Innenraum mit einem leise vor sich hin summenden Handsauger aus. Sie leidet unter ihrer Hausfrauenrolle, in der sie seit Timos Geburt steckt, dennoch wagt sie es nicht auszubrechen. Niemand aus ihrem Bekanntenkreis oder der Nachbarschaft zweifelt das eingefahrene System des verdienenden Ehemanns und der haushaltenden Ehefrau an, warum also sollte sie es tun?

Die Meinung der anderen ist wichtig.

Ihr Mann kann die Familie versorgen, daher ist es nicht notwendig, arbeiten zu gehen, selbst wenn sie es sich wünschte. Sie hat sich in ihrem eigenen Paradox verheddert, und Timos Vater, ihr Mann, bemerkt es nicht, weil sie keine wirkliche Beschwerde an ihn heranträgt. Nur hin und wieder ein Allerweltsjammern, wie es Menschen von sich geben, die einer Beschäftigung nachgehen, für die sie keine große Begeisterung aufbringen können.

Mit Beschwerden kennt sich Timos Vater schließlich aus. Er sitzt im Betriebsrat eines Autobauers, hat sich vom kleinen Fließbandarbeiter bis zum Abteilungsleiter hochgearbeitet. Zwei Mal ist er nur knapp einer Entlassung aus Rationalisierungsgründen entgangen, doch inzwischen hat er eine Position inne, die eine verlässliche Rentenaussicht bietet.

Sein Metier ist das des verständigen Zuhörers.

Er kann es sich leisten, seinen Mitarbeitern jovial bei einer Tasse Kaffee oder einer Zigarette sein Ohr zu leihen. Rechenschaft ist er nur der Führungsetage verpflichtet, mit der er das kollegiale Du pflegt. Man tut keinesfalls etwas, mit dem man seinen Brötchengeber verprellen könnte, pflegt er zu sagen.

Das klappt.

Sowohl auf der Arbeit als auch zu Hause. Seit über 30 Jahren. Als Timo seine Lehre im Autohaus schmiss, die ihm sein Vater über beste Kontakte vermittelt hatte, kam dies beinahe einem Sakrileg gleich. So leicht es Timo fiel, dort zu kündigen, umso schwerer fiel es seinem Vater, sich damit abzufinden. Zornig über die Eigensinnigkeit seines Sohnes verkündete er, dass Timo von nun an selbst für seine Zukunft sorgen müsse.

Er hegte den Hintergedanken, dass sein Junge schon noch einsähe, was das Richtige für ihn wäre und er die Ausbildung schon wieder aufnehmen würde. Dementsprechend geschockt reagierte er, als ihm Timo freudestrahlend seinen Musterungsbescheid vorlegte.

Für Timos Vater ist die Bundeswehr so etwas wie eine große Verlustfirma. Er selbst leistete seinen „Vaterlandsdienst" innerhalb der von Love and Peace umwölkten Monate des Jahres 1967 ab. Studenten wie Timos Vater trugen Haarnetze unterm Stahlhelm, dazu lange Kotletten, die ein John-Lennon-Bärtchen unter der Nase einrahmten.

Aus seines Vaters heutiger Sicht trug damals keiner dieser weichgespülten Flower-Power-Soldaten – sich selbst nimmt er dabei nicht aus – ernsthaft dazu bei, dem deutschen Vaterland einen wirklich wichtigen Dienst zu erweisen.

Bestätigt durch entsprechende Berichte in Zeitung, Funk und Fernsehen, sieht Timos Vater die Bundeswehr als gähnendes, bodenloses Finanzloch, in das Milliarden an Steuergelder gepumpt werden, während das ganze schöne Geld woanders viel dringender gebraucht wird. Ganz zu schweigen davon, dass sich das nazifizierte Militär in einem zähen Aufarbeitungsprozess nur halbherzig von seiner wehrmachtbehafteten Vergangenheit lösen will.

Es fordert Timos Vater einiges an Vorstellungsvermögen ab, dass diese deutsche Armee plötzlich zu sehr viel mehr in der Lage sein soll als zu bloßer Landesverteidigung, die schon zu seiner Zeit nicht mehr als ein reines Verlustgeschäft war.

Timo hingegen treibt die Vorstellung ein breites Grinsen ins Gesicht, wie sein Vater als mit Dope vollgedröhnter Hippie-Soldat morgens aus seinem Stockbett stürzt. Ihn belustigt der Gedanke an ein weit offenstehendes Kasernentor, durch das alles ein- und ausgehen kann, was kreucht und fleucht. Die ebenfalls kiffenden Offiziere, die ihren Stoff von ihren Untergebenen beziehen, stehen bereit, um jedem ankommenden oder abreisenden Kommunarden mit einer herzlichen Umarmung zu begegnen, allen das Versprechen abnehmend, sich bitte möglichst bald wieder kollektiv zu treffen.

Letztlich fügte sich sein Vater in Timos Entscheidung. Seine Mutter fand sich schwerlich damit ab. Während ihr Mann die Bundeswehr immer noch als relativ harmlose Freizeitbeschäftigung eines abenteuerlustigen Herrenclubs abtat, registrierte sie sehr wohl, dass die Medien keineswegs Bilder einer Kaffeefahrt etablierten. Eindrücklich blieben ihr die deutschen Soldaten in Erinnerung, die in wirrer Hektik, verschanzt hinter Häuserzeilen, aus allen Rohren auf einen gelben Lada schossen, der in der Absicht, größtmöglichen Schaden anzurichten, auf sie zugerast kam. Erst 220 Einschüsse später stand das Fahrzeug still. Es war das zweite Mal seit dem Zweiten Weltkrieg, dass deutsche Soldaten in ein Feuergefecht verwickelt wurden. Für sie war das eine äußerst schwer zu verdauende Kost.

Im Kosovo war die Bundeswehr nochmal davongekommen, doch wer konnte versprechen, dass es immer so bleiben würde?

Timos Mutter lässt niemandem an ihren Ängsten teilhaben, denn sie fühlt sich für den Zusammenhalt in der Familie verantwortlich, so wie der Mann dafür verantwortlich ist, die Familie zu ernähren.

Stets betont sie, dass jeder sein Päckchen zu tragen habe; man beklage sich nicht darüber bei Gott und der Welt.

Nachts ist das anders.

Da sieht niemand ihre Tränen, die sie um ihren Sohn weint und die unbeachtet im weichen Kopfkissenbezug versickern. Jedes Mal, wenn Timo seine Dienstzeit verlängert, bricht ihr Mutterherz ein Stück mehr entzwei, aber sie baut auch eine Mauer drumherum auf, die ihre Familie beschützen soll.

Denn nichts zählt mehr als die Familie.

Lina ist für Timo keine Familie. Nicht mehr.

Sie hatten so oft übers Kinderkriegen und Heiraten gesprochen, bis ihn das Gefühl trog, dass es nichts mehr auf der Welt geben könne, dass sie und ihn hätte trennen können. Sich zu verloben ist seine Idee gewesen. Vor einem halben Jahr gab ihm Lina ihr Jawort. Ein Versprechen. Nichts deutete darauf hin, dass sie es nicht ernst meinte. Sie hatte dieses Gefühl der Vertrautheit, das Band zwischen ihnen erst genährt und dann einfach durchtrennt.

In Timos Testament jedenfalls, das jeder Soldat für alle Fälle vor einem Einsatz aufsetzt, bleibt Linas Name unerwähnt. Auch wenn sie es vermutlich nie erfahren wird, ist das noch so ein Mosaik, das zu dem perfiden Racheplan von Timos innerem Soldaten passt. Der gleiche Kerl, der ihm riet, die Wohnung zu verwüsten. Der gleiche Kerl, der Timo zu diesem Auslandseinsatz riet.

„Es wird deine Gedanken von ihr ablenken", versicherte er, „nur hier im Kampf wirst du dir selbst beweisen können, dass du ein richtiger Mann geblieben bist!"

In der ersten Einsatzwoche allerdings blieb der innere Soldat still. Fortwährend käute Timo seine Gedanken wieder, bis sein Kopf zu platzen drohte. Die Zeit zerrieselte so zäh wie der Song „Lovely Day" von Bill Withers in der Version von ALT-J.

Flackernd und psychedelisch.

Sein innerer Soldat ließ sich nicht blicken.

Timo kann sich nur mit viel Nachdenken daran erinnern, was er eigentlich die ganze Zeit über getrieben hat. Anscheinend steckt er noch nicht tief genug im eigenen Seelensumpf fest, damit sich sein geistiger Kamerad bemüßigt sieht, ihn herauszuziehen.

Stattdessen flackern Erinnerungen in Timo auf.

Erinnerungen, die ihm einst viel bedeuteten. Von denen zumindest er, Timo, sagen kann, dass er darin glücklich war.

Er wüsste gern, ob es Lina auch war oder ob sie ihm nur etwas vorgegaukelt hat. Die Grenze zwischen dem, was er einmal für real hielt und seinem Leben, das ihm jetzt wie erfunden vorkommt, verschwimmt allmählich. Er kommt sich vor wie ein Schmierenkomödiant auf einer Bühne, an der die Kulissen, Requisiten und Statisten von Komparsen auf Schienen vorbeigezogen werden, während er so tun muss, als wäre das sein Leben gewesen.

Seine Gespräche mit Lina bis tief in die Nacht – eine Lüge? Ihr erster Kuss – eine Lüge? Die gemeinsame Wohnung – eine Lüge. Die Pläne, eine kleine Familie zu gründen – alles Lügen!

In einer Stunde kann man dieses Wort in ohnmächtiger Wut dreihundertfünfundsiebzig Mal in den Sand kratzen und wieder löschen. An einem Tag schreibt und löscht Timo es wohl 10 000 Mal.

L-ü-g-e.

Buchstabiert man das Wort rückwärts, ergibt sich daraus „Egül".

Klingt irgendwie türkisch.

So schließt sich für Timo der Kreis bis zu seiner Ankunft in Camp Fox, das von der türkischen Armee bewacht wurde. Selbst seine Anwesenheit in diesem Lager scheint damit zu einer einzigen Lüge verkommen zu sein.

Es vergeht Tag um Tag in einer dunklen Wolke aus Trübsal, in der Timo schier den Verstand zu verlieren glaubt.

Er steht kurz vor dem berühmten Lagerkoller, da gelingt es ihm, der Routine zu entkommen, denn am Samstag lernt er endlich einen seiner Zeltnachbarn kennen. Rolli. Eigentlich Feldwebel Rolander, doch sie kommen gut ins Gespräch, so dass sie sich schnell duzen. Um sicherzustellen, dass das Verhältnis zwischen dem Dienstgradhöheren und dem Dienstgradniederen nach außen nicht allzu kumpelhaft wirkt, nennen sie sich soldatisch obligat beim Nachnamen, statt wie unter Zivilisten üblich ihre Vornamen zu verwenden. So wird aus dem Feldwebel Rolander zuerst nur Rolander, ohne Dienstgrad, dann schlicht Rolli.

Feldwebel Rolli, wenn man so will.

Er hat kurzes, blondes Haare, das vor dem Spiegel im Fitnesszelt mit Hanteln antrainierte bullige Auftreten eines Bodybuilders und einen von Selbstbräunercreme verwöhnten Teint, aus dem einem blaue Augen und ein professionell gebleachtes Zahnarztlächeln entgegenspringen. Sein Gesicht wirkt etwas aufgequollen, was Timo vermuten lässt, dass Rolli außer

Nahrungsergänzungsmitteln zur Leistungssteigerung noch andere Substanzen einwirft.

Der Typ ist in Ordnung.

Dass sie sich nicht früher über den Weg gelaufen sind, ist nicht weiter verwunderlich, denn Timos Schichtdienst überschneidet sich mit Rollis Auftrag. Der eine schiebt immer dann Dienst, wenn der andere frei hat und umgekehrt. Sie laufen sich an diesem Samstag nur deshalb über den Weg, weil Rolli sich auf seinen Auftrag vorbereiten muss. Er arbeitet im cyanblau überdachten Stabsgebäude für die Operationszentrale, abgekürzt OPZ.

Seine Aufgabe besteht darin, regelmäßig die Umgebung und die Straßen um Camp Fox mit einem gepanzerten Geländewagen, Typ Wolf, zu erkunden. Warum genau das notwendig ist, hat Timo nicht richtig begriffen, aber nach ein paar Bier ist Feldwebel Rolander bereit, ihn auf eine solche Fahrt mitzunehmen.

Schon am nächsten Tag gibt es diese Mitfahrgelegenheit.

Rolli plant eine Erkundungsfahrt auf den *Snowboard*. Snowboard ist das Rufzeichen für eine der drei großen, außerhalb von Camp Fox angelegten Funkstationen. Es sind von der Bundeswehr betriebene Relaisstationen, die das Funksignal möglichst weit, mit möglichst wenig Qualitätsverlust verbreiten sollen. Auf diese Weise herrscht eine ständige, drahtlose Verbindung zu den internationalen Aufbautrupps im ganzen Land.

Die Schwierigkeit besteht darin, die vierköpfige Truppbesatzung auf ihrer entlegenen Stellung zu versorgen. Sie dürfen aus Sicherheitsgründen den Kontakt zum Basislager nie verlieren, und müssen immer mal wieder daran erinnert zu werden, dass es bei der Bundeswehr noch so etwas wie militärische Ordnung gibt. Wenn sich niemand darum kümmert, verlottert die Disziplin auf solch einem Außenposten all zu leicht.

Es gehört zu Rollis Pflichten, einmal in der Woche die Soldaten in den Funkstationen mit Lebensmitteln, Material, Post und allem Notwendigen zu versorgen und im Geheimen zu überprüfen, ob seine Kameraden noch Dienst nach Vorschrift verrichten. Er behauptet, dass er schon dreimal einen Mannschaftsdienstgrad in Badehose vom Kabinendach scheuchen müsse, um ihm anschließend eindringlich zu verdeutlichen, dass er sich nicht in Hollywood befinde. Als Konsequenz bekam der Trupp der sonnig gelegenen Terrassenstellung genau diesen Namen als Funksignal verpasst: „Hollywood-Tower".

Timo ist beeindruckt; für seine Begriffe lernt er endlich jemanden kennen, der wirklich einer wichtigen, sinnvollen Aufgabe nachkommt. Etwas, das Timo selbst mit Wachdienst und Waffenreinigen in Mazedonien noch nicht erlebt hat. Von den beiden anderen Zeltbesatzern, Hauptfeldwebel Schwartz und Major Rothe, ist noch keiner aufgetaucht.

23. April 2002 – Mazedonien

Erkundungsfahrt

Skopje, die Hauptstadt Mazedoniens pulsiert. Überall eilen Menschen in hektischer Betriebsamkeit durch die Straßen. Hier herrscht kein Krieg mehr; hier herrscht der Kapitalismus. Riesige Werbetafeln reihen sich entlang des Boulevards, der nach Alexander dem Großen benannt ist. An vielen Stellen lässt sich nicht genau sagen, ob dort geschossen wurde oder ob die zerfallenen Bauwerke einfach nur sanierungsbedürftig sind. Zumindest scheint sich der Rhythmus der Stadt nicht an Vergangenem zu orientieren. Die Menschen blicken stolz nach vorne und sie bevölkern die zahlreichen Shopping-Malls. Ist heute nicht Sonntag?

Rolli bejaht und zuckt mit den Schultern. Es ist warm. Sie fahren gerade durch „Plastik-City", ein Stadtteil, in dem entlang hunderter Meter Fahrstreifen ausschließlich Plastikwaren angeboten werden. Blaues Plastik, rotes Plastik, gelbes Plastik. Plastikspielzeug, Plastikgeschirr, Plastikmöbel.

Im Stadtzentrum wachsen plötzlich betongraue Flaniermeilen heran, reiht sich Ladenzeile an Ladenzeile, Schnellimbiss an Schnellrestaurant.

Die Bewohnerinnen Skopjes hetzen auffällig modisch gekleidet, bepackt mit dicken Papiertüten, durch das Geschäftsviertel. Andere ruhen sich am Ufer des Flusses Vardar aus, der sich mäuschengrau durchs Zentrum schlängelt.

Es ist das erste Mal seit Jahren, dass Timo bewusst nach anderen Frauen Ausschau hält. Er verliebt sich neu. Tausendfach an einem einzigen Vormittag. Ganz kann sich seine Vorstellungskraft aber nicht von Carolina lösen.

Wie wäre das nach der kurzen Zeit auch möglich?

Die mazedonischen Frauen sind ziemlich hübsch, haben aber auch etwas von Linas klassisch-elegantem Profil, das sie wie seine Verlobte damals durch Schminke betonen, jedoch das natürlich Schöne einer Frau zur überflüssigen Maske macht.

Rolli grinst Timo verschwörerisch zu, lässt kurz das Lenkrad los und hält augenzwinkernd seine zehn gespreizten Finger vor die Brust, was die Aufmerksamkeit auf die Oberweite einer besonders drallen Blondine mit Designersonnenbrille lenken soll.

An einer Kreuzung bekommt Timo unvermittelt die harsche Anweisung, das Fenster hochzukurbeln und die Seitentür zu verriegeln. Noch bevor er nach dem Grund fragen kann, hat er seine Antwort.

Kaum springt die Ampel auf Rot, wird das zweieinhalb Tonnen schwere Militärfahrzeug mit Zusatzpanzerung von dutzenden Kindern umringt.

„Zigeunerkinder".

Sie trommeln mit ihren kleinen Fäusten gegen die Außenwand und betteln um Geld, Essbares oder sonst irgendetwas Verwertbares. Zwei besonders vorwitzige und verdreckte Gestalten springen auf die Kühlerhaube. Aus einem Eimer, den sie dabeihaben, schöpfen sie brackiges Wasser und klatschen es mit einem Schwamm, der in Fetzen hängt, auf die Windschutzscheibe. Das Wasser schäumt ein wenig, so dass klar wird, dass die Kinder den beiden Soldaten keinen Streich spielen, sondern die Frontscheibe wirklich putzen wollen. Als ihre Mühe nur mit einem lauten Hupen entlohnt wird, funkeln sie böse ins Fahrzeuginnere und weigern sich, wieder hinunterzuklettern.

Rolli betätigt den Scheibenwischer und lässt mehrmals das Gas aufheulen, doch erst als er Anstalten macht, die Kinder zu überfahren, kommen sie etwas widerwillig hinunter. Die ganze Meute springt zur Seite, als das Gefährt ungeduldig einen Satz nach vorne macht.

Feldwebel Rolander kurbelt das Fenster einen Spalt breit auf, kramt in seiner Hosentasche und wirft eine Handvoll Bonbons aus seinem Fensterspalt. Dann drückt er das Gaspedal voll durch. Eine ausgemergelte, dürre Frau mit einem Kind auf dem Arm gleitet haarscharf am Fond vorbei. Lethargisch hält sie eben noch eine Hand auf.

Im Seitenspiegel verfolgt Timo, wie sie dem davonbrausenden Wagen nachsieht, um sich danach unter die Kinder zu mischen, die schon wieder dabei sind, das nächste Auto einzukreisen.

„Ganz normal", murmelt Rolli grinsend, als er Timos erschrockenes Gesicht bemerkt.

Ohne ein weiteres Mal anzuhalten, durchqueren sie die Stadt. Vorbei an einer stattlichen Moschee, die den Vergleich mit einem christlichen Dom nicht zu scheuen braucht, steigt die Straße zu den Außenbezirken um Skopje langsam an. Erhaben gewachsene Zypressen säumen den Weg, die Stadt weicht allmählich kleineren Bauten.

Ohne die Moscheen und den Schmutz könnten sie sonst wo in Deutschland stehen.

Timo nimmt alles in sich auf und tut so, als machte er Urlaub. Das ist nicht schwer, denn schnell verliert er jegliches Zeitgefühl. Sein Fenster ist wieder geöffnet, warmer Fahrtwind zerzaust ihm das Haar. Wenn er seine Augen schließt, vergisst er sogar, dass er Uniform trägt.

Bis sie durch dieses Dörfchen kommen.

Es ist 10:47 Uhr. Auf die Minute. Timo sieht es auf seiner digitalen Armbanduhr.

Von einigen Häusern bröckelt freudlos der Putz, von manchen sind nur mehr Trümmerberge übrig. Doch ähnlich wie in der mazedonischen Hauptstadt hat den Ort nicht der Krieg heimgesucht, sondern der Verfall. Ein altes, verhärmtes Mütterchen mit Kopftuch schiebt sich, tief über ihren knorrigen Gehstock gebeugt und ohne aufzusehen, über die Straße. Kinder spielen mit verwahrlosten Katzen im staubigen Schmutz, der sie von Kopf bis Fuß einhüllt.

Das Dorf ist nicht weitläufig, nur zehn, fünfzehn Häuser, doch in der Mitte der einzigen Straße gibt es eine Verkehrsinsel. Vielleicht braucht selbst das Hässliche etwas, worüber man sich wundern kann. Etwas, das der Sinnlosigkeit einen Sinn zuschiebt. Es ist ein kleiner mit Pflastersteinen umrandeter Streifen, der kläglich daran erinnert, was aus diesem zerschundenen Fleckchen Welt hätte werden können, wenn Gott ihn nicht vergessen hätte. Achtlos drauf abgestellt steht eine von braunem Rost zerfressene Schubkarre. Direkt dahinter prangt ein nicht minder schäbiges, kreisrundes Verkehrsschild, das vor Zeiten einmal blau gewesen sein muss, auf dem ein verwaschener weißer Pfeil die Fahrtrichtung angibt.

Die inzwischen schlierig staubigen Scheiben des Wolfs, gegen die ein fiepender Gummiwischer mit einem letzten Rest Wischwasser ankämpft, geben den Blick auf die Szenerie nur widerstrebend frei. Irgendwas Undefinierbares hängt schlaff über die Seitenränder der Schubkarre.

Das alte, löchrige Ding droht jeden Moment auseinanderzubrechen und der schlabbrige Reifen ist vollkommen hinüber. An einer der verbogenen Rahmengabeln fehlt der Kunststoffgriff, doch quer über das Rahmenrohr baumelt …

… eine Hand.

Abrupt richtet sich Timo in seinem Sitz auf.

Das Urlaubsfeeling ist schlagartig verflogen.

Rolli drosselt das Tempo; auch er hat die Schubkarre bemerkt. Sie blinzeln mehrmals, bis sie sich sicher sind, dass es keine optische Täuschung ist. Die Gewissheit trifft sie, als sie beinahe in Zeitlupe an dem verrotteten Arbeitsgerät vorübergleiten.

Sie sehen das klaffend rote Loch im leichenblassen Kopf eines Menschen, knapp unterhalb des Haaransatzes, überdeutlich vor sich.

Der Rest des staubbedeckten Körpers liegt unnatürlich verdreht darunter, als habe sich jemand mächtig darüber geärgert, dass der Tote nicht den Abmessungen einer Schubkarre genügte. Außer der offenen Wunde in der Stirn ist kein weiteres Blut zu sehen. Weiße Staubfäden rieseln von einem Finger der Leiche.

Sie ist als Mahnmal gedacht.

Wofür?

Die vorwärts rollenden Räder des Wolfs knirschen verhalten über den Fahrbahnsplit; die beiden Soldaten atmen kaum.

Die Stille riecht abgestanden und dröge.

Erst als sie das Dörfchen weit hinter sich gelassen haben, findet Feldwebel Rolander seine Stimme wieder.

„Ganz normal", meint er heiser.

Jetzt grinst er nicht mehr.

Die Erkundungsfahrt hat ihre Unschuld eingebüßt. Plötzlich wissen die Soldaten wieder, warum sie hier sind. Fast gleichzeitig schielen Rolli und Timo zur Rückbank und vergewissern sich, dass dort noch ihre Helme und Splitterschutzwesten in Reichweite liegen. Die Gewehre klemmen schussbereit in einer Schnapphalterung hinter den Kameraden.

Sie beobachten angespannt die Straße, die jetzt immer steiler ansteigt. Aus dem grauen Asphalt wird eine Sandpiste und schließlich ein unbefestigter Weg, den man bei Nässe nur unter größten Schwierigkeiten befahren kann. Selbst mit dem Allradantrieb des Geländewagens.

An einer Wegegabelung steht die Karosserie eines ausgebrannten Autowracks.

„Verkehrszeichen", murmelt der Feldwebel wortfaul. Als Timo ihn verständnislos ansieht, fügt er hinzu: „Wenn du hier falsch abbiegst, landest du bei den Albanern."

Gemeint ist damit die UÇK.

Freiheitskämpfer, die einen Teil Mazedoniens für sich beanspruchen und ihn zum Großalbanisches Reich zählen. Sie sind der offensichtliche Feind im Land, was aber nicht automatisch bedeutet, dass das Vertrauen der deutschen Bundeswehrführung in das Bündnis mit der mazedonischen Armee höher steht. Für den Augenblick wenigstens geben sich alle Seiten friedlich. Ein Zustand, der im Heeressprachgebrauch „angespannt" genannt wird und 80 Euro Gefahrenzulage pro Tag und Mann wert ist.

Rolli biegt richtig ab.

Hinter einer der zahlreichen Serpentinen tauchen einige schlierig-bunte Gebäude auf, schaurige Baustumpen einer einstmals quirlig fidelen Zirkuslandschaft.

Skizirkus.

Das Ziel der Erkundungsfahrt.

Hier lässt sich schon eher an Krieg denken. Die Fassaden fast aller Häuser sind nicht nur heruntergekommen, sondern auch mit faustgroßen Löchern übersät. Sie erwecken ganz den Anschein, als seien sie einst als Zielscheiben für großes Kaliber errichtet worden, das zwar heftigen Schaden anrichtet, das Mauerwerk aber nicht komplett zerstört.

Vor der Windschutzscheibe des Fahrzeugs liegt ein verlassenes, von den blassen Narben des Krieges gezeichnetes Wintersportressort.

Der Snowboard.

Vor wenigen Jahren noch als Geheimtipp eines Wintersportparadieses gehandelt, jetzt ein ausrangierter, derangierter Moloch. In dessen größtem Hotel, dem fünfstöckigen *Scardus*, hat die Bundeswehr besagte Funkstation eingerichtet. Der äußere Zustand negiert die Bedeutung des Hotelnamens. „Farbenfroh" ist hier oben nichts mehr.

Rolander hält direkt vor einer langen Fensterfassade, die wie die grau gerahmte Reihe eines Umkehrfilms aussieht. Schräg vor dem rechteckigen Gebäudekomplex steht auf einem ausladenden Parkplatz bereits ein einzelner, silbergrauer Pick-up. Sie parken daneben, ordentlich zwischen den verblassten Bodenmarkierungen.

Noch ehe der Feldwebel den Motor abgestellt hat, klopft jemand an die Beifahrerscheibe. Das Geräusch des Diesel-Fünfzylinders erstirbt und Timo kurbelt sein Fenster herunter.

Ein bulliger, kleiner Kerl lehnt sich in den Innenraum. Lässig stützt er sich mit den Ellenbogen auf dem Rahmen ab und beäugt die deutschen Soldaten hochmütig. Trotz des relativ warmen Frühlings bläst auf dem Berg ein kühler Wind, gegen den der Mann nur ein graues T-Shirt übergezogen hat. Es zeigt den gelben Schriftzug „Lions" über der Brust und hängt locker über eine beige Hose mit militärischem Schnitt. Halbherzig verdeckt lugt eine kleine Pistole aus einem Halfter an der rechten Seite seines Gürtels hervor.

„Deutsche Soldat?", fragt der Mann, etwas zu forsch für Timos Geschmack.

Feldwebel Rolander kontert trocken: „Mazedonischer Koch?"

Der Bulle kneift die Augen zusammen. Seine Lippen werden schmal, dann entwischt ihnen ein Glucksen. Es schwillt zu schallendem Gelächter heran, währenddessen der Mann mehrmals roh mit der Faust gegen die metallene Beifahrertür boxt.

Ungehalten greift Rolander nach seinem Gewehr und steigt aus.

Ihr neuer Freund hebt sogleich entschuldigend die Hände. Einen Schritt weit tritt er zurück und spielt den Geschlagenen, doch seinem Gesichtsausdruck ist zu entnehmen, dass er mit den beiden Deutschen gerne etwas anderes gemacht hätte, als sich ihnen zu ergeben. Was ihn daran hindert, kann Timo nur erahnen, als er ebenfalls mit seinem G36 aussteigt.

Im gleichen Augenblick tritt ein Soldat in deutscher Uniform aus dem Hotel. Er ruft dem bulligen Kerl etwas zu, woraufhin sich der ganz entspannt verabschiedet und sich dann entfernt.

Die Neuankömmlinge werden von dem Kameraden mit fröhlichem Singsang herbei gewunken.

„Herzlich willkommen auf dem Snowboard", lacht er.

Jede der drei auf Anhöhen taktisch geschickt eingerichteten Funkstationen ist von der jeweils ersten Stammbesatzung mit so etwas wie einem Decknamen getauft worden, dem sogenannten Rufzeichen, mit dem sich eine Stelle über Funk meldet. So verfügt man nun über einen „Hollywood-

Tower", den wenig einfallsreichen, weil gleichnamigen „Vodno", und eben das ehemalige Skiparadies „Snowboard".

Dem neuen Kameraden zufolge liegen auf jedem Millimeter Skipiste im Umkreis noch Unmengen an scharfen Explosivstoffen vergraben. Niemand außer den Einheimischen wagt sich weiter fort, als es die befestigten Wege zulassen.

„Hier vergammeln zwar jede Menge Leihsnowboards im Keller, deshalb der Name, gefahren sind wir aber bisher nicht damit!", scherzt er.

Rolander scheint ihn näher zu kennen. Sie umarmen sich und klopfen sich dabei freundschaftlich auf die Schultern.

Ecki, Stabsgefreiter Eckstein, so heißt der Soldat, ist ein langgedienter Mannschaftsdienstgrad. Strenggenommen ist damit nicht nur der Feldwebel sein Vorgesetzter, sondern auch Timo als Stabsunteroffizier. Zumindest formell.

Allerdings ließe Ecki sich nicht so ohne Weiteres von ihm herumkommandieren, denn mit 26 Jahren ist er älter als Timo und etwa genauso alt wie Rolander.

Die meisten Mannschaften sind deutlich jünger.

Heute feiert der Stabsgefreite Geburtstag, der „inoffizielle" Grund, warum sie eigentlich hier sind, wie Rolli hinter vorgehaltener Hand an Timo weitergibt. Er soll es für sich behalten.

Sie treten in die Mitte eines dunkel getäfelten Festsaals. Dort steht ein langgezogener, ovaler Tisch aus Mahagoni. Gemessen an den Umständen, die sie aus dem Lager gewohnt sind, erwartet sie ein geradezu fürstliches Bankett für sechs Gäste: die vier Mann der deutschen Truppbesatzung sowie Rolli und Timo.

Die Tafel ist mit einem roten Läufer, Menügeschirr aus feinstem Porzellan, Silberbesteck und weißen Stoffservietten sauber eingedeckt. An jedem Platz steht ein mahagonifarbener Stuhl mit langer Lehne. Timo kann sich gut vorstellen, dass dort, wo er gleich sitzen wird, in besseren Zeiten Mitglieder aus Adelshäusern und hochrangige Politiker Platz genommen haben. Oder ziemlich gut betuchte Touristen. Zu beiden Seiten, an den weiß getünchten Außenwänden, befinden sich Buffettheken, die sich unter den auf Hochglanz polierten Speisebehältern biegen. Jeweils am Ende hat ein unbekannter Partyplaner riesige Pyramiden aus Dosenbier errichtet, flankiert von mindestens zehn Weinflaschen unterschiedlicher Jahrgänge und erlesensten Rebsorten samt passenden Kristallgläsern. Timo ist kein Weinkenner, aber wenn auf einem Flaschenetikett sein Geburtsjahr abgedruckt steht, weiß auch er, dass die gegorenen Trauben darin etwas Besonderes sein müssen.

Niemand stellt sich die Frage, wie der Stabsgefreite Eckstein ein solches Fest zustande gebracht hat, und es interessiert auch niemanden wirklich. Zu sehr ist man von dem unerwarteten Pomp geblendet. Timo bekommt nur am Rande mit, dass das Hotel im Grunde genommen von der mazedonischen Polizei verwaltet wird. Die von der Bundeswehr geführte Funkstelle hat sich gewissermaßen unter deren Schutz eingemietet. So kommt es, dass sich unter die Gäste bald vier mazedonische Polizisten mischen.

Einer davon ist der bullige Kerl von vorhin. Er tut so, als sei er in ein Gespräch vertieft und beachtet den Feldwebel und den Stabsunteroffizier nicht.

Rings um die Festtafel entstehen angeregte, lockere Gespräche, die Timo das Gefühl geben, er sei so etwas wie ein gern gesehener, wichtiger Staatsgast. Dem Ambiente angemessen wird mit mehreren dezenten Gongschlägen zu Tisch gerufen. Gleichzeitig treten hinter die Buffettheken vier livrierte Dienstboten, die wie auf ein geheimes Kommando hin die silberpolierten Deckel von den Speisen heben.

Es riecht köstlich.

Der Duft von Braten, Soßen, Beilagen steigt in einer dampfenden Wolke auf und verzieht sich in die hohe Decke des Saals. Keiner der Anwesenden wagt es, die überaus großen Porzellanteller mit den erlesenen Gerichten wie beim jährlichen All-Inclusive-Urlaub auf Mallorca vollzuladen. Jeder tut es unbewusst den vier Polizisten gleich, die gemeinsam wie strenge Sittenwächter auftreten, denen die Einhaltung der Etikette – ihrer Etikette – über alles geht. Die Rolle, die sie mit muskelbepackten Oberkörpern unter einheitlich grauen T-Shirts nur mäßig gut spielen, kauft Timo ihnen nicht ab. Dennoch beugt auch er sich den unausgesprochenen Vorgaben.

Jeder einzelne Gast erhebt sich erst dann, wenn auch die Polizisten sich erheben. Jeder füllt sich wie sie den Teller mit höchstens einer Scheibe Fleisch und einem Löffelchen voller Kartoffeln oder Bohnen. Niemand beginnt zu speisen, bevor es nicht auch die Lions tun. Die Gäste reden nur zwischen den Gängen und im Flüsterton miteinander. Getrunken wird nur aus halbvollen Gläsern, das Bier gar aus der Dose zu trinken kommt gar nicht in Frage.

Es ist ein Spiel, das sie spielen, und jeder, der hinsieht, kann erkennen, wie genussvoll es die vier Lions-Polizisten auskosten.

Als Timo sich vorsichtig einen Nachschlag an Steak und Pommes Frites holen will, läuft ihm, noch bevor er die dazugehörige Stimme hören kann, ein kalter Schauer über den Rücken.

Es ist der bullige Kerl.

Er steht ganz dicht bei Timo.

Zu nah.

38

Sein gebrochenes Deutsch kratzt derbe in Timos Ohren.

„Mazedonische kochen gut für die Jäger?"

Jäger.

Der scheiß Bulle kennt Timos Nachnamen.

Fuck!

Sicher, der Name steht auf seinem Namensschild. Wie bei jedem Bundeswehrsoldaten, aufgenäht über der linken Brusttasche. Doch irgendetwas sagt Timo, nein, schreit es ihm zu: Der verfluchte Kerl kennt ihn genau, ohne ihn vorher gelesen zu haben.

Timo dreht sich nicht um.

Dem Bullen den Triumph über sein Unwohlsein zu lassen, fällt ihm nicht ein. Ein erzwungenes Lächeln kämpft sich über seine Lippen und Timo antwortet: „Sagenhaft. Einfach nur sagenhaft".

Er formt mit Daumen und Zeigefinger über seine Schulter hinweg das Zeichen für okay. Ab jetzt schmeckt das köstlich angerichtete Essen für ihn nur noch fade.

Nach einer Stunde erhebt sich wortlos ein grimmig dreinblickender Mann mit glatt nach vorn gekämmtem, schwarzem Haar. Sofort hat Timo ein Gemälde vor Augen, das während seiner Schulzeit in einem Geschichtsbuch abgedruckt war: Napoleon – der diktatorische Franzosenkaiser mit der Hakennase, wie er konzentriert zu Boden starrt und dabei eine Hand unter seine Uniformjacke schiebt.

Napoleon erhebt sich.

Das Dinner ist beendet.

Kaum hat er den Raum verlassen, werden die Buffettheken abgeräumt. Die restliche Festtafel folgt seinem Beispiel.

Ecki erklärt leise, dass Napoleon der Chef der kleinen Polizeitruppe hier auf dem Snowboard sei. Sein richtiger Name lautet aber nicht Napoleon, sondern schlicht Branco. Branco Andov. Er hat die kleine Feier organisiert und sogar zwei Köche und vier Dienstboten aus der nächstgelegenen Stadt herschaffen lassen.

Timo kann sich lebhaft vorstellen, dass die Angestellten weder gegen einen angemessenen Lohn noch aus freien Stücken ihre Arbeit hier angetreten haben. Ihm fallen die Dienstboten an den Buffettheken ein. Ihre Gesichter waren leer, ihre Körper funktionierten mechanisch. Obwohl es Timo stört, will er über die Angelegenheit lieber nicht mehr in Erfahrung bringen. Mehr zu fragen würde bedeuten, Branco zu hinterfragen, und der Gedanke daran ermüdet Timo.

Er will jetzt heim, zurück ins Lager.

Branco beaufsichtigt den Berg nicht nur, er beherrscht ihn. Die kleinste Kleinigkeit muss man sich von ihm genehmigen lassen, erfährt Timo. Selbst die Bundeswehr ist auf Brancos Wohlwollen angewiesen, will sie ihre

Funkstation vor Ort weiter betreiben. Die Mietkosten der Station werden monatlich in bar an den Chef der kleinen Polizeigruppe ausbezahlt. Aus dem Stapel Geldscheine, der einmal im Monat das *Scardus* erreicht, bedient sich zuerst Branco, dann bekommen seine drei Begleiter einen Anteil. Den Rest bringen sie in irgendeiner Spelunke im Tal durch.

Die Gerüchteküche auf dem Berg berichtet von einem Ereignis aus der Vergangenheit. Ein Bundeswehrsoldat der Rechnungsgruppe – erst seit einer Woche im Einsatz – hat den monatlichen Geldstapel ohne ein Wort der Entschuldigung zwei Tage verspätet übergeben, und noch am selben Tag ist er wieder nach Hause geschickt worden. Offiziell wegen einer Erkrankung, inoffiziell lautet die Version des Stabsgefreiten Ecki, dass Branco seine Macht ausgespielt habe. Den Polizeichef vom Snowboard mache man sich besser nicht zum Feind, sagt er.

Noch bis 19:00 Uhr vertreiben sich Rolander und Timo die Zeit, dann wollen sie sich auf den Rückweg begeben. Sie haben genug für einen Tag erlebt und sehnen sich nach ihren Schlafplätzen im Zelt auf den quietschenden Betten. Sie brauchen dafür nicht einmal einen Vorwand, denn es gilt die Vorschrift, dass alle Einsatzfahrzeuge spätestens um 22:00 Uhr zurück in Camp Fox zu sein haben.

Die Soldaten verabschieden sich von Ecki und der übrigen deutschen Besatzung. Als sie müde, aber auch nachdenklich in den hauchkalten Abend treten, lehnen an ihrem Jeep – zu ihrer unschönen Überraschung – der bullige Kerl und der Berg-Napoleon Branco. Die beiden scheinen in ein Gespräch vertieft zu sein, doch keiner von ihnen bewegt seine Lippen.

Es ist ganz offensichtlich nur eine weitere Inszenierung, deren Zweck aber weder der Feldwebel noch der Stabsunteroffizier verstehen.

Erst als sie ganz nah sind, tun die Polizisten so, als bemerkten sie die Anwesenheit der deutschen Soldaten. Ganz langsam, mit einem süffisanten Lächeln im Gesicht, dreht sich Branco zu ihnen um.

Er hat über sein T-Shirt lediglich eine billig, seidig glänzende Trainingsjacke geworfen, den Reißverschluss aber nicht zugezogen.

Ihm muss kalt sein, doch er lässt es sich nicht anmerken.

An einer langen Silberkette, die unter dem Shirt hängt, zeichnet sich ein schweres, rundes Medaillon ab. Unverkennbar ein Löwenkopf, dessen Umrisse sich unter dem T-Shirt abzeichnen. Seinen linken, kleinen Finger ziert ein protziger Ring, darauf ebenfalls ein eingravierter Löwe.

Das Ego dieses Mannes kennt vermutlich keine Grenzen. Sein mazedonischer Akzent ist noch grauenvoller als der des Bullen, doch er pflegt ihn so fließend selbstbewusst, als sei dieses Deutsch seine Zweitsprache.

„Rolander! Jäger!"

Der selbsternannte Berg-Napoleon breitet die Arme aus, als hieße er seine beiden verlorengeglaubten Söhne willkommen. Er rollt das „r" in ihren Nachnamen überdeutlich

Da ist es wieder.

Das Unbehagen.

Es steht auch Rolli ins Gesicht geschrieben.

Branco sieht die Deutschen nachsichtig an. Er macht einen Schritt auf sie zu.

Timo und Rolander bleiben stehen.

Auch Branco hält an, die Arme jedoch noch immer erhoben. Seine Schultern zucken.

Es sieht nicht danach aus, als er sagt: „Meine Freunde! Es tut mir leid."

Er winkt seinen Kumpanen zu sich.

„Meine Freund Goran hier, es tut leid."

„Ai äm sorry", grinst Goran seinen Chef in schlechtestem Englisch an.

Rolander nickt.

Timo nickt.

Sie bereiten sich innerlich auf die Einhaltung der Vorschriften vor. Sich auf keinen Fall mit Einheimischen, den „Locals", auf unnötige Diskussionen einlassen.

Rolli, der als ranghöchster Dienstgrad in der Verantwortung steht, bemüht sich, einen höflichen Eindruck beizubehalten. Ruhig lächelnd wendet er sich mit seinem weitaus besseren Schulenglisch an Goran: „It's okay. Thank you!"

Dann sagt er, an Branco gewandt: „Vielen Dank für den schönen Abend, auf Wiedersehen."

Die deutschen Kameraden setzen sich wieder in Bewegung, doch blitzschnell fährt Brancos Hand gegen Rollis Brust und zwingt ihn zu stoppen. Damit stellt er klar, dass er akzeptiert, wer von den beiden deutschen Soldaten das Sagen hat.

Auch wenn Timo Sympathien für Feldwebel Rolander hegt, ist er in diesem Moment heilfroh, dass er nicht selbst der Vorgesetzte ist. Dennoch steht er aus Reflex kurz davor, bei Gefahr sein Gewehr, ganz wie man es ihm beigebracht hat, in Anschlag zu nehmen. Bisher hat es nur nachlässig über seine Schulter gebaumelt.

Abgrundtiefer Hass und Abscheu den Bundeswehrsoldaten gegenüber spiegeln sich für den Bruchteil einer Sekunde in den Augen des Polizeichefs wider. Dann kehrt sein breites, überlegenes Grinsen zurück.

„Freund. Nicht so schnell. Meine gute Freund Goran hier, gelärnt Änglisch. Alleine. Ohne Schule. Jetzt, er soll sprechen, was er gelärnt. Geben Chance!"

Rolander sieht hilfesuchend zu Timo.

Beide blicken hinüber zum Hotel.

Dort ist alles dunkel.

Niemand wird kommen, um sie aus dieser unangenehmen Situation zu befreien. Matt ergeben sie sich der fragwürdigen Englischkünste der beiden Polizisten.

Es folgt ein wahrer Wortschwall, von dem sie nichts außer ein paar unzusammenhängenden Fetzen verstehen. Die Zeit verrinnt bedenklich, doch Goran denkt nicht im Entferntesten daran, sich kurz zu fassen.

Als sie schon gar nicht mehr damit rechnen, schließt er seine Ausführungen doch mit einem nachforschenden „okay?" ab.

Verwirrt sehen Rolli und Timo einander an, antworten dann aber wie aus einem Mund: „Okay."

Wieder versuchen sie einen Schritt nach vorne zu kommen, wieder hält Branco sie an.

„Wie findest du meine Deutsch? Spreche gut?", will der nun vom Feldwebel wissen.

Eine Frage, die einen Teufelskreis heraufbeschwört, wenn man sie falsch beantwortet, das weiß auch Rolli. Der gerissene Mazedonier spielt mit der knapp bemessenen Zeit der Deutschen.

Ausweichend kontert der Feldwebel: „Man kann wirklich gut hören, dass du viel geübt hast."

„Hah?", ist die wenig ermutigende Antwort.

„Hast du unsere Sprache in Deutschland gelernt? Es klingt so", versucht es Rolander aus einer anderen Richtung.

Brancos schmieriges Grinsen wird breiter.

„Ah, ja. Deutschland. Habe gewohnt ich. Zwei Jahre."

„Wow", kommentiert Rolli mit erhobenem Daumen, „toll!"

„Bayern München. Ich liebe sehr viel. "

„Mhm", geben die Kameraden diesmal gemeinsam lakonisch zurück.

Im passenden Augenblick kann einem dieser Fußballverein fremde Pforten im Handstreich öffnen. Trefflich ließe sich über die Sportart und diesen Verein im Besonderen philosophieren, doch gerade jetzt sorgt er für ungewollte Konversation.

Sie versuchen das Gespräch absichtlich abzuwürgen, indem sie ihren Gesprächsanteil einsilbig halten.

Diese Masche, die ihnen während der Einsatzvorbereitung vorgegeben worden ist, scheint zu funktionieren, denn Napoleon verliert kurz den Faden.

Die Chance nutzend, hasten die Deutschen einen weiteren Schritt nach vorn. Rolli nestelt die Fahrzeugschlüssel aus seiner Feldjacke und es fehlt nicht mehr viel, dass sie sich auf den hellbraunen Sitzen aus Lederimitat in Sicherheit bringen können.

Da holt sie die Stimme ein.

Leise diesmal, fast flüsternd.

Bedrohlich.

„Rolander, Jäger. Kommen. Bitte."

Eine echte Bitte hört sich anders an.

Branco und Goran sind unmerklich ein paar Schritte zurückgewichen. Die beiden führen eine unglaublich gut einstudierte Choreografie vor, von der Timo und Rolli immer noch nicht wissen, wohin sie führen wird. Da man sie zu Nebendarstellern degradiert hat, können sie kaum einschätzen, wie brenzlig die Situation für sie gerade ist. Sie fühlen sich gezwungen, das Spielchen mitzuspielen, weil es sich abzeichnet, dass sie Camp Fox sonst zu spät erreichen werden. Resigniert schiebt Rolli die Schlüssel wieder ein. Er lockert heimlich den Verschluss seines Pistolenhalfters, seine Zweitwaffe, die Timo bisher gar nicht an ihm bemerkt hat. Er hält sein eigenes Gewehr jetzt umso fester in beiden Händen, den Daumen gespannt über dem Sicherungshebel.

Nervös folgen sie den Polizisten weg vom Hotel. Alleine. Damit verstoßen sie grob gegen das Protokoll, das wissen sie. Doch was nützt ihnen die Vorschrift jetzt?

Über einen kleinen, kiesbedeckten Vorplatz, dessen vier Ecken massige Felsbrocken markieren, werden sie über einen Hang weiter hinaufgeführt. Nach 50 Meter gelangen sie zu einem Verschlag aus mehreren Lagen unordentlich gestapeltem Wellblech. Daneben steht ein schneeweißes Schneemobil mit roter Aufschrift.

POLICI.

Timo fällt auf, dass die Buchstaben nicht in Kyrilliza gehalten sind, der überall präsenten mazedonischen Schriftart.

Branco – Napoleon – setzt sich großspurig auf das Gefährt. Es folgt weiter nichts als ein unheimliches Knurren aus dem Inneren des Wellblechverschlags. Erst als sich ihre Augen ein wenig an die Dunkelheit gewöhnt haben, bemerken die Soldaten eine Käfigtür.

Wie von Geisterhand schiebt sie sich einen Spalt weit auf und eine weitere Gestalt tritt heraus, ein dritter Polizist. Er hat ein zerfurchtes Gesicht und ist ebenso klein, gedrungen und bullig wie sein Kollege Goran. Auf dem Kopf trägt er eine zerschlissene, schwarze Matrosenkappe, die seine knolligen Blumenkohlohren besonders zur Geltung bringt. Vor sich her trägt er ein ausgefranstes, öliges Leinen, an dem er ausdauernd die Hände reibt. Zuerst mustert er die Fremden fragend, dann sieht er ihre mazedonischen Begleiter und strahlt.

Der perfekte Folterknecht, geht es Timo durch den Kopf. Sein Daumen kratzt nervös am schwarzen Kunststoff seiner Waffe über dem Munitionsschacht mit den 30 Mittelpatronen scharfer Doppelkerngeschosse. Er weiß, die kleine Polizeitruppe provoziert sie ganz bewusst, dabei scheint es ihnen eine geradezu teuflische Freude zu bereiten, sich an der Unsicherheit der Deutschen und jener Unkonstanten zu laben, die jederzeit eine Schießerei auslösen können.

Timo und Rolli sehen deutlich die halbautomatischen Pistolen der drei Männer, schussbereit in Lederhalftern über dem Hosenbund. Timo sucht die Umgebung nach dem beim Dinner anwesenden vierten Polizisten ab. Er kann ihn nirgends ausmachen. Branco thront weiter auf seinem Schneemobil und beobachtet die zwei Kameraden mit unablässiger Geringschätzung. Seine Männer schleichen derweil wie Raubkatzen um ihre Beutetiere. Wie Löwen.

Lions.

Dann, als könne er Gedanken lesen, beschließt Polizeichef Branco eine Frage an die Deutschen zu richten: „Wir sind Polizei. Du weißt?"

Er setzt eine vielsagende Miene auf.

Timo und Rolli nicken angespannt.

„Wir Lions. Du kennst?"

Wieder nicken die beiden.

„Best Police in Macedonia!", skandiert Goran. Timo erinnert sich in diesem Moment vage an einen spät abends abgehaltenen Vortrag in politischer Bildung an seinem Heimatstandort zum Abschluss eines anstrengenden Übungstags. Die militärische Führung versucht mit solchen Veranstaltungen, das Bewusstsein der eigenen Soldaten für die Notwendigkeit eines jeweils im Parlament beschlossenen Auslandseinsatzes zu erweitern. Dabei ging es in diesem einen speziellen Fall um die Entstehung des Jugoslawienkonflikts und die unzähligen Krisenherde, die sich daraus entwickelt haben. Zunächst wurden sämtliche Gräueltaten ausnahmslos serbischen Freischärlern zugeschrieben – Marodeuren ähnliche, paramilitärische Verbände. Doch später kristallisierte sich heraus, dass sich keine der beteiligten Parteien etwas schenkte. Serben, Kroaten, Bosniaken, Albaner, Mazedonier. Niemand ging am Ende nach Hause, ohne dass ihm Blut wie Pech an den Händen klebte. Es bildeten sich weitere kleine, militärisch mehr oder weniger durchorganisierte Gruppen zu dem einzigen Zweck, auf allen Seiten ethnische Säuberungen möglichst grausam durchzuführen. Es bedurfte nicht einmal großer Geheimhaltung; vieles ging schon am nächsten Tag in schockierend bewegten Live-Bildern um die Welt. Plünderungen, Vergewaltigungen und Internierungen waren an der Tagesordnung, einzig weil Menschen nicht der passenden Ethnie angehörten; Dinge, die man in Europa längst aufgearbeitet zu haben hoffte. Sie aber in Verbindung mit holocaustähnlichen Umständen zu bringen, verbat sich zumindest in der deutschen Öffentlichkeit aus sittlicher und moralischer Verantwortung.

Die grausame Realität jedoch erlaubte es sich, keine solchen haarspalterischen Unterscheidungen zu treffen. Unter mehreren parteiübergreifenden Mordkommandos stachen die sogenannten Säuberungstrupps heraus. Besonders eine paramilitärische Einheit machte sich dadurch einen Namen, dass sie die Bevölkerung eines Ortes, durch den sie gerade marodierte, auf das Schlimmste terrorisierte und schikanierte. Auch diese Gruppierung verstand sich wie die „Lions" als Polizisten. Nur hatte sich jener Trupp den Namen „Tigers" gegeben.

Tigers – Lions.

Für Timo steht auf einen Schlag fest, mit welcher Sorte Mensch er es hier zu tun hat. Branco und sein kleiner Haufen wollen gefürchtet werden, und sie machen keinen Hehl daraus.

Der junge Deutsche stellt insgeheim die Vermutung auf, dass er und Rolli genau dieser einen Tatsache nicht genug Aufmerksamkeit und Respekt gezollt haben. Die kurze Auseinandersetzung mit Goran hat bei ihrer Ankunft ausgereicht, einen Kieselstein ins Rollen zu bringen, der eine Steinlawine nach sich zieht.

Sie haben sich von Anfang an nicht einschüchtern lassen, keine Demut vor den Hausherren gezeigt. Waren anmaßend gewesen. Da es auf abgeschiedenen Hotelbergen wie dem Snowboard grundsätzlich an Abwechslung mangelt, so Timos Überlegung, musste der Bulle zwangsläufig zu seinem Anführer rennen, um ihm über die Missetat der Deutschen Bericht zu erstatten. Es kann nicht der leiseste Zweifel bestehen, dass Branco Andov sämtliche, ihm zur Verfügung stehenden Hebel in Bewegung gesetzt hat, um zu erfahren, wer diese anmaßenden Emporkömmlinge sind, die es wagten, in sein Reich einzudringen. Die Information muss ihn in Windeseile, höchstwahrscheinlich in Lichtgeschwindigkeit, erreicht haben, denn Goran stand ja bereits eine halbe Stunde nach dem Vorfall hinter Timo und hauchte ihm seinen eigenen Nachnamen ins Ohr.

Timo stellt sich die Frage, wie genau der Informationsgehalt ist, aus dem Branco schöpft. Je präziser das Wissen des Berg-Napoleons ist, desto sicherer gibt es ein Leck in Camp Fox. Einen Maulwurf, der für die falsche Seite gräbt.

Der Stabsunteroffizier beschließt, sich mit aller Vorsicht Gewissheit zu verschaffen. Da eine Auseinandersetzung mit den drei anwesenden Lions zumindest so lange aussichtslos erscheint, solange er nicht weiß, wo der vierte Polizist steckt, hängt sich der Stabsunteroffizier sein Gewehr beinahe im Zeitlupentempo wieder über die Schulter. Bewusst zieht er damit die Aufmerksamkeit auf sich.

Branco grunzt zufrieden vor sich hin, während Rollis Blick Verwirrung ausdrückt und im gleichen Augenblick erkennt, dass Timo Recht hat. Auch er lockert seinen Griff um die Pistole.

45

Sofort entschärft sich die Situation.

Branco entfährt ein fast beleidigter Zischlaut, als er merkt, dass die Soldaten sich nicht zur Wehr setzen wollen.

„Entschuldigung, Herr Branco?", legt Timo so viel Unterwürfigkeit und Naivität in seine Stimme, dass er sich beinahe dafür schämt.

Die übrigen Polizisten brechen in bellendes Gelächter aus. „Herr Branco" ist auch in Mazedonien nicht die übliche Höflichkeitsfloskel für einen Vornamen. Der Angesprochene bringt seine Vasallen mit einem eisigen Blick zum Verstummen, dann blickt er Timo überrascht an. Bisher hat all seine Aufmerksamkeit dem Feldwebel gegolten. Es scheint ihn zu verwundern, dass ein rangniederer Soldat es wagt, sich unaufgefordert in ein Gespräch zwischen zwei Alphatieren einzumischen.

Misstrauisch wandern seine Augen zwischen Rolli und Timo hin und her.

Als der Feldwebel keine Anstalten macht, dem Stabsunteroffizier das Wort zu verbieten, steht plötzlich Timo im Mittelpunkt.

Geschickt wartet der Stabsunteroffizier ab.

Will er sich und Rolli nicht in noch größere Schwierigkeiten manövrieren, muss er aufpassen. Er darf keinen Fehler machen, deshalb achtet er ergeben darauf, dass Branco ihm seine Erlaubnis zum Sprechen erteilt. Schließlich tut ihm der selbsternannte Herrscher des Berges den Gefallen tatsächlich.

Noch immer auf seinem weißen Schneemobil sitzend, breitet er gönnerhaft die Arme aus.

„Jäger", sagt er betont langsam und gedehnt, „meine Freund. Was ist deine Wunsch?"

„Kein Wunsch", beeilt sich Timo mit beschwichtigender Geste zu sagen, „nur eine kleine, bescheidene, persönliche Frage, wenn Sie gestatten."

„Frag!", antwortet Branco mit einem Lachen, das mehr als Gunstzuweisung zu verstehen ist, denn als Heiterkeitsausbruch. „Frag!"

„Na ja, also ich habe mich gefragt… Ihnen gehört doch dieser Berg. Sie haben dieses tolle Geburtstagsfest veranstaltet und kennen sogar unsere Namen. Sind sie ein berühmter Mann in Mazedonien?"

Branco setzt eine mitleidig geschmeichelte Miene auf. „Ah, nein", sagt er in übertrieben verschwörerischem Tonfall, nur um dann seinen Zeigefinger in Kreisen durch die Luft sausen zu lassen.

„Bin ich Zauberer!"

Timo bemerkt, dass Rolli langsam ungeduldig wird. Ihm gefällt es gar nicht, diesem gefährlich arroganten Wichtigtuer auch noch Honig um den Bart zu schmieren. Doch Timo glaubt, seinen Plan nur auf seine eigene Weise umsetzen zu können. Er hat die Tür bemerkt, die Branco ihm wahrscheinlich unbewusst geöffnet hat. Er will die Gelegenheit nutzen, um schnell seinen ganzen Fuß in die Angel zu stellen.

Verhalten lacht er zu Brancos Scherz.

So beiläufig wie möglich fragte er: „Sagen Sie jetzt bloß nicht, Sie als Zauberer wissen, dass München mein Geburtsort ist? Sie verstehen? München… Bayern München?! Sie deuten an …"

Die Augen des Polizeichefs verengen sich.

Timo befürchtet schon, durchschaut worden zu sein, da gibt Branco noch einmal den Zischlaut von sich und macht eine wegwerfende Handbewegung.

„Weiß ich. Weiß ich alles", schnaubt er.

„Wissen Sie auch, dass unten im Dorf ein Toter mit einem Loch im Kopf in einer Schubkarre liegt?"

Mit einem Schlag herrscht Grabesstille.

Die Frage ist ihm einfach über die Lippen gerutscht. Er bereut sie bereits in dem Moment, da er sie ausgesprochen hat.

Leider ist es da schon zu spät.

Brancos Blicke und die seiner Männer durchbohren ihn förmlich. Die tumben Polizisten können von Timos Frage auf Deutsch nicht viel verstanden haben, aber sie wissen augenblicklich, wovon die Rede ist.

Ihr Anführer scheint die Fassung schneller als seine Kumpane zurückzugewinnen, doch seine Gestalt wirkt seltsam entrückt. Ein unsichtbarer Grimm richtet ihn von innen heraus auf. Man merkt es daran, dass er versucht, seine Verstimmung diszipliniert zu unterdrücken. Am ganzen Körper bebend, erhebt er sich von seinem sportlichen Königsthron.

Timo und Rolli weichen unwillkürlich zurück.

Branco nickt in Richtung des dritten Polizisten, des Folterknechts aus dem Verschlag. Der reibt sich noch immer die Hände an dem öligen Tuch ab, fletscht eine Reihe gelber Zähne und verschwindet im Dunkel des Käfigs. Kurze Zeit später hört man aus dem gähnenden Nichts das Klirren eines Schlüsselbunds. Ein Schlüssel, der sich geräuschvoll im Schloss dreht. Eine Tür, die scheppernd aufgeschlagen wird.

Es folgt die Stimme des grobschlächtigen Mannes, die in der Dunkelheit auf jemanden oder etwas einredet. Betont beruhigend. Sanft beinahe.

Daraufhin beginnt das etwas zu hecheln. Kein normales Hecheln. Ein scharfes, feuchtkehliges Hecheln. Kein sehr kleines etwas. Etwas Mächtiges, Brachiales. Eine Kette rasselt.

Dann nähern sich den Wartenden hallende Schritte, begleitet von einem ungeduldig scharrenden Trippeln. Zuerst erscheint in der blechernen Öffnung ungefähr auf Brusthöhe seines Halters ein grauzottiger, riesiger Hundeschädel.

Aber das kann kein Hund sein.

Ein gewaltiger, sehniger Vierbeiner zerrt an einer Kette seinen Hundeführer hinterher, der sich redlich abmüht, sein Tier im Zaum zu halten. Eine echte Hunderasse ist nicht auszumachen, möglich, dass sich an der

Entstehung dieses Ungetüms mehrere Arten ausprobiert haben. Dogge, Schäferhund, Windhund, Monsterhund.

Der Hundeführer und von Timo so betitelte Folterknecht führt das Biest ganz nah an den deutschen Soldaten vorbei.

Es streift Timos Oberschenkel und er kann durch den festen Uniformstoff seiner Hose das harte, durchtrainierte Muskelfleisch des Tieres spüren. Sein zerfleddertes, graues Fell mag von Parasiten nur so wimmeln, doch das, was darunter liegt, sehnt sich danach, zu zerreißen und zu zerfleischen. Neben Branco Andov macht das Hundebiest brav halt. Mit seinen behandschuhten Fingerspitzen massiert das Herrchen die Kopfhaut des Viehs gleichermaßen angewidert wie freudvoll.

Der Hund genießt die viel zu selten ausgeschüttete Liebkosung sichtlich, denn er schließt seine Lider und es sieht ganz so aus, als spiele um sein furchterregend großes Maul ein seliges Lächeln.

„Aah, Mamli", spricht Branco ihn an, „gute Hund, gut."

Er krault den Hund ausgiebig, als er weiterspricht. Doch mit dem was er sagt, meint er nicht das Tier, sondern die Soldaten. Insbesondere Timo nimmt er ins Visier.

„Kennst du Mamli auf Deutsch?" – Die Frage ist rein rhetorisch, ein Branco Andov erwartet keine Antwort darauf – „Heißt Rex. Wie Kommissar Rex. Die Film. Verstehen?"

Timo reagiert nicht.

Er ist schon zu weit gegangen. Jedes weitere Wort würde die Situation zusehends verschlimmern.

„Hund Rex ist Hund für Polizei. Rex schnappen Verbrecher, Mamli schnappen Verbrecher. Ich schnappen Verbrecher. Du nix schnappen Verbrecher!"

Timo kann sich denken, dass mit dem Gesagten nicht er persönlich, sondern vielmehr die Bundeswehrmission in Mazedonien im Allgemeinen gemeint ist. Wenn Brancos Spitzelnetzwerk funktioniert, weiß er, dass Timo nur ein einfacher Wachsoldat ist, der mit Verbrecherjagden nichts zu tun hat und darum verschont werden kann.

„Mazedonia, schönes Land", fährt der Anführer in staatsmännischem Diplomatenton fort, „wenn schlechte Mann kommen in meine Land und machen kaputt, ich töte diese Mann."

Mit einer Hand streichelt er immer noch Mamlis Monsterkopf; die andere ballt er zur Faust und quetscht sie, bis die Knöchel der Finger weiß hervortreten.

„Shibdar!", stößt Goran verächtlich hervor und spuckt aus.

Nicht ganz unbeabsichtigt treffen ein paar schaumig weiße Tröpfchen Timos schwarze Kampfstiefel.

Auch wenn der Polizist es nicht ausspricht, ist sich Timo auf einmal sicher, dass Branco und Goran von dem Toten in der Schubkarre reden. Feldwebel Rolander erahnt es wohl ebenfalls, denn nun ist er es, der aufgekratzt eine Frage stellt: „Shibdar? Was ist das? Etwa ein Schwein? Meinen Sie uns damit? Wir sind Schweine?"

Branco fährt in die Richtung des Feldwebels herum und baut sich bedrohlich vor ihm auf. Rolli ist ein wenig größer, so dass die Nase des Polizeichefs nur eine Winzigkeit vor dem Mund des Kameraden stehen bleibt. Brancos Gesicht läuft puterrot an. Der befehlsgewohnte Polizeichef ist es nicht gewohnt, sich erklären zu müssen. Er brüllt seinen Unmut darüber in Rolanders Gesicht.

„Deutsche sich immer einmischen. Geht nix an! Versteht nicht, dass Shibdar ist Albani. Schwein ist zu gut für Shibdar! Schwein kannst du essen!"

Er erstarrt. Möglicherweise, weil er gerade zu viel gesagt hat. Zu schnell entspannen sich seine Gesichtszüge wieder. Dann fügt er dem eben Gesagten in unheilvollem Ton hinzu: „Oder kommt Rolander, um zu helfen? Helfen Shibdar?"

Feldwebel Rolander hält Brancos Tirade nicht länger stand. Er sinkt innerlich zusammen und schüttelt matt den Kopf. Jeder kann es sehen. Tränen stehen in seinen Augen. Der Soldat in Uniform steht da wie ein kleiner, weinerlicher Knabe, der vom Schulrektor zurechtgewiesen wurde.

Nicht viele hätten Brancos Druck länger und besser standgehalten. Timo weiß, dass er den Boden für diese Demütigung bereitet hat. Es tut ihm leid. Er wird sich bei Rolli entschuldigen müssen.

Wie bei einem schlecht erzählten Witz, dessen Pointe nach einer peinlichen Schweigeminute endlich jedem einleuchtet, brechen die drei Polizisten in schallendes Gelächter aus. Für sie ist mit Feldwebel Rolanders Tränen jeglicher Widerstand gebrochen.

Nur um ihnen zu zeigen, für wie unbeholfen sie die beiden Soldaten halten, holen sie endlich auch ihren vierten Mann aus seinem Versteck. Gut gelaunt kommt ein bärtiger Mazedone hinter einer Hügelkuppe hervorspaziert, der einen weiten Scharfschützenanzug trägt. Die von leichtem Polyester durchwirkte Ghillietarnung sorgt dafür, dass der Mann mit der Ausstrahlung eines in Blätter und Moos gekleidetes Hochlandwesen mit seiner Umwelt verschmilzt. Er wäre selbst dann nicht zu sehen gewesen, wenn er direkt neben Timo auf der Lauer gelegen hätte.

Fragend sieht der vierte Polizist in die ausgelassene Runde. Über seinen verschränkten Armen trägt er sein Präzisionsgewehr mit Zielfernrohr, das er liebevoll tätschelt wie einen Babypopo.

Nachdem er in die Ursache für den Heiterkeitsausbruch eingeweiht worden ist und noch einmal herzlich gelacht wurde, wedelt der Anführer des kleinen Trupps mit einer Hand in Timos und Rollis Richtung.

„Geh!", fordert er sie auf, ohne sie dabei anzusehen.

Dann noch einmal mit etwas mehr Nachdruck.

„Geh!"

Er jagt die Deutschen davon gleich räudigen Straßenkötern, die es jetzt nicht einmal mehr wert sind, ihren Fressnapf mit einem Geschöpf wie Mamli zu teilen. Timo und Rolli brauchen keine weitere Aufforderung mehr. Sie rennen nicht davon, aber sie flüchten.

Der Sieg über ihrer beider Demütigung wird in ihrem Rücken gefeiert. Hohn, Spott und Pfiffe begleiten sie bis zu ihrem Fahrzeug.

Schweigend nehmen sie ihre Plätze ein.

Jeder hängt seinen eigenen Gedanken nach.

„Scheiße!", murmelt Rolli, „Scheiße!", und knufft mit der Faust gegen das Lenkrad.

Er atmet schwer, steigt nochmal aus.

„Ich komm' gleich wieder", sagt er, „muss im Camp anrufen und Bescheid geben, dass wir später reinkommen."

Damit schlurft er mit hängenden Schultern ins Hotel zurück.

Sie verlassen den Snowboard, ohne ein weiteres Wort zu wechseln. Nur der Motor gibt ein sonores Brummen von sich. Auf der Verkehrsinsel in dem heruntergekommenen Dorf steht noch immer die rostige Schubkarre.

Sie ist leer.

Rolli zündet sich eine Zigarette an. Er nimmt einen langen Zug, stützt einen Ellenbogen auf dem Fensterrahmen ab und bläst eine blaue Wolke gegen die Windschutzscheibe. Über sein Gesicht huscht ein verbittertes, verzerrtes Grinsen.

„Die Wichser haben uns ganz schön gefickt, was?", flüstert er, die Straße angestrengt im Visier.

„Mhm", gibt Timo abwartend zurück, weil er nicht weiß, welchen Anteil Rolli ihm an dem ganzen Schlamassel zumisst.

Die Reaktion lässt nicht lange auf sich warten.

„Scheiße, man, was hast du dir dabei gedacht? Die Pisser waren nur sauer, weil ich ihre kleine schwule Empfangsdame Goran blöd angemacht habe. Die hätten dieses Drecksvieh von Monsterhund vorhin nur kurz an uns schnuppern lassen, um uns mehr Anstand beizubringen. Ich hätte mich artig entschuldigt und wir wären heimgefahren. Warum musstest du sie provozieren?"

Rolli ist sauer, aber er schreit nicht. Er hat seine Frage ruhig und überlegt gestellt, so als erwarte er vor seinem nächsten Ausbruch eine vernünftige Erklärung des Mitfahrers.

„Hast du bemerkt, dass sie unsere Namen kannten?", beginnt Timo.

„Sicher. Ganz normal hier. Deren Spitzel stehen irgendwo vor dem Lager und beobachten uns sogar beim Scheißen, da haben sie mit ihren Ferngläsern den besten Blick auf unsere Namensschilder."

Er klopft sich demonstrativ gegen die linke Brusttasche, wo an deutschen Uniformen die Nachnamen der Soldaten in schwarzen Großbuchstaben prangen.

„Hab' ich mir gedacht", sagt Timo und fügt schnell hinzu, „aber ich wollte wissen, ob die Mistsäcke einen Maulwurf im Lager haben."

Mit gerunzelter Stirn behält Rolli weiter die Fahrbahn im Auge. Er denkt nach.

Dann hebt sich sein Kinn ein Stück.

„Du bist nicht in München geboren, oder?"

„Nein", bestätigt Timo.

„Dieses Arschloch Branco hat gesagt, dass er es weiß. Er ist deiner Frage ausgewichen!"

„Ja, aber das war nicht alles. Jemand wie Branco, der so versessen drauf ist, Leute zu ficken, die er nicht leiden kann, hätte sicherlich noch einen draufgesetzt und mir neben meinem wenigstens auch noch deinen Geburtsort unter die Nase gerieben. Außerdem habe ich ihm in die Augen geschaut. Da stand nichts weiter als ein großes Fragezeichen. Die haben niemanden im Lager, wenigstens da bin ich mir sicher. Branco kriegt seine Infos von außerhalb."

Rolli hört noch immer aufmerksam zu, doch seine Stirn liegt in Falten.

„Ist doch schon mal was. Und die Sache mit diesem Schubkarrenalbaner? Was sollte das?"

„Weiß nich' genau, was ich mir dabei gedacht habe", gibt Timo kleinlaut zu. „Glaub', ich wollte nur für mich selbst wissen, ob sie's waren."

„Ich denke, die waren's", knurrt Rolli finster.

„Sollen wir es melden? Müssen wir, oder?"

„Mach' ich morgen. Wird' sagen, dass wir eine Leiche in 'ner Schubkarre gesehen haben, sie aber ohne Sicherung nicht bergen konnten. Um den Rest soll sich J-2 kümmern."

Was in Deutschland Stab oder Generalstab genannt wird, ist im Einsatzland Mazedonien eine „Joint Operation", da es sich um eine NATO-Operation mehrerer Nationen handelt. Deshalb ist die Einheitssprache selbstredend Englisch. Das „J" vor jedem Fachbereich meint das englische Wort *Joint*, was so viel wie *gemeinsam* bedeutet. Dass in einem Haus voller Offiziere das Wort Joint vorneweg steht, flößt wenigstens Timo, dem Stabsunteroffizier, nicht unbedingt das größte Vertrauen ein. Zu sehr fühlt er sich an die Hippieära seines Vaters erinnert. Diese Leute, Offiziere, die für die Bundeswehr die ganze bürokratische Arbeit erledigen, verkriechen sich gern vor dem Rest der Truppe in ihrer Höhle. Im Fall von Camp Fox ist die Höhle das grellblaue Stabsgebäude am südlichen Rand des Lagers. Darin verbergen sich neun verschiedene Fachbereiche mit ebenfalls jeweils unterschiedlichen Aufgaben. So werden im Fachbereich Joint One – Eins – alle Personalfragen abgeklärt. Im Fachbereich Vier alle Logistikfragen. Oder eben im Fachbereich Zwei jede nur erdenkliche Frage zur Sicherheit der Truppe.

Joint Two, kurz J-2, ist eine schmale, von Raumteilern begrenzte Zone, die nur von sehr wenigen Menschen betreten werden darf, die zuvor ermüdenden Sicherheitsüberprüfungen ausgesetzt waren. Hier wird jede Neuigkeit des Einsatzlandes und jedes noch so belanglose Gerücht zusammengetragen, um daraus die Bedrohungslage für die eigenen Soldaten abzulesen, möglichst noch bevor ihnen etwas zustoßen kann. Hier sitzen die Leute, die die jeweilige Tagesstimmung im Lager dadurch beeinflussen, dass sie anordnen, man solle innerhalb des Lagers mit teilgeladener Waffe herumlaufen oder außerhalb stets den unhandlichen Helm und die schwere Schutzweste griffbereit haben. Das sind letztendlich auch die Personen, die Timo und Rolli das Problem mit dem Toten in der Schubkarre, dem angeblichen Albaner, den die Polizistentruppe abfällig einen „Shibdar" nannte, abnehmen werden.

Die weitere Fahrt verbringen sie schweigend, hie und da unterbrochen von einem Gähnen. Camp Fox liegt weitestgehend im Dunkeln, als sie ankommen. Die Zufahrt zum Haupttor wird von hellem Flutlicht ausgeleuchtet. Sie umkurven sechs riesige, betongefüllte Fässer, die aufgestellt wurden, um zu verhindern, dass jemand sein Fahrzeug böswillig und mit voller Geschwindigkeit in das Lager krachen lässt.

Der heimkehrende Wolf hält vor dem verschlossenen Tor. Wie vorgeschrieben steigen die Soldaten aus, um ihre Waffen an einer der beiden Sandkiste zu entladen. Als sie fertig sind, werden sie vom Strahl einer Taschenlampe geblendet. Ein weiterer Kamerad, den Timo vom Wachdienst kennt, steht mit seinem Sicherungssoldaten vor ihnen. Dieser Sicherungssoldat wirkt merkwürdig verschlafen, hat verstrubbeltes Haar, rote Augenränder, aber einen akkurat gestutzten Spitzbart wie zu Musketiers Zeiten und ist unbewaffnet. Rolli erstarrt augenblicklich in militärischer Habachtstellung.

„Guten Abend, Herr General", grüßt er zackig.

Wegen der Dunkelheit hat Timo den goldenen Stern mit Eichenlaub auf den Schulterklappen des zweiten Soldaten übersehen. Erschrocken holt auch er seinen Gruß nach.

„Abend ist gut, Rolander. Wir haben es nach Elf", brummt der General, „ich dachte schon, wir müssten eine Streife nach Ihnen aussenden. Hoffentlich haben Sie eine gute Ausrede parat, Feldwebel."

Wie üblich wird diese Art von Gespräch nur zwischen den Dienstgrad-höchsten unter den Anwesenden geführt, so dass Timo nur wenige Unan-nehmlichkeiten zu befürchten hat. Es ist ihm ohnehin einerlei, denn er ist müde und will sich nur noch in seinem Schlafsack ausbreiten.

Das Gespräch zwischen General und Feldwebel gestaltet sich kurz. Gleich nachdem sie eingelassen wurden, trennen sich Rollis und Timos Wege. Mit raschen Schritten entfernt sich Feldwebel Rolander zur Bericht-erstattung in Richtung des Stabsgebäudes.

Timo trottet zu seinem Zelt.

Als er sich endlich auf seiner Matratze ausstreckt und die Arme hinter dem Kopf verschränkt, kommt ihm mit einem Mal Lina in den Sinn.

Am Ende dieses verrückten Tages hätte er sie gerne geküsst. Er stellt sich vor, wie er um ihre schmale Taille greift und sie eng an sich zieht. Ihre Stimme flüstert ihm zu, dass jetzt alles gut werde, dann schiebt sie eine Hand unter sein Hemd. Timo greift nach ihrer anderen Hand und legt sie sich auf die Wange. Er kann das gedämpfte Rascheln ihrer zarten Finger auf seinem unrasierten Gesicht hören.

Das Verlangen, Lina sofort anzurufen, wird übermächtig.

Timo verzehrt sich nach ihr und er will ihr sagen, dass alles nur ein ge-waltiger Irrtum war, den er nun einsieht. Er würde ihr verzeihen, wenn sie ihm verziehe, und beide könnten miteinander wieder glücklich und zufrie-den sein bis an ihr Lebensende.

War es so nicht auch im Märchen?

Das Satellitentelefon, das Timo gebraucht hätte, liegt etwa hundert Meter entfernt im Betreuungszelt, das um diese Uhrzeit längst geschlossen hat.

Als er krampfhaft darüber nachdenkt, wie er heimlich trotzdem an eines der Telefone gelangen könnte, meldet sich endlich wieder sein innerer Sol-dat zurück zum Dienst.

Er fragt Timo in barschem Ton, was er sich von dem Anruf erhoffe. Nur zu, Timo solle sich das Telefon holen und Lina zu dieser schlaftrunkenen Uhrzeit anrufen. Es würde lange klingeln.

Timo wäre aufgeregt, voller Vorfreude. Das Freizeichen wäre fast mit dem letzten Ton verstummt, da würde doch noch abgehoben.

Timo der Narr, brächte ein schüchternes „Hi" zustande wie bei ihrer ers-ten Begegnung, doch er bekäme keine Antwort.

Stattdessen würde er unruhiges Atmen hören.

Nicht das Atmen einer Frau – seiner Frau. Es wäre das ätzende Timbre von Linas bestem Freund. Es würde sich in Timos Kopf drängen, wie er zuvor in Lina.

„Lina schläft schon", würde er keuchen. „Ich musste sie ins Bett bringen, weil du nicht da bist. Einer muss es schließlich tun. Ha, ha, ha. Sie hat ge-weint. Ich habe ihr die Tränen zum Trost mit meiner Zunge von den Lidern geleckt, immer tiefer, bis ich ihr den Lappen zwischen die Beine gestoßen habe. Du hättest hören sollen, wie sie nach Luft geschnappt hat. Erst hat sie nur sachte gestöhnt, doch dann konnte sie ihre Geilheit nicht länger bei sich behalten. Sie ist eine Wildkatze im Bett. Sie hat mich angefleht, es ihr zu besorgen! Als bester Freund habe ich mich natürlich verpflichtet gefühlt, ihr den Gefallen zu tun, weil du ja nicht da bist. Quasi als Stellvertreter. Du weißt schon. Ich musste tief stoßen, sehr tief, nur um euch beiden, Carolina und dir, diesen einen Gefallen zu tun. Es war anstrengend für Carolina und ich weiß nicht genau, wovon sie gerade träumt, doch sie stöhnt noch immer meinen Namen. Was meinst du, soll ich sie noch einmal wecken und schön von dir grüßen?"

Dann wäre die Leitung auf einmal tot.

Timos innerer Soldat hat Recht.

Sie hat seinen Anruf nicht verdient.

24. April 2002 – Mazedonien

Krank im Zelt (kiZ)

Timo wacht mit einem Dröhnen im Schädel auf.

Die Nacht war viel zu kurz. Er hat den Morgenappell um Acht verpasst, bei dem die Anwesenheit der gesamten Kompanie überprüft wird – Timo fragt sich, wohin man sich hier verirren kann – und die Neuigkeiten des Tages verlesen werden. Der ausgegebene Tagesbefehl beschäftigt die Bundeswehrsoldaten. Ein Erlass aus der Führungsetage des grellblauen Stabsgebäudes:

Sonnenbrillen mit verspiegelten Gläsern dürfen ab sofort wieder innerhalb noch außerhalb des Lagers getragen werden.

Die Person, die das vermutlich am härtesten trifft, ist der Ramschverkäufer der kleinen, zusammengezimmerten Bretterbude ein Stück außerhalb des Lagerzauns von Camp Fox. Dort gibt es alles, was man sich im lagerinternen Marketendershop nicht besorgen kann. Während ihrer Ruhezeiten machen die Soldaten ab und zu einen Abstecher dorthin, um sich schwarz gebrannte CDs und DVDs zu besorgen.

Der rocklastige Soundtrack des Lagerlebens und Gina-Wild-Pornos sind die einzigen uneingeschränkt zugelassenen Suchtmittel, mit denen ein strammer deutscher Soldat die immer länger werdenden Stunden überbrücken kann, ohne dem Lagerkoller zu erliegen.

Musik, Filme, Sonnenbrillen, Parfüm und Zigaretten sind nur das Nebengeschäft des hageren, wettergegerbten Verkäufers mit der Schnapsnase, dessen zweites, legales Gewerbe hinter einem schiefen Weidezaun auf kargem, braunem Erdboden weidet. Rund um Camp Fox wächst kein einziger der frischen, grünen Grashalme, die Timo bei seiner Ankunft so bewundert hat, und je länger die Trockenperiode andauert, desto mehr verschwindet auch das übrige Grün im Land. Etwa 15 bis 20 klapperdürre Ziegen suchen stets aufs Neue den staubigen Untergrund nach etwas Fressbarem ab und beginnen laut zu meckern, wenn man sich dem Stand ihres Ernährers – falls man den Verkäufer denn so nennen möchte – auf mehr als zehn Meter nähert.

„Meine Alarmanlage", nennt er sie.

Man munkelt, dass sie auf mehr als nur den Plunder Acht geben, den er zu Billigstpreisen verramscht. Was genau seine wirklichen Kostbarkeiten aber sein könnten, weiß keiner so richtig.

Im Nachgang hat Timo erfahren, dass seine Abwesenheit gar nicht aufgefallen ist. Niemand hat sich die Mühe gemacht, nach ihm zu suchen. Gegen halb zehn schafft er es endlich, sich mit einem Stöhnen aufzurappeln. Er sieht, dass Rollis Bett unbenutzt geblieben ist. Das heißt, dass er die Nacht im Stabsgebäude verbracht haben muss.

Kein gutes Zeichen.

Timo kann sich sehr gut vorstellen, dass Feldwebel Rolander dem geisterhaft auftretenden Lagerkommandanten die halbe Nacht zum Rapport bereitstehen musste, womöglich sogar in bestem Schulenglisch. Vielleicht wurde auch gleich der Leiter von J-2 und wer-weiß-wer-noch aus den Federn gerüttelt, um den Vorfall am Snowboard bis ins nebensächlichste Detail zu untersuchen.

Bevor er sich zu viele Gedanken macht, führt Timos erster Weg des Tages zu den Sanitätscontainern.

Das Lager ist gut bestückt mit medizinischem Personal und ausgestattet mit fast sämtlichen Darreichungsformen von Arzneimitteln. Durch etwas persönliche Beziehung und etwas Schmiermittel – Alkohol, Kaffee oder Zigaretten – wird man von korrumpierbaren Sanitätssoldaten mit fast allem eingedeckt, von dem man glaubt, dass es zur eigenen Gesunderhaltung notwendig ist.

Timo holt sich bei seinem Mittelsmann Kopfschmerztabletten und eine Bescheinigung, die es ihm erlaubt, sich den Tag über nicht weiter als eine Armeslänge von seinem Bett entfernt aufhalten zu müssen.

Das Tageslicht brennt höllisch in seinen Augen.

Er fühlt sich elend. Trotzdem beschließt er zusätzlich einen Abstecher zur Feldpoststelle gegenüber vom Lazarett zu machen, was sich prompt als Fehler herausstellt.

Feldpostbriefe und Pakete werden eigentlich beim allmorgendlichen Appell verteilt, doch Timo hat den diensthabenden Soldaten gebeten, seine Post zurückzuhalten, bis er sie persönlich abholen kommt. Das hat ihn eine zollfreie Ein-Liter-Flasche Jack Daniel's gekostet. Er verspricht sich davon ein paar zusätzliche Minuten Ablenkung während seiner Ruhepause, die sich wie von selbst mit ein wenig Lagerklatsch in der gut klimatisierten Feldpoststelle ausfüllen lassen.

Bisher hat der Kamerad Oberfeldwebel nur sehr wenig Arbeit mit ihm gehabt.

Fünf von Timos Nachfragen haben nur ein bedauerndes Schulterzucken ausgelöst, woraufhin sie das Thema meist auf das gleichbleibend warme Aprilwetter lenken. Diesmal erntet Timo jedoch ein breites Grinsen, dazu einen Briefumschlag. Er erkennt die kursiv verschnörkelte Handschrift seiner Mutter darauf sofort. Ihr Anblick verursacht leichtes Herzrasen bei ihm; das unrhythmische Dröhnen in seinem Kopf verschlimmert sich.

Es kostet ihn einige Kraft, dem Poststellensoldaten so beiläufig wie möglich von seinem gestrigen Erlebnis auf dem Snowboard zu erzählen, denn dank des Wachsoldaten der Nachtschicht machen schon erste Gerüchte die Runde. Timo gibt nur eine kurze Schilderung der Ereignisse wieder, denn sein Magen rebelliert. Er spürt, wie das mazedonische Festmahl vom Vortag mit aller Gewalt hinausdrängt.

Ohne sich groß zu verabschieden, stolpert er aus dem Postcontainer, stürzt über die sandige Lagerpiste zum nächsten Plumpsklo und reißt die durchscheinend blaue Plastiktür auf. Ohne darauf zu achten, wie genau es sein Vorgänger in der engen Kabine mit den Hygienevorschriften gehalten hat, fummelt er sich die Hose über die Schenkel und lässt sein nacktes Hinterteil in einem Akt letzter Verzweiflung auf das niedrige, weiße Kunststoffbecken fallen.

Kaum schießt ein erster Schwall Flüssigkeit heraus, überkommt ihn auch noch eine Übelkeit, die einen bösen Würgereiz heraufbeschwört. Seine Finger suchen an den glatten Innenwänden krampfhaft nach Halt und Timo spürt, dass der Brief seiner Mutter in seinem krampfenden Griff zerknittert. Die Geräusche, die er ausstößt, sind Urlaute eines tiefsitzenden Schmerzes. Er bittet innständig, dass gerade niemand in Hörweite seines Dixie-Häuschens vorbeikommen möge. Eine halbe Ewigkeit versucht er in jämmerlicher Haltung die beginnende Ohnmacht fort zu hecheln. Das Malheur, das er während seiner Sitzung anrichtet, wird er mit der einen Rolle vorhandenen Klopapiers nicht mehr vertuschen können.

Alle Kraft fließt aus ihm; heiße und kalte Schübe schütteln seinen ganzen Leib. Er beschließt, die nötige Säuberungsaktion auf später zu verschieben. Vielleicht.

Weit jenseits von Zeit und Raum schafft er es irgendwie und irgendwann, schwankend in sein Zelt zu gelangen. Rolli findet ihn, kreidebleich auf dem militärisch standardisierten Kiefernholzboden vor dem Bettgestell kauernd. Er rüttelt Timo wach.

„Du stinkst, Stabsunteroffizier", sagt er bar jeden angemessenen Mitgefühls.

Timo murmelt matt und blubbert unverständliches Zeug. Wie in einem Nebel nimmt er den Kameraden wahr, der ihm hilft, sich bis auf die Unterhose zu entkleiden und in den Schlafsack zu schlüpfen. Die bis an die Grenzen des soldatischen Vorstellungsvermögens verdreckten Uniformteile schiebt Rolli mit seinem Stiefel als Haufen am Bettende zusammen. Dabei sieht er den Brief, der aus einer Beintasche Timos herauslugt, und fischt ihn mit gespreizten Fingern auf. Er legt ihn neben dem jetzt friedlich schlummernden Stabsunteroffizier ab, dann entfernt er sich schleunigst aus der Tageshitze, die sich allmählich mitsamt dem Gestank im Zelt staut.

Es muss schon Nachmittag sein, als Timo erneut wachgerüttelt wird.

Blinzelnd versucht er etwas zu erkennen, doch kein Mensch befindet sich im Zelt. Trotzdem rüttelt etwas an ihm. Er erlebt das seltsame Gefühl, dass alles um ihn herum bebt und wackelt, obwohl er selbst sich keinen Finger breit rührt. Sein überlastetes Gehirn kann die Erfahrung, bei der es sich um ein Erdbeben handelt, kaum erfassen. Abwartend bleibt er einfach auf seinem laut quietschenden Bettgestell liegen. Schlafen kann er nicht mehr.

Es dauert keine fünf Minuten, dann ist der Spuk – ein leichter Erdstoß – vorbei. Timos Brief ist bei dem Geruckel hinuntergefallen. Langsam und umständlich richtet er sich auf. Leicht benommen beugt er sich zu Boden, wo das arg in Mitleidenschaft gezogene Kuvert darauf wartet, endlich geöffnet zu werden. Durch einen kurzen Blick auf den Absender muss sich Timo aus irgendeinem Grund noch einmal vergewissern, dass der Brief wirklich von seiner Mutter ist. Das schwurbelige Gefühl in der Magengegend meldet sich erneut, als er ihn ungelenk mit dem Daumen aufreißt. Dieser Brief wird die Krönung eines buchstäblich beschissenen Tages, der keinen Hoffnungsschimmer enthält. Das weiß Timo bereits, ohne ihn vorher gelesen zu haben.

Die Handschrift seiner Mutter setzt sich auch auf dem gefalteten DIN A4-Papier fort, doch er ist sich sicher, dass sein Vater direkt neben seiner Frau gestanden hat, um ihr seine deutlichen Einlassungen über die Schulter hinweg zu formulieren.

Der Brief beginnt mit „Lieber Timo".

Klar.

Jetzt gibt es kein Zurück mehr.

Die Zeilen dringen wie von allein in Timos Bewusstsein. Als hätte er je eine andere Wahl gehabt, den Brief nicht lesen zu müssen!

Du weißt, wir haben Deine Entscheidung, ins Ausland zu gehen, nie wirklich verstanden.

Wir akzeptieren es.

Was bleibt uns auch anderes übrig?

Schließlich bist Du alt genug, Deine eigenen Entscheidungen zu treffen. Jedenfalls hoffen wir, Papa und ich, dass es Dir gut geht.

Carolina war hier und hat ein paar Sachen Deiner vorbeigebracht, die ziemlich ramponiert waren.

Wir waren gelinde gesagt verwundert, wie Du damit umgesprungen bist!

Hätte man das denn nicht anders lösen können?

Das arme Mädchen hat geweint. Du hast sie mit der Wohnungsauflösung ja ganz allein gelassen. Wir kennen Dich so gar nicht, und auch Carolina ist reichlich durcheinander.

Natürlich hat Papa ihr beim Auszug geholfen.

Da hast Du ihm in seinem Alter ganz schön was zugemutet!

Und Carolina auch. In ihrem Zustand!

Momentan kommt sie bei ihren Eltern unter, aber wir werden mithelfen, für sie eine neue und vor allem bezahlbare Wohnung zu finden. Vielleicht rufst Du sie mal an und erklärst Dich ihr, wenn sich Deine und auch Carolinas Aufregung etwas gelegt haben.

Es ist gut möglich, dass Papa und ich vom alten Schlag sind, aber wir sind einhellig der Meinung, dass ihr beide euch nur wieder ordentlich zusammenraufen müsst.

Jeder durchlebt mal schlimme Zeiten, aber das ist noch lange kein Grund, einfach alles hinzuschmeißen.

Ruf Carolina an, entschuldige Dich bei ihr, und wenn Du wieder da bist, redet miteinander.

Der Brief endet fast belanglos damit, dass Papa gerade dabei sei, Timos Elternhaus von Grund auf zu renovieren, er es aber zunächst am liebsten einreißen und mit seinen bloßen Händen, Stein für Stein, wieder aufbauen würde.

In seinem Alter.

Timo solle sich melden, wenn er etwas brauche.

Er muss den Brief mehrere Male lesen, damit der Inhalt in seinem Hirn anlangt, das sich wattig und geschwollen anfühlt.

Prompt gibt auch Timos innerer Soldat seinen Senf dazu.

Er ergießt sich in unflätigen Bemerkungen über Lina und die Eltern. Noch harmlos klingt sein Unverständnis darüber durch, dass sich Timos Familie scheinbar mit dem Feind verbündet hat.

Mit Lina!

Hat ihnen Timo nicht in aller Schärfe geschildert, was sie, Lina, ihm, Timo, angetan hat?

Und nun schlagen sich die eigenen Eltern auf Linas Seite. Helfen ihr beim Auszug, trösten sie und bagatellisieren ihr Verhalten. Timo hat nichts kaputtgemacht, was Lina nicht vorher schon zerstört hat. Dafür soll er sich entschuldigen?

Er hat rein gar nichts hingeschmissen!

Hier überkommt es Timo. Das Gefühl der Hilflosigkeit, von dem jede einschlägige, militärische Taschenkarte vermeldet, dass es übermächtig wird, wenn man seine Probleme mit in einen Auslandseinsatz nimmt. Wenn einem wenig mehr bleibt, als vor überschäumender Wut zu schreien, weil man nicht in der Lage ist, die Situation zu Hause zu kontrollieren.

Timo schreit nicht, ihm ist schlecht.

Seine Wut reicht gerade mal dazu aus, den Brief zu zerknüllen und ihn dann wüst schimpfend durch das Zelt zu schleudern. Der Papierball fällt weit, bevor er die Zeltwand durchschlagen kann, seelenruhig zu Boden.

Steif vor Zorn fällt Timo zurück auf sein Bett.

Weil er versucht, sich gegen den inneren Soldaten zu wehren, der ihm rät, wie ein bockiges Kleinkind mit den Beinen zu strampeln, starrt er stattdessen mit leerem Blick einfach kerzengerade nach oben.

Da durchzuckt ihn aus heiterem Himmel ein Bild. Es ist die Negativaufnahme seines Briefes an der Zeltdecke. Ganz deutlich steht ein kleiner Auszug daraus in umgekehrten Komplementärfarben quer über der weißen Innenleinwand. In der Handschrift seiner Mutter. Ein Erinnerungsfetzen, den er im Eifer des Gefechts überlesen hat.

Ganz deutlich steht da: „… zugemutet … ihr … Zustand …"

Er dreht den Kopf.

Eine Weile starrt er auf das Knäuel am Boden, weil er sich insgeheim wünscht, den Brief nicht noch einmal lesen zu müssen.

Doch es hilft nichts.

Barfuß und in Unterhose holt er den Papierball zurück. Nachdem er ihn auf der Plastikmatratze entknittert hat, begibt er sich auf die Suche nach der richtigen Textstelle.

Er findet sie auf Anhieb.

Kein Zweifel.

Dort steht es wirklich: „In ihrem Zustand!"

Mit Ausrufezeichen.

Dazu keine Erklärung, nichts, was er vorher übersehen haben könnte. Nur ein Ausspruch, der seine Aufmerksamkeit erregt. Natürlich kann mit „ihrem Zustand" alles Mögliche gemeint sein.

Der Zustand, in dem er Lina in der gemeinsamen, von der Auflösung bedrohten Wohnung zurückgelassen hat. Der Zustand, in den sie geraten sein muss, als niemand kam, um ihr beim Aufsammeln zu helfen. Timos Eltern können doch nicht im Ernst geglaubt haben, dass er tatenlos dabei zusehen wollte, wie Lina es weiterhin mit ihrem Neuen in eben dieser Wohnung trieb.

Wenn er an seinen unschönen Abgang denkt, muss Timo sich eingestehen, dass Eleganz und Einfühlungsvermögen nicht zu seinen Stärken gehören. Dennoch gab und gibt es seiner Ansicht nach Typen, die ihre Enttäuschung über die Entzauberung ihrer einstmals großen Liebe noch sehr viel drastischer formulieren als er. Von nächtlich wiederkehrenden Telefonanrufen bis angezündeten Familienhäusern wäre alles drin gewesen.

Stil geht anders, ja, aber Timo findet, dass er nichts getan hat, woraufhin Lina in einen „Zustand" geraten müsste. Im Nehmen ist sie viel zäher, als man es ihr ansieht.

Wenn sie Timos Eltern also nichts vormacht, gibt es keine ausreichende Erklärung für die Benutzung des verdammten Wortes „Zustand".

Es lässt ihn nicht los.

In einer weit entfernten Windung seines Verstandes baumelt an einem dünnen, seidenen Faden noch eine zweite Möglichkeit. Theoretisch ausschließen kann er sie in seinem jetzigen Zustand nicht, aber sie ist eben auch nicht sehr wahrscheinlich.

Lina und Timo haben vor dem Fehltritt miteinander geschlafen.

Sie haben auch verhütet.

Etwas, worauf Timo bei Linas fataler Liebesnacht – oder waren es gar Nächte gewesen? – nicht schwören möchte.

Der Gedanke, dass Lina das, was Timo und sie an manch verträumtem Tag für sich geplant hatten, nun auch ihrem besten Freund schenken könnte, weckt sofort seinen inneren Soldaten.

„Er nimmt dir die Familie weg! Die Familie, die du mit Lina gründen wolltest!", schreit es aus ihm heraus.

Früher oder später wird es genau dieser Gedanke sein, der Timo verrückt werden lässt, das spürt er genau.

Timo muss sich zur Ordnung rufen.

Ausgerechnet jetzt braucht er Klarheit. Wenn er diesen Einsatz noch ohne seelischen Schaden überstehen will, wird es für ihn überlebenswichtig werden, in Erfahrung zu bringen, ob das, was sich sein Kopf zusammenreimt, stimmt.

Er wird bei seinen Eltern anrufen müssen. Anders geht es nicht.

Ihm ist immer noch schlecht, aber er steht auf.

Gerade als er sich dranmacht, sich eine neue Uniform aus seinem Seesack, den er immer noch nicht ganz ausgeräumt hat, zu angeln, um anschließend für das kommende Telefongespräch ins B-Zelt hinüberzugehen, kommt Rolli herein.

Er sieht, was sein Kamerad vorhat, und schiebt ihn zurück zur Bettkante.

„Bist du irre geworden?", fragt er, „gerade hast du dich noch eingeschissen und vollgekotzt, da willst du jetzt auf große Tour gehen?"

„Muss dringend telefonieren", entgegnet Timo einsilbig und windet sich.

Rolli drückt fester zu.

„Fuck-Scheiß! Nichts da! Du legst dich wieder hin und ruhst dich aus, sonst verpass ich dir einen Haken, dass du erst morgen früh davon aufwachst."

Rolli hat vermutlich Recht, dennoch startet Timo noch einen Versuch.

„Ich werd' wahnsinnig, wenn ich's nicht tu!"

„Wenn du was nicht tust?"

Der Feldwebel macht ein verständnisloses Gesicht.

Ohne weitere Erklärungen hält Timo dem Kameraden seinen Brief hin.

Rolli zögert, doch als er sieht, dass es seinem Gegenüber ernst ist und der nicht gleich wieder an ihm vorbeistürmen wird, beginnt er ihn zu lesen.

Nach einer Weile gibt er Timo das zerknitterte Blatt seufzend zurück.

Er setzt sich neben ihn und legt ihm aufmunternd eine Hand auf die Schulter.

„Bist nicht der Erste, dem das passiert", versucht er sich an einer Erklärung, „gestern hat sich drüben im Kosovo ein Hauptfeldwebel erschossen, weil seine Alte mit ihm Schluss gemacht hat. Jeder geht anders um damit, oder?"

Er lacht zynisch.

„Meine Frau ist während meines dritten Einsatzes abgehauen. Hat mir das Herz gebrochen, das Miststück."

Rollis Offenheit wirkt in dem Bundeswehrzelt, so weit weg von zu Hause und zwischen den zwei Uniformierten, seltsam deplatziert.

„Tut mir leid", ist das Einzige, was Timo dazu einfällt.

Ihm geht langsam auf, dass sein eigenes Schicksal ganz offensichtlich nur eines von vielen Soldatenschicksalen ist, und von diesen noch nicht einmal das Allerschlimmste.

„Bah", wiegelt Rolli ab, „bin schon fast drüber weg.

Als ich aus dem Kosovo zurückgekommen bin, war die ganze Wohnung leer; nicht einmal der Fernseher war mehr da. Sie hat unsere Tochter mitgenommen und alle Konten leergeräumt. Nach einer Woche erst hab' ich erfahren, dass sie mit ihrem neuen Stecher nach Spanien abgehauen ist. Weißt du, was das für ein total geiles Gefühl es ist, jeden Monat Alimente nach Alicante zu überweisen?", er entlässt zwischen seinen makellos weißen Zähnen ein bitteres Grunzen. „Klingt wie ein Bierzeltknaller, oder? Alimente nach Alicante. Schalalala. – Ich hoffe, deine hat keine Generalvollmacht?", fragt er mit sorgenvollem Gesichtsausdruck.

Die Generalvollmacht.

Das Schriftstück, das dem jeweils Bevollmächtigten, in der Regel der nahe Angehörige eines Soldaten im Einsatz, die Verfügungsgewalt über ein ganzes Menschenleben erteilt.

Es ist der ultimative Vertrauensbeweis.

Von den privaten Finanzen bis zur Beerdigung, alles lässt sich über eine Generalvollmacht regeln. Überproportional oft werden mit der Aufgabe die Freundinnen und Ehefrauen der Männer im Ausland betraut.

Und warum auch nicht?

„Nein", sagt Timo, „läuft alles über meinen Vater."

„Gut", nickt Rolander erleichtert.

Da er keine Anstalten macht zu gehen, beschließt Timo, ihm nun doch zu erzählen, dass ihn die Befürchtung umtreibt, Lina sei schwanger. Vielleicht nicht einmal von ihm. Er tippt im Brief auf den entscheidenden Satz.

Rolli liest und nickt erneut.

„Eine Bestätigung ist das nicht", gibt er zu bedenken. „Im Prinzip kann das alles Mögliche bedeuten."

„Ich weiß", stöhnt Timo.

Aus einer Ecke des Zelts dringt das monotone Ticken eines billigen Reiseweckers in sein Bewusstsein.

„Okay, ein Vorschlag!", sagt Rolli und richtet sich auf, „Du weißt doch, wie man beim Bund eine richtige Beschwerde einreicht?"

„Logisch", erwidert Timo und erkennt sofort, worauf sein Kamerad hinauswill.

Das Regelwerk der deutschen Armee sieht für den Beschwerdeweg, gleich welches Problem vorliegt, ein Prozedere der Deeskalation vor. Zunächst lässt ein Soldat 24 Stunden verstreichen, bevor er den Mangel anzeigt, der ihm auf der Leber liegt. Auf diese Weise wird er dazu angehalten, die Schwere der Verfehlung realistisch einzuschätzen. Bei entsprechendem Bedarf kann ein Vorwurf innerhalb der Frist mit sachlichen Argumenten auf eine Überprüfung hin vorbereitet werden. Oder man lässt die Angelegenheit einfach auf sich beruhen. So ist es möglich, eine Art subjektiven Abstand zum Problem zu gewinnen.

Unter Fernmeldern ist eine kürzere Lesart bekannt: „Denken. Drücken. Sprechen."

Timo denkt ernsthaft über Rollis Vorschlag nach. Morgen wird es ihm sicher besser gehen, außerdem kann er sich in der Zwischenzeit in aller Ruhe auf das Telefongespräch mit seinen Eltern vorbereiten. Schließlich sichert er Rolli zu, dass er es tatsächlich auf den nächsten Tag verschieben werde.

Damit gibt sich der Feldwebel zufrieden. Weil es Timo augenscheinlich besser geht, verlangt er außerdem, dass der Stabsunteroffizier seine verdreckte Wäsche vom Boden aufheben und in den Wäschebeutel stecken solle. Während er sich dazu bereit erklärt, den Sack zur Wäscherei zu bringen, soll Timo das Zelt herauswischen. Es stinkt abartig! Der Stabsunteroffizier gehorcht.

Obwohl er nur mit halber Kraft arbeiten kann, wird der Boden schnell sauber und die gestaute Zeltluft erfüllt nach und nach eine künstliche Meeresbrise.

Rolli kommt zurück, schnuppert anerkennend und drückt seinem Kameraden den Abholschein der Wäscherei in die Hand. Bei dieser Gelegenheit erfährt Timo endlich, warum Rolli die Nacht über nicht im Zelt schlief, sondern im Stabsgebäude verblieb.

Der Feldwebel sagt, dass er seine eigentliche Meldung zu den Ereignissen am Snowboard in wenigen Sätzen an den Lagerkommandanten abgesetzt hätte. General Jaeger, wie sich herausstellt fast ein Namensvetter Timos, wollte es sogar höchstpersönlich übernehmen, die Abteilung J-2 von dem Vorfall in Kenntnis zu setzen. Rolli hatte sich auch schon auf den Weg zu seiner Unterkunft gemacht, als er auf ein paar Kameraden seiner Abteilung traf, die ebenfalls noch wach waren. Gemeinsam einigte man sich darauf, die ohnehin schon fortgeschrittene Nacht zum Tag zu machen.

Dafür gibt es im ganzen Camp mit Sperrstundenverordnung nur einen Bereich, den selbst ein General und Lagerkommandant nur nach vorheriger Anmeldung betreten darf. Timo ist schon einige Male daran vorbeigekommen und hat sich über das umzäunte Gebäude mit den langen Antennen im bereits umzäunten Lager gewundert. Der einzige Hinweis darauf, wer oder was sich darin aufhält, ist ein Schild an der Außenseite des Zauns. Darauf ist eine Eule mit Doktorhut abgebildet, die den Betrachter gelangweilt anstarrt. Aufgrund des Symbols und seiner Erfahrung kann Timo nur vermuten, dass dort ein Trupp der elektronischen Kampfführung stationiert ist und so etwas wie eine bundeswehreigene Abhöranlage betreibt.

Der Zutritt zu dem mit „GENIC" gekennzeichneten Bereich ist nur einem erlauchten Kreis mit höchster Sicherheitsfreigabe gestattet, und offenkundig einer als Freunde betitelten Clique, die sich vor dem gemeinsamen Besäufnis zur Geheimhaltung verpflichtet. Ein Schwur, der mehr zählt als jedes noch so behördliche Ausweisdokument.

Rolli will Timo nicht mehr darüber verraten, nur dass er dort bei Whiskey und Zigarren bis in die Morgenstunden hinein R 'n' B-Musik hörte und danach keinen einzigen Gedanken mehr an den Snowboard verschwendet hat.

Etwas, das er übrigens auch Timo wärmstes empfiehlt. Vergessen.

25. April 2002 – Mazedonien

Ein Annäherungsversuch

Zwar leidet Timo noch immer unter seinem flauen Magen, doch es ist einigermaßen erträglich. Um nicht noch einen sinnlosen Tag im Zelt zu vergeuden, meldet er sich heute nicht krank, sondern nimmt seinen Dienst wieder auf, der mit dem täglichen Morgenappell um 07:00 Uhr beginnt.

Die neueste Lagervorschrift lautet:

Das Tragen des zur persönlichen Ausrüstung gehörenden Tropenhutes ist ab sofort untersagt. Gestattet sind grundsätzlich nur Schirmmütze oder Barett.

Timos wird einer neuen Schicht zugeteilt – von acht bis acht, womit 20:00 Uhr abends und 08:00 Uhr früh gemeint sind. So bleibt ihm noch etwas Zeit, sich vor dem bevorstehenden Telefonat abzulenken. Sein Nachtschichttrupp erhält die seltene Erlaubnis, in der schichtfreien Zeit das fünf Kilometer entfernte italienische Camp aufzusuchen. Offiziell, um die Reichweite der zweieinhalb Kilometer sendenden Handfunkgeräte der Wachmannschaft zu überprüfen, inoffiziell, um dort die legendäre und wagenradgroße Pizza zu vernichten.

Etwas derart überirdisch Gutes hat Timo schon lange nicht mehr gegessen, auch wenn das Essen im deutschen Camp gut und üppig ist. Über den Charme von Kantinenessen kommt es dennoch nicht hinaus. Abwechslung ist der Schlüssel zu allem. Eine Form davon ist, die strengen Einsatzregeln kreativ auszulegen, ohne sie zu brechen.

Die deutschen Soldaten loben den italienischen Pizzabäcker über den grünen Klee, doch beim Trinkgeld erwacht ihr urteutonischer Geist. Er erinnert die Gruppe daran, dass sie sich auf einer Urlaubsfahrt in die Toskana befinden. Alle legen zusammen und fangen sich prompt einen bösen Blick der italienischen Ordonanz ein. 50 Cent Trinkgeld wären auch in Italien eine Beleidigung gewesen.

Bei der Rückfahrt ist es, als schreite zur Verteidigung seiner Legionäre der römische Feldherr Lukullus höchst selbst gegen den begangenen Gaumenfrevel ein. Wie von Geisterhand löst sich ein Reservekanister aus einer Halterung des deutschen Transporters. Die Ladung kippt mitten auf die kaum befahrene Autobahn. Zeugen sind nicht zu befürchten, daher wird die Situation von den Beteiligten auch nicht als besonderer Vorfall eingestuft. 20 Liter feinster Dieselkraftstoff versickern einfach so im mazedonischen Erdboden.

Ganz normal hier.

Der leere Kanister wird ohne größeres Aufheben wieder aufgeladen, die Fahrt ins Lager fortgesetzt. Am Materiallager wird der Kanister ausgetauscht. Leer gegen voll.

Gegen 17:00 Uhr hat Timo seinen Vater am anderen Ende des Satellitentelefons im Betreuungszelt. Mit ihm lassen sich nur die sachlichen Angelegenheiten seines Auslandsaufenthaltes erörtern. Das Gespräch ist kurz.

Wie geht's? – Gut.

Wie ist das Essen? – Auch gut.

Wie sind die Vorgesetzten? – Ganz okay.

Dann pass' gut auf dich auf.

Sein Vater übergibt den Hörer an die Mutter.

Ihr kommt innerhalb der Familie die Aufgabe zu, persönlichere Fragen abzuklären; sie weiß natürlich längst, weshalb ihr Sohn anruft.

„Hast du unseren Brief bekommen?" – „Ja."

„War ja nicht gerade nett, wie du mit Carolina umgesprungen bist." – „War auch nicht gerade nett, was Lina mit mir gemacht hat."

„Jeder macht mal harte Zeiten durch. Hast du dich schon bei ihr entschuldigt?" – „Bin noch nicht dazu gekommen."

Und Timo denkt: *Verdammt noch mal ... auf welcher Seite stehst du eigentlich und seit wann nennst du sie Carolina statt Lina?* – das war ihm im Brief schon aufgefallen.

„Außerdem weiß ich gar nicht, wo ich sie erreichen kann, auf ihrem Handy oder bei ihren Eltern."

„Ruf sie doch gleich auf dem Handy an. Sie sagt, dass sie neuerdings öfters unterwegs ist." – *Ja, und ich weiß auch mit wem.*

„Mach ich, Mama."

„Ja, und mach es wirklich!" – „Ja, Mama", wie man doch manchmal wieder in den Singsang seiner Kindheit verfällt, „sag mal, warum ist dir das eigentlich so wichtig, dass ich Lina anrufe, meine ich? Hat es was mit dem Brief zu tun?"

Schweigen – „Mama?"

„Du meinst unseren Brief?" – „Jaaa?!"

„Du solltest Carolina anrufen." – *Scheiße.*

„Ist es wegen ... ihres Zustands?"

Pause.

„Ja." – „Scheiße Mama, kannst du mir nicht ein bisschen mehr sagen?"

„Nicht in diesem Ton, mein Junge! Ist es etwa meine Schuld, dass du dich mit deiner Verlobten verkracht hast? Wenn du sie nicht anrufen willst, dann lass es eben!" – Timos Mutter nutzt das Schlupfloch geschickt, das er ihr durch seine Ungeduld geöffnet hat. Sie wird sich darin verkriechen wie ein Kaninchen. Nur zu gut weiß ihr Sohn, dass er jetzt keine Informationen mehr aus ihr herausbekommt, zu sehr krallt sie sich an ihrer gespielten Empörung fest.

„Schon gut, Mama, es tut mir leid. Ich werde Carolina anrufen.“

„Mh“ – „Geht's dir und Papa so weit gut; was macht der Umbau?“

Damit findet ihr Gespräch zwar wieder einigermaßen in die Spur, aber das schwierige Thema um Timos Beziehung ist damit endgültig ausgeklammert. Sie sprechen noch einige Minuten miteinander, bis die Verbindung schlechter wird und schließlich ganz abbricht. Er muss noch zwei Mal zurückrufen, um das Telefonat wenigstens anständig zu beenden.

Keine guten Vorzeichen für eine Unterhaltung mit Lina.

Timo spielt mit dem Gedanken, die Leitungsunterbrechung als Vorwand dafür zu nutzen, seine Ex-Verlobte heute besser nicht mehr anzurufen. Nachdenklich kreist sein Daumen über den schwarzen Zifferntasten.

Als könne er Gedanken lesen, spricht den Stabsunteroffizier ein Gefreiter der Betreuungseinrichtung an. Eigentlich muss er nur dafür sorgen, dass die begehrten Satellitentelefone weder gestohlen noch zu lange benutzt werden, doch gerade ist wenig los. Er hat Timos Verärgerung während seines Gesprächs bemerkt und behauptet, dass die Geräte im Betreuungszelt so programmiert worden seien, dass sie nach spätestens 15 Minuten Störgeräusche erzeugen. Auf diese Weise sollen die Soldaten ihre Telefonate mit der Heimat auf ein Minimum beschränken und längere Warteschlangen bei der Ausgabe verhindert werden. Nach 20 Gesprächsminuten sei die Leitung dann endgültig tot und die eingegebene Nummer könne erst wieder am nächsten Tag, erneut für eine Viertelstunde, genutzt werden.

Der Soldat bietet Timo einen Tausch an. Ein anderes Telefon und weitere 15 Minuten gegen einen zollfreien Liter Jack Daniel's.

Timo willigt ein.

Zerstreut betrachtet er den Apparat in seiner Hand.

Er denkt kurz darüber nach, dass er Lina vorhin insgeheim das erste Mal als Ex-Verlobte tituliert hat.

Es klingt irgendwie fremd.

Nein, falsch.

Er muss sie anrufen, wenn er Gewissheit haben will; alles andere ist nicht mehr als ein unnützer Aufschub. Die Eifersucht nagt unbarmherzig an seinen Nerven. Schließlich nimmt Timo all seinen Mut zusammen und wählt Linas Nummer.

Das Freizeichen ist nicht lange zu hören, da nimmt sie ab.

Ihre Stimme klingt gehetzt.

„Hallo?“

Durchatmen. „Hi Lina …“, etwas leiser, „Carolina."

Pause. Ist ihr Ton reserviert?

„Timo?“

„Ja. Hi."

Pause.

„Du, tut mir leid … bin etwas in Eile … muss zum Training."

Mist.

Wie konnte er nur vergessen, dass Lina donnerstags, genau um diese Uhrzeit, auf dem Sprung zu ihrem Fitnesstraining ist?

„Ach ja … wollt dich auch nicht lange aufhalten, wollt nur fragen, wie es dir geht."

Pause.

Hörbares Schnaufen.

„Ernsthaft? Nach der Aktion willst du wissen, wie es mir geht?"

„Tut mir leid. Ich war so dermaßen wütend. Mir fiel einfach nichts anderes ein in dem Moment. Aber deine Aktion war auch nicht viel besser, oder?"

Timos Einsicht, dass er sich auf das Gespräch mit Lina besser hätte vorbereiten sollen, kommt zu spät. Durch ihre überhastete Aufbruchsstimmung fühlt sich Timo bedrängt.

So hätte es nicht laufen sollen.

Der Inhalt seines Kopfes verdichtet sich zu einem wirren Gedankenknäuel. Es will ihm gar nicht erst gelingen, die richtigen Worte zu finden, so dass Linas Befindlichkeit irritierend schnell von abwartend zu ablehnend umschlägt.

„Weißt du, wie lange ich unsere Wohnung geputzt habe?", beginnt sie sich zur Wehr zu setzen. „Dann alle Zimmer weißeln und in Rekordzeit ausräumen? Ich musste mir drei Tage Urlaub nehmen, damit ich das Chaos einigermaßen im Zaum halten konnte. Hättest du mir nicht wenigstens einen Monat, bevor du dich verdünnisiert hast, sagen können, dass du unsere Wohnung gekündigt hast? Eine Woche vorher hätte auch schon gereicht!"

Sie atmet einmal kräftig durch.

„Wenn mir nicht so viele Leute geholfen hätten … ich weiß nicht, was ich dann gemacht hätte."

„Hat >>Er<< auch mitgeholfen?"

„Ach Timo, leck' mich!"

Damit drückt sie ihn einfach weg.

Niedergeschlagen verbirgt er sein Gesicht in den Händen.

Was hat er sich dämlich angestellt.

Sein angeschlagenes Ego hat verhindert, was er eigentlich gerne gesagt hätte. Dass es nämlich schön war, ihre Stimme zu hören. Dass Carolina – Lina – ihm ziemlich fehlt. Dass es ihm irgendwie doch leid tut, dass er ihre gemeinsame Wohnung in ein Schlachtfeld verwandelt und sie damit quasi auf die Straße gesetzt hat.

Timo schiebt die Schuld für das missglückte Telefonat auf seinen inneren Soldaten, der von ihm unbemerkt die Kontrolle über das Gespräch mit Lina übernommen haben muss, so dass sie zwangsläufig glauben musste, dass es ihm völlig gleichgültig ist, welche Unannehmlichkeiten sie seinetwegen zu bewältigen hatte. Er malt sich aus, wie sein innerer Soldat sich gerade ins Fäustchen lacht.

„Kannst' ja morgen noch mal bei ihr anrufen", wird er sich gleich mit höhnischem Grinsen melden.

Doch in Wahrheit lässt er nichts dergleichen verlauten, egal wie tief Timo in sich hineinhört. Er muss sich eingestehen, dass er darin auf eine unüberwindbare Kluft gestoßen ist. Eine Kluft, die ihn zerreißen wird, wenn er zulässt, dass sein innerer Soldat die Kontrolle über sein ganzes Leben übernimmt. Bisher hat Timo geglaubt, dass er und dieser Soldat eins seien, eine Einheit. Doch Stück für Stück fühlt es sich so an, als würde er aus seinem eigenen Körper gedrängt.

Hatte Lina also Recht, als sie Timo dem Vorwurf aussetzte, dass er ein anderer geworden sei?

Vielleicht hat sein innerer Soldat ihn längst in der Gewalt, und Timo ist die ungelenke Marionette, die er zu besonderen Gelegenheiten tanzen lässt.

Tanz, Pinocchio, tanz!, denkt er.

Wenn sich das bewahrheitet, wohin ist dann Timos übriges Ich verschwunden – ist er überhaupt noch Timo oder schon ein anderer?

Seine Schläfen pochen heftig.

Alles, was er an diesem Abend noch zuwege bringt, bevor seine Schicht beginnt, ist ein Memo an sich selbst:

Nicht mehr über den Wichser sprechen, schreibt er auf einen gelben Haftstreifen. Päckchen davon liegen überall zusammen mit einem Kugelschreiber herum, eben für den Fall, dass man sich etwas notieren muss. Er will denselben Fehler bei seinem nächsten Telefonat mit Lina nicht noch einmal machen, falls sie je wieder mit ihm sprechen will, und falls es er sich selbst dann noch wiedererkennt.

Ist das schon der berühmte Lagerkoller, der ihn erwischt hat?

Es fühlt sich beinahe so an.

26. April bis 06. Mai 2002 – Mazedonien

Neuigkeiten

Seit heute früh gibt es Neuigkeiten. Ein bisher unbestätigtes Gerücht macht die Runde im Camp. Es lautet: Die Holländer kommen!

Gemeint ist, dass ab Juni des Jahres die niederländische Armee den NATO-Befehl über Camp Fox und damit den Einsatz in Mazedonien übernehmen könnte. Angeblich steht noch nicht fest, ob die deutschen Soldaten dann zurück in ihre Heimatstandorte verlegt werden oder zur Verstärkung weiter vor Ort bleiben sollen. Vorausblickend wird daran erinnert, dass man sich für mindestens ein halbes Jahr Einsatzzeit verpflichtet hat.

Nichts wird offiziell bestätigt.

Weitermachen lautet die Order, ansonsten verläuft die Woche einmal mehr weitgehend ereignislos.

Bis zum Freitag wiederholt sich der alltägliche Trott aus Wacheschieben und Ausruhen. Er wird nur einmal unterbrochen von einer sogenannten Erkundungsfahrt, diesmal in das amerikanische Camp. Fahrten dorthin sind unter den deutschen Soldaten deshalb so beliebt, weil sie in den Post Exchange Shops, kurz PX-Shops, jeden möglichen Schnickschnack kaufen können, der etwas mit den USA und dem dazu passenden Lifestyle zu tun hat.

Armee-Merchandise.

Timo besorgt sich einen grünen Klappstuhl, T-Shirts mit dem Aufdruck „FOX – I was here" und „NATO-Macedonia", drei Paar Armeestrümpfe, unifarben, mit bioaktiv verwebten Silberfäden, die laut Werbeslogan den Fußschweiß bestens aufsaugen, und tütenweise rote Twizzlers-Lakritze.

Doch das Glücksgefühl danach ist nicht von Dauer.

Neuerdings verfällt Timo in alberne Tagträumereien. Die langen Ruhephasen geben ihm ausreichend Gelegenheit dazu. Immer häufiger fallen ihm Einzelheiten aus der Beziehung mit Lina ein, die er längst vergessen geglaubt hat.

Auf unerklärliche Weise kommen an jedem Ort in diesem verflixten Lager plötzlich Erinnerungsfetzen in ihm hoch, die ihn und Lina in glücklicher Zweisamkeit zeigen.

Im Kraftraum etwa blitzt auf, wie sie beide für einen Halbmarathon trainieren wollten, letztlich aber daran scheiterten, dass sie zu sehr herumalberten. Lina konnte sich für seine Leidenschaft, die er für den Ausdauersport hegt, nie wirklich erwärmen, außer im Bett. Vor dem Fahnenwald des blauen Stabsgebäudes sieht er sich mit Lina gemeinsam vor dem Pariser Eifelturm, auf dem sie das erste Mal über das Thema Familie sprachen, ihre eigene, kleine Familie. Der mazedonische Sternenhimmel lässt ihn an den gemeinsamen Griechenlandurlaub denken, Meer, Strand, eine Flasche Wein und der Morgen danach.

Es scheint ihm, als könne er sich Lina annähern, ganz ohne mit ihr zu sprechen. Er ahnt, dass er damit einem Trugbild erliegt, denn ein erneutes Telefonat mit ihr riskiert er lieber nicht.

Dann, am Freitag früh, verändert sich etwas.

Er sitzt hinter einem großen Schreibtisch im Wachlokal am Haupttor und beobachtet die Zufahrt, als Rolli gegen die Scheibe aus Panzerglas klopft. Timo drückt den Summer neben sich am Sprechapparat und lässt den Kameraden ein.

Mit gespieltem Entsetzen sieht sich der Feldwebel in der engen Wachstube um. Neben dem großen, grauen Tisch, an dem graue, verschließbare Stahlschubladen angebracht sind, gibt es noch zwei graue Massivholzstühle, zwei schmale, graue Stahlschränke und daneben an der Rückwand eine Reihe Kleiderhaken, denen zwei oder drei Aluminiumzinken zum Aufhängen des Regenschutzes fehlen.

„Und das gefällt dir?", will er wissen.

Timo macht ein Gesicht, das „Was will man machen" bedeuten soll und fügt lapidar hinzu: „Prickelnd ist es nicht gerade, aber einer muss den Job ja machen."

„Das wollte ich hören", meint Rolli strahlend, dann zwinkert er Timo verschwörerisch zu. „Vielleicht hab' ich da was für dich. Sprichst du Englisch?"

„Na ja, nicht perfekt, aber zum Urlaub machen reicht es gerade so."

„Ach, mehr braucht es gar nicht. Uns fehlt ein Funker, der sich auf Englisch einigermaßen verständlich machen kann. Der Letzte hat es eine Woche lang versucht, bis wir bemerkt haben, dass er gerade mal „over" und „out" sagen kann. Der Lagerkommandant hat rumgefragt, wer das übernehmen kann und ich habe dich vorgeschlagen. Was sagst du dazu?"

„Hm, weiß nicht. Hab' ich Zeit zu überlegen?"

Rolli platzt ein Lacher heraus.

„Ha! Wir sind bei der Bundeswehr, Zeitsoldat! Was glaubst du wohl?"

„Und wer macht dann meinen Job hier?"

„Interessiert's dich wirklich? Die werden schon irgendjemand Neues finden, schätze ich."

„Hast Recht. Okay, ich kann's ja mal probieren", sagt Timo übertrieben zurückhaltend, doch eigentlich muss er über das Angebot gar nicht nachdenken. Die Chance, aus dem trostlosen Routinetrip des Wacheschiebens freizukommen, ist einfach zu verlockend. Auf einmal bietet sich ihm die einmalige Gelegenheit, sich endlich richtig an diesem Auslandseinsatz zu beteiligen und nicht nur die Zeit im Wachlokal totzuschlagen. Er denkt nicht daran, sich diese Gelegenheit entgehen zu lassen.

„Alles klar!", ruft Rolli, „dann meld' dich nach deiner Schicht bei J-3; die werden alles Weitere regeln!"

Abteilung J-3 oder Joint Three ist der Nabel von Camp Fox. Hier laufen alle Stricke zusammen. Benötigt die NATO-Gemeinschaft in Mazedonien Luftunterstützung, einen Minenräumtrupp oder jemanden, der chemische Kampfstoffe unschädlich macht, ist J-3 genau die richtige Adresse.

Nur fünf Minuten, nachdem seine Schicht endet, steht Timo atemlos vor dem befehlshabenden Offizier. Der Stabshauptmann verhehlt nicht, dass er es lieber sähe, wenn Timo in der Rangordnung etwas höher stünde, wenigstens Feldwebel. Da ihm aber offenbar keiner zur Verfügung steht, führt er den Stabsunteroffizier in einen Nebenraum.

Dort hängen, gepinnt an gerahmte Sperrholztafeln, große farbige Landkarten hinter Folie und davor stehen mehrere Tische, die vollgeladen sind mit grau gebundenen Dienstvorschriften, Zetteln in allen Farben, dazu unzählige Stifte, zwei Telefonapparate, mehrere Funkgeräte einschließlich der dazugehörenden Verschlüsselungskästchen – kleine, grüne Apparate, die es ermöglichen, einen Funkspruch in geheime Zeichenfolgen zu ver- oder zu entschlüsseln. Auf den Tischen liegen gleich fünf oder sechs von den Dingern auf einem Haufen, obwohl sie eigentlich wegen der Geheimhaltung verschlossen aufbewahrt sollten. Nebenbei bemerkt ist es bei dieser Ordnung eigentlich nur dem Zufall geschuldet, wenn man auf Anhieb den richtigen Schlüssel für das richtige Funkgerät findet.

Drei Soldaten befinden sich ebenfalls mit im Raum, die Timos Eintreffen nur am Rande etwas von ihrer Aufmerksamkeit schenken. Jeder scheint mit etwas anderem beschäftigt zu sein, nur was das ist, vermag der Neuankömmling nicht zu erkennen.

Der Stabshauptmann trommelt ziemlich lustlos die Mannschaft zusammen und stellt Timo vor.

Zum Team gehören zwei Griechen, ein Schwede und ein Italiener, der momentan aber leider nicht anwesend ist. Niemand der übrigen Männer weiß, wo er sich gerade aufhält. Das wiederrum verursacht beim befehlshabenden Offizier Verstimmung, weshalb die Vorstellungsrunde missgelaunt kurz ausfällt.

„Stabsunteroffizier Jäger – Captain Sigurdsson, Major Seargent Papadopoulos, Seargent Niki… Niki…"

„Nikitidis"

„Nikidis. Thank you Mr. Nikidis. And, absent – wie so oft – Sergente Maggiore Fratanelli."

„Frataneli", sagt Major Seargent Nikitidis.

„Frataneli. Yes", verdreht der Offizier die Augen.

71

Er deutet auf ein großes, klobiges Funkgerät in der Ecke.

„This is your Radio, okay?"[1] Okay!", sagt er zu Timo, dreht sich abrupt um und verschwindet.

Als ob gerade nichts geschehen wäre, wenden sich auch die drei Männer wieder ihrer jeweiligen Tätigkeit zu. Vergeblich versucht Timo Blickkontakt zu ihnen aufzubauen, damit sie ihm erklären, was genau seine Aufgabe am Funkgerät beinhaltet. Da aber niemand auch nur einen Anflug von Hilfsbereitschaft erkennen lässt, wendet er sich frustriert seinem zukünftigen Arbeitsplatz zu.

Er bläst die Backen auf, dann zieht er sich einen Drehstuhl heran und lässt sich vor zwei aufeinander fixierten, quadratischen Kästen nieder. Sie haben unglaublich viele Knöpfe, Schalter und Hebel. Es gibt ein Sendegerät oben und ein Empfangsgerät unten. An dem Sendegerät hängt ein Handapparat mit Sprechtaste. Die Digitalanzeige verrät, dass beide Geräte ausgeschaltet sind.

Gerade als Timo mit seinem Finger die Schalter umlegen will, ertönt eine laute Stimme hinter ihm.

„No! Don't touch!"[2], ein südländischer Akzent.

Der absente Italiener Frataneli hat den Raum betreten. Er ist für einen Italiener ein überraschend großer Mann von sportlicher Gestalt. Wie alle Italiener, die Timo kennt, – es sind nur wenige – trägt auch dieser reichlich Gel im schwarzen Haar, zwischen das eine verspiegelte Sonnenbrille eingearbeitet ist, die so gar nicht der Lagernorm entspricht. In beiden Händen balanciert er große braune, von Fetträndern durchtränkte Papiertüten. Sein Kevlarhelm hängt über der rechten Ellenbeuge; die schwere Splitterschutzweste und sein Gewehr hat er sich abenteuerlich übergeworfen, damit er den Weg vom Abstellplatz der Militärfahrzeuge ins Stabsgebäude nur einmal bewältigen muss.

„Don't touch!"[3], ruft Frataneli noch einmal, während er seine Last achtlos auf einen der übervollen Tische wirft.

Erschrocken zucken Timos Finger von den Schaltern zurück.

„Who are you?"[4], blafft er Timo gestenreich in klischeehaftestem Italienisch-Englisch an, und an seine Kameraden gerichtet: „Who the fuck is this?"[5]

---

[1] „Das ist dein Funkgerät, okay?"
[2] „Nein! Nicht anfassen!"
[3] „Nicht anfassen!"
[4] „Wer bist du?"
[5] „Verflucht, wer ist das?"

72

Die haben ihre diebische Freude daran, sich an dem verständnislosen Blick ihres Kameraden zu weiden, bis der Schwede aus dem Team wenig erhellend murmelt: „It's the new one."[6] Timo fühlt sich wie in einem mies synchronisierten B-Movie. Während der Italiener beginnt, seine Papiertüten auszupacken, lässt er Timo keine Sekunde aus den Augen. Nacheinander werden kleine, in Butterbrotpapier gewickelte Päckchen in die Runde geworfen, deren Inhalt sich als Hamburger entpuppt. Dem Stabsunteroffizier entgeht nicht, dass der Imbiss mit ziemlicher Sicherheit aus dem amerikanischen Camp stammt.

Als Frataneli alles verteilt hat und nur Timo mit wässrigem Mund zurückbleibt, kommt der Italiener auf ihn zu. Seine Wangen sind vollgestopft mit einem halben Burger.

„Do you speak English?"[7], ist der Teil, den Timo, zwischen Bröseln, die herumspritzen, und lauten Schmatzgeräuschen herausfiltern kann.

„Yes", ist alles, was ihm einfällt.

Er will diesen Job unbedingt, aber Schlagfertigkeit gehörte bei Gelegenheiten wie diesen noch nie zu seinem Repertoire.

„Show me[8]!", weht ihm der Zwiebelatem des Italieners entgegen.

Timo hat nicht den blassesten Schimmer, was sein Gegenüber von ihm erwartet, denn niemand hat es bisher für wichtig erachtet, ihm zu erklären, was sein Job ist. Offenbar geht man ganz selbstverständlich davon aus, dass er es bereits weiß. Auch die übrigen Kameraden unterbrechen ihre Burgerpause und mustern Timo jetzt neugierig.

Darum bemüht, sich keine Blöße zu geben, versucht er sich einen Überblick zu verschaffen.

Sein Vorgänger hat für Ordnung am Arbeitsplatz wenig Verständnis gezeigt. Unter dem Handapparat des Senders liegt eine Frequenzliste, anhand der man ablesen kann, welche Funkverbindung die richtige ist. Es gibt nur drei gängige Frequenzen. Timo kann also immerhin mit drei Versuchen rechnen.

Zögerlich schaltet er das Gerät ein, und da hinter seinem Rücken kein Einspruch erhoben wird, stellt er über fünf schwarze Druckknöpfe die erste Frequenz ein. Mit flatternden Augen sucht er seine Umgebung nach Hinweisen darauf ab, mit welchen Gegenstellen er in Funkkontakt treten kann.

Er wird an einer Tafel über dem Funkgerät fündig. Etwas verdeckt von zahlreichen anderen Notizen hängt dort ein Funkverbindungsplan. Der Stabsunteroffizier zieht ihn hervor und erkennt, dass es ihm obliegt, das

---

[6] „Das ist der Neue."
[7] „Sprichst du Englisch?"
[8] „Zeig es mir!"

Kommando über die Leitstelle zu übernehmen, er somit der Knotenpunkt ist, der alle anderen Funkstationen miteinander verbindet.

Anhand des Plans findet er heraus, dass in Mazedonien derzeit drei *Field Liasion Teams* im Einsatz sind. Feldverbindungstrupps. Solche Teams haben alle Hände voll damit zu tun, Wiederaufbauarbeit zu leisten.

Timo kann sich denken, dass sie wahrscheinlich alles andere als froh darüber sein werden, wenn er ihre Arbeit nur wegen einer schnöden Überprüfung der Funkverbindung unterbricht. Einsatzkräfte haben genug damit zu tun, die einheimische Bevölkerung auf ihre Seite zu ziehen, damit Brunnen, neue Schulen oder Krankenhäuser gebaut werden können.

Zu seinem Glück findet er auf seiner Liste einen medizinischen Berater im mazedonischen Nachschublager Erebino und einen Funkposten im NATO-Hauptquartier im Nachbarland Kosovo.

Was Timo nicht weiß, ist, in welcher Häufigkeit die Funkverbindungen in letzter Zeit frequentiert worden sind. Er vermutet, nicht oft. Aus dem Bauch heraus entscheidet er sich dafür, den medizinischen Berater anzufunken.

„Medical advisor Erebino, this is Camp Fox. Radio check, over", [9]ruft er in den Handapparat.

Keine Reaktion.

Timo wiederholt, genau nach Vorschrift, das Anrufverfahren drei Mal, bevor er die Frequenz wechselt. Erleichtert hört er nach mehreren Anläufen endlich das befreiende Knistern.

„This is M. A. Erebino calling. Hey Fox, what happened? Did you sleep the last three weeks?"[10] Der Sanitäter am anderen Ende will wissen, ob die Leitstelle die letzten drei Wochen im Dornröschenschlaf verbracht habe.

Frataneli gibt Timo einen zufriedenen Klaps auf die Schulter.

„Not bad"[11], lacht er und stellt sich dem neuen Mann am Funkgerät vor. „Giacomo."

„Timo", erwidert Timo und schüttelt die Hand des Italieners.

Als habe er damit einen Bann gebrochen, kommen auch die anderen Soldaten heran. Noch am selben Tag erhält Timo eine Teil-Abkommandierung zur Abteilung J-3.

Er wird zwar nur dann ans Funkgerät gerufen, wenn seine Hilfe unbedingt erforderlich ist, und er muss weiterhin Dienst im Wachlokal am Eingangstor schieben. Allerdings werden die Stunden, die Timo am Funkgerät

---

[9] „Medizinischer Berater Erebino, hier spricht Camp Fox. Funküberprüfung, kommen."

[10] „Hier spricht M. A. Erebino. Hey Fox, was ist passiert? Habt ihr die letzten drei Wochen geschlafen?"

[11] „Nicht schlecht."

verbringt, nicht seiner Ruhezeit zugerechnet, so dass sein Wachdienst, zumindest an Tagen, die er bei J-3 verbringt, entfällt.

Schon anderntags wird Timo für drei Stunden ans Funkgerät gerufen. Er soll den Funkverkehr einer NATO-Übung abhören und protokollieren. Es handelt sich um einen Probelauf für den Ernstfall.

In zwei Wochen will die mazedonische Armee ihre Grenzposten ablösen und mit neuem Nachschub versorgen. Dazu wird ein LKW-Konvoi durch vorwiegend albanisch bevölkerte Ortschaften fahren. Ein Unterfangen, das erhebliches Konfliktpotential birgt, da Mazedonier und Albaner einander argwöhnisch beäugen. Damit der Marsch ohne Zwischenfall abläuft, fährt die NATO volles Programm auf: französische Eingreiftruppen, Drohnen- und Hubschrauberüberwachung, zusätzlich die Organisation für Sicherheit und Zusammenarbeit, kurz OSZE, als auch die Europäische Beobachtermission EUMM zur Friedensvermittlung … und … Timo.

Sein Einstand gelingt.

Er überzeugt den Schweden, die beiden Griechen und den misstrauischen Italiener endgültig durch seine Leistung. Freudig beglückwünschen sie ihn zu seiner großartigen Arbeit und versprechen ihm, ihn jetzt öfter in ihre Unternehmungen einbeziehen zu wollen.

Angetrieben vom Hochgefühl, das ihm seine neue Arbeit verschafft hat, beschließt Timo an diesem Abend, seine Eltern anzurufen. Er will nochmal versuchen, etwas über Linas „Zustand" aus ihnen herauszukitzeln.

Er bekommt einen Dämpfer verpasst.

Seine Mutter und sein Vater bestehen darauf, dass er Carolina persönlich fragen müsse. Die Angelegenheit gehe ausschließlich sie und Timo etwas an. Diese Heimlichtuerei ist er von ihnen nicht gewohnt. Seine Eltern haben ihn zu einem offenen Menschen erzogen, in einer Familie, in der man angeblich über alles sprechen kann. Ihre ungewohnte Verschwiegenheit ist Neuland für ihren einzigen Sohn und gekränkt teilt er ihnen das auch mit, doch er kann daraus nur dieselbe, gebetsmühlenartig aufgesagte Phrase schöpfen: „Ruf Carolina an und entschuldige dich bei ihr."

Timos Einwand, dass er sich bereits bei Lina entschuldigt habe, kontert seine Mutter trocken.

„Dann hast du es wahrscheinlich nicht richtig gemacht. So etwas muss man schon auch ernst meinen, weißt du! Wenn es nicht von Herzen kommt, kannst du es gleich sein lassen."

Das Gespräch wirft in Timo die Frage auf, wie wichtig ihm die Beziehung zu Lina eigentlich ist.

Will er um jeden Preis daran festhalten?

Er weiß es nicht.

Nicht zu diesem Zeitpunkt.

Timos innerer Soldat nutzt die Gelegenheit für einen Machtkampf. Ein Kampf, bei dem es weniger um Lina geht, als darum, wer oder was Timo in Zukunft sein wird.

Timo spürt es ganz deutlich.

Er verändert sich tatsächlich. Ganz so, wie es Lina ihm zum Vorwurf gemacht hat. Ihr letzter, großer Streit hat die Erkenntnis nicht zutage gefördert, sondern das Verfahren beschleunigt.

Mit rasender Geschwindigkeit wird Timo zu … ja, zu was eigentlich? Zu einem anderen Menschen?

Jedenfalls hat der restliche Timo das Gefühl, dass es nicht gerade aufwärts geht mit ihm. Es fühlt sich so an, als schwebe er in einem hüllenlosen Körper geradewegs auf einen Abgrund zu. Will er seine Verlobte nicht mit in die Tiefe reißen, muss er sie entweder loslassen oder die Richtung ändern.

Und zwar schnell.

Lina hat sich offenbar rechtzeitig befreit und wird es ihm sicher nicht leichtmachen, sie zurückzugewinnen.

Ohnehin hätte er dafür gar keinen Plan.

Den hat es auch nie gegeben.

Bisher war er der Meinung gewesen, dass es ausreichend sei, Lina nur zu lieben. Nie wäre er auf den Gedanken gekommen, ihm würde es in dieser Beziehung an irgendetwas fehlen. Er sah sich aber auch nie dazu genötigt, nachzufragen, ob sie genauso empfand wie er.

Irgendwie hat er es einfach immer vorausgesetzt.

Da befindet er sich nun in einem Land, das mindestens ebenso zerrüttet ist wie sein Liebesleben, und kommt allmählich zu der Erkenntnis, dass alles wieder werden soll wie zuvor.

Weit weg von zuhause.

Den Dingen ihren Lauf zu lassen, um zu sehen was dabei herauskommt, scheidet für ihn als Option jedoch aus, weil die Dinge nicht nur schlecht, sondern hundsmiserabel laufen.

Alles auf Anfang also.

Timo spürt, wie sich sein innerer Soldat wehrt.

Wie er sich vor lauter Verachtung für seinen Wirt übergibt.

07. Mai 2002 – Mazedonien

Red Fox

Ziemlich überraschend wird beim heutigen Morgenappell nach Statisten für die NATO-Übung „Red Fox" verlangt. Benötigt werden Rollenspieler. Roleplayer, die eine aufgebrachte, fremdländische Menschenmenge darstellen, da eine Rekrutierung der lokalen Bevölkerung aus Pietätsgründen ausscheidet, heißt es.

Timo fühlt sich sofort berufen.

Auf seinen ursprünglichen Job, das Wacheschieben, verzichtet er nur zu gern und als Übersetzer am Funkgerät wird er heute nicht gebraucht. Es ist die erste Gelegenheit für ihn seit seiner Ankunft, sich wieder einigermaßen zivilisiert zu kleiden.

In Timos Fall ist das eine blaue Baseballkappe, ein weißes T-Shirt, knielange, karierte Shorts zu schwarzen, schweren Kampfstiefeln, in denen weiße Tennissocken stecken. Timo sieht aus wie ein gewaltbereiter Hooligan, der sofort einen Baseballschläger gegen seine Digitalkamera eintauschen würde.

Ein schizophren anmutendes Outfit. Der Soldat als Kriegstourist, der einen aufgebrachten Einheimischen spielen soll.

Gemeinsam mit zehn weiteren Freiwilligen wird Timo zu einem riesigen Truppenübungsplatz der mazedonischen Armee gefahren, wo schon etwa 20 französische Fallschirmjäger ungeduldig auf ihre deutschen Kameraden warten. Eine handverlesene, kampferprobte Meute.

Die Franzosen sind es gewohnt, von einem Kampfeinsatz in den nächsten zu ziehen.

Richtige Soldaten.

Mazedonien ist für die hartgesottenen Fallschirmjäger der Grande Armée nur ein gemütlicher Zwischenstopp. Urlaub, den die Gallier sich an diesem Tag mit einer fröhlichen Keilerei versüßen wollen. Es grenzt fast an Ironie, dass ihre Gegner in diesem Übungsspiel eine römisch-italienische Sondereinheit ist und Timo sich unwillkürlich in ein Abenteuer von Asterix und Obelix versetzt fühlt. Eine Horde wilder Gallier – unterstützt von ein paar wackeren Germanen – ziehen gegen die als unbesiegbar geltende römische Legion.

Der Spielplan, den sich ein paar Offiziere des Oberkommandos ausgedacht haben, sieht vier Runden vor.

Die Bühne ist eine nach Nordosten geöffnete, weitläufige Talsenke, die auf drei Seiten von einer Hügelkette umgeben ist. Von Süden her führt ein breiter Feldweg über einen Kamm zu einer primitiven, aus Flusskieseln errichteten Wetterschutzhütte mit Strohdach. Ein weißer Toyota Land Cruiser mit einem blauen Logo an den Seiten steht mit offener Fahrertür gut 20 Meter entfernt. Nahebei stehen ein Mann und eine Frau und unterhalten sich rauchend. Beide sind jung, meiden den Blickkontakt mit den Soldaten gegenüber – OSZE-Beobachter, die gerade irgendeinen Hochschulabschluss oder ihre Promovierung hinter sich gebracht haben und auf der Suche nach Nervenkitzel sind.

Timo gehört dem lärmenden Pöbel an, der sich der beiden bemächtigen soll. Sie sollen als Geiseln in der Steinhütte festgesetzt werden. Die Rettung in Gestalt der römischen Sondereinheit muss die Hügelkette überwinden.

Zweimal in Folge sollen sich die als aufrührerische Dorfbewohner agierenden Darsteller „einigermaßen" kooperativ zeigen, danach dürfen sie „angemessen" enthemmt auftreten. Der Offizier, der die Akteure in ihre Rolle einweist, unterlässt es, die Begriffe einigermaßen und angemessen genauer zu definieren, was sich im Nachhinein betrachtet als grober Schnitzer erweist.

Was für die Deutschen nur eine von vielen harmlosen Übungen ist, stellt für die kampferprobten Fallschirmjäger eine echte Herausforderung dar. Sie sind es schlicht nicht gewohnt, nur so zu tun als ob. Im Nu haben sie die beiden zu Recht verstörten OSZE-Beobachter aus ihrem weißen Jeep gezerrt und unter Gejohle in die Steinhütte verfrachtet. Der Mann und die Frau wissen gar nicht, wie ihnen geschieht.

Bis zum Ende der ersten Phase fehlen ihnen schon ihr behördlich zugewiesenes Mobiltelefon, eine Uhr Schweizer Bauart, eine Handtasche und ein Paar silberne Perlenohrringe. Utensilien, die in dem undurchschaubaren Gerangel auf Nimmerwiedersehen verlorengehen. Die blauen Flecken und Blessuren sind inklusive.

Eine heftige Beschwerde der Friedenshelfer führt zu nichts; eine Übungsunterbrechung ist auch nicht vorgesehen. Der Ablauf unterliegt einer strengen Zeitvorgabe, da es einen Vertrag mit der mazedonischen Regierung über die Nutzung des Übungsgeländes gibt.

Es geht um mehr als ein Handy, Geld und Schmuck.

Die beiden wehrlosen Opfer ordentlich zu malträtieren, fällt leicht, da sich die italienischen Streitkräfte in ihrer Rolle als Retter in der Not viel Zeit lassen.

Gelangweilt fangen die Franzosen an, dicke Steinbrocken zusammenzutragen, während die Deutschen einander ratlos ansehen. Sie ahnen, was die Fallschirmjäger vorhaben, sind aber nicht sicher, ob es Konsequenzen für sie haben könnte, wenn sie sich an deren Aufrüstung beteiligen. Ein drahtiger Kerl mit freiem Oberkörper hat irgendwo einen alten Einkaufswagen gefunden, jemand anderes schleppt etliche Einwegwasserflaschen heran. Eifrig wird die Hälfte des Wassers ausgekippt, der Rest mit Dreck aufgefüllt.

Je mehr Zeit sich die Römer lassen, desto verrückter werden die Einfälle der Gallier. Auch ohne Zaubertrank wirken sie schaurig euphorisch. Sie beschmieren sogar ihre Gesichter mit dem angerührten Schlamm, um noch furchteinflößender zu wirken. Nach einer unbefriedigenden Stunde des Wartens putschen sie sich gegenseitig mit kernigen Schlachtrufen auf, dann grölen sie ihre Marschlieder.

Die Stimmung ist auf dem Siedepunkt.

Eine weitere halbe Stunde später vernehmen die Aufständischen endlich das dumpfe Rattern von Rotoren.

Zwei große dunkle Schatten schwirren über ihre Köpfe hinweg. Transporthubschrauber. „Are you ready" von AC/DC dringt in dröhnenden Bässen aus Lautsprechern am Rumpf der Maschinen und begleitet den heroischen Einflug der römischen Legion.

Die summende Spannung entlädt sich am Boden in wildem Kampfschrei, von dem sich auch die Deutschen anstecken lassen. Die Meute reckt die Fäuste nach oben und als nötigte diese Geste den Hubschraubern Respekt ab, drehen sie ab und verschwinden hinter der östlichen Hügelkuppe.

Die Rockmusik wird leiser; Jubel brandet auf.

Emsiger als zuvor eilen die Fallschirmjäger von einer Seite zur anderen. Sie rufen sich auf Französisch Kommandos zu, die die Männer für das zu erwartende Getümmel in die bestmögliche Position bringen sollen.

Es quält sich noch eine endlose halbe Stunde dahin, ehe sich am Horizont etwas regt. Zwei Uniformierte schlendern dem höchsten topografischen Punkt entgegen. Er liegt oberhalb der Position der Dorfbewohner. Die Franzosen identifizieren die Männer als italienischen Scharfschützen samt Spotter. Im Ernstfall sollen sie das Geschehen mit gezielten Todesschüssen unter Kontrolle bringen. Selbstverständlich verwenden die Soldaten bei dieser Übung keine scharfe Munition; allein die spürbare Anwesenheit eines auf sie gerichteten Zielfernrohres verschlechtert die Laune der Deutschen und der Franzosen zusehends.

Sofort kommt Timo der unschöne Abend auf dem Snowboard in den Sinn, als der vierte mazedonische Polizist mit seinem Scharfschützengewehr über dem Arm viel zu vergnügt auf ihn und Rolli zu geschlendert kam.

Die aufgebrachte Darstellermenge bewaffnet sich umgehend mit den Steinbrocken. Der Mob ist nicht mehr gesprächsbereit. Damit wird die ursprüngliche Spielplanung gründlich über den Haufen geworfen.

Ein Ruf richtet die allgemeine Aufmerksamkeit auf ein Blitzen und Gleißen, das vom östlichen Grat herüberscheint. Sonnenlicht spiegelt sich auf den aufgeklappten Schutzvisieren dutzender, schwarzer Helme. Mindestens dreißig schwergepanzerte Legionäre marschieren in enger Formation auf die nervös vibrierende Menge zu. Ein Kommando, von Kopf bis Fuß in schwarz gehüllt, mit mannshohen Schutzschilden und langen Schlagstöcken, eine römische Kohorte.

Dahinter folgt noch einmal mindestens die gleiche Anzahl Soldaten, die eine neuzeitlichere Bewaffnung mit sich führt und nur dann eingreifen würde, wenn sich der Gegner einfallen lasse, Leib und Leben der eigenen Leute zu bedrohen.

Die aggressive Stimmung erreicht die italienische Kohorte. Je näher sie voranschreiten, desto deutlicher kann Timo die Unsicherheit in den Gesichtern vor sich ablesen. Irgendetwas läuft nicht so, wie es ihnen beschrieben wurde. Ihr Zenturio, der Anführer, bemüht sich, seinen Männern durch lautes Zurufen begreiflich zu machen, dass sie vor den Aufrührern aus ihren Schilden einen Schutzwall errichten sollen.

Das gestaltet sich als ein überraschend schwieriges Unterfangen, denn als die Soldaten ihre einstudierten Bewegungen ausführen wollen, prasselt ein Steinregen auf sie hernieder. Begleitet wird das Unwetter von einem Schwall hässlicher, französischer Tiraden.

Angstvoll reißen die Südländer ihre Schutzschilde hoch und weichen ungeordnet zurück.

Der Mob jubelt.

Ungehalten schreit der Anführer in ein Funkgerät, das einer seiner Männer auf dem Rücken trägt. Seine Erwartung, auf eine kooperative Menschenmenge zu treffen, hat sich nicht erfüllt. Unschlüssig hält sich der Offizier den Sprechapparat ans Ohr und wartet auf Anweisungen, was als Nächstes zu tun sei. Seine Leute haben sich als aufgeschrecktes Fähnlein neben ihm versammelt.

Der Befehl, den er erhält, missfällt ihm wohl, denn er verzieht seine Mundwinkel und wirft fast den Hörer nach seinem Funker. Seinem Kommandotrupp brüllt er zu, sich neu zu formieren.

Schnell ordnen sich die Soldaten in zwei Reihen an. Die 15 Mann der vordersten Linie halten im Luftraum über sich Ausschau nach weiteren Hagelgeschossen, weshalb es unter den Italienern zu Gedränge kommt. Auf einen weiteren, erbosten Ruf ihres Offiziers hin, finden sie zum Gleichschritt zurück. Das aufständische Lager beobachtet das Treiben halb belustigt, halb neugierig. Zehn Meter Boden hat der Trupp gut gemacht, da hält er inne.

Hinter der zweiten Reihe tritt ihr Anführer hervor.

Er schwitzt unter seinem Helm und seine Wangen glühen. Er gibt sich alle Mühe, besonnen aufzutreten. Selbstsicher spannt sich seine Brust und in Erfüllung der ihm übertragenen NATO-Befugnisse und in holprigem Englisch fordert er von seinen teilnahmslosen Zuhörern, die beiden festgesetzten OSZE-Beobachter unbeschadet an ihn zu übergeben.

Seine Worte werden sofort mit Buhrufen quittiert.

Ein einzelner, faustgroßer Stein segelt über seinen Kopf und die seiner Männer hinweg.

Wacker, aber zunehmend aufgewühlter halten die Italiener ihre Stellung. Sie sind die Schutzmacht; es gefällt ihnen nicht, gedemütigt zu werden.

Ihr befehlshabender Offizier wiederholt seine Forderung und fügt hinzu, dass er gezwungen sei, Gewalt gegen die Aufrührer anzuwenden, wenn sie an ihrem gegenwärtigen Standpunkt festhielten.

Schallendes Gelächter treibt ihn zurück hinter die eigenen Linien. Der Zenturio zögert nicht lange.

Er gibt den Befehl zum Vorrücken.

Unheilvoll rhythmisch dreschen die Legionäre mit ihren Schlagstöcken gegen ihre Schilde. Schritt um Schritt rücken sie vor. Das Trommeln macht ihnen Mut.

Tamm-Schritt. Tamm-Schritt. Tamm-Schritt.

Völlig unvermittelt springt ein französischer Fallschirmjäger, der blank gezogen hat, mit irrem Geheul vor. Er wirft sich mit seinem ganzen, nackten Leib gegen die verdutzte erste italienische Reihe. Der Vormarsch stockt.

Kurz schüttelt sich der Franzose, rappelt sich wieder auf, nur um die Legionäre wie von Sinnen anzuschreien. Augenrollend spielt er an seinem Penis herum. Das zugegebenermaßen ziemlich stolze Ding ragt schon ein wenig in die Höhe, als er sich stolz zu den Seinen herumdreht, die Fäuste in die Hüften gepresst.

Lautes Jubelgeschrei brandet auf.

Der Beifall ist noch nicht verebbt, da ereilt den Flitzer die Rache der Italiener.

Alles passiert in Sekunden.

Die erste Legionärsreihe geht blitzschnell in die Hocke. Die zweite bringt ihre Schilde nach vorn. Eine undurchdringliche Menschenmauer entsteht.

Plötzlich öffnet sich die zweigeschossige Schildwand in der Mitte und vier mit Schlagstöcken bewaffnete Männer stürmen heraus. Der gallische Krieger hätte nicht mal mehr die Zeit gehabt, „beim Teutates!" zu rufen, da versetzen sie ihm zwei heftige Hiebe zwischen die Kniekehlen. Vor Schmerz jaulend klappt er um, doch noch bevor er rücklings auf den Boden prallt, wird er unter den Armen gepackt. Dann kommen die Beine dran. Wie ein erlegtes Wildschwein schleifen die vier Kommandosoldaten den Mann hinter ihre Schutzwand.

Rumms. Der Wall schließt sich.

Aus der bewaffneten Schutzkohorte der Italiener lösen sich Kämpfer, die sich des Störenfrieds annehmen. Sie bringen ihn außer Sichtweite, wo er zweifelsohne einer Sonderbehandlung nach Legionärsart unterzogen wird.

Die Antwort auf dieses unerhörte Vorgehen ist ein weiterer Steinschauer. Endlich kommt auch der alte Einkaufswagen zum Einsatz. Scheppernd kracht er gegen das dickwandige Polycarbonat der Schilde. Das ist der Moment, in dem die Übung das erste Mal unterbrochen wird. Der offizielle Spielleiter gebietet dem Treiben mit hochrotem Kopf und rudernden Armen Einhalt. Es ist der deutsche Offizier, der zu Beginn versucht hat, den Teilnehmern die Spielregeln auseinanderzusetzen. Zornig beschuldigt er erst die Franzosen, dann die irritierten Italiener und zu guter Letzt seine eigenen Landsleute der Unfähigkeit. Niemand der Anwesenden begreife das Ziel des Planspiels, kreischt er, und es könne doch nicht zu viel verlangt sein, seinen Anweisungen Folge zu leisten. Nur noch zwei Durchgänge seien zu absolvieren, da dürfe er sich doch bitte schön einen Ablauf nach Vorschrift ausbitten.

Er trabt zurück zu seinem Observationsposten, hält aber kurz inne, um den Akteuren mitzuteilen, dass fliegende Steine ab sofort tabu seien.

„Klar?"

Als er außer Hörweite ist, geht ein einziges Wort in drei verschiedenen Sprachen durch aller Munde: „Arschloch."

Die Verschnaufpause entspannt die Atmosphäre ein wenig. Sogar der französische Schildspringer darf sich, geläutert, wieder seinem Fähnlein anschließen, das sich ein wenig überrascht zeigt, weil ihr Kamerad aus seiner Gefangenschaft kaum sichtbare Verletzungen davongetragen hat. Inzwischen trägt er wieder T-Shirt und Hose, allerdings wehrt er sich auffallend vehement gegen übermütiges Rückenklopfen und verzieht sich lieber in den Hintergrund.

Der nächste Durchgang verläuft tatsächlich fast reibungslos.

Die deutsch-französischen Dorfbewohner geben sich wild. Wild, aber kooperativ. Den Italienern gelingt es, die Übergabe der OSZE-Beobachter auszuhandeln. Nach ein wenig harmlosem Geplänkel werden sie ohne Umstände herausgegeben und von der Schutztruppe in Sicherheit gebracht.

Zu diesem Zeitpunkt ahnt niemand, dass die römische Schlagstockkohorte noch eine Rechnung mit den Aufständischen zu begleichen hat. In der letzten Runde läuft nur zu Beginn alles wie vorgesehen.

Der Mann und die Frau als amtliche Friedensstifter fügen sich nur unter Bedenken ein weiteres Mal in ihre Rollen. Ein letztes Mal noch werden sie grob aus ihrem Auto geholt und in die Steinhütte verfrachtet.

Die Legion nimmt ihre gewohnte Position ein. Die Deutschen, darunter Timo, und die Franzosen benehmen sich gewohnt daneben.

Wie gewohnt kommt der italienische Anführer für ein Wortgefecht heran. Was die Meute von seinem Verhandlungsgeschick hält, lässt sie ihn durch eine volle Ladung mit Schlamm befüllter Wasserflaschen wissen. Ein

Geschoss trifft den Offizier vor die Brust und entlädt sich über sein Gesicht und die ganze Uniform.

Der Mob zeigt sich widerspenstig.

Fluchend dreht der Mann ab. Angeekelt versucht er auf seinem Rückweg den Dreck mit Händen und Füßen abzuschütteln. Sein Funker reicht ihm ein Päckchen Taschentücher. Kopfschüttelnd zupft er sie mit den Fingerspitzen aus der Verpackung. Erstaunlich gelassen erteilt er den Befehl zum Vorrücken, dabei er grinst diabolisch in sich hinein.

Schon marschiert die Kohorte auf.

Martialisch klingt der Takt, den sie auf ihren misstönenden Instrumenten spielen. Im Dutzend prasseln präparierte Einwegflaschen auf sie hernieder.

Timo bemerkt, dass die Legionäre ihre anfängliche Unsicherheit vollkommen abgelegt haben. Sie scheinen sogar wesentlich planvoller vorzugehen als bei ihren ersten Versuchen. Geschickt wehren sie jede Flaschenattacke ab, bis sie sich auf nur wenige Meter an die Aufständischen herangearbeitet haben.

Es wird wild durcheinandergeschrien. Franzosen und Deutsche werfen den Italienern Obszönitäten an den Kopf, die mit entsprechenden Gesten untermalt werden, ihrerseits aber auch nicht unkommentiert bleiben. Die Italiener zeigen, dass sie das Fluchen als eine ihrer ureigensten Disziplinen ansehen.

Der Weckruf ertönt, als sich erneut ein Franzose vor aller Augen die Hose aufknöpft und der italienischen Front sein Hinterteil entgegenreckt.

„Sforza!"

Der Legionärswall platzt mitten entzwei.

Etliche Männer stürmen mit erhobenen Schlagstöcken heraus. Sie nutzen die Schockstarre der geschauspielerten Dorfbewohner zu ihrem Vorteil. Ein wutentbranntes Getümmel entsteht; aus der Übung wird ein Gemetzel. Jeder, der sich nicht rechtzeitig in Sicherheit bringen kann, wird gnadenlos niedergeknüppelt.

Timo befindet sich anfangs weiter hinten im Glied, da sein Mut für die vorderste Front nicht ganz ausreicht. Als das Durcheinander überhandnimmt, erkennt er zu spät, was da auf ihn zurollt.

Die Italiener walzen alles nieder, was sich ihnen in den Weg stellt. Sie haben leichtes Spiel. Ihren Schlagwerkzeugen haben weder Franzosen noch Deutsche etwas entgegenzusetzen. Jeweils zwei Legionäre schnappen sich ein Opfer und prügeln es mit wenigen gezielten Hieben nieder.

Innerhalb von Minuten ist das Übungsfeld übersät mit den Leibern der sich vor Schmerzen windenden Rollenspieler. Im Hintergrund plärrt das Funkgerät des italienischen Anführers, der sich noch immer den Dreck von der Uniform wischt.

Verzweifelt versucht sich Timo auf das Strohdach des Steinhauses zu retten, dessen eine Seite bis fast an den Boden reicht. Er greift nach einem Büschel Halme, da wird er brutal heruntergerissen.

Die geübten Infanteriesoldaten lassen keine Stelle aus. Überall auf seinem Körper gehen dumpf klatschende Schläge nieder. Er bezieht die Dresche seines Lebens. Timo hört sich schreien und spürt eine Extremität nach der anderen taub werden. Gleichzeitig kommt es ihm vor, als wandle er durch einen endlos langen Tunnel, an dessen Ende Erlösung winkt.

Lina kommt ihm in den Sinn.

Ist das die gerechte Strafe für das von ihm angerichtete Chaos?

Ein Schatten huscht über sein Gesicht. Etwas undefinierbar Hartes schlägt darauf auf.

Oder ist es andersherum?

In seinen Ohren pfeift es ordentlich, dann knipst jemand das Licht aus.

Noch immer 07. Mai 2002 – Mazedonien

Krank auf Station (kaS)

Als Timo wieder zu sich kommt, liegt er in einem richtigen Bett, zumindest in dem, was die Bundeswehr darunter versteht. Gesteiftes, chemisch frisches Leinen auf massentauglichem Bettzeug. Gerade so bequem, um sich nicht zu lange darin wohlzufühlen.

Keine Frage, Timo befindet sich auf der Krankenstation im Feldlazarett, dem Ort, an dem von Soldaten erwartet wird, möglichst rasch ihrer Pflicht zur Gesunderhaltung nachzukommen. Der Patient liegt in einem schmalen, von weißen Vorhängen umgebenen Bereich. Es ist der Abschnitt eines großen Containers, den man in Quadrate unterteilt hat, die als Ruheraum dienen.

Das einzig weitere Möbelstück, angeordnet neben seinem Bett, ist ein steriler, weißer Nachttisch mit klappbarem Tablett. Es ist hochgeklappt, doch auf der Ablagefläche liegt ein unscharf umrissenes, dünnes Etwas. Timo verfehlt es mehrmals, als er danach greifen will. Seine rechte Hand ist bis zu den blau angelaufenen Fingerkuppen bandagiert.

Nach mehreren Anläufen hält er einen Briefumschlag zwischen Daumen und Mittelfinger. Er dreht ihn mehrmals hin und her, um sich zu vergewissern, dass er real ist. Sein Kopf jedenfalls fühlt sich nicht so an, als sei es. Der Brief verflüchtigt sich nicht vor seinen Augen, daher sucht er nach einem Absender. Die Feldpostadresse steht darauf, was Timo zumindest dahingehend erleuchtet, dass sein physisches Ich ins Camp Fox zurückgekehrt ist.

Die Handschrift kommt ihm vage bekannt vor. Die mittelgroßen, winkeligen Buchstaben neigen sich leicht nach rechts oben. Die Abstände zwischen den Wörtern schmelzen und die Schrift purzelt durcheinander.

Timo dämmert weg.

Eine Stimme dringt in sein Bewusstsein. Sie gehört zu einem ständig verschwimmenden Gesicht, das die Lippen bewegt.

„Sehr schön", sagt der Mund, „er reagiert."

Sukzessive verwandelt sich das Zerrbild in einen jungen Feldarzt, der in Begleitung einer Sanitätssoldatin mit Timos Untersuchung begonnen hat. Der Patient soll einem grellen Lichtpunkt aus einer Taschenleuchte folgen und bemüht sich nach Kräften, zwischen den Farbblitzen vor seinen Augen die Anzahl der Finger zu erraten, die ihm der Arzt hinhält. Der fährt damit fort, Timos Körper an Stellen abzutasten, die wehtun und größtenteils schon eingebunden sind. Zum Abschluss weist der Mediziner den Stabsunteroffizier darauf hin, dass dessen Nase zwar nicht gebrochen, aber ziemlich stark geprellt sei und es sein könne, dass das Riechvermögen deswegen vorübergehend nur eingeschränkt funktioniere. Er sage ihm das nur deshalb, damit Timo sich nicht wundere, falls ihm der sonntägliche Brunch nicht schmecke.

Ein ziemlich einfallsloser Scherz am Rande.

Außer den sichtbaren Verletzungen hat Timo eine leichte Gehirnerschütterung davongetragen, was verwunderlich ist, wenn man nach Meinung des Arztes die Verletzungen der übrigen Soldaten bedenkt, die auf die verschiedenen Sanitätsstationen in der Umgebung verteilt worden sind.

Ach, und was die Frage des Stabsunteroffiziers betreffe, die er bei seiner Einlieferung gestellt habe … Nein, die Gallier hätten die Keilerei nicht gewonnen!

Auch wenn Timo jegliches Gefühl für Raum und Zeit verloren hat, stellt sich heraus, dass er nicht lange weggetreten war. Alles in allem ist der zur NATO-Übung „Red Fox" gehörende Tag nicht ganz zu Ende, als es Timo gelingt, den Brief unter Zuhilfenahme von reichlich Pharmazeutika doch noch zu öffnen. Kaum liest er die ersten Zeilen, als ein Stechen in seinen Brustkorb fährt.

Der Brief ist von Carolina.

Von Lina.

Natürlich, die Schrift!

Warum hat er sie nicht gleich erkannt?

Timo taumelt durch die Zeilen, stolpert unkonzentriert über aus dem Zusammenhang gerissene Wortfetzen, die sich in seinem Gehirn aufhängen.

Lieber ...,

... mich verletzt ... aber ... nachgedacht ... bedeutest ...! ... wissen ... mein Zustand ...? ... nichts angeht ... doch Du ... Teil davon ...

... schwanger.

... diesen Monat ... ziemliche Schmerzen ... wenigstens keine neue Wohnung ...
... Zukunft ... Vater, ... Du?

Carolina

Der Inhalt zieht sich über eine ganze Seite. Eine Seite, auf der sich haufenweise Buchstaben subsummieren, ohne wirklich Sinn zu ergeben.

Timo sträubt sich gegen das Lesen-müssen.

Vielleicht ist es eine natürliche Schutzfunktion seines Körpers, die es Linas Mitteilung verwehrt, in seinen Verstand vorzudringen, aber vielleicht ist es auch sein innerer Soldat.

Timo dreht und wendet das handbeschriebene Blatt Papier. Es will ihm einfach nicht gelingen, den Brief am Stück zu lesen. Nur an einem einzigen Wort erleidet sein Blick immer und immer wieder Schiffbruch.

Es ist das Wort „schwanger".

Nach einer Weile schaut Rolli vorbei. Er bringt Timos tragbaren CD-Spieler mit und ein paar gebrannte CDs.

„Gegen die Langeweile", wie er sagt, wobei er den Musikgeschmack seines Kameraden bemängelt. „Dieser ganze Rock-Scheiß. Wenn du richtige Musik hören willst, musst du Techno einlegen!"

Rolli imitiert den basslastigen Beat der elektronischen Tanzmusik, die ihren Zenit in den 90ern endgültig erreicht hat, und bewegt sich dazu ungelenk im Takt. Das Lachen tut dem Patienten weh, doch die Schmerzmittel federn das Schlimmste ab.

Timo erzählt Rolli von Linas Brief.

Da er nicht in der Lage ist, dem Feldwebel zu schildern, was genau drinsteht, muss er ihm den Brief wohl oder übel überlassen, damit Rolander ihn selbst lesen kann. Dessen Augen wandern von links nach rechts und je weiter sie nach unten gelangen, desto runder werden sie. Am Fußende des Schreibens angelangt, entfährt ihm ein luftloser Pfiff.

„Mein lieber Mann", brummt er, „wie kann man denn so was bei einer Frau übersehen?"

Obwohl der Keim einer Ahnung bereits erste Wurzeln in ihm geschlagen hat, gibt sich Timo unwissend.

„Was meinst du mit so was?", hakt er nach.

„Willst du mir weismachen, dass du mit einer schwangeren Frau unter einem Dach gelebt und davon rein gar nichts mitbekommen hast? Verarschst du mich?", ruft Rolli ehrlich erstaunt aus.

„Lina ist also wirklich schwanger", gesteht sich Timo die Tatsache wispernd ein.

Aufgekratzt fährt Feldwebel Rolander hoch und schlägt mit seinem Handrücken gegen das aufgefaltete Blatt Papier. Er blickt den jungen Soldaten an, als unterhalte er sich mit dem größten Trottel des Jahres.

„Wenn das deine Ex ist, dann ja. Sie ist schwanger! Hast du den Brief denn wirklich nicht gelesen?"

„Hab's versucht, aber irgendwie ist nichts hängengeblieben", gesteht Timo mit entwaffnender Ehrlichkeit.

Sein Kamerad lacht laut auf. Er schüttelt den Kopf und macht eine längere Pause. „Bist du tatsächlich der Vater?", fragt er.

Timo macht eine hilflose Geste.

„Junge, Junge, du hast wirklich einen Scherbenhaufen hinterlassen. Entweder will dich deine Alte ehrlich wieder zurück oder sie rächt sich für das, was du ihr angetan hast, oder beides. In jedem Fall kannst du dich auf einiges gefasst machen, wenn du nach Hause kommst."

„Was soll ich denn jetzt tun?", seufzt Timo.

„Also ich", sagt Rolli breitspurig, „ich würde erst mal rausfinden wollen, ob ich überhaupt der Vater bin. Weiber sind in solchen Sachen verdammt gerissen, weißt du!"

Timo nickt ergeben. Der Vorschlag kommt ihm so gut vor wie jeder andere. Alles, was ihm in seiner jetzigen Situation hilft, ist ihm recht.

„Ich werd' sie fragen."

„Dann solltest du schnell machen, denn das Kind kommt diesen Monat zur Welt!"

Wie vom Donner gerührt zuckt Timo zusammen.

„Diesen Monat?" Fast panisch fallen die Worte aus ihm heraus.

„Steht da so", erwidert Rolli trocken und zeigt auf die Stelle im Brief.

Timo reißt ihm das Schriftstück förmlich aus der Hand. Seine Augen fliegen hektisch über das Papier.

Tatsächlich.

Da steht es.

Eindeutig und in Linas Handschrift. Sie ist schwanger. Im letzten Monat. Der errechnete Geburtstermin soll ein Mittwoch sein.

Mittwoch in 18 Tagen.

Lina schreibt außerdem, dass Timos Eltern ihr sehr geholfen hätten. Sie haben ihr sogar angeboten, dass sie bei ihnen vorübergehend unterkommen könne, was aber nicht notwendig gewesen sei, da sie bei ihren eigenen

Eltern eingezogen sei. So muss sie sich wenigstens vorerst nicht nach einer neuen Bleibe umsehen.

Da steht es. Unleugbar.

Timo könnte sich ohrfeigen. Er hat seine schwangere Verlobte einfach irgendwie übersehen.

Fieberhaft sucht er in seiner Erinnerung nach den typischen Symptomen, die ihm einen entscheidenden Hinweis hätten geben können. Übelkeit am Morgen, Appetit auf saure Gurken, übermäßiger Harndrang, das Übliche eben. Nichts. Vielleicht ist seine von Blindheit geschlagene Ignoranz aber nur ein weiterer Beweis dafür, wie weit Lina und er sich voneinander entfernt haben.

„Ist es von dir?" Rollis Stimme reißt Timo aus seinen Gedanken.

„Hm?"

„Das Kind. Ist es von dir?"

Ausdruckslos starrt Timo durch seinen Kameraden hindurch. Ihn hat die alte Fehde zwischen Herz und Verstand eingeholt. Sein Herz sagt so, sein Verstand so.

Außerdem meldet sich in ihm noch eine dritte Instanz.

Timos innerer Soldat.

Er lässt an Lina kaum ein gutes Haar. „Schlampe" ist noch die harmloseste Bezeichnung und sein Rat lautet, „das Miststück einfach zu vergessen".

Doch ein Stück weiter unten ist Timos stark hämmerndes Herz anderer Meinung; es hängt irgendwie fest an seiner Verlobten.

Timos Verstand suggeriert ihm, dass niemand anderes außer ihm selbst in der Lage ist, seiner Verlobten ein Kind zu machen. Nach dieser Auffassung leidet Linas bester Freund und Liebhaber mindestens an chronischer Impotenz. So muss es einfach sein. Was sie an so einem findet, erscheint ihm unerklärlich.

„Ist es von dir?", in Rollis Frage schwingt etwas beunruhigend Beharrliches. „Komm schon", drängt der Kamerad, „du wirst doch wenigstens wissen, ob du als Vater in Frage kommst!"

In Timos Kopf setzt sich eine verzweifelte Rechnung in Gang. Eine Subtraktion. Er rechnet sich um den Verstand.

Der Minuend ist der neunundzwanzigste Mai. Geburtstermin, minus neun Monate. Während seiner kurzen Lehrzeit als kaufmännischer Angestellter in der Automobilbranche hat er gelernt, dass ein Rechnungsmonat aus 30 Tagen besteht. Rechnen Gynäkologen auf die gleiche Weise und sind Geburtstermine nicht eher ein grober Anhalt?

Timo kommt durcheinander, rechnet erneut.

270 Tage rückwärts.

Kalender, er braucht einen Kalender.

88

Egal, für den Anfang muss eine grobe Kopfrechnung genügen. Er kommt auf Anfang September, Ende August.

Wo ist er in diesen beiden Monaten gewesen?

Es will ihm nicht einfallen. Dort, wo seine Erinnerung hätte sein sollen, klafft nur ein großes, schwarzes Loch. Da ist nichts. Nichts. Nichts, nichts und wieder nichts.

Rolli sieht den Abgrund, der sich vor Timos immer leerer werdenden Augen auftut. Er versucht, ihm auf die Sprünge zu helfen.

„Kannst du wenigstens ausschließen, dass es nicht von diesem anderen Kerl ist?"

Angestrengt nimmt Timo die neue Information auf und beginnt erneut zu rechnen und abzuzählen. Abzuzählen und zu rechnen.

Wann hatte er erfahren, dass Lina ihn betrügt? Das muss im November gewesen sein.

Er wollte sie vom Fitnesstraining in der Findorffstraße abholen, sie überraschen. Als sie nach einer halben Stunde noch immer nicht aus dem Studio kam, ging er hinein und fragte bei ihrem Trainer nach, einem durchtrainierten Machotypen mit dunkler Haut – genau die Sorte Schürzenjäger, die Timo als Konkurrenz fürchtete. Von ihm bekam er die Auskunft, dass Lina heute gar nicht zum Training erschienen sei. Das beunruhigte in zwar nicht, doch irgendetwas in seinem Kopf klingelte Sturm.

Zuerst nur ganz leise wie ein Hintergrundrauschen.

Auf seinem Rückweg zur Wohnung in der Monierstraße fuhr er ohne ersichtlichen Grund einen Umweg über den Kreisverkehr am Nord-West-Ring, und das Klingeln verstärkte sich. Einer Eingebung folgend, nahm er nicht die dritte Ausfahrt, sondern begann damit, ziellos durch die dämmrigen Straßen zu fahren. Überwiegend bestehen die Häuser der Stadt aus witterungsbeständigem Klinker. In seiner Kindheit bestanden die meisten der Gebäude aus Handformsteinen in den Farben Rot oder Dunkelrot; weniger traditionsbewusste Bauherren nehmen es damit nicht mehr so genau. Außer im Zentrum hat das Stadtbild im Laufe der Jahre viel von seinem niedersächsischen Kleinstadtcharme eingebüßt, findet Timo. Besonders die Neubaugebiete in den Außenbezirken erwecken den Anschein architektonischer Beliebigkeit.

Das Klingeln in Timos Kopf hielt an.

Er drehte das Radio lauter, spielte seinen „Rock-Scheiß". *Dada dada dadadada*. Rage Against the Machine schrien gegen das herrschende Establishment der USA an, Timo schrie mit.

„Know your enemy!"

Kenne deinen Feind!

Er hatte tatsächlich geglaubt, alle seine Feinde zu kennen. Den nervigen Nachbarn von oben, aus dessen Wohnung es ständig nach McDonalds-Fraß stank, und der nachts seine Stereoanlage nicht unter Kontrolle hatte. Hinzu gesellten sich LKW-Fahrer, die die linke Fahrspur der Autobahn immer dann blockierten, wenn er es eilig hatte, gefolgt von den Grünen, Bündnis/90, die ihre Meinung zu Auslandseinsätzen der Bundeswehr dem Willen der Politik geopfert hatten, als sie an die Macht gekommen waren, die Taliban, die das World-Trade Center in Schutt und Asche gelegt hatten.

Timo glaubte ihn wirklich zu kennen.

Den Feind.

Doch wie so oft lag der viel näher als gedacht.

Lauernd, im Hinterhalt.

„Sick of, sick of, sick of, sick of, sick of you! Time has come to pay …", Timos Geschrei erstarb.

Er stutzte.

Für einen Moment war ihm, als hätte nicht Zack de la Rocha, der Bandleader mit den Dreadlocks und dem markanten Sprechgesang, seine Politikverdrossenheit herausgespuckt, sondern für Lina Partei ergriffen. Er wollte leiser drehen, doch der Lautstärkeregler reagierte nicht.

Aus voller Kehle schrie de la Rocha ihn an; der Gitarrist Tom Morello fuhrwerkte auf seinem Instrument herum.

„Sie hat die Schnauze voll. Voll, voll, voll, voll von mir, denn heute ist der Tag der Abrechnung!"

Das mit aller Abscheu vorgetragene Statement blieb in Timos Gehirnwindungen kleben. Es löste sogar den warnenden Klingelton ab und wurde zu einem lauten Alarmsignal.

Unbeabsichtigt drosselte Timo das Tempo.

Der Lärm des Autoradios wurde unerträglich. Er wollte es ausschalten, doch gelang ihm nicht. Sein Arm ließ sich beim besten Willen nicht dazu bewegen, den Aus-Knopf zu betätigen. Wie aus einem löchrigen Tank floss die Energie aus ihm ab. Hinter Timo gab das nachfolgende Fahrzeug eine drängelnd quengelnde Lichthupe. Timo fuhr an den Fahrbahnrand und suchte nach einer Parkbucht. Er stellte den Motor ab, auch die Rage Against The Machine beendeten ihre stromgitarrenlastige Arbeit. Als das Auto endlich stillstand, legte Timo seinen Kopf auf das Lenkrad.

„Kenne deinen Feind!", warnte ihn sein Unterbewusstsein ohne Unterlass. Er redete sich ein, dass die Feinde, die er hatte, kaum der Rede wert seien, doch auf einmal wuchs eine unausgesprochene Vermutung zur Gewissheit an.

Lina!

Lina war der Feind.

Es klang unerhört, doch das Gefühl ließ Timo nicht mehr los. Sie hatte sich auf die andere Seite geschlagen. Die andere Seite, das konnte nur Linas bester Freund sein.

Er fiel Timo zuallererst ein. Er, der von Anfang an Timos Misstrauen erweckt hatte. Lina beschrieb ihn wie den Bruder, den sie niemals hatte. Es war ihr zur Angewohnheit geworden, alle seine körperlichen und charakterlichen Stärken zu typisch männlichen Eigenschaften hochzustilisieren, so dass sich Timo in seiner Nähe stets wie Linas unliebsames Anhängsel vorkam. Alles, was er hasste, vereinigte sich in dieser einen Person. Da ihr bester Freund nicht sonderlich viel von Timo hielt, kreuzten sich ihre Wege nur selten. Er mutierte nach Timos Dafürhalten zu so etwas wie dem dunklen Lord Voldemort, über den vernünftige Leute kein Wort verlieren, weil sie dann das Gefühl haben, er sei nicht real.

Vielleicht ist das ein Fehler gewesen.

Lina und ihr Bruderersatz spielten Timo den schlechteren Abklatsch einer Harry-und-Sally-Geschichte vor, die Freundschaften zwischen Mann und Frau ad absurdum führt, und er ließ es geschehen.

An diesem Abend im Auto war sich Timo sicher, dass Lina genau jetzt bei ihm war.

Es war keine bloße Annahme.

Es war Gewissheit.

Pures Adrenalin pumpte sein Blut so kräftig durch die Adern, dass es in seinen Finger- und Zehenspitzen kribbelte. Sein Kopf fühlte sich leer an. Seine Stirn war hart und kalt, dahinter brodelte es.

Timo legte ruckend den Gang ein und fuhr an.

Die Kanalstraße war nicht weit. Man kann sie sogar vom Fitnessstudio aus bequem erreichen. Das Haus, nach dem er Ausschau hielt, befand sich nur wenige Querstraßen weiter. Er stellte den Wagen auf dem Parkplatz des Schwimmbads an der gegenüberliegenden Straßenseite ab. Etwas in ihm wollte auf der Stelle aussteigen und sämtliche Türen des Blocks eintreten. Er kannte zwar die Straße; wo der Typ wohnte, wusste er nicht.

Ungeduldig trommelte er aufs Lenkrad. Mit seinem rechten Fuß bearbeitete er das reglose Gaspedal. Er öffnete und schloss den Kofferraum. Darin lag ein breiter Schraubenschlüssel, dessen kaltes Eisen er, zu allem bereit, betastete. Er stieg aus und wieder ein.

Leichter Nieselregen setzte ein, dazwischen tänzelten vereinzelt ein paar winzige Schneeflöckchen.

Mehrmals musste Timo den Scheibenwischer anstellen, um freie Sicht auf die unbeleuchteten Fassaden zu haben. Seine Scheiben liefen an.

Das Schicksal, das ihn hergeführt hatte, schien Timo auch noch zu verhöhnen, indem es ihn offenbar auf die Folter spannen wollte. Es brachte ihn dazu, an seinem Verstand zu zweifeln. Er wurde zerrieben zwischen Wahnsinn und Vernunft, Herz und Verstand, völlig krank vor Eifersucht. Ihn ereilte der beschämende Gedanke, dass er sich das alles nur einbildete, schließlich neigte Lina grundsätzlich nie zu unbedachten Handlungen.

91

Es war gar nicht ihre Art.

Jeder ihrer Schritte musste einem gewissen, nur ihr bekanntem Plan folgen, dessen Konsequenzen sie tausendfach abwog, bevor sie ihn tatsächlich zur Ausführung brachte.

„Umso schlimmer!", kreischte Timos innerer Soldat ohne Vorwarnung los. Damals war er das erste Mal in Timos Leben getreten.

„Sie fickt dich! Sie fickt dich mit einem anderen! Und sie wird dir die Schuld dafür geben! Dir! Sie hat es schon lange so geplant."

Nein, dachte Timo halsstarrig, *Lina ist ein vernunftbetonter Mensch. Sie liebt mich und lässt sich schon gar nicht auf ein Techtelmechtel mit ihrem besten Freund ein.*

„Und doch stehst du hier wie ein liebeskranker Stalker", antwortete sein Soldat kalt.

„Und doch stehe ich hier ...", wiederholte Timo halblaut.

Ein Bewegungsmelder an dem weißen Fertighaus gegenüber löste das Eingangslicht aus. Kurz darauf öffnete sich die Tür und Lina und ein Begleiter erschienen darin als dunkle Umrisse.

Es war ihr bester Freund.

Er hielt ihr die Tür auf. Nichts Ungewöhnliches. Lina schwärmte andauernd von seinen guten Manieren. Ihr Pferdeschwanz flog herum und sie legte lachend ihren Kopf in den Nacken. Er legte seine Hand auf ihre Schulter. Sie redeten nur miteinander.

Timo war der ungebetene Beobachter, der sich unwohl fühlte, weil er eine sehr vertraute Szene mit ansah, die ihn nichts anging. Sie war vertrauter als ihm lieb sein konnte, das musste er zugeben, doch auch sie hatte noch nichts Ungewöhnliches an sich, wenn man davon ausging, dass Lina und ihr Freund sich von Kindesbeinen an kannten.

Es gab bestimmt eine angemessene Erklärung dafür, dass sie heute bei ihm war und ihr Fitnesstraining dafür sausen ließ.

Es musste einen triftigen Grund geben.

Betreten sah Timo auf die Fahrbahn, trat die Kupplung und legte den Gang ein. Und doch konnte er den Blick nicht richtig von den beiden Schatten im Lichtkegel lösen. Er wollte wegfahren und konnte nicht.

Der Kerl wollte Lina einfach nicht loslassen.

Jetzt schlang er auch seine andere Hand um ihre Schultern. Er zog sie enger an sich und umarmte sie. Nichts Ungewöhnliches ... nur dauerte die Umarmung sehr lange. Lina schmiegte ihren Kopf an seine Brust. Ihr Gesicht war das einzige, das Timo inmitten der graurandigen Schattensilhouette gestochen scharf und wie eine leuchtende Erscheinung erkannte. Es lag ein tief entspanntes, zufriedenes Lächeln darauf. Ihre Augen waren geschlossen.

Dann, nach einer scheinbaren Ewigkeit, lösten sie sich voneinander. Seine Hände ließ er nicht von ihr, sondern schob sie noch weiter hinauf, bis in ihren Nacken. Er hielt ihren Kopf wie ein rohes Ei und zog sie näher zu sich.

Ihre Köpfe verschmolzen im Dämmerlicht.

Warmer Atem stieg als weißer Nebel in die regenkalte Winternacht. Der Schneematsch, der lautlos vom Himmel rieselte, begrub das Bild allmählich hinter den ohnehin angelaufenen Fahrzeugscheiben.

Das Loch, das Timo mit seiner Faust freigerieben hatte, um hindurch zu spähen, wurde immer kleiner und verschwand schließlich ganz.

Er zog den Zündschlüssel ab, damit es dem Scheibenwischer nicht mehr gelang, die Welt vor ihm sichtbar zu machen. Schwer getroffen ließ er sich in den Fahrersitz zurückfallen. Er saß einfach nur da und starrte dem Dunst hinterher, den auch sein Atem in der kalten Luft erzeugte.

Später, in der gemeinsamen Wohnung – Timo war lange vor Lina zu Hause angekommen – stritt sie alles ab.

Sie brachte nur halbherzige Ausflüchte vor.

Dass es nur bei diesen wenigen, harmlosen Küssen am Abend geblieben sei und Timo mehr daraus machen würde, als es in Wirklichkeit sei. Er las ihr an den Augen ab, dass sie selbst nicht daran glaubte.

Am Ende brach ihr Lügengebäude zusammen.

Während Timo durch die Wohnung tobte und sich dabei gebärdete wie ein Berserker, gab Lina auf.

Angestrengt versucht Timo sich auf seinem Krankenbett, weit weg von dieser verwunschenen Nacht, daran zu erinnern, was Lina aus Furcht vor seinem Ausbruch und fast demütig flüsternd von sich gab.

Er wollte alles zerpflückt haben.

Ihre Gespräche, ihre Küsse, ihren Sex, jede einzelne Berührung.

Jetzt sucht er in den spärlichen Antworten seiner Verlobten nach dem einen entscheidenden Hinweis.

„Ich habe diesem Arschloch noch nie über den Weg getraut!", schleuderte Timo ihr entgegen, „Er war doch schon die ganze Zeit hinter dir her!"

„Nein, er ... wir haben es doch selbst nicht gewusst. Es ist einfach irgendwie passiert. Wir wollten nicht, dass es so weit kommt." Sie verteidigte ihn auch noch, nahm ihn in Schutz.

Das brachte Timo vollends aus der Fassung. „Irgendwie ... passiert? Scheiße, verfluchte, ist er ausgerutscht und sein Schwanz ist ihm dabei irgendwie aus der Hose gerutscht, als du unter ihm gelegen hast? Dachtest du, du müsstest ihn irgendwie ... auffangen? Mit deiner Muschi?"

„Timo ..."

„Scheiße, Timo! Wie lange läuft das schon? Habt ihr im Bett auch dann euren Spaß, wenn ihr über den völlig vertrottelten Timo lacht?"

„Wir sind noch nicht lange zusammen. Vielleicht 'nen Monat oder so."

Lina flüsterte nur noch. Kaum hörbar.

„Ihr seid ... zusammen?"

Vielleicht 'nen Monat oder so, hat sie damals geantwortet. Ist das ein Datum, mit dem er rechnen kann?

Mitte Oktober?

Ein Monat, vielleicht etwas länger. Es hängt davon ab, ob Lina die Wahrheit gesagt hat. Timo kann sich keineswegs sicher sein, ob er der Erzeuger des Kindes ist, das Lina allem Anschein nach in 18 Tagen zur Welt bringen wird.

„Know your enemy!" Genauso fühlt er sich. Von Feinden umgeben, der Zustand in seinem Kopf gleicht einem infernalen Gitarrengewitter. Er muss Rolli gegenüber nach langem Nachdenken eingestehen, dass es möglich sein könnte, dass auch dieser andere Kerl als Vater in Frage kommt.

„Dann", meint sein Kamerad bestimmend, „dann vergiss die Alte. Wahrscheinlich will sie sich nur an dir rächen, dafür, dass du sie hast sitzen lassen mit all dem Krempel. Frauen machen das so. Die sind eiskalt, wenn es um Rache geht. Glaub mir! Sei froh, dass du alles noch einigermaßen gut geregelt hast. Lass sie am Schwanz ihres neuen Stechers ersticken. Und falls es das Kind tatsächlich gibt ... und nur für den ziemlich unwahrscheinlichen Fall, dass du doch der Vater bist ..., lass den Wichser, ihren Neuen, die Alimente dafür zahlen, bis er schwarz wird."

Wie in Trance muss Timo seinem Gegenüber zugestehen, dass er wahrscheinlich Recht hat. Auch sein innerer Soldat pflichtet Rolli lauthals bei, doch tief in Timo macht sich eine verwirrende Unsicherheit breit. Dass Lina sich die ganze Geschichte nur ausgedacht hat, um sich an ihm zu rächen, erscheint ihm unlogisch, dafür kennt er sie zu gut oder meint sie zu kennen. Bis auf diesen einen, gottverdammten Fehltritt hat sie sich nie etwas zu Schulden kommen lassen.

Liebt er sie dennoch?

Teufel ja, das tut er, auch wenn die Liebe für ihn nur noch eine Randerscheinung ist, sehnt er sich wie früher danach, Linas Taille zu umfassen und ihre köstlich warmen Lippen zu schmecken. Es gab Augenblicke in Timos Zeltstatt, sehr einsame Augenblicke, die nur Lina allein galten. In seiner Fantasie saß sie rittlings auf ihm, ihre Schenkel gespreizt. Seine Hände liebkosten begierig ihre Brustwarzen. Sie schob ihr Becken vor, berührte seine Hüften. Stöhnend glitt er zwischen ihre Beine, überließ ihrem Empfinden das sanft wippende Auf und Ab, bis sein heißer Strahl lustvoll zwischen ihre Beine schoss.

In der Sekunde jedoch, in der Timo seine Augen öffnete, war Lina verschwunden. Keuchend lag er dann im Schlafsack und hielt sein steifes Glied in der Faust, über die sein klebriger Samen gelaufen war.

Timo kann „die Alte" nicht vergessen, so wie Rolli es von ihm verlangt. Stattdessen versucht er sich in vernünftigem, rationalem Denken. Leider ist

er dazu in seinem derzeitigen Zustand nicht in der Lage und Rolli ist aufgrund seiner eigenen Vorgeschichte voreingenommen.
Die einzigen zwei Personen, denen Timo wirklich vertraut, sind seine Eltern. Zwar haben sie auch Partei für Carolina ergriffen und er weiß nicht, wie weit ihre Parteinahme inzwischen reicht, doch als Eltern sind sie naturgemäß an Timos Wohlergehen und sicher auch ein Stück weit daran interessiert, dass Lina und er wieder zusammenfinden. Eine rein objektive Bewertung seiner Lage kann Timo von den beiden auch nicht erwarten, aber vielleicht ist es genug, um sich über seine nächsten Schritte klar zu werden.

Weil Rolli seinem Kameraden noch eine ganze Weile Gesellschaft leistet und Timo nicht undankbar erscheinen möchte, ist die Stunde schon weit fortgeschritten, als Timo endlich an ein Telefon kommt.

Auf der Krankenstation erhält er bedeutend leichter ein Satellitentelefon, da sich hier nur eine Handvoll Patienten eines teilen müssen, während es im gesamten Feldlager nur fünf völlig überlastete Apparate für über 200 Soldaten gibt, an denen man sich auch noch kurzfassen soll. Hinzu kommt, dass die Internetverbindung so dermaßen mies ist, dass man an diese neumodische Form der elektronischen Datenübertragung erst gar nicht zu denken braucht. Abgesehen davon wissen Timos Eltern nicht einmal, was eine E-Mail-Adresse ist.

Am anderen Ende der Leitung hört er ein verschlafenes „Hallo?".

Seine Mutter.

Sie macht sich größte Sorgen, als sie hört, dass er im Lazarett liegt, und es kostet ihn einiges an gutem Zureden, ihr zu versichern, dass er nicht ernsthaft verletzt ist.

Das Vorgeplänkel hat zumindest den Vorteil, dass der verschlafene Verstand seiner Mutter auf Touren kommt, den Timo jetzt so dringend für die Planung seiner Zukunft mit Lina braucht. Zudem kann es nicht schaden, wenn seine Eltern Lina später erzählen, dass Timo während seines Auslandsaufenthalts verletzt wurde. Es weckt womöglich ihr Mitgefühl.

An Details spart er und erwähnt nur, dass er Opfer eines Übungsunfalls geworden ist inklusive Gehirnerschütterung und blauer Flecken.

Nein, gebrochen ist nichts.

Sein Vater fällt zwischenzeitlich ins Gespräch ein und Timo muss einen heiligen Eid darauf ablegen, dass es ihm den Umständen entsprechend gut gehe. Er fügt hinzu, dass man ihn morgen entlassen werde, obwohl dafür die Erlaubnis des Stabsarztes noch aussteht. Eine kleine Notlüge, die der Unterhaltung eine angenehme Wendung geben soll. Schnell kommt Timo auf Carolinas Brief zu sprechen.

Seine Eltern verstummen. Schlagartig.

Timos Vater wünscht eine gute Nacht; seine Mutter will wissen, wie viel ihm Carolina in ihrem Brief mitgeteilt habe. Offenkundig macht es ihr zu schaffen, sich dem einen Menschen verpflichtet zu haben, ohne dem anderen, dem eigenen Sohn, ein Mehr an Informationen zukommen lassen zu können. Sicherheitshalber liest Timo den ganzen Brief vor.

„Ist … ist Lina wirklich schwanger?", fragt er schließlich.

„Ja", kommt die knappe Antwort.

Die Reaktion seiner Mutter könnte verhaltener nicht sein. Das wirft Timo ein wenig aus dem Konzept; allmählich gehen ihm die Worte aus. Einerseits weiß er genau, welche Frage er als Nächstes zu stellen hat, doch auf der anderen Seite fürchtet er sich vor der vielleicht unsagbar grausamen Antwort. Statt geradeheraus zu fragen, stammelt er hilflos drumherum:

„Ich kann mir nicht vorstellen, dass Lina noch viel für mich empfindet", sagt Timo prüfend.

„Sie ist verwirrt; was erwartest du denn?", entgegnet seine Mutter. „Mein Gott, das Mädchen kriegt ein Kind und du hast beide vor die Tür gesetzt."

„Aber ich wusste doch gar nicht, dass sie schwanger ist. Außerdem hat sie mit einem anderen … sie … war mit einem anderen … im Bett!"

„Eure Bettgeschichten gehen mich nichts an, regelt das wie vernünftige Menschen. Wichtig ist, dass das Kind einen Vater bekommt, der sich ordentlich kümmert."

Der Kern der Sache. Da ist er.

Ist Timo tatsächlich einer jener werdenden Väter, die keine Verantwortung übernehmen wollen? Er kann sich nicht vorstellen, Vater zu werden, geschweige denn, wann er zuletzt mit Lina geschlafen hat.

„Hat … Lina … gesagt … hat … sie euch gesagt, … wer … der … Vater ist?"

Seine Mutter schnauft überlaut in den Apparat. Timo kann förmlich durch die Leitung sehen, wie sie ihre Augen verdreht.

„Nicht direkt", antwortet sie nach einigem Zögern, „aber wer soll es denn auch sonst sein?", ergänzt sie ziemlich resolut.

Sie überhört Timos quälenden Zweifel einfach. Offenbar gibt es für sie – und damit liegt sie eigentlich voll und ganz auf Timos Linie – gar keinen Zweifel daran, dass ihr Sohn der einzig fortpflanzungsfähige Mann auf dieser Welt ist.

Oder sie weiß es tatsächlich nicht.

„Es könnte sein, dass dieser andere …", unternimmt Timo einen weiteren Anlauf.

„Nein", unterbricht seine Mutter ihn heftig, „das hätte Carolina uns bestimmt gesagt!"

Sie sagt das in einem solchen Brustton der Überzeugung, dass Timo ihr die Illusion nicht rauben will, dass Carolina nicht in allen erhobenen Punkten der idealen Vorstellung einer Traumschwiegertochter entspricht.

„Mmh, ja, wahrscheinlich …", murmelt er stattdessen.

Ganz abwegig ist der Einwurf seiner Mutter aber tatsächlich nicht. Hätte Lina seinen Eltern von der Schwangerschaft erzählt, wenn ihr bester Freund als Vater in Frage käme? Timo mutmaßt, dass sie in diesem Fall versucht hätte, eher allein klarzukommen, als auf die Unterstützung seiner Eltern zu zählen. Andererseits stecken sie alle in einer ziemlich verfahrenen Situation. Wer weiß da schon, was im jeweils anderen vorgeht? Er muss unbedingt etwas Ordnung in das Chaos bringen. Hunderte von Kilometer von zu Hause entfernt.

„Ich weiß einfach nicht, was ich jetzt tun soll", gibt er kleinlaut zu.

Es klickt in der Leitung und Timo glaubt schon, das Telefonat sei unterbrochen. So ist das in Mazedonien – 15 Minuten Zeit, um ein Leben zu ordnen. Angespannt schreit er: „Hallo, hallo?", in den Hörer.

„Wir sind noch dran", sagt seine Mutter mit besänftigendem Nachdruck.

Erleichtert atmet Timo auf.

Das Klicken hat sein Vater verursacht; er will sich wieder in das Telefonat einmischen.

„Es war ein Fehler, in diesen Einsatz zu gehen", ergänzt sein Vater und fügt milde hinzu, „komm zurück nach Hause, mein Junge."

Klar.

Timo packt nur schnell seine ganzen Sachen zusammen, nimmt den nächsten Flieger und schon steht er vor ihrer Tür.

„Wie stellst du ... ich meine, wie stellt ihr euch das vor?", will er leicht gereizt wissen. „Ich kann hier nicht einfach weg. Es kann sein, dass wir im Juni von den Holländern abgelöst werden, dann komme ich etwas früher zurück als gedacht. Ich kann mir aber nicht vorstellen, dass man mir vorher einen Heimaturlaub genehmigt."

Ganz der Pragmatiker, argumentiert der Vater.

„Kannst du nicht mal mit deinem Vorgesetzten reden? Die müssen doch Verständnis haben für die Lage, in der du dich befindest."

Timos Mutter, die es nicht besser weiß, pflichtet ihrem Mann eifrig bei.

Verständnisvolle Vorgesetzte.

Timo hat schon viel über diesen Mythos gehört oder gelesen. Bei der Bundeswehr hat er sie jedoch noch nie wirklich angetroffen. Es gibt einen ganzen Katalog, der über die Pflichten und Rechte von Soldaten aufklärt. Gesunderhaltungspflicht, Pflicht zur Wahrheit und zum Gehorsam.

Demgegenüber stehen die verfassungsgegebenen Grundrechte. Menschenwürde, freie Entfaltung, Unverletzbarkeit des Menschen.

Die Pflichten und Rechte von Soldaten stehen sich ähnlich unnachgiebig gegenüber wie zwei feindliche, aufeinanderprallende Armeen. Auseinandergehalten werden sie nur durch eine weitere Flut aus Gesetzen und Regeln, die bei der Bundeswehr tendenziell eher auf die Pflichtseite hinüberschwappen. Solange ein Befehl nicht gegen ein fundamentales Grundrecht verstößt, wird seine sofortige Ausführung erwartet, und jede noch so harmlose Erkrankung eines Soldaten schrammt am Rande einer Verletzung der Gesunderhaltungspflicht.

Betrachtet man die Sache unter eben jenen Gesichtspunkten, hat Timo gegen mindestens eine dieser Pflichten verstoßen, indem er sich einfach so verprügeln ließ. Andererseits kann man natürlich argumentieren, dass er seine Gesundheit auf dem Übungsfeld für sein Land geopfert hat.

Timo hat sich schon oft gefragt, wie Auslandseinsätze von der Politik mit der verfassungsrechtlich garantierten Unverletzbarkeit des Menschen vereinbart werden. Der Widerspruch gilt wohl mit dem beamtenrechtlichen Sold aufgewogen, sowie mit den unzähligen Abfindungserklärungen, die Timo unterschrieben hat. Der junge Soldat braucht sich nicht allzu sehr den Kopf zu zerbrechen, denn er befindet sich in Mazedonien dank eines Mandats seiner Bundesregierung. Wer weiß schon genau, welche Gesetze und Regeln es dafür schlussendlich gebraucht hat.

Sich damit genauer auseinanderzusetzen bedeutet, Ärger zu verursachen, und niemand braucht ernsthaft einen Soldaten, der Ärger macht, das hat er gelernt. Wollte Timo tatsächlich einmal genauer nachlesen, worüber er sich keine Gedanken machen muss, so braucht er nur in seine Brusttasche zu greifen. Dort befindet sich alles für Soldaten Wissenswerte in Schriftform. Kurzgefasst, als handliche Taschenkarte.

Davon gibt es einen ordentlichen Stapel. Dienstvorschriften, die die Brusttaschen ziemlich ausbeulen. Im Scherz ist oft zu hören, dass, wenn ein Bundeswehrsoldat im Einsatz auf eine Mine tritt, von ihm nichts übrigbleibt als das Konfetti aus seiner Brusttasche.

Die einzige Gewissheit, die bleibt, ist die, dass man an Orten, die dergestalt mit Bürokratie zugekleistert werden, die Menschlichkeit mit der Lupe suchen muss.

Das weiß auch Timo.

Er ist überzeugt, dass man ihn nicht einfach nach Hause schickt, nur weil der vage Verdacht besteht, dass seine Ex-Verlobte schwanger sein könnte.

Seine Eltern haben diese Art der Mitarbeiterführung schon von Anbeginn seiner Dienstzeit nicht verstanden; sie verstehen es auch nicht, als Timo versucht, ihnen das am Telefon begreiflich zu machen. Ihre Empörung steigert sich umso mehr, je deutlicher er ausschmückt, wie dogmenähnlich sich ein einmal erteilter Befehl auf jeden einzelnen Bundeswehrsoldaten auswirkt.

Auch wenn Timo mehr oder weniger freiwillig seinen Dienst verrichtet, die Grundlage seines Hierseins ist einer dieser unumstößlichen Befehle. Dienst in Mazedonien bedeutet Urlaubsanspruch frühestens nach der Hälfte der abzuleistenden Dienstzeit von sechs Monaten, wovon Timo noch weit entfernt ist.

Der Stabsunteroffizier Timo Jäger ist nur ein kleines Rädchen in diesem komplexen Getriebe aus Befehl und Gehorsam am Stadtrand von Skopje.

Sein einzig wahrhaft wichtiger Auftrag ist es, den Komplex am Laufen zu halten, und seine Vorgesetzten sorgen dafür, dass das Rädchen bleibt, wo es ist. Eine solche Maschinerie, die einmal angelaufen ist, darf nicht wegen eines einzelnen Teilchens zum Stillstand kommen.

Schlussendlich ringen Timos Eltern ihm doch das Versprechen ab, wenigstens einen Versuch zu wagen, einen Urlaubsantrag bei seinem nächsten Vorgesetzten einzureichen. In Wahrheit werden sich seine Bemühungen in Grenzen halten, denn er hat immer noch keine befriedigende Antwort auf die Fragen gefunden, die ihm auf der Seele brennen.

Er kann nicht anders, als ganz leise in den Hörer zu flüstern.

„Was, wenn das Kind tatsächlich nicht von mir ist oder noch schlimmer, was, wenn Lina sich einfach nur an mir rächen will?"

Für seine Mutter gibt es darauf nur eine Antwort. „So etwas würde das Mädel niemals tun!", ruft sie beinahe hysterisch ins Telefon. Das traue ich der Schwiegertochter, von der ich mir jedenfalls wünsche, dass Carolina es wird, nicht zu – ergänzt Timo für sie im Stillen.

Von ihrem Mann erhält sie dieses Mal keine hörbare Zustimmung. Er bleibt stumm. Letztendlich muss ihr Sohn selbst wissen, was das Richtige für ihn ist. Nicht einmal Mama und Papa können ihm die Entscheidung abnehmen. Sich ansehen, welche Möglichkeiten sich bieten. Genau abwägen, sich Ratschläge einholen, die es zu beherzigen lohnt, noch einmal abwägen und dann das Richtige tun.

Das ist für ihn die Essenz ihrer Erziehung. Wenn es doch nur immer so leicht wäre zu wissen, was das Richtige ist.

Timos Vater vertritt hierzu eine eingefahrene, fast schon philosophische These, die er seinem Sohn gewissermaßen vererbt hat. Er ist der festen Überzeugung, dass im Prinzip jeder Mensch ganz genau weiß, was gut für ihn ist. Das Problem aus Sicht des Vaters ist dabei ist, dass die meisten Menschen nicht in sich hineinhören können oder wollen. Oberflächlich betrachtet gibt es dort nämlich zwei Instanzen, die zumeist unterschiedliche Interessen vertreten, jedoch wechselseitig voneinander abhängig sind:

Die zwei Hs.

Herz und Hirn.

Das Herz trifft die schnellen Entscheidungen, denen sich alsbald das Hirn entgegenstellt und all die negativen Folgen auflistet, die das Herz gar nicht absehen kann. So stauen sich die Probleme zwischen Herz und Hirn auf, damit es am Ende so aussieht, als müsse ein Kompromiss gefunden werden, den man den beiden Kontrahenten – und somit sich selbst – gerade noch zumuten kann. Dass das auf Dauer nicht gutgehen kann, liegt auf der

Hand. Viele Menschen sind deshalb unzufrieden mit sich selbst. Meint jedenfalls Timos Vater.

Er behauptet, dass die Lösung in einem dritten, oft unterschätzen Organ liege: dem Bauch.

Während sich Herz und Hirn noch im Zwist befänden, habe der Bauch längst eine Entscheidung gefällt und das sei in jedem Falle und zu 100 Prozent die richtige. Die Lösung müsse anderen Personen nicht unbedingt als solche erscheinen, auch nicht gefallen, aber der Bauchträger selbst könne sich zu 100 Prozent darauf verlassen, dass er nicht betrogen werde.

Nicht von seinem eigenen Bauch!

Timos Vater belegt seine Annahme damit, dass schon die alten Griechen im Bauch den Sitz der Seele verorteten.

„Was dort einmal beschlossen würde, wird seit alters her und nicht umsonst als Seelenheil umschrieben. Da es auch den völlig in die Irre leitende Ausdruck ‚Bauchgefühl‘ gibt, ist es nicht weiter wunderlich, dass die meisten Menschen damit nicht besonders gut umgehen können, denn auch die Liebe geht durch den Magen, und die macht bekanntlich blind."

Timo geht es wie den meisten Menschen.

Den entscheidenden Trick nämlich, wie man die Ratschläge von Herz, Hirn oder Bauch unterscheiden kann, den hat er nie herausbekommen. Sein Vater hat es ihm auch nie verraten. Manchmal hegt er den Verdacht, dass sein Vater das Geheimnis nicht preisgibt, weil er es selbst nicht kennt.

Er überlegt gerade noch, ob er die Ratschläge seines Vaters jemals wieder ernst nehmen kann, da rollt eine fixe Idee durch seinen Körper. Wie ein lauter werdendes Mantra rumort sie in ihm herum und Timo weiß, dass es sich verrückt anhören würde, wenn er es laut aussprächte, aber er glaubt, dass die Idee ihren Ursprung in seinem Bauch hat.

Es ist ein aufwallendes, rumpelndes, unbestimmtes „Los! Los! Los", das sich da den Weg bahnt.

12. Mai 2002 – Mazedonien

Minen!

Fünf Tage lang hat der Stabsarzt Timos frühzeitige Entlassung beharrlich abgelehnt; gestern musste er seinem Patienten androhen, ihn in einen Ganzkörpergips zu verpacken, sollte dieser sich weiter uneinsichtig zeigen.

In der Früh bittet Timo die hübsche Sanitätssoldatin darum, aufstehen zu dürfen.

Ihr Name ist Sabrina.

Sabrina hat unglaublich große, blaue Augen und langes, blondes, zu einem Zopf geflochtenes Haar, das ihr bis ans Gesäß reicht. Eine dünne Strähne, die sie sich hinters Ohr streichen muss, fällt ihr andauernd ins Gesicht. Ihre sportlich schlanke Figur strahlt eine wunderbare Leichtigkeit und Lebensfreude aus. Die grüne Uniform, vorschriftsgerecht vier Finger breit an den Hemdsärmeln aufgekrempelt, schmeichelt ihren wohlproportionierten Konturen. Mit dem strahlendsten Lächeln, das Timo je gesehen hat, blickt sie ihn an, als ob es ihm allein gilt. Dabei taucht auf ihrer Wange ein wunderhübsches, unscheinbares Grübchen auf. Es nimmt ihn gefangen. Scheinbar schwerelos gleitet ihre zierliche Gestalt um sein Bett und löst in ihm den innigen Wunsch aus, sie zu sich hineinzuziehen. Zu ihrem Bedauern muss sie Timo mitteilen, dass die Entscheidung, ihn aufstehen zu lassen, allein beim Feldarzt liege. Sie verspricht ihm aber, sich alsbald darum zu kümmern.

Er wartet, bis sie weg ist.

Der hübschen Sabrina würde er den Gefallen, liegen zu bleiben, nur zu gern tun und übt sich sogar eine Weile in Geduld, doch Unruhe treibt ihn an. Timo will wie versprochen endlich seinen Urlaubsantrag bei seinem Vorgesetzten einreichen. Unfähig, still dazuliegen und abzuwarten, bis etwas geschieht, rappelt er sich auf. Um sicher zu gehen, dass er unterwegs nicht zusammenklappt, schluckt er schnell noch ein paar Schmerztabletten hinunter. Schachtelweise liegen sie in der Schublade des Klapptisches. Er hat sie mit etwas gutem Zureden und seinem charmantesten Lächeln von Sabrina bekommen.

Ungesehen huscht er nach draußen.

Noch unsicher auf den Beinen humpelt Timo durchs Lager, zieht jedoch nur wenige neugierige Blicke auf sich. Er wundert sich ein wenig, dass ihm kaum ein Soldat über den Weg läuft, gleicht doch Camp Fox um diese Uhrzeit einem Bienenstock. Ihm fällt ein, dass heute Sonntag ist; sonntags will niemand, der keiner Schicht zugeteilt ist, den üppigen Brunch im Wirtschaftstrakt verpassen.

Die Ausnahme bestätigt aber auch im Lager die Regel.

Der Stabsunteroffizier weiß, dass Major Weber, sein direkter Vorgesetzter, einer der wenigen Asketen ist, die sich an diesem Tag zurückziehen, um freiwillig Dienst zu tun. Statt Berge von Obst, Gemüse, Brot und Gebäck, Marmelade, Honig und Schokoladenaufstrich, Fleisch und Fisch, Tee, Kaffee, Milch und Saft sowie sieben verschiedene Müslisorten zu vertilgen, verschanzt sich Major Weber sonntags lieber im Kompaniezelt. Dort sammelt er die täglich eingehenden Meldungen seiner Kompanie und tut Dinge, von denen Timo keine Ahnung hat.

Das Führungszelt liegt etwas abseits, am östlichen Rand der Zeltstadt. Kaum ein Soldat seiner Einheit verirrt sich dorthin, es sei denn, er hat etwas ausgefressen und muss sich vor seinem Kompaniechef verantworten oder er will, tatsächlich, Urlaub einreichen.

Während die Kommandantur im blauen Stabsgebäude der Registratur aller ankommenden und abreisenden Soldaten, der Abrechnung ihres Soldes und im schlimmsten Falle der Überführung ihrer sterblichen Überreste dient, gibt sie sich nicht mit dem einfachen Soldaten ab.

Das muss die jeweilige Kompanieführung tun. Davon gibt es in Camp Fox vier oder fünf, allerdings kann man sich des Eindrucks nicht erwehren, dass die schon genug damit zu tun haben, sich selbst zu verwalten. Kein vernünftiger Soldat wagt sich ohne triftigen Grund in die Nähe eines Kompanieführungszelts.

Punkt 09:00 Uhr tritt Timo ein.

Das etwas nicht stimmt, hätte ihm schon im Eingangsbereich auffallen können. Es fällt ihm nicht auf, weil er nur am Anreisetag ein einziges Mal hier gewesen ist. Normalerweise klappt einer der beiden Geschäftszimmersoldaten am Wochenende die dicke Zelthaut herunter und signalisiert somit allen Ankömmlingen, die Arbeit der Kompanieführung nur in absoluten Notfällen zu stören – schließlich wird das deutsche Wochenende im Ausland hochgehalten. Wochenende bleibt auch in Mazedonien Wochenende. Heute allerdings steht die Zeltwand weit offen und man kann hektisches Stimmengewirr vernehmen.

Innen gibt es drei Bereiche, die sich wie im Stabsgebäude durch weiße Pressspanplatten voneinander abgrenzen. Im vordersten Raum werden die täglichen Dienstgeschäfte abgewickelt. Zwei Geschäftszimmersoldaten erledigen die anfallende Korrespondenz und melden Gespräche wie das von Timo beim Kompaniefeldwebel oder dem Kompaniechef, Major Weber, an. Der Kompaniefeldwebel ist so etwas wie der Puffer in der Mitte. Er hört sich die Sorgen und Nöte der Soldaten seiner Einheit an, bevor sie dem Kompaniechef zu Ohren kommen, und entscheidet dann, ob das entsprechende Anliegen wichtig genug ist, um damit in den letzten, entscheidenden Raum vorgelassen zu werden. Dort sitzt dann Major Weber, der letztendlich Timos Urlaubsantrag unterschreibt oder nicht.

Timo hält diese eingefahrenen Strukturen heimatlicher Gewohnheit für bürokratische Kleinkrämerei. Die Dicke der Zwischenwände hier im Einsatzland reicht nicht annähernd aus, um Dienstgespräche vertraulich zu behandeln. Jedes Geräusch, das lauter als ein Sesselfurz ist, dringt nach außen. Andererseits ist man als Soldat die administrativen Verwaltungsstrukturen gewohnt und wartet selbst dann noch brav ab, wenn einem schon aus dem Nebenzimmer entgegen gebrüllt wird, dass es noch 24 Stunden bis zum nächsten Termin dauern könne. Im Übrigen solle man sich ja nicht unterstehen, näher zu treten, wenn man sich nicht genauestens im Klaren darüber sei, was man eigentlich wolle.

Die erste Barriere des Laufwegs ist ein langer Tresen vor dem allgemeinen Geschäftsbereich.

Timo wartet darauf, von einem der Geschäftszimmersoldaten beachtet zu werden. Der Unteroffizier und der Stabsgefreite starren mit leblosem Blinzeln auf jeweils einen Computermonitor. Auf ihren Gesichtern spiegelt sich das bläuliche Flackern der Displaybeleuchtung. Beinahe synchron hacken sie mit den Fingern der einen Hand in die Tastatur, während sie auf der anderen Hand ihren Kopf balancieren, den sie eingezogen zwischen ihren Schultern halten, als könne neben ihnen jeden Moment eine Bombe einschlagen.

Der Grund dafür ist Major Weber.

Dessen tobsuchtsartiges Geschrei dringt durch das ganze Zelt. Von dem Kompaniefeldwebel ist weit und breit nichts zu sehen. Er, der kein Offizier ist, hätte Timo als menschliche Pufferzone das nötige Verständnis und im Idealfall auch die Unterstützung für seinen Urlaubsantrag vorschießen können, somit hätte Timo nicht persönlich beim Major vorsprechen müssen. Hin und wieder kann man systemische Konstrukte geschickt für sich nutzen. Dieser Teil seines Plans löst sich aber in der rauchenden Wut seines Kompaniechefs auf.

Und es kommt sogar noch schlimmer.

Wie sich herausstellt, gilt das Geschrei Webers einer unsichtbaren Person am anderen Ende eines Funkgeräts, das der Kompaniechef enthemmt anbrüllt. Er betitelt die imaginäre Gestalt im Laufe des Wutausbruchs mehrmals als unfähigen Vollidioten. Da die zweite Stimme in dem Lärm völlig untergeht, bekommt Timo nur das mit, was seine Ohren in stark überhöhter Lautstärke erreicht.

Offenbar hat sich ein schwerer Unfall ereignet.

In der Nähe des Snowboard.

Ein Kamerad aus Timos Einheit ist bei einer Erkundungsfahrt mit seinem Geländewagen auf eine Sprengfalle geraten. Bei dem Mann befindet sich ein französischer Leutnant. Gemeinsam wollten sie die Umgebung des ehemaligen Skiressorts erkunden und müssen dabei vom Weg abgekommen sein. Nach einer gewaltigen Detonation hat sich ihr Wagen mehrfach überschlagen und der Franzose ist tot. Der deutsche Soldat hängt noch immer schwer verletzt aus dem Seitenfenster.

Handelt es sich um Rolli?

Timo hofft nicht, aber er bleibt seltsam unbeteiligt, denn er will keinesfalls, dass ihn ausgerechnet jetzt etwas von seinem Vorhaben abbringt.

Weber schreit wieder.

Gerade geht es darum, dass sich die eingetroffenen Sanitäter weigern, sich näher an den Unfallort heranzuwagen, weil sie in der unmittelbaren Umgebung weitere Minen vermuten. Aus demselben Grund wurde bisher auch kein Rettungshubschrauber angefordert, dessen Piloten die Gefahr in der Landezone als zu groß erachten.

Endlich wird Timo von dem Unteroffizier bemerkt. Mit einem Wink gibt ihm der Soldat zu verstehen, dass es besser sei, ein anderes Mal wiederzukommen, doch Timo bedeutet ihm, dass eine gewisse Dringlichkeit besteht. Schwerfällig kommt der Unteroffizier zu ihm herum. Sein Blick ist gesenkt, wie um sicher zu gehen, dass er bei nichts Verbotenem erwischt wird.

Er deutet in die Richtung des Majors, und sagt: „... Und das ist heute nicht der einzige Vorfall."

Mit überraschter Miene bringt Timo den Kameraden dazu, ihm mehr zu verraten. Hinter vorgehaltener Hand erfährt er, dass Weber nur wenige Minuten vor dem Unfall die Nachricht erhalten habe, dass in einem Außenlager an der Grenze zum Kosovo ein unter seinem Kommando stehender Hauptfeldwebel Selbstmord verübt habe. Der Soldat bat nur einen Tag zuvor seinen Vorgesetzten darum, ihm seine Pistole abzunehmen. Der Grund schiene zunächst unklar, hieß es. Psychische Probleme wurden vermutet. Der anwesende Offizier des Wachdienstes nahm den Wunsch nicht ernst genug, und so fand man den Hauptfeldwebel tags darauf mit einem Kopfdurchschuss in seinem Containerbett. Darauf eine riesige Lache aus Wasser und Blut. Der Kamerad ging auf Nummer sicher und beherzigte einen der unzähligen Tipps, die man ungefragt von überallher bekommt, wenn man laut darüber nachdenkt, seinem Leben ein Ende zu setzen. Einer davon, den Mund voller Wasser zu nehmen, soll angeblich sicherstellen, dass man kein Pflegefall wird, wenn man sich in den Kopf schießt. Der Hauptfeldwebel beherzigte den Rat nicht nur, dienstlich gewissenhaft hat er auch gleich eine Plane untergelegt, damit die Schweinerei hinterher leichter zu beseitigen ist. Dafür, wie die Hinterbliebenen und Hilfskräfte mit der Situation fertig werden sollen, gibt es keine Empfehlungen.

3 013.

3 013 deutsche Soldaten sind laut Statistik seit Bestehen der Bundeswehr vorzeitig durch die eigene Hand aus dem Dienst geschieden. In den Einsatzgebieten waren es bisher neun. Zehn, wenn man den Portepeeträger von heute mitzählt. Statistik ist alles.

Es überrascht Timo kein bisschen, als er hört, dass angenommen wird, die Schuld für den Suizid des namenlosen Hauptfeldwebels träfe die Ehefrau, die ihren Mann vor kurzem verlassen hätte. Selbst Timo hat schon mit dem Gedanken an den Tod geliebäugelt; an der passenden Waffe dafür herrscht schließlich kein Mangel.

Er schämt sich ein klein wenig dafür, dass er sich deshalb ganz gute Chancen für seinen Urlaub ausrechnet, denn auch bei ihm geht es um eine Frau.

Seine Ex, die er zurückgewinnen will.

Dass er gerade gar keine Selbstmordgedanken hegt, muss er ja nicht unbedingt erwähnen, aber möglicherweise könnte ein Hinweis in dieser Richtung verschlossene Türen öffnen.

Webers Tobsuchtsanfall dauert einige Zeit an und schwankt zwischen cholerischem Brüllen und totaler Verzweiflung. Wenigstens verwandelt er damit die Anspannung in etwas Greifbares.

Timo spürt buchstäblich, wie die Zeit für den verletzten deutschen Kameraden langsam abläuft. Er fiebert mit ihm mit. Schätzt er die Sache richtig ein, ist es die einzig vernünftige Option, dass sich die Sanitäter in Geduld üben. Trotzdem scheint es irgendwie falsch zu sein. Um keinen Preis der Welt hätte er in diesem Moment seinen Platz mit den Rettern tauschen mögen.

„Ich befehle es!", schreit Weber in schrillem Ton durch den Raum.

Kurz darauf wirft er etwas, vermutlich das Funkgerät, in eine Ecke und stampft aus seinem Büro. Der hochrote Kopf taucht hinter einem Ordnerregal auf. Er sieht sich um und findet in dem augenscheinlich neben Timo herumlungernden Unteroffizier die Person, die er gesucht hat.

Ein Fehler.

Timo schnappt den gereizten Seitenblick auf.

Genau an dieser Stelle wird er der neue Störfaktor und er hätte womöglich noch kehrt machen können, wenn er nicht zu fixiert darauf gewesen wäre, seinen eigenen Willen durchzusetzen.

„Warum zum Teufel sitzen Sie nicht am Telefon und bringen verdammt noch mal in Erfahrung, wo dieser verflucht verschissene EOD bleibt?", fährt der überreizte Major den Geschäftszimmersoldaten an.

Blitzartig kehrt der Unteroffizier an seinen Schreibtisch zurück und stürzt sich auf den Telefonhörer.

Mit EOD – Explosive Ordnance Disposal – ist der Minenräumdienst gemeint, der in mühevoller Kleinarbeit jeden Millimeter Boden umgraben muss, wenn irgendwo in dem fremden Land etwas gefunden wird, das auch nur entfernt an Sprengstoff erinnert. Unter Umständen kann es Stunden dauern, bis ein Gebiet, das der EOD durchsucht, endlich freigegeben wird. Vor diesem Hintergrund tendieren die Überlebenschancen für den verwundeten deutschen Soldaten gegen null.

Es folgen bange Minuten des Wartens, in denen die Stimmung im Zelt auf den absoluten Gefrierpunkt sinkt. Timo gelingt es partout nicht, sich unsichtbar zu machen, also versucht er möglichst unauffällig zu bleiben. Dabei entgeht ihm, dass er sich genau damit zum Gaffer macht, jenem tatenlosen Typ Mensch, der sich auf Autobahnbrücken daran ergötzt, wenn die Rettungskräfte um das Leben ihres Unfallopfers ringen. Er verachtet die Widerwärtigkeit dieses Verhaltens und niemals hätte er sich vorstellen können, selbst dieser Sorte Mensch anzugehören, doch nun muss er unfreiwillig erfahren, wie sehr man von den schrecklichsten Dingen angezogen wird, unfähig, sich aus ihrem Bann zu lösen. Aus diesem Grund fallen ihm auch nicht die eiskalten Blicke auf, die ihn erfassen, und schon gar nicht, dass seine bloße Anwesenheit einen Affront darstellt, der jeden noch so winzigen Handgriff im Führungszelt um das Tausendfache erschwert.

Schlussendlich stellt sich heraus, dass der schwerverwundete deutsche Kamerad doch noch rechtzeitig geborgen wurde und seine äußerlichen Wunden ohne Rückstände verheilen werden.

Es ist nicht Rolli.

Der Stabsunteroffizier bekommt alles mit.

Bis zum Ende.

Es vergeht eine halbe Ewigkeit, in der Timo weiter herumsteht. Mit seiner unbedachten Standhaftigkeit will er Weber die Notwendigkeit seines Anliegens beweisen, doch dass er damit auch zeigt, dass seine eigenen, von der Übung herrührenden Verletzungen ihn eigentlich daran hindern sollten, seinem vorgeschriebenen Dienst im Camp nachzukommen, darüber hat er nicht nachgedacht.

Für Major Weber haben deutsche Soldaten so lange in einem Bett zu liegen, bis sie wieder gesund sind. Punkt. Jedes davon abweichende Verhalten kann leicht als Arbeitsverweigerung angesehen werden. Man hält ihn besser nicht mit einem Urlaubsantrag, den er eher als einen aus der Art geschlagenen Wunsch denn als Freizeitanspruch betrachtet, über Gebühr von seinen Dienstgeschäften ab.

Timo ahnt von alldem nichts, daher verläuft seine Anhörung ganz und gar anders als von ihm erhofft. Sein Kompaniefeldwebel, der ihm vielleicht Schützenhilfe hätte leisten können, taucht die ganze Zeit über nicht auf, und so spricht der Stabsunteroffizier gleich beim immens aufgebrachten Kompaniechef vor.

Timo hat das Wort kaum ergriffen, da erhält er auch schon die Abfuhr.

„Nein! Wie lange sind Sie jetzt im Einsatzland, Jäger? Einen Monat? Lachhaft. Ich bin der festen Überzeugung, dass Ihre … ihre … Ex-Verlobte … sagten Sie? – es ganz gut auch ohne ihre Mithilfe schaffen wird, das Kind gesund auf die Welt zu bringen. Dass sie nutzlos herumstehen können, haben sie ja zu Genüge bewiesen. Sie dürfen wegtreten."

Weber lässt keinen Einspruch gelten.

Zurück im Krankenlager wirft Timo sich aufs Bett. Den Trennvorhang lässt er zur Containermitte hin geöffnet. Tränen der Hilflosigkeit rollen über seine Wangen; er ballt die Fäuste fest zusammen, bis die Knöchel unter der Bandage weiß hervortreten, um nicht wutentbrannt losschreien zu müssen. Er ärgert sich maßlos über diesen einen verbohrten Offizier, dem ihm anscheinend ein unversöhnliches Schicksal vorgesetzt hat, doch am meisten ärgert sich Timo über sich selbst.

Über seine grenzenlose Dummheit, mit der er sich durch sein unüberlegtes Auftreten den Weg zu Lina wohl endgültig verbaut hat.

Alles umsonst.

Sogar die Schmerzen kommen wie auf Kommando zurück. Frustriert mustert er die Verbände an seinen Händen, lässt die wunden Stellen seines Körpers pulsieren. Der Blick wandert zu seinem Brustkorb. In unregelmäßigen Abständen hebt und senkt er sich wieder. Er bebt regelrecht. Einatmen. Ausatmen. Einatmen. Ausatmen.

Allmählich lässt ihn eine Atemübung, die er in der Einsatzvorbereitung aufgeschnappt hat, zur Ruhe kommen.

Eine Gestalt lässt sich ganz in der Nähe auf einem Stuhl nieder.

Timo hält beunruhigt die Luft an, denn er vernimmt ein seichtes Rasseln, von dem er glaubt, dass es aus seiner Lunge dringt. Hat er sich zu allem Übel auch noch mit irgendeiner Balkankrankheit angesteckt? In der einsetzenden Stille wird aus dem Rasseln ein weinerliches Schluchzen, das eindeutig keines seiner Leibesgeräusche ist.

Er dreht den Kopf ein wenig zur Seite.

Dort sitzt, im flackernden Hin und Her der Illumination einer defekten Deckenleuchte, Sabrina, die Krankenschwester. Eine Hand hält sie vor den Mund gepresst, die ihre Trauer doch nicht bezähmen kann. Die Gesichter mancher Frauen wirken durch Kummer und Leid schnell ausgezehrt, ihre Augen hohl und leer.

Nicht so bei Sabrina.

Was auch immer sie da herunterzieht, umgibt sie vielmehr mit einer Aura von Stärke. Ihr langer, blonder Zopf liegt über der rechten Schulter, ihre Wangenknochen und das Kinn stechen scharfgeschnitten hervor. Das blasse Kunstlicht belässt ihre Silhouette im Halbschatten, doch ein Blau wie Kobalt dringt Timo bis ins Mark. Sabrinas Blick ist matt, aber hypnotisch. Timo fühlt sich davon unwiderstehlich angezogen. Hin- und hergerissen zwischen Faszination und Mitleid kann er seine Augen nicht von der Krankenschwester lassen. In diesem Zustand wirkt sie zerbrechlich und betörend schön zugleich.

Zwischen den beiden Gestalten, die mit hängendem Kopf gegen ihre eigenen Gedanken kämpfen, entspinnt sich so etwas wie ein dünnes Band. Ein Seidenfaden vielleicht, der durch ein unbedachtes Wort reißen wird, Timo aber in die Pflicht zu nehmen scheint, Sabrina ein tröstendes Wort zuzuwerfen.

Er entscheidet sich für ein neutrales Räuspern und wendet schnell den Kopf ab, damit es so aussieht, als hätte er sie überhaupt nicht bemerkt – so wie es Teenager gerne tun, wenn sie sich frisch verlieben.

Peinlich berührt bricht Sabrinas Schluchzen ab.

Für den Augenblick könnte man das Klirren einer auf den Boden fallenden Patronenhülse vernehmen, so leise ist es in dem Behelfslazarett. Schlafen die anderen Patienten? So spät ist es doch noch gar nicht. Timo hat sich bislang nicht darum gekümmert, ob außer seinem Separee auch die übrigen besetzt sind. An fünf abgetrennten Bereichen ist er bei seinem Ausflug vorbeigehuscht. Hineingesehen hat er nicht. Womöglich ist er der einzige Kranke auf Station.

Sabrinas Uniform raschelt, als sie sich von ihrem Sitzplatz erhebt. Beim Zurückrutschen auf dem glatten Linoleumboden verursachen die metallenen Stuhlkappen ein unangenehmes Quietschen. Timo riskiert keinen einzigen Blick. Er hofft inständig, dass seine Reaktion nicht zu indiskret war. Zu seinem Leidwesen entfernen sich die kleinen Schritte rasch.

Doch dann überlegen sie es sich anders und nähern sich vorsichtig an. Dort, wo der Vorhang das Einzelzimmer begrenzt, stoppen sie kurz, entschließen sich einzutreten und kommen am Kopfende von Timos Bett zu stehen.

Er wagt sich kaum zu regen. Wie in einem dieser Träume, aus denen man viel zu früh wieder aufwacht, spürt er ihre großen, blauen Augen auf sich ruhen.

„Nur nicht aufwachen!", impft er sich ein.

Sabrina verharrt eine Sekunde lang reglos, dann räuspert sie sich.

Umständlich verrenkt sich Timo den Kopf.

„Hi!", sagt er so überrascht wie möglich. Ein Déjà-vu erfasst ihn. Für einen Wimpernschlag fühlt er sich in die Dorfdisko zurückversetzt.

„Hi", sagt Sabrina verlegen schmunzelnd, „ich wollte dich nicht stören ..."

„Du störst überhaupt nicht!", versichert er ihr eilig.

Sie trägt das lange, blonde Haar jetzt offen. Ungehorsam fällt ihr wieder die Strähne ins Gesicht. Vorher, auf dem Stuhl, hatten die Spitzen ihres zu vier kunstvollen Strängen geflochtenen Haars in ihrem Schoß gelegen. Hat sie es für ihn gelöst oder nur, weil ihre Schicht beendet ist?

Sabrina tritt näher.

Ihre kobaltblauen Augen stoßen bis tief in sein Innerstes vor. Nur ein Flüstern entfernt liegt das kleine Grübchen neben ihren zartrosa geschwungenen Lippen. Sabrinas makellos hübsches Gesicht verschwendet sich an ihn wie der überreiche, mazedonische Frühling. Klar, warm und fliehend. Selbst die mazedonischen Poeten und Gebrüder Miladinov könnten diesen Moment mit ihren Worten kaum prächtiger auskleiden. Wie sie ihre rechte Hand hebt und sich mit den feingliedrigen Fingern über ihre hellblonden Brauen streicht! Nicht die winzigste Spur von Make-up.

Es ist gar nicht nötig, findet Timo.

„Ich wollte nur nachsehen, wie es dir geht", beginnt sie mit etwas unbeholfenem Smalltalk.

Timos Herz schlägt ihm bis zum Hals; in seinem Magen rumort es gewaltig. Nur diesmal fühlte es sich gut an.

Richtig gut.

Es muss ein Traum sein.

Oder einer dieser Gina Wild-Pornos, die fangen auch so an! Sabrina ist ganz sicher nicht in ihrer Eigenschaft als Sanitätssoldatin bei ihm und sie will, dass er das weiß.

Sie kommt um das Kopfende seines Bettes herum. Ihre Oberschenkel streifen sacht über das Laken. Sabrina riecht nach süßlichem Duschgel, irgendein betörender Mix aus Kirschblüte und Zimt. Sie dreht ihre Hüften, so dass ihr Schritt nur Zentimeter von seinem Mund entfernt ist. Der goldene Zug des Reißverschlusses verbirgt sich unter ihrer Uniformhose.

Seine Lider hält Timo geschlossen; er saugt ihren Geruch tief in sich ein. Er keucht, weil ihm zum Atmen eigentlich die Luft fehlt.

Das Wesen vor ihm besitzt eine derart überirdisch schöne Ausstrahlung, dass er gleichzeitig Ehrfurcht und Begierde für sie empfindet. Hände, Lippen, Zunge, mit allen Sinnen möchte er Sabrina erforschen, wundert sich aber im selben Atemzug, weshalb sie ausgerechnet ihn auserkoren hat.

„Ist alles in Ordnung?", fragt die Sanitäterin.

„Es geht mir gut", presst er schwerfällig heraus.

„Wirklich?", zeigt sie sich so übertrieben besorgt, dass er plötzlich Angst davor hat, sie könnte nur mit ihm spielen. Ohne Vorwarnung legt sie ihren Handrücken auf seine feurige Stirn. Die Berührung ist weich und warm.

„Du siehst etwas blass aus, Jäger. Vielleicht warst du etwas zu lange auf den Beinen", grinst sie frech.

Das hatte er schon ganz vergessen.

Sein kleiner Streifzug zum Kompanieführungszelt ist also entdeckt worden. Eigentlich hätte er dafür die Erlaubnis des Stabsarztes benötigt. Sabrina wollte sie ihm besorgen.

Wie zur Bestätigung sagt sie: „Dein Chef hat bei uns angerufen."

„Ah", macht Timo. Mehr geht nicht, denn die Hand der Sanitäterin ruht noch immer auf seiner Stirn. Selbstsicher, als befände sie sich auf Visite, greift sie nach seinem Arm. Ihr Daumen drückt fest auf Timos Handgelenk, doch ihre drei Finger, die seinen Puls ertasten, fühlen sich samtig weich an. Wie beiläufig spricht sie weiter.

„Er wollte, dass wir dich sofort aus der Krankenstation entlassen."

„Mh"

„Keine Angst!", mit hochgezogenen Brauen redet sie auf den Sekundenzeiger ihrer Damenuhr ein. „Ich habe ihm erklärt, dass wir dich morgen auf jeden Fall noch hierbehalten müssen, weil dich der Feldarzt vor einer

Entlassung nochmal durchchecken muss. Es hat ihm nicht gefallen, aber er hat es akzeptiert."

Timo stöhnt auf.

Es kostet ihn ungeheure Anstrengung, der wunderschönen Frau zuzuhören und sie gleichzeitig auf der Haut zu spüren. Ein bisschen ist das wie Sex, nur anstrengender.

„Du hast mich ziemlich sauer gemacht mit deiner Aktion, weißt du!"

Zwischen seinen Lippen kommt ein kläglicher Laut hervor, der so etwas wie „tut mir leid" bedeuten soll. Fein lächelnd lässt sie sein Handgelenk fallen und sieht ihm jetzt direkt in die Augen. Ihr forschender Blick verursacht bei ihm Hitzewallungen. Am liebsten würde er im Erdboden versinken, kein Mensch hat sich je für ihn so ins Zeug gelegt wie Sabrina. Sie hat ihn bei Major Weber rausgeboxt, was er ihr wahrscheinlich nie hinreichend vergelten kann.

Was für ein Tag.

Ihre Stimme wird unerwartet heiser. Leise spricht sie weiter zu Timo, aber sie ist ganz in sich gekehrt, so als meine sie eigentlich sich selbst.

„War ein ziemlich beschissener Tag heute, oder?", flüstert sie.

Tränen steigen ihr in die Augen.

Timo vergegenwärtigt sich das Bild von vorhin, als Sabrina unter dem reparaturbedürftigen Deckenfluter saß und verbissen gegen eine Traurigkeit ankämpfte, von der er nichts ahnt. Mit enormer Willenskraft findet er zur menschlichen Sprache zurück, die bei genauerer Betrachtung eher wie das Fiepen einer Maus klingt, der man mit Absicht auf den Schwanz tritt.

„Sabrina. Hätte ich gewusst, dass du dir meinetwegen so einen Kopf machst ... es ... es ... tut mir so leid. Wirklich ..."

Sie sieht in sein zutiefst erschüttertes Gesicht, dann unterbricht ihr glockenhelles Lachen diesen tumben Versuch einer Entschuldigung.

„Ach du liebe Zeit", ruft sie glucksend aus, während ihr ein paar Tränen über die Wange kullern, „was für ein Missverständnis!"

Er hat keine Ahnung, was ihn mehr verwirrt. Sein eigenes Unvermögen, die veränderte Lage richtig einzuschätzen oder Sabrinas werbereifes, strahlendes Modellächeln. Verständnislos starrt er sie an. Der Gesichtsausdruck, den er dabei hinterlässt, belustigt sie dermaßen, dass sie sich kaum noch halten kann. Empfände er für dieses außergewöhnlich hinreißende Geschöpf auch nur einen Funken weniger Zuneigung als gerade in diesem Moment, sein gekränktes Ego würde kurzerhand zu Staub zerfallen und sich in die schmalste Ritze dieses Sanitätscontainers verkriechen.

Stattdessen lächelt Timo verliebt zurück.

Alles könnte jetzt geschehen.

Fröhlich fängt sie seine Hingabe auf und lässt sich leicht auf die Bettkante neben ihn fallen. Durchdrungen von der Leichtigkeit des Augenblicks sitzen sie sich gegenüber und sehen einander lange an.

Als ob ihr etwas in den Sinn komme, etwas, das sie für einen unbedachten Moment verdrängt hat, wird Sabrina plötzlich wieder ernst. Betroffen lässt sie ihren Kopf hängen. Die langen blonden Haare fallen ihr über die Schultern und erneut kullern ihr Tränen über die Wangen. Timo will schon nach der Ursache ihres Kummers fragen, da beginnt sie von allein zu erzählen.

Der Minenunfall, von dem Timo im Führungszelt erfahren hat, geschah kurz, nachdem er sich aus dem Staub gemacht hatte. Sabrina befand sich tatsächlich auf dem Weg zum Feldarzt, um ihn zu fragen, ob ihr Patient aufstehen dürfe, da stürmte der Doktor auch schon an ihr vorbei und befahl ihr, sofort mitzukommen. Mit Höchstgeschwindigkeit fuhren sie in Begleitung zweier weiterer Rettungsassistenten zum Unglücksort. Während der Fahrt erhielt sie eine knappe Zusammenfassung des Unfallhergangs. Zu wenig, um sich über das ganze Ausmaß klar zu werden.

Dort angekommen, wurde der Bereich bereits großräumig von mazedonischen Polizisten – sofort hat Timo den kleinen Trupp des Berg-Napoleons Branco vor sich – abgesperrt, die den Notärzten eine Weiterfahrt zu den Verletzten untersagten.

„Mines! Mines!", schrie sie einer der Polizisten immer wieder in grauenvollem Englisch an.

Um sich und seine Soldaten vor der drohenden Minengefahr zu schützen, beschloss der Feldarzt, vorerst nichts zu unternehmen, ließ aber den entsprechenden Funkspruch absetzen. Das war jener Teil, den auch Timo mitbekommen hat, als er bei Major Weber um Urlaub ersuchen wollte.

Die hitzige Diskussion, die sich über Funk entspann, behinderte die Rettungsaktion zusätzlich, zumal nähere Informationen zum Unfallgeschehen mit viel übersetzerischer Mühe aus den Aussagen der mazedonischen Polizisten herausgefiltert werden mussten. So hatte der Fahrer des deutschen Geländewagens wohl genau jene Abzweigung verfehlt, die es unter allen Umständen zu nehmen gilt. Rolli wies Timo bei ihrer Fahrt zum Snowboard extra darauf hin. Seltsam daran ist, dass die deutschen Kurierfahrer erfahrene Soldaten sind, denen man einen ziemlich guten Orientierungssinn nachsagt. Der Mann hinter dem Lenkrad war ein junger Leutnant, der als Verbindungsoffizier jede Menge Kilometer zwischen den Camps der verschiedenen Nationen abzuspulen hat. Die mazedonischen Sperrposten ließen allerdings durchblicken, dass der Deutsche offensichtlich seine Fahrkünste überschätzt hätte. Nach ihrem Dafürhalten habe der Leutnant seinem französischen Beifahrer demonstrieren wollen, dass sich deutsche Wertarbeit auf vier Rädern in jedem Gelände bezahlt mache. Dies muss so gründlich schief gegangen sein, dass die Mazedonier den emporschießenden Motorblock des Fünfzylinders nach der Explosion angeblich weit oberhalb der Wipfel des dichten Waldes ausmachten, was in etwa einer Baumhöhe von zehn Meter entspricht.

Nachdem die Sanitäter zur Untätigkeit gezwungen waren, begnügten sie sich zunächst mit der Aufgabe, die verwunschene Zufahrt zur Unfallstelle mit einem rot-weiß gestreiften Signalband abzusperren. Den angeforderten Hubschrauber bewegten sie wegen der unklaren Minenlage zur Umkehr. Keiner dachte in dem Durcheinander daran, das Fluggerät als Transportmittel für die Minenräumer vom EOD bereitzustellen. Darum verstrich noch einmal ein Vielfaches an Zeit, bis endlich damit begonnen werden konnte, das Gebiet um den Unglücksort herum zu sichern. Der zuständige Pioniertrupp befand sich zwar bei einem Übungseinsatz in der Nähe, doch das Rettungsgerät, das er mitführte, eignete sich nicht für den Ernstfall.

Kaum zu glauben, aber während der bangen Stunden des Wartens staute sich zu allem Überfluss der Verkehr an der abgesperrten Straße. Die abgelegene Stelle, zu der sich nur selten ein Auto verirrte, wurde zu einem Nadelöhr.

Der Grund dafür war einfach.

Major Weber und der Feldarzt trugen ihre Meinungsverschiedenheit über Funk unvorsichtigerweise unverschlüsselt aus. Die Nachricht vom Minenunfall sickerte auf tausend weiteren Kanälen durch den mazedonischen Äther. In Windeseile hatte sich herumgesprochen, dass es etwas Aufregendes zu sehen gab, wenn man sich auf den Weg zum Snowboard begab.

Weniger als eine Stunde nach dem Unglück herrschte Chaos; weitere zwei Stunden später wurde die Situation nahezu unbeherrschbar. Eine Menschentraube belagerte die wenigen Soldaten, die den verzweifelten Versuch unternahmen, für Ordnung zu sorgen. Dazwischen drängten sich hohe Offiziere aus Camp Fox und Umgebung, die den Funkverkehr ebenfalls abgehört hatten und der irrigen Annahme anhingen, unentbehrliche Hilfe leisten zu können. Sie stritten nun darum, wem von ihnen die Befehlsgewalt vor Ort zufiel. Bald versuchten die ersten Schaulustigen auf eigene Faust an die Unglücksstelle zu gelangen.

Sabrina, die zu den Sperrposten zählte, konnte sie nur davon abhalten, indem sie sich ihnen mit durchgeladener Waffe entgegenstellte. Sie schrie die Menge an, bis sie heiser war, und betete inständig darum, nicht abdrücken zu müssen.

Die Absurdität des unwürdigen Schauspiels erreichte seinen Höhepunkt eine Viertelstunde vor dem heiß herbeigesehnten Eintreffen des EOD-Kommandos.

Zwei konkurrierende Parteien hatten sich gebildet. Mazedonische Zivilisten auf der einen Seite – die kleine Polizeieinheit hatte sich inzwischen klammheimlich und unbemerkt aus dem Staub gemacht – und unorganisierte Bundeswehrsoldaten, die gegen borniere Menschenmassen und die gnadenlos ablaufende Zeit ankämpften, auf der anderen Seite. Die einen schoben hin, die anderen her.

Plötzlich näherte sich ein lautes, metallisches Klappern in rasender Geschwindigkeit. Das Gedränge setzte einen Moment aus, da sich alle Hälse dem seltsamen Geräusch neugierig entgegenreckten. Es kam ausgerechnet aus der Richtung, in der die verunglückten Soldaten noch immer der Hilfe harrten, die ums Verrecken nicht kommen wollte. Eine dichte Staubwolke rollte auf dem Weg, der sich durch das lichte Waldstück schlängelte, in halsbrecherischem Tempo heran. Darin kam ein gelber Lada zum Vorschein. Er war so alt und rostig, dass es aussah, als bräche der holprige Untergrund das Gestell des Wagens augenblicklich entzwei.

In voller Fahrt steuerte das Fahrzeug auf die Absperrung zu. Entsetzt erkannte Sabrina, dass es unmöglich war, die umstehenden Menschen rechtzeitig aus der Gefahrenzone zu evakuieren. Wie hypnotisiert richteten sich die Blicke auf das Gefährt, das unaufhaltsam auf sie zu steuerte.

Erst in der allerletzten Sekunde lenkte der Fahrer ein. Der Lada beschrieb einen Bogen auf der engen Fahrspur und schlidderte mit der Beifahrerseite knirschend auf die reglose Menge zu. Kieselsteine stoben unter den profillosen Reifen nach allen Seiten davon. Einige Passanten wurden von den Geschossen getroffen und schrien auf, andere gingen Schutz suchend in die Hocke, hoben die Hände über den Kopf. Auch gegen Sabrinas Helm prasselten mehrere scharfe Splitter. Sie drehte sich weg und nahm in Kauf, dass der Wagen sie erfasste. Sein rechtes Rücklicht streifte das rot-weiße Absperrband; die ausgebeulte Stoßstange rauschte nur Zentimeter an Sabrinas Knien vorbei.

Mit dem Heck voraus beendete der Lada seine rasante Tour. Der Fahrzeuginsasse, ebenso abgerissen und abgefuckt wie sein Auto, fiel halbbesoffen heraus und stieß triumphierend die Fäuste in den Himmel. Seine Landsleute spendeten ihm einen tosenden Applaus für die waghalsige Einlage.

Zwei Bundeswehrsoldaten stürzten sich auf den Verrückten. Sie rangen ihn nieder und zerrten ihn zu einem LKW, wo sie ihn unter den Buhrufen der Zuschauer wenig zimperlich durchsuchten.

Währenddessen hatte der Feldarzt erkannt, dass die Minengefahr auf der abgesperrten Straße nicht besonders hoch sein konnte, wenn sie sogar von einem Vollidioten als Rennstrecke benutzt wurde. Er befahl seine Abteilung zu sich und ohne auf weitere Warnungen zu hören, machten sie sich auf den Weg. Endlich, knapp zweieinhalb Stunden, nachdem der Notruf eingegangen war, kamen sie am eigentlichen Ort des Geschehens an. Ihnen bot sich kein schönes Bild, aber es zeigte sich, dass die mazedonischen Polizisten bewusst oder unbewusst übertrieben hatten.

Der Geländewagen vom Typ Wolf lag abseits des Weges auf dem Dach. Die Vorderradaufhängung war vollkommen verbogen und einer der Reifen hing nur noch in schwarzen Fetzen daran. Die gesamte Karosserie hatte sich bei der Explosion zu einem hässlich ungleichmäßigen U verschoben, das verkehrtherum stand. Ein dunkler, brandiger Fleck, etwa 40 Meter weiter hinten, zeichnete den Betrachtern ein Bild dessen auf den Boden, was geschehen war.

Das Erkundungsfahrzeug musste – entgegen der Prahltheorie des Polizeitrupps – mit mäßiger Geschwindigkeit unterwegs gewesen sein, denn es gab nirgendwo eine Bremsspur. Der Sprengsatz, auf den der Wagen aufgefahren war, hatte keinen Krater hinterlassen, woraus selbst ein Laie schließen konnte, dass jemand die Mine einfach nur auf den Weg gelegt hatte. Dem ersten Blick nach zu urteilen, mochte es sich um eine Schützenmine gehandelt haben. Eine weltweit geächtete Waffe, die gegen Fußsoldaten eingesetzt wird, nicht gegen gepanzerte Fahrzeuge. Trotzdem war ihre Sprengkraft mehr als ausreichend gewesen, den Militärkraftwagen wie eine Leuchtkugel durch die Luft zu schleudern.

Die beiden Insassen, der deutsche Leutnant und sein Beifahrer, ein französischer Fähnrich, hingen kopfüber in ihren Sitzen fest. Die Sicherheitsgurte hatten verhindert, dass die Wucht der Detonation sie aus den offenen Seitenfenstern geschleudert hätte. Dass die beiden Männer die Gurtpflicht ernst nahmen, deutete ebenfalls nicht darauf hin, dass sich der Deutsche etwas zu Schulden hatte kommen lassen.

Beide Soldaten waren bewusstlos, atmeten aber noch.

Der Leutnant zeigte nach einer kurzen Lageeinschätzung des Arztes keine ernsthaften, äußeren Verletzungen, den Franzosen hingegen hatte es schlimmer erwischt.

Ein Stück der Gewehrhalterung, die üblicherweise hinter den Sitzen verankert ist, war bei dem Überschlag abgebrochen und hatte sich an der Kopflehne vorbei nach vorn in die Fahrgastzelle verschoben. Die brünierte Spitze des Gestells war gebrochen und steckte im Hals des Fähnrichs, so dass sein Kopf wie aufgespießt an der Halterung hing. Er röchelte schwach und sein Puls sackte gefährlich ab.

Sabrina und der Feldarzt kämpften mit allen Mitteln um sein Leben. Sie kamen nicht umhin, den Fähnrich aus seiner Misere zu befreien, wollten sie ihn stabilisieren. Binnen kurzem schwammen sie im Blut des Mannes, das ohne Unterlass aus seiner Wunde am Hals sickerte. Das Verbandsmaterial, die Instrumente des Stabsarztes, ihre Hände, ihre Gesichter, alles war voller Blut.

Die Helfer konnten nicht verhindern, dass ihnen der Patient unter den Fingern wegstarb.

Nur Minuten später traf der Minenräumtrupp ein. Wiederrum stellte sich heraus, dass die mazedonische Polizeitruppe falsch gelegen hatte. In der unmittelbaren Umgebung der Unglücksstelle lag keine einzige weitere Mine. Offensichtlich handelte es sich bei der Sprengladung, die unter dem Wolf hochgegangen war, um ein unliebsames Fundstück, dass irgendein unbedachter Spaziergänger auf seinem Weg durch den Wald hatte loswerden wollen.

Relativ häufig kommt es vor, dass am Eingangstor zu Camp Fox unbedarfte, einheimische Bauern mit einer Granate in der Hand auftauchen, die sie während ihrer Feldarbeit ausgegraben haben. Eigens für diesen Fall hat man neben dem Wachgebäude eine sogenannte „Babyklappe" eingerichtet, in der jede Art von Explosivmittel hinterlegt werden kann. Bei entsprechendem Bedarf kommt ein Sprengstoffexperte vorbei, der das „Baby" dann entschärft. Da man sich im Lager über den Eifer der hiesigen Bauern und die damit verbundene Zusatzaufgabe aber nicht sonderlich freut, entscheiden sich die meisten Landwirte immer öfter für die eher unkonventionelle Problemmüllbeseitigung und werfen das explosive Ding einfach weg.

Am heutigen Tag waren die Folgen davon ein toter französischer und ein durch glückliche Fügung nur leicht verwundeter deutscher Soldat.

Im blauen Stabsgebäude ärgert man sich zwar sehr über die mazedonischen Polizisten, die den ganzen Notfallbetrieb fahrlässig verzögert haben, doch nur Timo kommt der schreckliche Gedanke, dass möglicherweise mehr als nur Dummheit hinter dem Vorfall steckt. Er traut Branco und seinen Männern alles zu, doch das zu beweisen, ist nicht seine Aufgabe, also wird er lieber nicht weiter nachforschen.

Sabrina beendet ihre Geschichte schniefend. Laufend hat sie sich während ihrer Erzählung Tränen aus den geröteten Augen gewischt.

Timo kann nicht anders.

Er nimmt sie in den Arm. Bereitwillig vergräbt sie sich darin. Wieder schlägt ihm der süße Duft ihrer Haut entgegen. Sein Kopf ist dicht über ihrem blonden Haar. Er zieht den seifigen Geruch ihres Shampoos tief in seine Nase ein. Sie schlingt ihrerseits die Arme um ihn.

Für einen wunderbaren Moment lang bleibt die Welt um sie herum einfach stehen. Ein kostbarer Augenblick ziviler Privatsphäre, die es in Camp Fox selten gibt. Viel zu schnell löst sie sich wieder aus seiner Umarmung und sieht Timo leicht erschüttert an.

„Tut mir leid", flüstert der Fadenstrich ihrer weichen Lippen, „ich wollte nicht ..."

„Schon gut", antwortet Timo ebenso leise und schnell, damit der Zauber nicht bricht.

Sabrina erzählt ihm von ihrem Freund, der zu Hause auf sie wartet. Es interessiert ihn nicht, doch ihr Geständnis gibt ihm Gelegenheit, ihr ohne falsche Scham von Lina zu erzählen. Und von dem Kind. Sie unterhalten sich lange. Timos anfängliche Verliebtheit weicht einer angenehmen, unverfänglicheren Vertrautheit. Obwohl Lina dies für sich selbst in Anspruch nimmt, hätte sie diese Form der Freundschaft zwischen ihm und Sabrina früher niemals gebilligt, da ist er sicher. Auch dafür, dass sich seine Verlobte diesen Luxus mit ihrem besten Freund wie selbstverständlich gegönnt hat, genießt er das Gespräch mit Sabrina umso mehr. Die Nacht wird lang und Sabrina weicht nicht von Timos Seite.

Als sie sich schließlich müde geredet haben, will sie immer noch nicht gehen. Mit einem gewitzten Augenaufschlag, der Panzerstahl schmelzen könnte, fragt sie ihn, ob sie die Nacht bei ihm verbringen dürfe. Sie will nach dem Erlebten nicht allein sein, außerdem ist niemand sonst auf Station, so dass es am nächsten Tag kein Gerede geben wird.

Noch während er einfältig überlegt, wo sie denn schlafen wolle, da es hier ja kein weiteres Bett gibt, schält sich Sabrina aus ihrer Uniform. Ihr Körper hat die perfekten Formen eines Unterwäschemodels. Bekleidet mit einem hellblauen, halb durchsichtigen Slip und dem khakifarbenen Bundeswehrunterhemd schlüpft sie unter Timos steif gewaschene Leinendecke. Zufrieden lächelnd, so dass wieder ihr zauberhaftes Grübchen auf der Wange erscheint, kuschelt sie sich an ihn und schläft fast sofort ein. Sanft heben und senken sich ihre verhüllten Umrisse mit jedem Atemzug.

Timo kann es nicht anders beschreiben, aber ihm ist, als halte er ein überirdisch schönes, fremdartiges Wesen in seinen Armen. Das häufig überbeanspruchte Wort „Engel" kommt ihm in den Sinn, aber auf die Sanitäterin neben ihm trifft es schlicht und ergreifend zu.

Lange sieht er Sabrina beim Atmen zu, bis er sicher ist, dass sie tief und fest schläft. Dann beugt er sich über das hübsche Gesicht und küsst ihre Wange.

116

13. Mai 2002 – Mazedonien

General Jaeger mit ae

Als Timo erwacht, ist der Platz neben ihm leer. Dennoch fühlt er das erste Mal seit vermeintlich ewigen Zeiten wieder so etwas wie unbeschwerte, kindliche Glückseligkeit in sich aufsteigen. Grundlos kichernd dreht er sich auf den Rücken und verschränkt zufrieden die Arme hinter dem Kopf. Er hat gerade die perfekte Nacht mir der perfekten Frau verbracht. Nicht mehr, aber auch nicht weniger.

Was Lina davon gehalten hätte?

Es ist ihm einerlei. Seine Gefühle für sie haben sich nicht über Nacht geändert und vielleicht ist es genau das, das ihn jetzt glücklich macht.

Plötzlich weiß er ganz genau, was er zu tun hat.

Er muss weg hier.

Weg aus Mazedonien.

Raus aus Camp Fox.

Seine Bauchentscheidung.

Leider gibt es bei der Sache gleich mehrere kleine, entscheidende Haken.

Zum einen ist er nicht sicher, wie Lina reagieren würde, wenn er auf einmal vor ihr stünde. Von Freude bis Wut und Ablehnung ist alles drin.

Andererseits spielt es keine große Rolle.

Für Timo geht es um mehr.

Lina erwartet ein Baby und es ist höchstwahrscheinlich von ihm. Hundertprozentige Sicherheit würde er vermutlich nicht mal dann erhalten, wenn er Lina noch einmal anriefe, um nachzufragen. Wer garantiert ihm denn, dass sie ihn nicht anlügt? Wirklich sicher kann er nur dann sein, wenn er die Dinge selbst in die Hand nimmt, wenn er das Kind, seines, – er will einfach daran glauben – mit eigenen Augen sieht. Dann und nur dann hat er sich seiner Ansicht nach das Recht verdient, sich als dessen Vater zu bezeichnen.

Alles Weitere sind Nichtigkeiten, über die Lina und er erst im Nachhinein trefflich streiten können.

Weitaus schwieriger wird es, aus diesem Lager zu türmen. Der Stabsunteroffizier hat zunächst vorschriftsmäßig den Dienstweg eingehalten und eine Abfuhr kassiert. Damit ist der Weg insgesamt nicht unbedingt verbaut, nur erschwert worden. Der Vorteil von Hierarchien ist, dass Vorgesetzte bis zum Ende der Befehlskette ebenfalls einen Vorgesetzten haben. Timo ist also nicht auf das Wohlwollen seines Chefs angewiesen, sondern kann eine Etage höher steigen. Das ist zwar nicht ganz die korrekte Vorgehensweise, aber er kann sich korrekte Vorgehensweisen ab heute nicht mehr leisten. Er muss rechtzeitig zur Geburt seines Kindes zu Hause sein.

In 16 Tagen also, wenn seine Rechnung stimmt.

Am Nachmittag wird er aus dem Krankenstand entlassen, von Sabrina verabschiedet er sich nicht. Timo erachtet das als nicht notwendig. Zwischen ihnen beiden ist alles gesagt. Sie haben einander nicht in die Pflicht genommen, aber gegeben, was möglich war, damit kann jeder von ihnen sein bisheriges Leben ohne Reue fortführen.

Mit einer neuen Schachtel Schmerztabletten als Andenken verlässt Timo den Sanitätscontainer. Ohne Umstände begibt er sich zum Stabsgebäude. Er gelangt mit seiner Sicherheitskarte, die wie ein militärischer Personalausweis funktioniert, gerade mal bis in den Eingangsbereich. Dazu gehört ein enger Wartebereich mit rotem Klappstuhl vor einer handwerklich fraglich vernagelten Durchreiche aus unbehandeltem Fichtenholz. Eine durchsichtige Bauplane umspannt ein Einmannbüro. Von dort aus ruft der Meldeposten im Büro des Lagerkommandanten an. Man lässt Timo ausrichten, dass der General heute nicht zu sprechen sei.

„Heute" ist im Militärjargon gleichbedeutend mit „nie".

Seiner letzten Hoffnung beraubt, lässt Timo sich auf dem Klappstuhl nieder und schlägt die Hände vors Gesicht. Wenn er doch wenigstens die richtige Sicherheitsfreigabe hätte, mit der er sich vielleicht auf gut Glück bis vor das Büro des Kommandanten durchschlagen könnte.

Scheiße.

Schräg vor ihm befindet sich das Einmannbüro. Von dem Soldaten, der den Meldeposten besetzt hält, ist wie bei einem Tagesschausprecher nur der Oberkörper zu erkennen. Mitleidig sieht er zu dem Kameraden auf dem roten Stuhl.

„Pssst!" Ein schwacher Pfiff kommt zwischen den Zähnen des Postens hervor.

Verschwörerisch schirmt er mit seiner Hand den Mund ab. „In fünf Minuten macht der General seinen Rundgang", raunt er Timo zu und lässt zur Bekräftigung seinen Zeigefinger um die imaginäre Uhr an seinem Handgelenk kreisen.

Timo nickt.

Was kann es schon schaden, fünf Minuten länger zu warten? Wenn es sein muss, würde Timo für die Bewilligung seines Urlaubsantrags auch einen ganzen Tag des Wartens in Kauf nehmen.

Es dauert 20 Minuten, bis der General erscheint. Dem befehlshabenden Offizier des Lagers eilen Adjutanten voraus. Zwei Hauptleute. Der eine trägt eine lederne, braune Aktentasche, der andere hält seinem Kommandeur untertänigst die Tür auf.

Timo erhebt sich.

Ein General ist auch nur ein Mensch, spricht er sich im Stillen Mut zu. Der Stabsunteroffizier macht einen zaghaften Schritt nach vorne, doch noch bevor er sich ganz aufrichten kann, um etwas zu sagen, ist der Würdenträger mit dem goldenen Eichenlaub auf seinen breiten Schultern mitsamt Gefolge an Timo vorbeigezogen.

Der Soldat aus der Durchreiche bläht seine Backen auf und zuckt mit den Achseln. Auch Timos zweiter Versuch geht gehörig daneben.

Da öffnet sich die Tür nochmal.

Streng dreinblickend steckt der General seinen Kopf hindurch. Er hat sein grünes Barett aufgezogen zum Zeichen, dass er das Gebäude eigentlich bereits verlassen hat. Die Erscheinung des Mannes, der die Geschicke von 3 000 Soldaten zum Wohle Mazedoniens lenkt, ist nicht gerade beeindruckend. Seine Statur ist insgesamt, bis auf die Schulterpartie, eher gedrungen und korpulent. Als besonderes Markenzeichen trägt er die korrekt bis über die Ellbogen aufgeschlagenen Ärmel seiner Feldbluse sommers wie winters zur Schau. Um den leicht vorgewölbten Bauch unter der Uniform spannt sich bei seinen Auftritten meist eine Feldkoppel, die von den straff anliegenden Schultergurten gerade gehalten wird. Es ist nicht die Standardversion einer Tragehilfe, die jeder deutsche Soldat bei der Materialausgabe überreicht bekommt, sondern das US-amerikanische Modell, was genau genommen einer Missachtung der Bekleidungsvorschrift entspricht, wie sie der General seinen Männern niemals durchgehen lassen würde.

Timo kann nicht gerade behaupten, dass ihm ausgerechnet dieser Mann ein besonderes Maß an Achtung abverlangt, doch er besitzt etwas, das ihn mit dem Offizier verbindet und das ihm nutzen könnte. Sie sind fast Namensvettern. Damit ist der General dem Anliegen eines seiner Soldaten möglicherweise nicht abgeneigt.

In scharfem, ungeduldigem Tonfall blafft der Kommandeur: „Wollen Sie zu mir?"

„Äh, ja", stottert Timo leicht verunsichert. Dann, die Chance ergreifend, nimmt er Haltung an. „Ich meinte: jawoll, Herr General!"

Der Lagerkommandant winkt ab.

„Ein einfaches Ja wäre schon ausreichend gewesen, Herr Stabsunteroffizier. Können Sie Ihr Anliegen in Kürze auf den Punkt bringen? Und vor allem: Ist es wichtig genug, mir die Zeit zu stehlen?"

Sein prüfender Blick gleitet von Timos Gesicht hin zu dessen Namensschild über der Brusttasche. Die verhärteten Züge entspannen sich ein wenig, als der General liest, was darauf steht.

„Jäger, soso", ein leises Schmunzeln formt sich über dem aschblonden Kinnbart, der an die Strumpfhosenhelden alter Mantel- und Degenfilme erinnert, nach denen Timos Mutter verrückt ist. Das Alter des Generals mag auf Ende 50 zugehen. Die gezwirbelten Enden seines Schnurrbarts wippen leicht auf und ab, wenn er spricht.

„Guter Name, das!", gesteht er Timo zu und weist zur Brusttasche, „aber ich glaube, Ihnen ist bei ihrer Geburt der Doppelvokal abhandengekommen. Umlaute wurden zu meiner Zeit jedenfalls noch nicht vergeben", ergänzt er hohl lachend.

Im Hintergrund kann Timo einen der Adjutanten pflichtschuldig lachen hören. Er selbst setzt eine erheiterte Miene auf, um sein Gegenüber milde zu stimmen. Ihm entgeht nicht die subtile Ironie, durch die der ranghöchste Offizier des Lagers versucht, dem rangniederen Soldaten seinen Platz zuzuweisen, indem er die Schuld für die falsche Schreibweise des Nachnamens auf Timo schiebt.

Der beschließt, sich von der Bemerkung nicht einschüchtern zu lassen. Seine innere Anspannung verhindert ohnehin, dass die straffe, militärische Haltung, die er eingenommen hat, auch nur einen Millimeter aufweicht.

„Herr General. Stabsunteroffizier Jäger. Melde mich in dienstlicher Angelegenheit!", tönt es inbrünstig aus Timos geschwellter Brust.

„Gut, gut, Jäger, was wollen Sie also?"

„Herr General, ich bitte hiermit um Heimaturlaub, da ich in Erfahrung gebracht habe, dass ich in Bälde Vater werde. Mein Kompaniechef wollte die Entscheidung nicht ohne ihr Einverständnis treffen und hat mich direkt an Sie verwiesen."

Das entspricht natürlich nicht der Wahrheit, doch Timo hat beschlossen, alles auf eine Karte zu setzen. Er will diesen verdammten Urlaub unbedingt. Nein, er muss ihn haben.

General Jaeger stutzt.

„So? Hat er das?" Er legt den Kopf schief wie ein Habicht, der seine Beute mit einem Auge anvisiert, bevor er sich auf sie stürzt. Timo fürchtet schon, dass seine kleine Notlüge aufgeflogen ist. Der General gibt den draußen Wartenden ein Zeichen, dass sie sich noch ein Weilchen gedulden müssen.

Er tritt auf Timo zu.

Fast väterlich legt er ihm die linke Hand auf den Rücken zwischen die Schulterblätter und schiebt seinen jungen Untergebenen vertraulich vor sich her in einen etwas abgelegeneren Winkel des Stabsgebäudes. Als er in dem engen Vorraum so etwas wie Privatsphäre geschaffen hat, verschränkt er die Arme hinter dem Rücken und sieht Timo ernst an.

„Mein Sohn", sagt er, „der Grund, weshalb ich Sie nicht gleich an Ort und Stelle ungespitzt in den Boden ramme, begründet sich einzig durch ihren Namensbonus."

Der General tippt mit seinem Finger heftig gegen den in Großbuchstaben gedruckten Schriftzug über Timos linker Brusttasche.

„Selbstverständlich gratuliere ich Ihnen zu ihrer Vaterschaft, das ist ein freudiges Ereignis", fügt er an, um nicht herzlos zu erscheinen, „aber mal ernsthaft, Herr Stabsunteroffizier. Wenn jeder Mann gleich heim zu Mama wollte, nur weil ihn der große Zeh im Schuh drückt, könnte ich den ganzen beschissenen Laden hier sofort dichtmachen!" Seine Finger schnipsen vor Timos Nase. Um dem Einspruch des Untergebenen zuvorzukommen, schnellt die Hand des Generals an Timos Schulter und drückt sie kameradschaftlich. Eine Geste, die nichts anderes ausdrückt als die deutliche Warnung, der Stabsunteroffizier solle sich ja nicht erlauben, sich über das Gesagte hinweg zu setzen. Es ist das letzte Wort des Generals in dieser Angelegenheit, der unausgesprochene Befehl, auf Urlaubsgedanken zu verzichten.

Jaeger winkt seitlich an Timo vorbei zum Ausgang, wo seine Adjutanten auf ihn warten. Eine Anmerkung hat der General noch, als er zur Tür weist.

„Hauptmann Diepolz da draußen hat drei Kinder. Bei seinem Erstgeborenen leistete er Dienst in Somalia, beim Zweiten war er mit mir im Kosovo und das Dritte kennt er nur von dem Foto, das ihm seine Frau nach Afghanistan geschickt hat. Tun Sie uns beiden also einen Gefallen, Stabsunteroffizier. Teilen Sie Ihrer Liebsten mit, dass Sie sich mit dem Entbinden entweder noch Zeit lassen solle oder in den nächsten Monaten einfach auf ihren Beistand verzichtet. Eine Soldatenfrau hat das im Griff, verlassen Sie sich darauf."

Bereits im Weggehen dreht er sich wieder um.

„Ach, wenn Sie ihren Kompaniechef das nächste Mal sehen, richten Sie ihm doch bitte aus, dass, wenn es ihn überfordert, den Urlaubsantrag eines seiner Soldaten selbst zu bearbeiten, ich ihn höchstpersönlich sämtliche Ritzen der Plumpsklos im Lager mit einem Zahnstocher auskratzen lassen werde!"

Zufrieden mit seinen Ausführungen lässt er Timo stehen und pfeift fröhlich vor sich hin, als er das Stabsgebäude, seinen Amtssitz, endgültig verlässt.

Abgefertigt und abgestempelt verharrt Timo wie angewurzelt auf der Stelle, weil er nicht weiß, was er als Nächstes tun soll. Er reibt sich die Wange, als hätte er gerade die schallendste Ohrfeige seines Lebens erhalten.

Wer sich wie Timo freiwillig zur Bundeswehr meldet, weiß, dass er im Laufe seiner Karriere einiges an Plattitüden und Worthülsen von Vorgesetzten zu hören bekommt. Da macht der Erfahrungsschatz des Stabsunteroffiziers Timo Jäger keine Ausnahme. Gemeine Soldaten wie er befleißigen sich einer deftigen Sprache, um ertragen zu lernen und um demütig gegenüber den Fährnissen des Armeelebens zu bleiben. Alles lässt sich ertragen, wenn man weiß, dass die Person, die sich dieses einfach gestrickten Soldatenjargons bedient, im Grunde keine böse Absicht verfolgt, mitunter sogar, auf wortschöpferische Weise, dem so Angesprochenen Respekt zollen will. Je nachdem, wie gut sich Kameraden verstehen, ist man damit vielleicht als „Hure" besser dran denn als „Arschgesicht". Von Offizieren im Allgemeinen wird hingegen erwartet, dass sie sich gewählter ausdrücken, was nicht bedeutet, dass sie dadurch zu besseren Menschen werden.

Timo ist es gelinde gesagt scheißegal, ob sein Kompaniechef wegen des Urlaubsantrags Latrinen auskratzen muss oder welcher verfickte Offizier auch immer drei Kinder hat, die er nur von Fotos her kennt. Er will sein eigenes Kind sehen und in den Arm nehmen, dann, wenn es auf diese verkorkste Welt kommt! Es kotzt ihn an, dass er dazu auf die Erlaubnis eines Mäzens angewiesen ist. Eigentlich sollte Lina die einzige Person sein, der dieses Recht zukommt; er hat jedoch längst für sich beschlossen, dass er gerade Lina nicht nach ihrer Meinung fragen wird. Zu groß ist die Gefahr, dass sie ihn abweisen könnte. Wenn er sich schon nicht als treusorgende Vaterfigur präsentiert hat, kann er ihr wenigstens beweisen, dass er für sein Kind Himmel und Hölle in Bewegung setzt, um bei dessen Geburt dabei zu sein. Vielleicht beeindruckt das Lina und reicht aus, sie wieder mit ihm zu vereinen. Wieder das zu sein, was er sich wünscht.

Eine Familie.

Das alles hat ihm General Jaeger mit „ae" mit einer einzigen flapsig hingeworfenen Bemerkung einfach genommen. Den Nagel hat er zwar gewissermaßen auf den Kopf getroffen, letztendlich aber nicht erkannt, was er in Timo damit wachrüttelt. Lina würde Timos Unterstützung bei der bevorstehenden Geburt weder erwarten noch wäre sie überrascht, wenn er ihr mitteilen würde, dass sie auf ihn verzichten müsse.

Ein paar Tage Urlaub hätten das alles ändern können. Ach was, wahrscheinlich wäre nur ein einziger verfickter Tag dazu nötig gewesen. 16 Stunden Hin- und Rückflug, und es wären immer noch acht Stunden geblieben, sein Kind zu sehen.

Oder Lina.

Oder beide.

Hilflos muss er sich eingestehen, dass er dank der Entscheidung Jaegers in Mazedonien festsitzt. Klar besteht immer noch die vage Option, dass die Holländer im Juni das Einsatzkommando übernehmen und er dann frühzeitig nach Hause fliegen wird, doch frühzeitig heißt in Timos Fall: zu spät!

Nein, wenn er irgendetwas von dem retten will, was Lina und ihn noch verbindet, muss er unbedingt vor Ablauf dieses Monats Mai bei ihr sein.

Ratlos wankt er zurück zum Unterkunftszelt.

Seine verschorften Wunden pochen; er fühlt sich nicht in der Lage, seinen Dienst zu verrichten und so zu tun, als sei nichts gewesen. Im Zelt wandert er im Kreis herum und versucht sich darüber klar zu werden, was er als Nächstes tun soll. Er beschließt, sich erst morgen wieder diensttauglich zu melden. Wird schon niemandem auffallen.

Wachdienst.

Ihm graut vor dem nächsten Tag.

Tagein, tagaus wieder allein mit seinen rastlosen Gedanken. Gedanken, die längst über jede Grenze hinausgeeilt sind und denen er hinterherhinkt. Langsam wird ihm bewusst, was das bedeutet.

Er wird es nicht mehr lange aushalten.

Er kann hier nicht bleiben!

14. Mai 2002 – Mazedonien

Lagebesprechung

Niemand hat es bemerkt oder niemanden interessiert es: Timo hat den Tag in seinem Zelt verbummelt. Nachdem er sich bei Kompaniechef Weber zurückgemeldet hat, wird er nicht wie vermutet sofort zur nächsten Wachschicht verdonnert, sondern soll sich bei Abteilung J-3 melden. Weber macht deutlich, dass ihm Timos Einsatz als Funkübersetzer missfalle; er sehe es lieber, der Stabsunteroffizier verkröche sich für den Rest des Einsatzes, wenigstens zur Strafe für die Störung während des Minenunfalls, auf dem nächstbesten Wachturm. Doch zu seinem Unmut weiß der Major, dass er wegen Timos Abordnung nicht die volle Befehlsgewalt über seinen Untergebenen hat, und das macht ihm einen gehörigen Strich durch die Rechnung. Er wird deshalb jede Gelegenheit nutzen, den Stabsunteroffizier in seine Schranken zu weisen.

Ein Grund mehr für Timo, sich schleunigst aus dem Staub zu machen. Alles wird umso komplizierter, je länger er hierbleibt.

Es grenzt erneut an Ironie, dass einem der bloße Gedanke an Freiheit nicht gleichzeitig die Idee liefert, wie man sie erlangen soll. Stattdessen müht man sich im Hamsterrad des Lebens ab, ohne je einen Ausweg zu finden.

Froh darüber, seinem Kompaniechef wenigstens vorerst entkommen zu sein, klopft Timo an die Tür mit der Aufschrift J-3. Er kommt gerade recht zu einer Lagebesprechung. Es geht um die Operation „Brown Fox".

Der Stabsunteroffizier hat schon gar nicht mehr daran gedacht. Die mazedonische Armee will an diesem Freitag ihre Grenztruppen ablösen. Beladen mit Proviant, Ausrüstungsgegenständen, Munition, Waffen und Soldaten wird ein Konvoi Militärlastwagen quer durch den südlichen Teil des Landes fahren. Dabei kommt er durch Ortschaften, die von einer albanischen Mehrheit bewohnt sind, welche dem Truppentransport gefährlich werden könnte, weil sie grundsätzlich jeder mazedonischen Behörde gegenüber feindselig eingestellt ist. Im Lageraum finden sich eine Menge hochrangiger Offiziere aus mindestens fünf Nationen ein, die sich aufgeregt miteinander auf Englisch unterhalten.

Timo gesellt sich zu den ihm bekannten Soldaten Captain Sigurdsson, den beiden griechischen Seargenten Papadopoulos und Nikidis sowie seinem Lieblingsitaliener, Sergente Maggiore Frataneli. Die vier stehen beieinander und beäugen das Treiben mit erstaunlichem Gleichmut. Jeder hat einen Becher Kaffee in der Hand und schlürft genüsslich daraus. Als sie Timo sehen, erhellen sich ihre Gesichter. Freudig klopfen sie ihm auf die Schulter und erkundigen sich mitfühlend nach seinem Befinden, denn der Vorfall auf dem Übungsplatz hat sich bis zu ihnen herumgesprochen. Stolz auf die Schlagkraft seiner Landsleute klopft sich Frataneli gegen die Brust und meint, dass Timo sich glücklich schätzen könne, so glimpflich davon gekommen zu sein, denn ein stolzer Italiener, der einmal in Raserei gerate, sei durch keine Macht der Welt mehr zu bändigen. Die Soldaten scherzen und lachen noch ein wenig untereinander, bevor die Besprechung ihren Höhepunkt erreicht.

Der deutsche Stabshauptmann, dem die Abteilung J-3 unterstellt ist, hält den Lagevortrag. Auf Englisch. Über einen bereitstehenden Beamer werden mehrere Bilder an eine bewegliche Leinwand geworfen. Darauf ist der exakte Marschplan nachgezeichnet, dem der mazedonische Armeekonvoi folgen wird. LUNA-Aufklärungsdrohnen überfliegen von Beginn bis Ende des Marsches das Zielgebiet. Ein OSZE-Beobachterfahrzeug, das die Kolonne begleitet und in dem als Friedenswächter getarnte, deutsche Spezialeinsatzkräfte sitzen, soll die Funkverbindung mit dem Hauptquartier im Camp ständig aufrechterhalten. Zusätzlich hält sich ein Krisenreaktionsteam, bestehend aus einem Zug NATO-Soldaten, für das „Worst-Case-Szenario" bereit.

Entlang der Stirnseite einer fensterlosen Innenwand weist ein riesiger Kartenausschnitt, der geplanten Strecke folgend, eine gezackte Linie auf. Sie besteht aus roten Stecknadelköpfen, die den jeweiligen Evakuierungspunkt kennzeichnen, von dem aus Hilfe zu erwarten ist, falls dies notwendig wird.

Timo interessiert sich vor allem für die große Landkarte. Darauf ist im Osten der Umriss einer Stadt zu erkennen und darunter das Symbol eines Flughafens.

In seinem Kopf beginnt es zu rattern.

Der Vortrag wird unwichtig.

Er schätzt die Entfernung anhand der Maßstabsangabe rechts unterhalb der Karte. Von Budnarzik, in dem Camp Fox liegt, bis Ohrid, die Stadt mit dem eingezeichneten Flughafen, sind es geschätzte 100 Kilometer. Luftlinie. Wenn er jeden Tag gut 40 Kilometer mit leichtem Gepäck zurücklegen würde, wäre das in seinem momentanen Fitnesszustand und trotz der erlittenen Blessuren durchaus machbar. Mit viel Schmerzmittel könnte er durchhalten. Zu Fuß könnte er den Flughafen in etwa zweieinhalb Tagen erreichen.

Das nahegelegene Flugfeld Skopje kommt nicht in Frage; dort würde man sicherlich zuerst nachsehen, wenn man sein Verschwinden bemerkt hätte.

Ein verrückter Plan nimmt Gestalt an.

Dessen Gelingen wird entscheidend davon abhängen, wie viel Vorsprung er sich erarbeiten kann. Die Frage ist, wann das Verschwinden eines Soldaten bemerkt wird. Timo gibt sich nicht der Illusionen hin, dass er schlussendlich nicht erwischt wird. Er ist zuvorderst Soldat. Er weiß, was es heißt, sich unerlaubt von der Truppe zu entfernen, zu desertieren. Ein Soldat ist bereit, seine Strafe entgegenzunehmen, wenn es so weit ist.

Doch vorher will er sein Kind sehen.

Da kommt es in ihm hoch.

Das Bauchgefühl, das sein Vater gemeint hat, und das ihm jetzt die Sicherheit gibt, genau das Richtige zu tun. Ganz plötzlich ist der Entschluss gefasst, noch während er noch mit dem Schicksal hadert. Der Bauch hat seine Schuldigkeit getan; jetzt ist es an Timo, die Feinheiten auszuarbeiten.

Dafür braucht er diese Karte.

Zunächst begnügt er sich damit, sie genauer zu studieren. Er würde sie sich später kopieren oder abzeichnen müssen. Ihm fallen vereinzelte, schwarze Klebepunkte auf, die entlang der Konvoiroute, aber auch in unregelmäßigen Abständen überall an den Wege- und Straßenkreuzen zu finden sind. Er fragt den Sergente danach.

„Checkpoints", erklärt Frataneli in seinem eigenwilligen Gemisch aus Englisch und Italienisch. „Eigentlich dienen sie der Kontrolle des Durchgangsverkehrs, sollen der Zivilbevölkerung aber auch den Eindruck vermitteln, dass sich die Polizei um ihre Sicherheit sorgt. Die meisten Straßenposten sind fest installierte Einrichtungen, manche werden jedoch über Nacht aufgebaut und verschwinden ebenso rasch wieder. Sie alle werden entweder von mazedonischen Polizeitrupps oder von Milizionären betrieben, denen die Sperren als zusätzliche Einnahmequelle dienen. Es ist das alte Spiel. Der, der am großzügigsten ist, wird am freundlichsten durchgewunken."

Auch in der Nähe des Snowboard gibt es einen solchen Checkpoint und Timo glaubt sicher zu wissen, wer dort das Sagen hat. Schon fast paranoid haftet der Name in seinem Gedächtnis: Branco Andov.

Daneben enthält die Karte ein paar Stellen, die mit roten Dreiecken gekennzeichnet sind. Der Stabsunteroffizier kann sich denken, was sie bedeuten, will jedoch auf Nummer sicher gehen.

„Mines." Minen, lautet die wenig überraschende Antwort.

Das also waren die Gegenden, um die er einen besonders großen Bogen machen würde. Wenn er sich etwas abseits der üblichen Wege hielte und die beiden größten Gefahrenstellen – Checkpoints und Minen – meide, würde die Sache fast schon zu einem Kinderspiel.

Nur erwischen lassen darf er sich nicht.

Leider ist genau das in seiner Rechnung die größte Unbekannte: es so anzustellen, dass man ihn erst sucht, wenn er längst im Flieger nach Hause sitzt, bestenfalls sogar noch später.

Er braucht diese verflixte Karte. Dringend. Ohne eine genaue Beschreibung der Umgebung, in die er sich begeben wird, ist sein Unterfangen zum Scheitern verurteilt.

Die Besprechung nähert sich ihrem Ende.

Mit Unschuldsmine wendet sich Timo an seine vier Mitstreiter, die bei der Überwachungsmission ebenfalls anwesend sein werden. Er erklärt, dass er gerne eine Kopie der Karte hätte, damit er sich auf die kommende Aufgabe besser vorbereiten könne. Mit kompliziert klingenden Ausdrücken beginnt er zu umschreiben, dass er sich zur besseren Übersicht ein Lagebild von allen Einzelheiten machen wolle.

„Falls ein unklarer Funkspruch reinkommt und ich dann trotzdem die ungefähre Position des Senders kenne …", erklärt er umständlich.

Die Vier NATO-Soldaten sehen ihn an, als sei er komplett übergeschnappt, zumal er hastig hinzufügt, dass er die Karte zur Not abzeichnen werde. Captain Sigurdsson beendet mit beschwichtigender Geste Timos diensteifriges Geschwätz. Er schickt ihn zur Kartenstelle nebenan, dort kann er sich, auf Empfehlung des Schweden, sein eigenes Exemplar abholen, ganz ohne Kopieren oder Abzeichnen.

Timo lässt sich nicht lange bitten. Er verlässt das Stabsgebäude voller Enthusiasmus und mit einem Plan im Kopf.

15. bis 16. Mai 2002 – Mazedonien

Planungsphase

Persönliche Angelegenheiten klären … wenn Stabsunteroffizier Timo Jäger in seinen bisher fünf Dienstjahren eines gelernt hat, dann dieses. Bevor sich ein Soldat auf ein neues Unterfangen – in einen Auslandseinsatz – begibt, hinterlässt er keinesfalls einen Scherbenhaufen. Sauberkeit und Ordnung am Heimatstandort sind unbedingt herzustellen. Einer von vielen Sprüchen, die man in seiner Vorbereitung auf einen Einsatz gebetsmühlenartig eingetrichtert bekommt, bestätigt das.

„Mach dein Problem nicht zu meinem!", heißt es.

So seltsam es auch anmutet, Timo möchte bei seiner Flucht niemandem zur Last fallen. Er möchte die Probleme, die seine unerlaubte Abwesenheit zwangsläufig mit sich bringt, möglichst klein halten. Sein Plan darf nicht dazu führen, dass Personal und Ressourcen, die man sicherlich auf der Suche nach ihm einsetzt, über Gebühr belastet werden. Die Strafe, die Timo am Ende erwartet, wird sich schließlich daran bemessen, wie sehr seine Flucht den alltäglichen Dienstfluss beeinträchtigte und wie sehr sich General Jaeger darüber ärgern musste.

Nachdenklich packt er seine gesamte Ausrüstung zusammen, als stehe die Heimreise unmittelbar bevor. Was ja irgendwie auch stimmt. So oder so wird er nicht nach Mazedonien zurückkehren; den Arrest wird er in einer grauen Kasernenzelle in Deutschland absitzen müssen.

Auf den olivgrünen Seesack und die klobig grüne Metallkiste, in die er alles stopft, was ihm gehört, klebt er weiße, in Folie eingepackte Zettel, auf denen seine persönlichen Daten stehen. Das Gewehr G36 und die Munition kann er schlecht mitnehmen. Spätestens am Flughafen müsste er beides loswerden – nicht auszudenken, was passieren würde, sollte man ihn unterwegs damit erwischen. Da wäre es sicher besser, unbewaffnet zu sein. Timo beschließt, seine Waffe unter einem Vorwand am Abend seines Verschwindens abzugeben. Auf diese Weise müssen seine potenziellen Verfolger nicht fürchten, dass er sie beschießt, wenn er in Bedrängnis gerät.

Timo setzt auf leichtes Gepäck.

Der typische Militärrucksack, selbst wenn er noch so klein ist, zieht viel zu viel Aufmerksamkeit auf sich und würde ihn schon von weitem als Soldaten brandmarken. Er muss sich auf das absolut Nötigste beschränken. Eine rote Baumwolltasche mit einer Schlaufe zum Umhängen, die er in einem französischen PX-Shop als Dreingabe für seine Einkäufe bekommen hat, reicht ihm. Darin verstaut er zivile Wechselwäsche, Sachen, die er von zu Hause mitgebracht hat. Zwei Unterhosen, zwei Paar graue Sportsocken, eine lange Trainingshose, einen blauen Kapuzenpulli und ein weißes T-Shirt. Dazu packt er seine Zahnbürste, Zahnpasta, ein Stück Seife, eine kleine Taschenlampe und ein silbernes Sturmfeuerzeug, weil es in der Wildnis immer von Vorteil ist, ein Feuer entfachen zu können. Er verschnürt den roten Beutel und schiebt ihn unters Bett. Seine Brieftasche mit den Ausweisdokumenten legt er oben auf, das Bargeld darin wird für ein einfaches Flugticket ausreichen. Wie jeder Bundeswehrsoldat besitzt auch Timo eine Geldreserve, um sich in den zahlreichen Marketenderläden der umliegenden Camps mit allerlei zollfreiem Krimskrams einzudecken.

Außerdem ist er dank seiner Ausbildung vom ersten Moment seiner Soldatenkarriere auf größere und kleinere Verletzungen gut vorbereitet. Ein kleines Erste-Hilfe-Set, bestehend aus großem und kleinem Verbandpäckchen, daneben zugeschnittene Pflasterstreifen, Schmerztabletten und

Schmerzgel runden seine Ausrüstung ab. Seine Armbanduhr, eine billige, schwarzgraue G-Shock, die es als Dreingabe für den Kauf eines Maxi-Menüs zum Mitnehmen bei einer bekannten Fastfoodkette gab, hat er sowieso immer am Handgelenk. Seit zwei Jahren funktioniert das Plastikteil zuverlässig.

Als Letztes faltet er die Karte sorgfältig zusammen, die er zu den anderen Dingen unter das Bett schiebt. Daneben steht eine Mehrwegflasche Mineralwasser – keine Armee der Welt zieht ohne diesen einen Liter Wasser in die Schlacht.

Timo sieht sich um.

Er ist bereit.

Fast.

Eine allerletzte Kleinigkeit fehlt noch.

Damit sein Verschwinden für niemanden zur ausufernden Schnitzeljagd wird, muss der Stabsunteroffizier einen Hinweis darauf hinterlassen, wo man ihn schließlich aufgreifen kann. Er hat nicht vor, sich so lange zu verstecken, bis das Unvermeidliche doch eintritt. Das gebietet seine Soldatenehre.

„Wenn sie schon Scheiße bauen, dann wenigstens mit Schwung. Danach heulen sie gefälligst nicht rum, sondern bitten um eine harte, aber gerechte Bestrafung!", hieß es während Timos Grundausbildung.

Für die Rolle des Vermittlers kommt nur einer in Frage.

Feldwebel Rolander.

Er ist kein Freund im üblichen Sinne, sondern ein Kamerad. Kameradschaft und Freundschaft sind zwei Paar Schuhe. Im Krieg vertraut man seinem Kameraden das eigene Leben an, seinem Freund aber vertraut man die Schlüssel fürs Auto an. Die Franzosen haben ihr „Einer für alle und alle für einen!", die Amis ihr „semper fidelis" und die deutschen Fallschirmjäger hören auf „Klagt nicht, kämpft!", was man in etwa mit „Du hast dir die Suppe eingebrockt, du löffelst sie auch selbst wieder aus!" übersetzen kann. Nach Timos Erfahrung werden nur die wenigsten Kameraden zu echten und wahren Freunden. Deshalb verspürt er keine Gewissensbisse, dass er Rolander in seine privaten Angelegenheiten hineinzieht. Gäbe es den Ärger mit Lina nicht, er hätte den Feldwebel nach diesem Einsatz kaum wiedergesehen. Vielleicht bei einer Übung oder einem Lehrgang, aber dort hätte man sich außer einer freundlichen Begrüßung wahrscheinlich nicht mehr viel zu sagen gehabt.

Entscheidend ist jedoch, dass im Gegensatz zu einem Freund ein Kamerad weiß, was er mit der Information über einen desertierenden Soldaten anfangen muss. Er behielte sie niemals loyal für sich, sondern würde sie umgehend an den nächsten Vorgesetzten weiterleiten.

Nichts weniger erwartet Timo von Rolli.

Dazu bedarf es einer subtilen Vorgehensweise. Der Feldwebel darf keinen Verdacht schöpfen, aber er muss die kommenden Ereignisse miteinander in Verbindung bringen.

Für diesen Teil des Plans ergibt sich die passende Gelegenheit am Donnerstagnachmittag. Timos mittlerweile wieder regelmäßig stattfindende Wachschicht ist gerade vorüber. Major Weber hat sie zähneknirschend vorgezogen, da man den Stabsunteroffizier morgen wegen des Brown Fox-Konvois in der J-3-Zentrale braucht.

Aufgelöst kommt Rolli von einer Erkundungstour zurück, bei der er die wichtigsten Punkte der geplanten Marschroute abgefahren hat, um eventuelle Sicherheitslücken während des Ablösevorgangs möglichst auszuschließen. Dadurch erfährt Timo von einem brisanten Vorfall, der sich an einem der inoffiziell eingerichteten Checkpoints zugetragen hat. Nur Minuten, bevor der Feldwebel dort eintraf, erschossen mazedonische Milizionäre drei Albaner, die sich weigerten, die Rechtmäßigkeit der unerwarteten Kontrolle anzuerkennen. Sie ignorierten die Warnrufe der Posten und bezahlten dafür mit ihrem Leben. Um mögliche Nachahmer abzuschrecken, setzte die Miliz die drei Leichen aufgereiht an den nächsten Maschendrahtzaun, wo es aussah, als verschnauften sie dort kurz. Bis man die von Kugeln durchsiebten Leiber bemerkte.

Es ist nicht die Aufgabe von Feldwebel Rolanders oder seines Sozius, mordlüsterne Mazedonier in Gewahrsam zu nehmen; das bleibt der Polizei überlassen. Vielmehr sollte er die Milizionäre dazu bewegen, ihren Posten zu verlassen und die getöteten Albaner eiligst fortzuräumen, bevor deswegen die Bevölkerung aufgewiegelt würde. Es kommt keinesfalls in Frage, dass der Konvoi einen unplanmäßigen Halt einlegt – dringendste Weisung von oben, aus dem grellblauen Stabsgebäude.

Von Rolli unbeabsichtigt ausgesprochen, weiß Timo jetzt, was ihn erwartet, falls er sich an einem solchen Checkpoint tatsächlich erwischen lässt. Ihm wird auf einen Schlag bewusst, dass er sterben könnte. Die *Rules of Engagement*, die deeskalierenden Einsatzregeln, gelten für NATO-Soldaten, nicht für Milizionäre. Was, wenn er doch überleben würde? Die Schadenfreude über seine Gefangennahme wäre auf der Gegenseite bestimmt grenzenlos. Er kann sicher sein, über Wochen und Monate in sämtlichen Medien weltweit das Nummer eins Thema zu werden, die diplomatischen Verwicklungen gar nicht eingerechnet. Aus Rollis Geschichte lässt sich nur ein einziger Schluss ziehen.

Er darf sich unter keinen Umständen erwischen lassen!

Angespannt lässt Timo seinen Kameraden weiterberichten, doch es gibt keine erhellenden Neuigkeiten darüber, welchen Fluchtweg er zu seiner eigenen Sicherheit einschlagen sollte.

Der Feldwebel macht einen ziemlich desolaten Eindruck, und bevor er die Segel streicht, will Timo ihn so arglos wie möglich an seinem Vorhaben beteiligen. In seiner Fantasie gestaltet sich der Schlussakt wie eine dieser unqualifizierten Reportagen auf einem Bezahlsender. Die Kamera schwenkt über die Container und Zelte des Camps, verharrt auf der versteinerten Miene eines Soldaten. „Rolander, Feldwebel", steht im Untertitel. Nein, wird er behaupten, niemals habe er vermutet, dass sein Zeltkamerad Fahnenflucht begehen werde, unvorstellbar, dass ein deutscher Soldat so etwas überhaupt tue. Jaja, sie seien schon bekannt miteinander gewesen. Man habe sich halt hin und wieder flüchtig unterhalten, wie unter Kameraden im Einsatz üblich. Eigentlich habe er Stabsunteroffizier Jäger für einen verhältnismäßig verlässlichen Soldaten gehalten, falls man unter den gegebenen Umständen überhaupt davon sprechen könne. Anzeichen? Nein, in der Richtung sei ihm nie etwas Verdächtiges aufgefallen.

Der feine Unterschied zu Timos Vorstellung besteht darin, dass Rolli nicht von einem neugierigen Boulevardreporter befragt werden wird, sondern von Verhörspezialisten der Abteilung J-2. Die ganze Aktion begleiten wird ihr Lagerkommandeur, General Jaeger.

Will Timo seinen Häschern einen Schritt voraus bleiben, muss er höllisch aufpassen, was er ausplaudert. Er grübelt noch, wie er das Gespräch am geschicktesten auf sich lenken kann, da kommt ihm Rolli zuvor.

„Wie geht es eigentlich mit deiner Frauengeschichte weiter?", erkundigt er sich.

In seiner Frage schwingt sogar so viel soldatisches Mitgefühl mit, dass Timo kurzzeitig Bedenken kommen. Sofort schiebt er das schlechte Gewissen beiseite. Eine Spur zu pathetisch gibt er vor, die Meinung des Kameraden zu teilen. Er sähe ein, dass seine Verlobte tatsächlich eines dieser Luder sei, die nichts anderes im Sinn hätten, als sich mit dem Gespinst eines erfundenen Babys an ihrem „Ex" zu rächen. Timo gaukelt Erleichterung darüber vor, dass Lina ihm nicht auch noch die Ersparnisse genommen hat, wie es in Rollis Fall geschah.

Die glanzlose Episode, in der er seine beiden Urlaubsanträge gestellt hat, lässt er geflissentlich unerwähnt. Spätestens, wenn sich sein Verschwinden offenbart, wird sich die ganze Geschichte ohnehin in rasendem Tempo im Lager verbreiten. Dann ist Kamerad Rolander bestimmt in der Lage, alle Puzzleteile zum einzig richtigen Schluss zusammenzufügen.

Das letzte Mosaiksteinchen, das Rolli hierfür braucht, ist der Ort, an dem der Showdown letztendlich stattfinden wird.

Timo räuspert sich.

Er wirft einen weit entrückten, melancholischen Blick ans Zeltdach.

„Es ist schon verrückt", seufzt er, „wie schnell man sich an den Gedanken, Vater zu werden, gewöhnen kann."

„Musst du jetzt ja nicht mehr", lacht Rolli rau.

Es ist die typische Reaktion fast aller Soldaten, die sich auf eine unvorhergesehene Veränderung in jedwedem Lebenslauf bezieht. Eine bittersüße Angewohnheit, die „Leben in der Lage" genannt wird. Dessen vier anfängliche Buchstabenkürzel erinnern nicht umsonst an einen Lebensmitteldiscounter. Hol das Günstigste aus dem dargebotenen Leben und dem Leben im Allgemeinen heraus und lass es durch ein paar ironische Witzchen zu einem billigen Einheitsbrei verkommen. Stell die Dinge nicht in Frage, sondern nimm sie stoisch wie einen schlechten Kompromiss hin, statt sie aus einem anderen Blickwinkel neu zu bewerten. Das ist für Soldaten wie Rolander die beste und einfachste Option.

Timo verbeißt sich den Ärger über die wenig einfühlsame Bemerkung. Er muss zum Punkt kommen, der Feldwebel beginnt ihn zu nerven.

„Ich wünschte, alles wäre anders", entgegnet er.

„Was wäre dann?", springt Rolli endlich an, „von hier kommst du ja doch nicht weg. Und wenn doch, kämst du nicht weit, dann hätten dich die Feldjäger am Wickel, unsere hauseigene Polizei. Die stecken dich ruckzuck in den Bau und das war's dann mit deiner Zukunft. Als Deserteur giltst du als vorbestraft."

Timo blickt Rolli grimmig an.

„Die würden mich nie kriegen, bevor ich mein Baby gesehen habe, darauf kannst du dich verlassen. Die Zukunft interessiert mich einen Scheiß."

Kaum ist ihm der Satz über die Lippen gegangen, bereut er ihn auch schon. Eine Schrecksekunde lang glaubt er, dass ein Ausdruck des Misstrauens über Rollis Gesicht huscht. Er war mit der Wortwahl unvorsichtig, weil ihn die flapsige Art des Kameraden nervt. Hoffentlich ist er nicht zu weit gegangen.

Rollis gibt sich betont bedächtig.

Er faltet die Hände im Schoß und schnauft schwer durch die Nase. Den Kopf wiegt er vor und zurück, als säße er in einem viel zu engen Käfig. Pferde tun das manchmal, wenn sie gestresst sind. Timo weiß das von Lina, die einen Narren an den viel zu großen Biestern gefressen hat.

„Im Grunde hast du ja recht", brummt Rolli verächtlich, „diesem verfickten Feldjägerpack müsste man mal so richtig eins auswischen. Die sind keinen Deut besser als diese Lions. Wenn du es richtig anstellst, merken die erst in hundert Jahren, dass du weg bist."

Dass die bundeswehreigene Polizeitruppe sich bei den übrigen Waffengattungen wegen ihres oft großinquisitorischen Auftretens nicht sonderlich beliebt macht, ist für Timo kein Geheimnis, dennoch irritiert ihn Rollis

Zustimmung. Der Feldwebel ist trotz seiner Phrasendrescherei ein überaus penibler Soldat. Hat er den Köder geschluckt?

Listig hakt Timo nach. „Wo würden sie dich denn kriegen?"

„Mich?", Rolander fletscht die Zähne. „Mich bekämen die nicht so leicht, die müssten mich in Rio suchen. Dorthin würde ich mich nämlich mit meinem Kind verkrümeln und mir eine heiße Sambatänzerin suchen ... knickknack ... du weißt schon!"

Ja, Timo weiß. Neben dem lüsternen Schweinkram, der sich im Oberstübchen seines Kameraden abspielt, hat Rolli den Ort abgespeichert, an dem sich Timo zuletzt aufhalten wird. Er hat den Feldwebel, der sich „nicht so leicht" erwischen lassen würde, auf Kurs gebracht.

Dieser Teil seines Kalküls ist aufgegangen. Was ihm noch Kopfzerbrechen bereitet, ist der eine Tag, an dem im Fuchsbau sämtliche militärischen und zivilen Kräfte gebunden sind. Die Voraussetzung, sich vom Acker zu machen, könnte nicht besser sein. Kein Mensch würde einen Gedanken daran verschwenden, nach einem einzelnen Soldaten zu suchen; es wird anstrengend genug, den mazedonischen Grenzablösungskonvoi zu überwachen. Die gesammelte Aufmerksamkeit wird auf einer völlig anderen Seite Mazedoniens liegen, weit abseits von Timos Route.

Dummerweise ist er selbst Teil der Unternehmung und eines der ersten Dinge, die auffallen würden, wäre die unbesetzte Funkleitstelle. Seine Position ist nicht kriegsentscheidend und sicherlich würde man sie schnellstmöglich neu besetzen, doch spätestens anderntags wird die Suche nach dem absenten Stabsunteroffizier in vollem Gange sein.

Timo braucht mehr Vorsprung als nur diesen einen Tag. Wer weiß schon, wie lange er tatsächlich benötigt, um den Flughafen in Ohrid zu erreichen. Hinzu kommt die Ungewissheit, ob sich das Ticket in die Heimat sofort lösen lässt. Daneben besteht die Möglichkeit, dass Flüge sich verspäten, abgesagt oder verschoben werden. Eine schreckliche Vorstellung, aber Timo will sich damit erst vor Ort beschäftigen, sollte dies wirklich nötig sein.

Einstweilen knabbert er an dem Problem, gleichzeitig seinen Funkjob zu erledigen und eigentlich schon weg zu sein. Eine derart günstige Gelegenheit wird sich ihm kein zweites Mal eröffnen, dennoch ist sein Vorhaben unmöglich.

Auf die Lösung kommt er ausgerechnet mit der Hilfe seiner J-3-Kameraden. Wie bei Rolli ist es reiner Zufall. Die Mannschaft versammelt sich im Vorfeld zur Generalprobe, bei der sie den zeitlichen Ablauf der gesamten Aktion mit ihrem Dolmetscher am Funkgerät durchgeht.

„Und was ist danach?", fragt Timo abschließend.

Die Männer sehen ihn stirnrunzelnd an.

„Führen wir im Anschluss an den Marsch kein Debriefing durch, eine Einsatznachbesprechung?", hakt er nach.

„Nein", kommt die prompte Antwort, „die Einheiten haben genug damit zu tun, zurück ins jeweilige Basiscamp zu kommen. Fahrzeuge auftanken, Ausrüstung überprüfen und Waffen reinigen. Reden kann man dann, wenn was schief geht."

Captain Sigurdsson, der ihre kleine Signalabteilung anführt, stimmt zu.

„Außerdem sprechen selbst die obersten Klingonen eher Russisch anstatt Englisch, da würden sie gegen unsere Stabsoffiziere abkacken und wollen sich keine Blöße geben."

Der hochgeschossene blonde Vorzeigeschwede, der sich für diesen Einsatz einem intensiven Deutschkurs unterzogen hat, verweigert die Anglizismen bei jeder Offiziersbesprechung konsequent. Als Captain kann er es sich leisten. Sergente Maggiore Frataneli, dessen Englischkünste bestenfalls zum Elementarwissen zählen, stößt ein meckerndes Lachen aus.

Innerlich jubelt Timo.

Ihm sind die engstirnigen Händel der Sternchenträger reichlich egal. Sollen die Offiziere doch untereinander sprechen, wie es ihnen beliebt, für das gemeine Fußvolk werden ihre Befehle dadurch meist auch nicht ersprießlicher. Nicht mal auf Englisch – no, Sir!

Wichtig ist für den jungen Stabsunteroffizier nur die Information, dass nach dieser sogenannten NATO-Gemeinschaftsmission jeder mit sich selbst genug beschäftig sein wird. Aus Erfahrung weiß Timo, dass dieser Zustand, der einem Vakuum gleicht, ausdauernd ist. Ausrüstung und Waffen lassen sich nach einem langen Tag im Zustand psychischer Erschöpfung am besten reinigen, wenn man sein Gehirn in den Leerlauf schaltet. Fährt der Motor erst mal untertourig, bedarf es einiger Mühen, ihn wieder zum Laufen zu bringen.

Will sagen, niemand schert sich morgen um einen Soldaten, der nicht rechtzeitig in seinem Bett liegt. Für Timo wird die Übung gegen 15:30 Uhr beendet sein, die letzten Soldaten hingegen werden erst spät in der Nacht eintreffen.

Das ist sein Minimalvorsprung. Ein knapper Nachmittag und eine ganze Nacht, in der man nicht nach ihm sucht. Seine eiserne Reserve.

Mit viel Glück könnte er die Distanz vergrößern.

Höchstwahrscheinlich wird ihn auch übermorgen keiner wirklich vermissen. Vielleicht ärgert sich Major Weber zunächst nur darüber, dass er wieder mal einen Ersatzmann einteilen muss. Da sein Untergebener aber keine übermäßig tragende Funktion im Getriebe des Lagerbetriebs ist und er beim Kompaniechef keinen Stein im Brett hat, wird die Suche nach Timo bestimmt nur halbherzig ausfallen. Erst für den Abend rechnet er langsam damit, dass irgendjemand ernsthaft in Sorge gerät.

Bundeswehrsoldaten sind nicht unbedingt bekannt dafür, dass sie überstürzt in den Kampf ziehen. Ein Auftrag wird grundsätzlich nach dem Machbarkeitsprinzip vergeben. Fallschirmspringen bei mehr als 15 Knoten Wind? Fehlanzeige. Eine vermisste Person, nachts, ohne Hintergrundinformation suchen?

Völlig undenkbar!

Wegen eines einfachen Stabsunteroffiziers, der nicht gefunden werden will, wird sich kein Offizier der Welt schlaflos in seinem Containerbett wälzen. Oder? Zuvor müssen alle möglichen Leute befragt werden, Vorgesetzte, Kameraden, Augenzeugen. Zugleich käme die Idee auf, das Lager zu durchkämmen, damit man sich hinterher nicht vorwerfen lassen muss, der abwesende Soldat hocke einfach nur in einem der ozeanfrisch duftenden Plastikplumpsklos, um dort ein wenig Privatsphäre zu genießen. Dann, und erst dann, werden die zurückgelassenen Gegenstände der gesuchten Person danach begutachtet, ob sich ein Rückschluss daraus ziehen lässt, wo sie sich aufhalten könnte.

Bisher gibt es keinen offiziell verzeichneten Fall von Desertation während eines Auslandseinsatzes der Bundeswehr. Noch wird die Heeresführung diesen Gedanken weit von sich schieben.

Dann käme die nächste Nacht.

Mit viel Glück.

Ungefähr zwei Nächte und eineinhalb Tage später wird Feldwebel Rolander sein Wissen pflichtschuldig mit seinem nächsten Vorgesetzten teilen dürfen. Wenn die träge Maschinerie der Bundeswehr dann anläuft, wird Timo, so hofft er jedenfalls, längst in einer Linienflugmaschine nach Hause sitzen.

Zusammenfasend sieht sein Plan bisher so aus: Ungefähr 100 Kilometer Fußmarsch durch unbekanntes Terrain muss er in eineinhalb Tagen und zwei Nächten zurücklegen – das sind keine 42 Stunden. Timos Bestzeit für einen Marathon liegt bei drei Stunden und neun Minuten, keine Weltbestleistung, aber für seine Flucht leitet er daraus eine annehmbare Laufzeit ab. Rechnet er einen gewissen Puffer dazu, gibt er sich 30 Stunden, bis er sein Flugzeug besteigen will.

Er ist nervös, denn er weiß, dass er längst nicht alle Schwächen seines Plans beseitigt hat oder beseitigen kann. Er wird am helllichten Tag über eine Stelle am Lagerzaun steigen, die er gestern, nach langer Suche, ausgesucht hat. Sie liegt in einem nur wenig frequentierten Bereich im Süden des Lagers, direkt hinter dem Wirtschaftstrakt, der als Kantine genutzt wird. Dort gibt es eine ruhige Ecke, die dem Küchenpersonal zur Lagerung ihres sperrigen Abfalls dient. Über eine große Fläche verteilt findet man Bretter, Blechkanister, Draht, alte Regalteile und ausgemusterte Küchengroßgeräte, die langsam vor sich hin rosten.

Mit etwas Geschick baut sich Timo aus den Hinterlassenschaften eine Behelfsleiter, die ihm über den scharfkantigen Stacheldrahtzaun helfen wird. Er vermutet an dieser Stelle nachmittags keine ungebetenen Beobachter außer den Besatzungen der Wachtürme, die links und rechts im Abstand von gut 30, 40 Metern stehen.

Auch das wird er schaffen.

Sein Plan ist so gut durchdacht, wie er es für möglich und machbar hält. Trotzdem durchzuckt Timo das Gefühl, er könne jeden Moment die Kontrolle verlieren und die ganze Sache fliege auf.

Ein wenig wünscht er es sich sogar.

Sein innerer Soldat meldet sich.

„Die erwischen dich, du verdammter Deserteur!", knurrt er ihm voller Abscheu zu.

Doch es passiert …

… nichts.

Im Schutz der Dunkelheit seines letzten Tages im Fuchsbau Camp Fox versteckt Timo unter einem Haufen verwitterter, morscher Regalböden sein rotes Reisebündel – die Tragetasche, die alles beinhaltet, was er in den nächsten Stunden zum Überleben braucht. Daneben legt er Klebeband und ein paar stabil aussehende Holzlatten, die er zur Leiter umfunktionieren will.

Er blickt sich um.

Der Abschnitt liegt friedlich. Nichts regt sich.

Dennoch ist da etwas, das Timo nervös macht.

Die Entscheidung ist gefällt, sie ist nicht mehr umkehrbar. Morgen geht es los. Woran könnte sein Vorhaben jetzt noch scheitern?

Wie die meisten Reisenden kurz vor dem Aufbruch hat er das Gefühl, etwas Wichtiges vergessen zu haben.

17. bis 18. Mai 2002 – Mazedonien

Brown Fox – Starttag

Timo ist müde.

Sehr müde.

Letzte Nacht hat er kaum ein Auge zugetan und jetzt liegt er hier. Die ganze Chose lief aus dem Ruder.

Irgendwie.

Noch immer kann er es kaum fassen. Eigentlich sollte er jetzt nur ein paar Kilometer nördlich der Stadt Teškoto sein. Hätte er sich in der

Waffenkammer einen Kompass ausgeliehen, dann wüsste er es genauer, doch er wollte nicht das Risiko eingehen, dass man ihn fragt, wofür er das Ding brauche. Der zuständige Kämmerer, ein cholerischer Zeitgenosse, der Timos Gewehr und seine Munition entgegennahm, war schon argwöhnisch genug. Er fragte nach dem Abgabegrund, da die strikte Order lautet, beides jederzeit griffbereit in seiner Nähe zu behalten. Es bedurfte einiger Überredungskunst und eines Liters Tennessee-Whiskey, damit der Stabsunteroffizier seine Bewaffnung schließlich loswurde mitsamt einem heiligen Schwur, spätestens morgen früh alles wieder abzuholen. Ein notwendiges Zugeständnis, dem Timo keine allzu große Bedeutung beimaß, denn der diensthabende Waffenmeister besitzt kein sehr gutes Personengedächtnis. Er würde nur dann Schwierigkeiten machen, wenn er etwas aus seinem Bestand verlöre. Genau aus diesem Grund verzichtete Timo lieber auf den Kompass, wenngleich der Richtungsweiser im Vergleich zu einer Waffe nur eine Kleinigkeit darstellt. Es lässt sich nicht abschätzen, wie überhitzt der Materialverantwortliche bei seiner allabendlichen Bestandsaufnahme auf das abgängige Stück reagiert hätte.

Stabsunteroffizier Jägers nächste Station war pünktlich um halb zehn der Platz am Funkgerät der Abteilung J-3.

Die anfänglich mit Spannung erwartete NATO-Monitoring-Mission wurde schnell zu einem stinknormalen Routineeinsatz. Die Albaner im Land hatten keine feindlichen Absichten, stellten sich dem mazedonischen Grenzkonvoi nicht in den Weg und an jedem Checkpoint meldeten die Begleitfahrzeuge freie Fahrt. Entspannt gab Timo die über Funk eingehenden Informationen an seine vier Mitstreiter weiter zur Auswertung; einmal mehr wurde er für seine tadellose Arbeit gelobt. Zur Mittagszeit wurde eine Pause von einer Stunde eingelegt. Er konnte sich in der Kantine eine zusätzliche Ration Brot und etwas Obst einstecken, das er in aller Ruhe in seiner roten Tasche unter dem Bretterstapel verstaute.

Unangetastet lag sie dort, wo er sie am Abend zuvor versteckt hatte.

Zusätzlich bastelte er an der Leiter herum. Nach vollbrachtem Werk kehrte er zum letzten Mal in das blaue Stabsgebäude zurück und brachte die Arbeit zu Ende.

Währenddessen setzte starker Regen ein. Er weitete sich zu einem gewaltigen Schauer aus, dessen Tropfen sich wie lange, weiße Striche gegen die kaum noch als solche zu erkennende Landschaft abzeichneten. Kleine, prallgefüllte Wasserbömbchen trommelten unablässig auf Mann und Maus im Camp hernieder. Bei diesem Wetter wollte sich niemand länger als nötig draußen aufhalten.

Timo rannte zum Unterkunftszelt.

Ohrenbetäubend laut schlug der Regen gegen die Plane, unter der sich der Stabsunteroffizier eilig umzog. Er entledigte sich der Uniform, die ihn sofort als fahnenflüchtigen deutschen Soldaten entlarvt hätte, und schlüpfte in eine Jeans und einen dünnen, grauen Pullover. Der elastische Jersey-Stoff klebte auf seiner feuchten Haut. Da wurde Timo bewusst, was er gestern noch nicht bedacht hatte.

Er besaß keine Regenjacke, und in die rote Tasche hätte er tunlichst einen Überzieher gegen die Kälte packen sollen. Im Mai herrschen in Mazedonien bereits angenehme Temperaturen, die Nächte aber sind ziemlich frisch. Regengüsse wie der heutige halten in der Regel nie lange an und danach tut sich die Sonne meistens besonders wärmend hervor.

Timo musste abwägen.

Er nahm die Kälte als geringes Übel in Kauf und streifte sich sorglos seine Brütting-Sportschuhe über, äußerst bequeme, aber auch ziemlich teure Qualitätstreter. Dann hastete er in geduckter Haltung durchs Lager. Die Wassermassen durchweichten ihn in Sekunden bis auf die Knochen, doch er war nicht mehr aufzuhalten.

Rien ne va plus!

Tropfnass kramte er seine Tasche unter den glitschig nassen Brettern hervor und warf sich den Beutel über die Schulter. Seine Leiterkonstruktion hob er auf, schleppte sie zum Zaun und lehnte sie dagegen. Sie ragte in der Höhe etwas über die scharfkantige Dornenkrone hinaus, so dass er darüber hinwegspringen musste. Er sparte sich damit die dick gefütterte Jacke, die er zum Schutz vor Schnittverletzungen über den Drahtverhau drapiert hätte. Nie im Leben hätte er das Kleidungsstück wieder herausbekommen, denn das metallische Biest mit den unbarmherzigen Schlingen und Spitzen lässt etwas, das sich einmal in seinen Fängen verheddert hat, niemals wieder los. Dann wäre zweifellos Alarm ausgelöst worden.

Von unten betrachtet erschien ihm das Hindernis lächerlich niedrig, alles andere als unüberwindbar. Es war so ähnlich wie mit dem Sprungturm im Freibad, drei Meter, ein Klacks.

Timo kletterte hinauf. Er war kein Schwergewicht, doch sein Flickwerk vibrierte bei seiner Turneinlage bedrohlich und der Regen verwandelte jede einzelne Sprosse in einen halsbrecherisch glitschigen Tritt. Obwohl er sich mit Schmerzmitteln betäubt hatte, spürte er deutlich die blauen Flecken der Keilerei auf seiner Haut. Eine falsche Bewegung und er würde wieder im Sanitätsbereich landen. „Nicht das Schlechteste", dachte Timo mit einem Schmunzeln an Sabrina, aber er wollte einfach nicht fallen.

Ganz oben, über dem Zaun, war es am schlimmsten.

Aus diesem Blickwinkel sah die Welt ganz anders aus. Nicht lange und er hätte sich elendiglich windend und panisch kreischend in der stählernen Umarmung des NATO-Drahts wiedergefunden. Das Klebeband hielt die Streben der Leiter nur noch provisorisch fest. Die gesamte Konstruktion wackelte und wankte. Zudem stellte Timo fest, dass sich der Erdboden erschreckend weit von ihm entfernt hatte. Von einem Dreimeterbrett sprang er mit einem Köpper ohne Mühe in den kühlen Badesee unter sich, doch jetzt und hier wirkten drei Meter wie die zehnfache Höhe. Unnachgiebig prasselte das feuchtkalte Nass weiter auf Timo ein und raubte ihm die Sicht. Auf der letzten Sprosse wischte er sich einen Schwall Wasser aus den Augen. Vorsichtig tarierte er seinen Körper aus, dann schleuderte er die rote Tasche über den Zaun. Klatschend landete sie ein paar Meter weiter in einer Pfütze.

Noch während er dem Beutel nachsah, gab unter ihm etwas nach. Eine der Klebeverbindungen riss knirschend. Sein provisorischer Sprungturm glitt mit einem kräftigen Ruck aus der ohnehin schwachen Halterung. In Sekundenbruchteilen eröffneten sich Timo zwei Optionen. Keine davon war reizvoll. Entweder kippte er mit der ganzen Konstruktion rückwärts um und landete krachend auf den Regalböden, unter denen er zuvor seine Tragetasche versteckt hatte. Oder er sprang, ohne zu wissen, worauf er landen würde. Völlig idiotisch.

Er entschied sich für Letzteres.

Mit zusammengebissenen Zähnen stieß er sich in einem Akt der Verzweiflung ab. Als könnte er damit seine Flugbahn beeinflussen, ruderte er wild mit den Armen. Außer Kontrolle taumelte er über die reißend scharfe Umzäunung; noch im Fallen drehte sich sein Körper.

Gar nicht gut.

Ein glühend heißer Schmerz fuhr in Timos linken Oberschenkel. Er hatte nicht die Zeit zu schreien, ja, nicht einmal dafür, das Brennen in seinem Bein mit scharf eingesogener Luft zu kommentieren, da bekam er auch schon den Aufprall zu schmecken. Sein Kreuz federte die ganze Härte des unterspülten Erdbodens ab.

Für einen Augenblick blieb Timo die Luft weg.

Seine persönliche Schmerzskala tippte auf die Unnachgiebigkeit von Betonstein. Er wartete darauf, dass ihm schwarz vor Augen wurde. Minutenlang lag er einfach nur da und spie röchelnd die Fluten des Himmels aus.

Er hatte es geschafft!

Keine Stelle seines Körpers fühlte sich heil an, dabei hatte seine Flucht noch gar nicht richtig begonnen. Er betastete die Gliedmaßen, an die er heranreichte. Alte und neue Wunden verschmolzen zu einem Konglomerat des Schmerzes.

Timo ächzte und manövrierte sich in eine halbwegs aufrechte Position. Immerhin konnte er sich noch bewegen. Er sah an sich herab, dorthin, wo sein Oberschenkel aufgeregt pulsierte. Ein langer, blutiger Riss zog sich nur Zentimeter neben der Arteria femoralis durch seine Jeans – der Skalpellschnitt eines besoffenen Chirurgen. Gottseidank war die Wunde nicht tief, brannte jedoch heftig. Timo suchte seine Tasche. Sie lag einen Steinwurf entfernt. Er robbte hinüber und nestelte an dem Schnurzug herum. Die Nässe ließ den Stoff aufquellen; es dauerte Ewigkeiten, bis er an den Beutelinhalt kam. Sein Marschgepäck schwappte und suppte. Fluchend fischte Timo nach dem kleinen, wasserdicht versiegelten Verbandpäckchen. Mit Händen und Zähnen riss er das gummierte Textilgewebe auf. Die sterile Mullbinde durchweichte noch während er nach den kleinen, schwarzen Markierungspunkten zum Auseinanderziehen suchte. Hastig schlang er den tropfnassen Verbund um die offene Stelle am Bein, dann unternahm er einen Versuch aufzustehen.

Zittrig erhob er sich.

Er war ein formloser, lehmig schillernder, algig stinkender Golem, der froh sein konnte, dem Gulag entkommen zu sein.

Auf den Wachtürmen regte sich nichts. Große Suchscheinwerfer, deren dramatisch lange Lichtkegel den Boden unter sich absuchten, gab es zwar in jedem Kriegsfilm, in Camp Fox gehörten sie jedoch nicht zum Inventar. Timo warf einen schnellen Blick zum Zaun. Dahinter lag der verleumderische Rest seiner Leiterkonstruktion. Zwischen all dem Sperrmüll war sie aber höchstens dann zu entdecken, wenn man genauer hinsah.

Erleichtert kehrte der Stabsunteroffizier dem Fuchsbau den Rücken. Hinkend wandte er sich nach links. Seine schweren Schritte schmatzten auf der schlammigen Erde. Im Nu klebte der Dreck zentimeterdick an seinen Sohlen. Er stöhnte auf und hatte damit sofort das ungute Gefühl, tausend neugierige Augenpaare auf sich zu ziehen. Der Regen schien nicht nachlassen zu wollen, doch er hatte auch sein Gutes. Er schob sich wie ein Vorhang zwischen Timo und das Lager. Bald entzog sich der Flüchtige dem Sichtkreis der Wachtürme.

Die nasse Kleidung klebte wie Pech auf Timos Haut. Bleiern lastete sie auf ihm, trotzdem kämpfte er sich tapfer vorwärts. Meter um Meter.

Sein ursprünglicher Plan sah vor, in der Nähe der Autobahn zu bleiben, die in gerader Richtung nach Westen verlief. So konnte er auf einen Kompass verzichten und benötigte die Karte nur, um sich jederzeit der richtigen Position vergewissern zu können.

Jetzt also begann der Wettlauf, sein bisher härtester Marathon. Es wurde ernst, die Zeit lief. Ab hier würde ihn der Besenwagen, ließe er sich zu sehr hängen, in Gestalt seiner Verfolger gnadenlos hinwegfegen. Wichtig war, dass er sich das Tempo richtig einteilte. Nicht zu schnell, nicht zu langsam, konzentriert beginnen und unbedingt die Zeit im Auge behalten. Der Regen, als vermindere er seinen Widerstand gegen Timos Unterfangen, ließ nach. Einen Blick auf seine Armbanduhr ersparte er sich. Bei dem Wetter hätte er den Schmutz auf dem gehärteten Mineralglas über den Ziffern der Digitalanzeige nur verschmiert.

Über weite Strecken ging es an ockerfarbenen, brach liegenden Feldern vorbei, an deren Rändern die Umrisse kleinerer Einsiedeleien auszumachen waren, um die Timo besser einen großen Bogen machte. Zwanzig Minuten nach acht an diesem dämmriger werdenden Abend tauchte zu seiner Rechten die auffällige Startbahnbeleuchtung des Flughafens Stenkovec auf. Einmal mehr war Timo versucht, seine Flucht abzukürzen. Wie einfach wäre es gewesen, sein Flugticket dort, am nächstbesten Schalter, zu lösen ... und wie gefährlich. Eine Viertelstunde später hörte er nicht einmal mehr den Lärm der aufheulenden Triebwerke.

Unter einer Autobahnbrücke, die zu einem trüb dahinmäandernden Rinnsal gehörte, das zu einem Waldstück in der Nähe führte, legte er seine erste Rast ein. Der Ort lag einigermaßen im Trockenen, davor hatte es sich eingeregnet. Langsam verschwand der Tag. In der hereinbrechenden Dunkelheit besah sich Timo die Lage in Ruhe mit der Taschenlampe aus seinem Beutel. Das weiße Licht zitterte. Die nächtliche Kälte fraß sich durch seine klammen Sachen in die Glieder. Behutsam breitete er die feuchte Karte auf dem staubigen Boden aus. Er nahm einen Schluck aus der Plastikflasche und schob sich bibbernd einen Batzen aufgeweichtes Brot in den Mund.

Die Größe der Landkarte stellte sich als äußerst unhandlich heraus, denn der Regen hatte das Papier bis in die letzte Ritze aufgeweicht und jeder unnütze Gebrauch verursachte Risse.

Rasch fand er seinen Standort.

Timos unternahm den kläglichen Versuch, etwas von der Feuchtigkeit des aufgequollenen Kartenmaterials in den trockeneren Untergrund zu tupfen mit dem Erfolg, dass sich das Papier nun wie Schmirgelpapier anfühlte und noch leichter Risse bekam. Er musste darauf hoffen, dass der nächste Tag wieder Sonne und Wärme brachte.

Es regnete und regnete. Seinem eigentlichen Zeitplan, den er sich in zuversichtlicher Schönwettereuphorie auferlegt hatte, hinkte Timo hoffnungslos hinterher. Der war längst in der mazedonischen Sintflut baden gegangen, darüber durfte sich der frierende Glücksritter keinen Illusionen hingeben.

Die Chance hingegen war noch nicht vertan.

Timo musste lediglich verlorenen Boden wettmachen. Eilends lief er weiter. Stoisch trieb er sich bis zum Morgengrauen durch die verregnete, dunkle Landschaft. Bis er nicht mehr konnte.

Abgekämpft verkroch er sich unter dem ausladenden Blätterdach des nächstbesten Baums, einer Buche, die inmitten einer abgelegenen Lichtung stand. Es gelang ihm, mit dem Sturmfeuerzeug ein niedriges Oberflächenfeuer zu entfachen, an dem er sich, so gut es eben ging, aufwärmte. Aus jedem Fetzen Stoff seiner Kleidung wrang er überflüssiges Wasser. Den

Rest aus der Tasche legte er zum Trocknen aus; auch wenn er wenig Hoffnung hatte, dass der Regen aufhörte.

Laut Karte war die nächste menschliche Behausung weit genug entfernt, so dass er nicht befürchten musste, wegen des bisschen Rauches, das sein Feuer verursachte, entdeckt zu werden. Also beschloss er, seinen Weg erst dann fortzusetzen, wenn die Voraussetzungen wieder stimmten. In seinem momentanen Zustand konnte er unmöglich weitergehen. Seine Ausrüstung war entweder komplett aufgeweicht oder durchnässt und er selbst ein körperliches Wrack. Um sich warm zu halten, trat Timo auf der Stelle. Dabei spürte er ein vertrautes Ziehen. Es ging von seinem Oberschenkel aus. Während seines Marsches hatte er gar nicht darauf geachtet; vermutlich hatte das Adrenalin den Schmerz unterdrückt. Jetzt meldete sich die Verletzung umso beleidigter zurück. Er gab sich alle Mühe, sie zu ignorieren.

Aus der kurzen Rast wurde ein längerer Aufenthalt. Die Kälte setzte Timo zu. Während er darauf wartete, dass wahlweise seine Kleider trockneten, das Brennen im Bein nachließ oder der nervenraubende Regen aufhörte, nickte er immer wieder in kurzen Abständen ein. Zur Mittagsstunde schreckte er aus dem unsteten Schlaf. Fahrig sammelte er seine Ausrüstung zusammen, von dem sich das meiste noch klamm anfühlte. Das musste ihm genügen, denn er hatte unnötig Zeit vergeudet.

Endlich schloss auch der Himmel seine Schleusen. Gähnend begrub Timo die glimmende Feuerstelle unter einer Handvoll Erde, dann stapfte er weiter. Hätte der Stabsunteroffizier sich seiner soldatischen Instinkte besonnen, hätte er, gemäß der zentralen Dienstvorschrift „ZDV 3/11" – der Bibel jedes Bundeswehrsoldaten – seine Ausrüstung vor dem Abmarsch auf Vollzähligkeit überprüft. Dann wäre ihm aufgefallen, dass sich der wichtigste Gegenstand seines Unterfangens nicht mehr in seinem Besitz befand.

Deshalb stand er um 15:00 Uhr vollkommen orientierungslos irgendwo am Rande eines frisch umgepflügten Feldes. Die Saatrillen verliefen in gerader Linie bis an den Horizont. Der überwachsene Pfad, dem Timo mit gesenktem Haupt folgte, hörte an dieser Stelle auf. Von der Autobahn war weder etwas zu sehen noch zu hören. Nachdenklich zog Timo seine rote Tasche an seine Brust, nahm die Wasserflasche heraus, schraubte den grünen Deckel ab und setzte an. Das schal gewordene Wasser benetzte seine Unterlippe. Er stutzte. Voll banger Vorahnung schraubte er den Deckel wieder auf, dann durchwühlte er den Beutel. Er leerte ihn sogar aus, als könnte sich das, was er suchte, darin verstecken.

Er hatte die große Landkarte vergessen. Sie in seiner Müdigkeit einfach liegengelassen.

Wie hatte er das Riesending nur übersehen können?

Sie war gleich der erste Gegenstand gewesen, den er zum Trocknen ausgebreitet hatte. Nachdem er das mit größtmöglichem Aufwand – ihr Luft zufächeln, an den Ecken wedeln, über den Rauch halten – wenig zufriedenstellend erledigt hatte, war er sehr darauf bedacht gewesen, sie wieder zu falten und neben die rote Tragetasche zu legen.

Warum hatte er sie nicht sofort eingesteckt?

Ohne Fixpunkte, die ein fremdes Land für ihn in begehbares Terrain verwandelten, konnte er ebenso gut gleich aufgeben. Er musste auf der Stelle den Rückmarsch antreten, um dieses verfluchte, farbige Riesenposter zu holen. Die digitalen Ziffern seiner Uhr zeigten kurz vor sieben. Im Lager gäbe es bald den Morgenappell.

Weil er sich über den entstandenen Umweg fürchterlich ärgerte, unterwegs Selbstgespräche über seine eigene Dummheit führte und an seinem Verstand zweifelte, ließ er alle Wachsamkeit fahren. Seine Blicke erfassten nicht mehr aufmerksam das Umfeld, sondern richteten sich nach innen. Er hatte gut die Hälfte der Strecke zurückgelegt und trippelte übereilt die Biegung eines ausgetretenen Pfades entlang, der bei ihm zuhause nur haarscharf als Feldweg durchgegangen wäre, da setzte sein Herz einen Schlag aus.

20 Meter voraus war wie aus dem Nichts eine Barrikade aus dem Boden gewachsen. Nicht einmal zehn Minuten zuvor hatte es hier nirgendwo den leisesten Hinweis darauf gegeben. Mitten im unbebauten Nichts lag plötzlich ein entasteter Fichtenstamm als Schlagbaum zwischen zwei silbergrauen Pick-ups, deren geöffnete Ladeflächen sich gegenüberstanden. Darauf mussten die vier schweren Betonbrocken transportiert worden sein, die vor und hinter der Sperre im Zickzack lagen. Ankommende Fahrzeuglenker wurden so gezwungen, ihr Tempo zu drosseln. Zweifelsohne handelte es sich um einen jener unrechtmäßigen Checkpoints, an denen einheimische Wegelagerer der eigenen Bevölkerung mehr oder weniger heimlich Bestechungsgelder abpressen durften.

Timo konnte zwei der Halsabschneider ausmachen. Sie lungerten hinter der Absperrung herum. Er kam nicht mehr dazu, sich zu fragen, was die Kerle hier verloren hatten und warum sie sich ausgerechnet diesen gottverlassenen Posten aussuchen mussten, da zeigte einer von beiden auf ihn.

Der andere reagierte sofort und rief etwas in Timos Richtung. Bestürzt registrierte der flüchtige Soldat, dass der Mann etwas von seiner Schulter rutschen ließ. Es sah aus wie ein der Kalaschnikow ähnliches Sturmgewehr – eine Zastava M70 mit einklappbarer Schulterstütze vielleicht, die Standardwaffe eines jeden aufrechten mazedonischen Milizionärs. Hergestellt in Serbien, treffsicher, wenn man den Lauf gut ölt.

Der Mann hantierte an dem typisch gebogenen Magazin herum.

Timo zögerte nicht, wandte sich ab und rannte.

Er ließ die Biegung, die er eben genommen hatte, hinter sich, was ihn fürs Erste außer Sichtweite brachte. Im Hintergrund erklang das aufgeregte Rufen der Männer. Sie schossen in die Luft. Der Flüchtende sollte stehenbleiben. Timo wollte ihnen diesen Gefallen keinesfalls tun. Er spurtete mit den letzten Reserven, die er noch aufbringen konnte, davon. In einiger Entfernung schlugen die Türen eines Pick-ups zu, dann startete der Motor. Seine Verfolger machten Jagd auf ihn.

Nicht lange, und sie waren ihm dicht auf den Fersen.

Timos Herz pumpte das Blut in vollen Zügen durch seine Venen. Er schluckte Luft wie ein Ertrinkender das Wasser. Ihm lag der Geschmack von Eisen auf der Zunge, doch er rannte weiter.

Wieder brach ein Schuss.

Näher diesmal, aber immer noch daneben.

Timo zuckte zusammen. Sehr oft würden diese Kerle ihre Warnung nicht wiederholen, das ahnte er. Bald würden sie ihr Ziel treffen. Wenn ihm nichts Brauchbares einfiele, würden sie ihn über kurz oder lang erwischen. Brächten sie dann auch noch in Erfahrung, dass ihnen ein deutscher Deserteur ins Netz gegangen war, würden sich diese Wegelagerer im Handumdrehen zu Mazedoniens gefeiertsten Landeshelden erheben.

Dies durfte auf keinen Fall geschehen.

Timo hatte ein mörderisches Tempo angeschlagen und rieb seine Kondition in Sekundenschnelle auf. Er war ein trainierter Läufer; eine gleichmäßige Wettkampfatmung brachte er jedoch nicht zu Stande. Entgegen allen Trainingsweisheiten hechelte er nur noch und spürte beinahe körperlich, wie ihm das Auto seiner Verfolger im Nacken saß. Panik überkam ihn. Er kannte wilde Verfolgungsjagden aus den Freitagskrimis seiner Eltern, in denen die Opfer stets stur geradeaus auf der Straße blieben. Ihm ging es nicht anders. Mechanisch rannte er in dieser einen, unwegsamen Fahrrinne.

Kenne deinen Feind!

Der harte Refrain des Crossover-Songs spukte zwischen seinen Ohren herum und feuerte ihn an. Das zornige Gebrüll seiner Verfolger war deutlich zu vernehmen; es übertönte selbst das Motorengeräusch des Pick-ups. Sie waren ganz nah, fünf möglicherweise auch sechs oder sieben Meter weit weg. In seinem Rücken. Einmal tüchtig das Gaspedal durchgetreten und der schwere Truck wäre einfach über Timo hinweggerollt.

Ihm ging in dieser Sekunde durch den Kopf, dass er es nur geschehen lassen musste, dann wäre alles vorbei, seine Sorgen verschwunden. Er spürte, wie ihn der Sog anzog, den der Unterdruck des näherkommenden Fahrzeugs verursachte.

Fallen lassen! Fallen lassen!

Dann kehrte sein Verstand zurück. Keine Sekunde zu früh.

Timo schlug einen überraschenden Haken nach links und war mit zwei, drei Sätzen zwischen einer Baumgruppe verschwunden.

Die Männer traten hart in die Eisen. Der Pick-up kam mit einem scharrenden Geräusch auf der noch feuchten Waldpiste zum Stehen. Die Türen wurden roh ins Schloss geworfen, dann schrien sich die Männer etwas zu und setzten ihre Verfolgung zu Fuß fort. Ihre Schritte drifteten auseinander. Sie trennten sich.

Die kleine Unterbrechung hatte vorerst ausgereicht, etwas Luft zwischen sich und die Milizionäre zu bringen. Timo joggte eine Weile weiter, um seinen kleinen Vorteil auszubauen, dann warf er sich auf den Boden. Zu seinem Glück war das Unterholz, durch das er sich schlug, immer dichter geworden, so dass er sich gut unter dem grauen Geäst eines tiefhängenden Strauchs mit ledrig grünen Blättern verstecken konnte. Als die Atemluft wieder einigermaßen gleichmäßig in seine Lunge strömte, wagte er den vorsichtigen Versuch, seine Häscher zu erspähen.

Nichts.

Doch.

Da!

War das nicht ein Knacken gewesen?

Timo zuckte jäh zusammen, als er die Stimme hörte. Ein Mann sprach unaufgeregt, fast kühl und monoton in diesem typisch baltischen Tonfall.

Mazedonisch, folgerte Timo, *könnte aber auch Albanisch sein.*

Die Stimme klang nah. Kein Zweifel, es war ein Gespräch. Ein Gespräch, das ohne Antwort blieb.

Es klang …

Es klang, als telefonierte einer dieser Mistkerle mitten im Wald. Da traf es Timo heiß und kalt bis ins Mark.

Es gab nur einen einzigen triftigen Grund, hier draußen im Wald sein Mobilfunktelefon ungeniert zu benutzen. Der Dreckskerl verlangte nach Verstärkung. In nicht einmal einer halben Stunde würde alles auf zwei Beinen die Gegend nach Timo absuchen.

Die Stimme entfernte sich langsam von seiner Position. Es war schwer zu deuten, in welche Richtung sie strebte.

Leise rappelte sich Timo auf und wartete, bis er nichts Verdächtiges mehr hören oder sehen konnte, dann stahl er sich auf Zehenspitzen aus seiner Deckung. Er wusste längst nicht mehr, wo genau er sich befand, darum bahnte er sich aufs Geratewohl seinen Weg durch das dichte Gestrüpp. Jedes Geräusch, das er dabei verursachte, trieb ihm den kalten Schweiß auf die Stirn und jeder ungewohnte Laut, der ihm ans Ohr drang, brachte seinen Herzschlag aus dem Gleichklang. Immer auf das Schlimmste gefasst, schlich Timo ziellos umher. Er versuchte sich auf seine Grundausbildung zu besinnen. Wie er es gelernt hatte, tastete sein Blick alles ab. Er wusste nur zu genau, dass der Feind ihm hinter jeder natürlichen und nicht natürlichen Unebenheit auflauern konnte. Tarnung ist die Kunst des Soldaten. Damit machte sich nahezu der gesamte Wald verdächtig. Bäume, Büsche, Farne, ja sogar der Wind, wenn er sachte durch die Blätter raschelte, wurden zu Timos Gegnern. Krampfhaft schielte er zu seinen offenen Flanken. Dort wurde ein silbergrauer, alter Ast zu einem Gewehrlauf, der direkt zwischen seine Augen zielte, andernorts verhakte sich ein Zweiglein in seinen Haaren, was ihn beinahe zu Tode erschreckte. Zu allem Überfluss beschlich ihn die dumpfe Vermutung, dass seine rote Tragetasche durch den ganzen Wald leuchtete ... dass er sich genauso gut ein Schild umhängen könnte, auf dem stand: „Juhu, hier bin ich! Fangt mich, wenn ihr könnt!" Es kam ihm vor, als sei er dazu verdammt, endlos in diesem Labyrinth umherzuirren.

Wie zur Bestätigung tauchte vor ihm ein Feldweg auf, der ihm bekannt vorkam. Ungläubig wackelte Timo mit dem Kopf. Der Schreck stand ihm in allen Gliedern. Er befand sich nur wenige Meter von dem Ort entfernt, an dem er zuerst auf den illegalen Checkpoint gestoßen war. Die schweren Betonbrocken lagen unverändert an der gleichen Stelle. Offenbar war der erfahrene Fallschirmjäger die ganze Zeit im Kreis gelaufen.

Resignierend sank Timo neben dem Weg auf die Knie. Hätten ihn seine Verfolger jetzt entdeckt, er hätte freiwillig alles mit sich geschehen lassen. Außer sich vor Verzweiflung, drückte er sein Gesicht in den von vertrockneten Tannennadeln und Moos bedeckten Waldboden. Blindlings hämmerte er mit den Fäusten auf den weichen Untergrund. Seine Hilflosigkeit klang hohl und dumpf.

Es half alles nichts.

Er wusste, wenn er sich jetzt nicht zusammennahm, bekäme er Lina und das Baby wenigstens für eine ganze Weile nicht mehr zu Gesicht. Es schien, als habe sich das Schicksal gegen ihn verschworen, und das war der Preis für sein unmilitärisches Verhalten. Timo malte sich aus, wie sich sein Soldaten-Ich vor Schadenfreude bog, dann wurde das Bild von einer Art Vision ersetzt, die kurz vor seinem geistigen Auge aufflackerte.

Er sah Lina, die aufrecht im Krankenhausbett saß, verschwitzt und abgekämpft. Sanft wiegte sie ein Kind in ihren Armen. Sie lächelte und sah zufrieden aus. Dann fiel ihr vorwurfsvoller Blick auf Timo.

Trotz keimte in ihm auf. Es war doch nicht er, der sich falsch verhielt! Die, die ihn davon abhalten wollten, nach Hause zu kommen, General Jaeger, Rolli, überhaupt, die ganze Bundeswehr, die Lions, die Milizionäre, sie waren es, die sich falsch verhielten. Er war nur das willkommene Opfer ihres Neids und ihrer Missgunst darüber, dass er sich so etwas wie Menschlichkeit erlaubte.

Timos Körper straffte sich.

Sein Urteilsvermögen richtete sich allmählich wieder auf die Umgebung und besonders auf die Spur neben ihm. Die Anspannung in seinen Gliedern kehrte zurück, doch wurde sie nicht länger von seinem Überlebenstrieb geleitet. Dunkle Erde klebte an seiner Stirn und den Armen. Der Dreck war seine zweite Haut.

Die Zeit des Selbstmitleids war vorüber.

Er ging in die Hocke. In welcher Richtung standen die Chancen besser davonzukommen?

Er beschloss, schnell über die Fahrspur auf die andere Seite zu setzen. Aus irgendeinem Grund schien sie ihm wie ein entscheidender Grenzfluss zwischen Gefangennahme und Freiheit zu liegen. Dort drüben winkte seine Zukunft. Der Weg war nur zwei Meter breit.

Sein Blick wechselte mehrmals nach links und rechts. Als er sich ganz gewiss war, dass von keiner Seite Gefahr drohte, erhob sich Timo geduckt.

Dann rannte er los.

Erregt hämmerte sein Puls gegen die Schläfen. Er war noch nicht ganz drüben, da sah er aus den Augenwinkeln beide silbernen Geländewagen anfahren. Der Feldweg vibrierte. Von der rechten Seite kommend, rasten sie mit durchdrehenden Reifen auf ihn zu. Augenblicklich erhob sich hinter ihm lautes Stimmengewirr. Timo blieb gar nichts anderes übrig, als die Flucht nach vorn anzutreten.

Schüsse peitschten über ihn hinweg. Diesmal waren sie nicht als Warnung gedacht. Seine Verfolger veranstalteten einen Höllenlärm. Die rote Tragetasche, die ihn beim Rennen arg behinderte, warf Timo samt des Inhalts weit von sich fort. Wechselwäsche, Proviant und Erste-Hilfe-Set waren auf einen Schlag dahin. Das Einzige, das ihm blieb, waren die Kleidung, die er am Leib trug, seine Armbanduhr und der Geldbeutel, den er nach seinem Malheur mit der Karte lieber in seine Gesäßtasche gesteckt hatte.

Timo rannte um sein Leben. Immer geradeaus. Er war fest entschlossen – verbissen entschlossen – sich nicht fangen zu lassen. Inzwischen hatte sich die Zahl seiner Verfolger bestimmt verdreifacht. Handys, was für eine scheiß Erfindung! Er drehte sich nicht nach ihnen um. Sie hätten ohnehin nicht lockergelassen.

Timo rannte und rannte.

Jemand schrie.

Er verstand kein Wort, registrierte aber verwundert, dass der Abstand zwischen ihm und den Milizionären größer wurde. Es war, als habe er seine unsichtbare Linie tatsächlich passiert, die für seine Verfolger tabu war. Die Männer jedenfalls formierten sich weit hinter ihm in einer Linie. Sie beobachteten Timo ganz genau, bewegten sich jedoch nicht mehr vorwärts. Mit einem flauen Gefühl im Magen wurde auch er langsamer, warf aber immer wieder einen Blick zurück. Die Kerle standen, fast lässig abwartend, mit geschulterten Gewehren herum. Ganz so, als erwarteten sie, dass der Flüchtling freiwillig zu ihnen zurückkommen würde. Seltsam befremdet wechselte Timo vom Laufschritt in ein moderateres Gehtempo. Die Verfolger rührten sich auch dann nicht vom Fleck, als er beinahe außer Sichtweite war.

Neben ihm am Boden tauchten mehrere kleine Steinhäufchen auf, wie sie oft als Wegemarkierung für verirrte Wanderer dienen. Er nahm es als gutes Zeichen zur Kenntnis und folgte den Steinen tiefer in den Wald hinein. Obwohl er geglaubt hatte, die Markierungen würden ihn aus dem Dickicht herausführen, waren sie nach einigen Metern plötzlich ganz verschwunden. Stattdessen lagen überall verstreut Unmengen von Müll herum. Rostende Getränkedosen ergaben sich dem Zerfall oder steckten elend aufgespießt auf abgebrochenen, vertrockneten Ästen. Papierreste moderten neben gelblich verfärbten Plastikteilen und allerlei Sperrmüll. Auf einer weitläufigen Lichtung hatte der Mensch buchstäblich alles abgeladen, was er nicht mehr brauchen konnte. Fleckige Matratzen, abgefahrene Reifen, alte Möbel. *Keine rein mazedonische Angewohnheit*, dachte Timo.

Er trottete weiter, bis er auf deutlichere Markierungen stieß: rote, auf dem Kopf stehende Dreiecke, die jemand auf fast jeden Baumstamm und jeden Stumpf gesprüht hatte. Auf einigen Schildern prangte ein schwarzer Totenkopf.

Mehr Warnung brauchte es nicht.

Wie angewurzelt blieb Timo stehen.

Deshalb waren ihm die Milizionäre nicht gefolgt. Wieso hatte er das nicht früher begriffen?

Er war direkt in ein Minenfeld gelaufen.

Sein menschlicher Fluchtimpuls bestand darin, auf der Stelle umdrehen zu wollen. Dann siegte die Vernunft über den angeborenen Reflex. Jeder ausgebildete Soldat weiß, dass er sich in einem Minenfeld keinen Zollbreit mehr rühren darf. Bis Rettung eintrifft. Wenn Rettung eintrifft.

Timo hatte nicht die geringste Ahnung, wie tief er im Schlamassel steckte und was sein nächster Schritt auslösen würde. Die steinernen Häuflein waren keine Wegweiser für verirrte Wanderer, sondern Warnhinweise. Wie ein Anfänger hatte er sie missachtet, obwohl er es eigentlich besser hätte wissen müssen. Ein ums andere Mal bezahlte er für seine Nachlässigkeit einen viel zu hohen Preis. Noch war er am Leben, doch eine weitere falsche Entscheidung, dann war ewiger Feierabend.

Blitz, und aus.

Welche Wahl blieb ihm?

Er konnte stehenbleiben und warten, bis man ihn aufsammelte. War das nicht der Liebesbeweis schlechthin? Er setzte sein Leben für Lina aufs Spiel! Wenn es ihm gelänge, heil aus der Sache rauszukommen und er ihr dann von seinem Husarenritt erzählte, könnte sie ihn vielleicht wieder lieben lernen. Timos innerer Soldat, der ihn vor dem Minenfeld hätte warnen können, pflichtete ihm ausnahmsweise bei. Nicht um Lina zu gefallen, sondern weil es vernünftig war, sein Glück in einem Terrain des Todes nicht überzustrapazieren. Kein Soldat stirbt gerne aufgrund der eigenen Dummheit. Timo hätte gerne widersprochen, doch weit und breit war keine Hilfe in Sicht. Einen klügeren Rat als den seines unzuverlässigen inneren Soldaten hatte er nicht zu erwarten.

Warten.

Kein guter Einfall, gestand er sich ein. Darüber hinaus hätte er damit den lauernden Hyänen in seinem Rücken genau die Befriedigung verschafft, die sie sich erhofften. Nicht einen Augenblick dachte er daran, sich ihnen auszuliefern.

Er ging weiter.

Millimeter um Millimeter schob er seine Zehen voran. Durch die Sohlen seiner Brütting-Treter ertastete er jede Unebenheit. War das ein spitzer Stein oder doch eine Sprengfalle? Am liebsten wäre er losgerannt. Sollte doch das Schicksal entscheiden, was mit ihm geschah. Er inszenierte sich als sein eigener Spielball in diesem Balkan-Roulette.

Sein Selbsterhaltungstrieb hielt ihn zurück.

Im Zeitlupentempo setzte er seine Füße auf den weichen Untergrund, als schritte er über das dünn gefrorene Eis eines tiefen Sees. Wie zum Spott ließ sich in einiger Entfernung ein Grünfink zwischen dem Unrat nieder. Vergnügt zwitschernd pickte er in den Abfällen herum und hüpfte mal auf und mal ab. Zwischendurch hob er neugierig den Kopf, um zu sehen, ob der Mensch neben ihm noch an einem Stück war. Timo wünschte sich, dass, wenn es so weit kommen sollte, der verfickte Vogel ebenfalls in tausend kleine Fetzen zerrissen wurde.

Ein feines, mechanisches Surren erklang.

Es war kein natürlich verursachtes Geräusch, das begriff er sofort. Neben seinem rechten Bein sprang ein grünliches Metallteil aus dem Boden. Erschrocken warf sich Timo der Länge nach hin. Schützend verschränkte er die Arme über seinem Kopf und wartete auf den alles vernichtenden Lichtblitz, der ihn mit einer gewaltigen Explosion von der Bildfläche radieren würde. Gleichzeitig schickte er unzählige Stoßgebete und unheilige Versprechungen in den Himmel.

Er wurde erhört.

Ein Blindgänger.

Zaghaft blickte Timo auf. Der kleine Vogel stieß seinen Schnabel gerade in eine vergilbte Zeitungsseite. Wem oder was war diese unerträgliche Macht gegeben, über die Winzigkeit des Seins zu entscheiden, Tod oder Leben zu schenken oder zu nehmen? Egal, wer diese Befugnis besaß, er, sie, es spielte damit. Die Zeit lief unerbittlich weiter. Timo wollte raus, ums Verrecken. Leider war er nicht weit gekommen. Keinen Meter. Der Fink flog mit emsigem Flügelschlag davon. Wie gerne hätte Timo in diesem Augenblick mit ihm getauscht. Er sah dem Vieh nach, bis es in einem Baumwipfel verschwand. Es dauerte ein geschlagenes Jahrtausend und kostete ein ganzes Lebensalter, bis er die andere Seite des Minenfeldes erreichte. Er war am Ende seiner Kräfte. Tränen der Erleichterung strömten ihm über die Wangen, als er wieder mehrere Reihen der kleinen Steintürmchen mit roten Häubchen ausmachte. Die gesamte Anspannung fiel von ihm ab wie der schwarze Leichensack, in dem er sich schon in Einzelteilen und als Stückgut verpackt auf dem Heimflug gesehen hatte. Hemmungslos flennte er drauflos und machte sich in die Hose wie ein kleines Kind. Er war nicht unbedingt ein Weichei, aber er hatte von seinen Eltern früh gelernt, dass es keine Schande ist, den großen Emotionen nachzugeben, wenn sie ihn übermannen. Jetzt befreiten sie seinen Geist und ließen ihn spüren, dass er wirklich noch lebte. Es war wie der Zieleinlauf eines Marathons. Wenn die Beine schwer wie Blei wogen, wenn er nicht mehr lief, sondern nur noch taumelte.

Hatte er soeben den berühmten Kilometer 30 passiert, den man „den Mann mit dem Hammer" nennt?

Timo hatte bei jedem Wettkampflauf am eigenen Leib erfahren, dass es verschiedene Arten von Schmerz gibt. Man kann sie nicht nur in einer Skala von eins bis zehn einordnen, es gibt sie auch in den Varianten stechend, beißend, pochend, klopfend, hämmernd, drückend, zwickend und damit der Vielzahl nicht genug. Natürlich hatte er nicht jede erdenkliche Sorte Schmerz, die ihm im Leben zugefallen war, akribisch notiert oder wissenschaftlich untersucht, aber ihm war klar geworden, dass es Schmerzen geben muss, die überirdisch sind. Marathonschmerzen. „Der Mann mit dem Hammer" ist mehr als nur eine Metapher. Die Wirklichkeit übertrifft die Vorstellung bei weitem.

Zuerst durchziehen starke Hitze- und Kälteschauer den ausgezehrten Körper gleichermaßen und lähmen die Nervenenden der Extremitäten. Die Gliedmaßen fühlen sich dick und geschwollen an. Die Oberschenkel sind so hart, dass man auf ihnen Eisen zerbrechen könnte. Irgendwo in den Verschlingungen der Gedärme steckt die glühend scharfe Schneide einer Schwertspitze, die an eine befreiende Entleerung gar nicht denken lässt. Sämtliche Bewegungsabläufe finden nur noch im Unterbewusstsein statt und sind doch nichts weiter als zuckende Reflexe. Physis und Psyche fokussieren sich in die letzte zu verteidigende Bastion.

Das Herz.

Timo redete sich in dieser Situation ein, dass er nicht aufgeben durfte, obwohl sein Verstand längst kapituliert hatte. Dann, ganz unerwartet, lag der Zieleinlauf vor ihm. Nebelverhangen und düster, fast wie die Pforten zur Hölle. Dahinter rauschte es.

Tageslicht.

Ein Jubel, der von den Menschenmassen herrührte, die die Stadionbühne bevölkerten. Sie feuerten nicht Timo im Besonderen an, doch jeden, der das Tor passierte. Frenetisch begleiteten sie seine letzten 400 Meter. Die Menge tobte, jubelte, pfiff, rauschte.

Matt lächelnd reckte Timo die Faust in den Himmel, als er die Ziellinie überquerte. So fühlte es sich an, als er es hinter sich gebracht hatte.

Stöhnend ließ er sich ins Gras fallen.

Er weinte. Nicht laut. Leise, fast stumm strömten die Tränen; sie produzierten kein Geräusch, als sie auf die Erde fielen.

Eine Weile lag Timo nur da und sah den wenigen Wolken zu, wie sie vorbeizogen.

Die ganze Chose lief aus dem Ruder.

Irgendwie.

Jetzt liegt er hier.

Es ist vorbei.

Ein neuerliches Zirpen lässt Timo aufmerken.

Keine Mine.

Auch kein Insekt.

Eher der Reißverschluss einer Jackentasche, den man aufzieht, wenn man etwas hervorholen will.

Jetzt ganz deutlich, links vorn!

Dann etwas anderes.

Ein Rascheln.

Kunststofffasern, die beim Gehen aneinander reiben. Jemand kommt mit schnellen Bewegungen auf ihn zu.

Timo hat keine Zeit mehr, sich irgendwo zu verstecken, dafür sind die Geräusche zu dicht. Er bleibt ganz still auf dem Rücken liegen und presst seinen Körper in den Untergrund, als könne er darin versinken. Zusätzlich schließt er die Augen, wünscht sich unsichtbar zu sein. Wenn er niemanden sieht, klappt es vielleicht auch andersherum. Sogar den Atem hält er an, damit sich der Brustkorb nicht zu verräterisch hebt und senkt. In der folgenden, trügerischen Stille, die sich wie eine Decke über ihn legt, glaubt der Stabsunteroffizier tatsächlich, mit der Natur verschmelzen zu können, eins zu werden mit dem strohigen Gras, auf dem er liegt.

Ziemlich roh wird er aus dieser Illusion herausgerissen.

Jemand stößt fest gegen die Ferse seines Turnschuhs. Eine Frauenstimme in einer herrischen, fremden Sprache, wahrscheinlich Mazedonisch, fordert ihn zu etwas auf, das er nicht versteht. Aber auch ohne Übersetzungshilfe weiß er, was es bedeuten soll: „Steh gefälligst auf!"

Timo öffnet die Augen und starrt direkt in den Lauf eines M70, der nur ein paar Zentimeter entfernt auf seine Stirn gerichtet ist. Die Frau am Abzug ist fest entschlossen, ihn zu betätigen, wenn ihr Gefangener auch nur zuckt. Ihr Gesicht wirkt streng. Es hat eine olivfarbene Tönung und schimmert leicht vom Schweiß. Ein schönes Gesicht. Braune Mandelaugen.

Die bittere Enttäuschung darüber, doch noch gefasst worden zu sein, sorgt dafür, dass Timo sich ohne Gegenwehr ergibt. Die Hände muss er an seinem Hinterkopf anlegen. Grob wird er an den Ellenbogen auf seine Knie bugsiert.

Gefangen.

Die Frau ist nicht allein. In ihrer Nähe steht ein Mann. Beide sind etwa in Timos Alter und ziemlich drahtig. Die Haut des Mannes ist ähnlich dunkel wie die seiner Partnerin und beide haben schwarze Haare. Sie stecken in einer Art Uniform. Schwarze Baretts mit silbernen Abzeichen, enge schwarze T-Shirts in grünen Camouflagehosen und knöchelhohe Kampfstiefel zum Abschluss. Das alles hat Timo so oder so ähnlich schon einmal gesehen.

Vor ein paar Wochen auf dem Snowboard.

Es steht zu befürchten, dass das Brancos Leute sind. Die Erfahrung mit den vier Polizisten steht Timo noch lebhaft in Erinnerung und er kann sich leicht ausrechnen, dass seine Häscher ihre helle Freude daran haben werden, wenn er sich gegen sie wehrt.

Der Partner der Frau steht genau hinter ihm und tastet ihn nach verborgenen Waffen ab. Die Frau hält einigen Abstand, das Gewehr im Anschlag. Der Mann verdreht erst den einen Arm auf Timos Rücken, dann den anderen, und verschnürt sie an den Handgelenken mit Kabelbindern. So gefesselt wird der Gefangene ohne übertriebene Höflichkeit auf seine Beine gestellt. Man treibt ihn zum Weitergehen an.

Timo wundert sich ein wenig darüber, dass ein selbstsüchtiger, vom Testosteron schwangerer Befehlshaber wie Branco Frauen in seiner schlagkräftigen Einheit zulässt. Vielmehr hat der Stabsunteroffizier erwartet, von verschlagenen und zwielichtigen Typen gefangengenommen zu werden, die das Ereignis mit Salutschüssen aus ihren Schnellfeuergewehren feiern würden.

Stattdessen wird er von militärisch nicht ganz unbeleckten Spezialisten ungeduldig vorangeschoben. Seine beiden Begleiter wirken nervös.

Nicht wegen ihm, so viel steht fest. Ihn haben sie sicher verpackt und zeigen ihm deutlich, dass von ihm keine Gefahr ausgeht. Aber sie sichern ihren Weg so ab, als würden sie jeden Augenblick erwarten, angegriffen zu werden. Ihre Haltung ist geschlossen und kompakt, ihre Schritte balancieren die Körpermitte geschickt aus. Sie zielen mit ihren Waffen, jederzeit schussbereit, bald in die eine oder andere Richtung.

Zügig marschiert die kleine Gruppe voran.

Trotz der Vorsichtsmaßnahmen sind sie schnell und Timos Bewacher wissen genau, wohin sie wollen. Ihre angestrengten Mienen verraten, dass es totsicher kein Federlesen darum gäbe, ihn aus geringstem Anlass zum Schweigen zu bringen.

Torkelnd, ohne die Hilfe seiner Arme, versucht Timo das halsbrecherische Tempo mitzuhalten. Unbeholfen stolpert er mehr, als dass er läuft. Oft wird er, eingedeckt von Flüchen, wenig feinfühlend aus dem Dreck gezogen, in den er kopfüber und ungebremst stürzt. Abwechselnd hört er entweder das verächtliche Schnauben des Mannes oder der Frau, wie man es eben erfährt, wenn man für einen vollkommenen Trottel gehalten wird, der es nicht einmal schafft, unfallfrei einen Fuß vor den anderen zu setzen.

Selten wird unterwegs eine Pause eingelegt, bei der sie nur kurz abknien und angestrengt in die Umgebung lauschen.

Wachsam arbeiten sie sich über geraume Zeit bis zu einem verfallenen, vom Wetter ergrauten Holzhäuschen heran. Das Dach besteht aus vermoosten Bitumenschindeln, die auf den morschen Sparren einsinken. Die Außenwände machen nicht den Eindruck, als würden sie den nächsten Winter überstehen, und die wenigen, schmalen Fenster, die wie Schießscharten aussehen, sind eingeschlagen.

Allem Anschein nach ist diese Bruchbude das Marschziel.

Der Mann vergewissert sich zunächst allein, ob noch jemand die Idee gehabt hat, die heruntergekommene Ruine beziehen zu wollen. Hochkonzentriert umfasst er den gefrästen Handschutz seiner Zastava, nimmt sie in Anschlag und flutet den ersten Raum, um ihn zu durchsuchen. Für das kleine Haus braucht er nur eine Minute, dann holt er die anderen nach.

Innen müssen sich Timos Augen erst an das schummrige Zwielicht gewöhnen. Es gibt nur einen Raum. Er ist leer bis auf einen hölzernen Stuhl in der Mitte. Der Boden besteht aus ziemlich unfachmännisch verlegten, groben Holzbohlen, die vom Insektenfraß durchlöchert sind. Fäulnisgeruch hat sich darin festgesetzt.

Die Frau drückt ihren Gefangenen auf das wackelige Möbelstück, dann fesselt sie ihn unterhalb der Knie mit weiteren Kabelbindern an die Stuhlbeine. Timos Hände lässt sie hinter seinem Rücken gefesselt. Seine rote Tragetasche hat er fortgeworfen, die Frau nimmt ihm auch noch die Uhr und seinen Geldbeutel ab. Beides steckt sie ein.

Der Mann stellt sich ans Fenster und schaut hinaus; die Frau behält Timo im Blick. Sie hockt sich ihm gegenüber an die Holzwand, das Gewehr über den Oberschenkeln.

Sie warten.

Gesprochen wird noch immer nicht.

Das ändert sich erst, als ein langgezogenes, monotones Brummen eines Lastwagens durch die windschiefe Konstruktion dringt. Der Mann wechselt mit der Frau ein paar Worte in ihrer Sprache. Sie sieht erst den Mann an, dann Timo. Sie rümpft die Nase. Olfaktorisch trifft der Gefangene offenbar nicht ihren Geschmack. Angewidert tritt sie an Timo heran und holt eine schwarze Binde aus der Beintasche ihrer Armeehose.

Timo hat als Kind beim Blinde Kuh-Spiel gelernt zu mogeln, also zieht er Grimassen, damit das Tuch leicht verrutscht, bis er unter dem Rand hindurch den Holzfußboden sehen kann. Eine geheime Kellerluke wird geöffnet, seine Fesseln werden gelöst. Zuerst befürchtet er, dass er in das Loch gesteckt wird, kann dann aber mit etwas Blinzeln erkennen, dass die Öffnung viel zu klein für einen Menschen ist. Er erhascht einen Blick auf einen erklecklichen Vorrat Lebensmittelkonserven, leichte Waffen und die dazu gehörenden Munitionskisten.

Der LKW ist also ein Versorgungsfahrzeug.

Er wird nach draußen geführt. Große, kräftige Hände wuchten ihn auf eine Ladefläche. Es ist einer jener osteuropäischen Lastwagen mit Außenplane, wie sie in Hollywood-Blockbustern fast immer für den Gefangenentransport des amerikanischen Filmhelden eingesetzt werden. Ihm ist ein wenig, als stecke er in einem zu großen Abenteuer, bei dem keine Kamera läuft und er kein bekannter Schauspieler ist, der „Schnitt!" rufen kann, wenn ihm die Szene zu unbequem wird.

Auf einer harten Sitzbank wird er festgeschnallt. Außer seinen eigenen, hellen Turnschuhspitzen kann er nichts sehen. Er kann jedoch weitere Stimmen auf der Ladefläche hören.

Man bewacht ihn.

Der Fahrer hat sich nicht erst die Mühe gemacht, den Motor abzustellen. Jetzt lässt er das Gas kommen, und der Transport setzt sich schaukelnd in Bewegung.

Zuerst geht es durch sehr unebenes Gelände. Mit den Händen auf dem Rücken hat Timo Mühe, das Gleichgewicht zu halten, und nur die Gurte um seine Hüfte verhindern, dass er von der Bank kippt.

Nach und nach wird die Fahrt etwas ruhiger und der Untergrund wechselt von steinigem Belag auf Teer. Das gleichmäßige Summen der Reifen auf dem Asphalt macht Timo schläfrig. Er verfällt in einen unruhigen Sekundenschlaf, aus dem er immer wieder aufs Neue hochfährt. Am liebsten würde er sich dem Schlaf hingeben. Er ist so müde, doch die Vorstellung daran, was ihn erwartet, hält ihn wach.

Branco Andov.

Timo kann sich das schmierige Grinsen lebhaft vorstellen. Die Schadenfreude, mit der er den Gefangenen begrüßt, wenn der vorlaute Deutsche ihrer letzten Begegnung vor ihm im Staub liegt.

In Serpentinen geht es steil bergauf.

Den Snowboard hinauf.

Branco, dieser Schweinehund, wird Timo bestimmt nicht der Bundeswehr übergeben, ehe er seiner Geisel jede nur erdenkliche Demütigung angetan hat.

Letztendlich wird er Timo kleinkriegen, dennoch beschließt der, dass er es diesem mazedonischen Aufschneider nicht allzu leicht machen will. Er wird sich wehren.

Der Lastwagen hält an.

Die Heckklappe fällt herunter, das letzte Tageslicht dringt unter Timos Augenbinde hindurch. Mehrere Schatten huschen vorbei, einen Moment später wird er von der Rückbank geschoben. Links und rechts wird er hinterrücks gepackt und fortgeschleift. Über einen geschotterten Weg bringt man ihn in ein geräumiges Haus. Die Schritte hallen auf dem glänzenden Boden. Wenn Timo mit seiner Vermutung richtig liegt, befindet er sich in einem der stillgelegten Hotels auf dem Snowboard, die Brancos Trupp für seine Zwecke beansprucht. Wahrscheinlich sitzen nicht einmal 20 Meter entfernt Timos ahnungslose Bundeswehrkameraden an ihrer Funkstation und verrichten ahnungslos ihren Dienst. Solch ein Gaunerstück direkt vor der Nase derer abzuziehen, die ihn eigentlich als Verbündeten ansehen, passt zu seinem miesen Charakter.

Der deutsche Gefangene wird durch mehrere offene Räume geschleift und über Treppen in ein Zimmer gebracht, in dem man ihn achtlos stehen lässt wie ein ungeliebtes Möbelstück. Niemand macht sich die Mühe, ihm die Augenbinde oder die Fesseln abzunehmen. Hinter ihm fällt die Tür ins Schloss, wird verriegelt, dann ist er allein.

Um ihn herum ist es stockfinster.

So sehr er sich auch bemüht, unter dem Tuch etwas zu erkennen, haben seine Bewacher daran gedacht, alle Lichtquellen vorher zu löschen. Bedacht tippt er mit den Fußspitzen seine Umgebung ab, um wenigstens eine Unterlage zu finden, worauf er seinen erschöpften Körper ausbreiten kann. Er ist nicht nur im sprichwörtlichen Sinne erledigt, sondern leidet buchstäblich Hunger und Durst und sehnt sich nach einer heißen Dusche und einem weichen Bett.

Er muss aufs Klo.

Außerdem will sein Bein ärztlich versorgt werden. Womöglich muss der lange Riss am Oberschenkel, der jetzt wieder zu brennen beginnt, genäht werden.

All das, worüber Timo sich zuvor kaum Gedanken gemacht hat, jedes noch so kleine Bedürfnis, will auf einmal, jetzt und hier und auf der Stelle, befriedigt werden. Bockig wie ein kleines Kind, das man zu früh vom Versteckspiel nach Hause geholt hat, stampft er mit den Füßen auf. Der Gefangene will beachtet werden; irgendjemand soll sich um ihn kümmern. Jetzt sofort! Fast möchte er seinen Frust herausschreien, so lange bis sich endlich jemand bemüßigt fühlt, sich seiner anzunehmen.

Es gelingt ihm gerade so, sich zusammenzureißen. In ohnmächtigem Selbstmitleid sackt er zusammen und sinkt auf den Boden, der sich kalt anfühlt. Wenn Timo hier allzu lange liegen bleibt, wird sich die Wärme seines Körpers auf den glatten Fliesen verflüchtigen.

Es ist ihm einerlei.

Müde legte er seinen Kopf darauf ab. Seine Gedanken schweifen ab. Er denkt an das Kind, stellt sich vor, wie Lina es ihm hinhält, damit er es ihr abnimmt. Er hat Angst zuzugreifen. Zögerlich betrachtet der frischgebackene Vater das winzige Bündel Mensch, das in einem strahlend weißen Kokon aus Leintüchern steckt. Es ist ein magischer, geradezu heiliger Augenblick. Timo, der sich nicht für sonderlich feinfühlig hält, erfüllt genau das mit Angst. Er will den Moment und das geschlüpfte, zierliche Wesen nicht mit seiner ungeschlachten Grobheit zerdrücken. Zwischen den Tüchern dringt ein Schreien hervor. Zaghaft zunächst, dann fordernder. Er muss es erschreckt haben. Täppisch zieht er die ausgestreckten Arme zurück. Selbst in seiner eigenen Vorstellung ist er als Vater eine einzige Enttäuschung. Er gibt eine jämmerliche Figur ab, wie er so dasteht und – das gesteht er sich ebenfalls ein – zu Recht angeschrien wird. Obwohl Lina das Baby besorgt wieder an ihre Brust zieht, wird das Brüllen immer bestimmter. Es wird so laut, dass es in den Ohren schmerzt.

Ihn überkommt das merkwürdige Gefühl, dass ihm sein Kind etwas Wichtiges mitzuteilen hat. Nein, es befiehlt ihm, etwas zu tun, das er zu verstehen nicht in der Lage ist. Das unschuldige Ding brüllt ihn aus voller Kehle in einer ihm völlig unbekannten Sprache an. Wie aus einem Schleier heraus drängt sich vor sein Gesicht ein weit aufgerissener Mund, nur gehört der zu keinem Baby.

Widerwillig kehrt Timo in die Wirklichkeit zurück. Er ist eingeschlafen und hat geträumt. Direkt vor ihm steht ein bärtiger Mann. Er gestikuliert ärgerlich mit den Fingern vor Timos Nase herum. Das unablässige Fuchteln, untermalt mit ruppigem Gebrüll, soll wohl bedeuten, dass der Gefangene sich schleunigst zu erheben hat. Da erst registriert Timo, dass der Bärtige ihm die Binde abgenommen hat. Die Hände sind weiter gefesselt.

„Ja ja", bringt er schlaftrunken hervor, „immer mit der Ruhe."

Sein Bewacher ist nicht gewillt, ruhig zu bleiben. Sobald er sieht, dass seine Geisel ansprechbar ist, klatscht er ihr mit der flachen Hand gegen den Hinterkopf. Er drängt zur Eile.

Umständlich rappelt sich der Deutsche auf. Hätte es bis hierher noch den leisesten Zweifel gegeben, wo er sich befindet und wer ihn in Gewahrsam genommen hat, so ist dieser spätestens jetzt ausgeräumt. Das ungestüme Verhalten seines Aufsehers verrät den arroganten Vorgesetzten.

Branco Andov.

Mit dem bärtigen Wachmann dringt Licht in Timos Zelle. Es dürfte Nachmittag sein. Der Raum, den man zu seinem Gefängnis bestimmt hat, ist eine umfunktionierte Hotelküche, die mit schwarz-weißen Quadraten verfliest wurde. Das gesamte Kücheninventar wurde brachial herausgerissen. In den Wänden klaffen riesige Löcher. Wo einst an einem Herd schmackhafte Gerichte zubereitet wurden, hängt ein schlaffer Kabelsalat aus der rissigen Wand, und dort, wo früher blank geputzte Alutöpfe und Pfannen hingen, erinnern nur noch traurig bröckelnde Fettränder daran, dass man zumindest in der Vergangenheit bemüht war, sich an diesem Ort den ein oder anderen Michelin-Stern zu erkochen.

Wenn der neue Hotelbesitzer mit seinem Gefangenen ebenso kaltherzig umgeht wie mit dieser Hotelküche, kann sich Timo auf einiges gefasst machen. Nicht mehr lange und er wird es herausfinden. Kaum steht er wacklig auf den Beinen, wird er kräftig angeschubst. Sein Bewacher tut fürwahr sein Möglichstes, ihn nicht allzu freundlich zu behandeln.

Er wird in eine heruntergekommene Empfangshalle geführt, die ebenso wie die Hotelküche ihre besten Zeiten hinter sich hat. Ganz so, als gäbe es in diesem Teil Mazedoniens den eisernen Vorhang noch, versprüht die gesamte Einrichtung das stereotype Flair der Achtzigerjahre – zumindest so, wie sich Timo den Skizirkus auf dem Snowboard im ehemaligen Ostblock Ende des 20. Jahrhunderts vorstellt. Die staubigen Überreste in den matschtristen Farben der stolzen, titoistischen Vergangenheit stehen jetzt nur noch nutzlos herum. Während Timo an der zerschlissenen Rezeption mit dem obligatorischen Schlüsselbrett – einige Schlüssel hängen sogar noch daran – aus Teakholz, dem aufgeschlagenen Gästebuch – in dem die meisten Seiten fehlen – und unter ein paar demolierten Deckenlampen warten muss, kommt ihm der erschreckende Gedanke, dass man beides einfach verschwinden lassen kann, wenn es ausgedient hat. Das Hotel, weil es sich nicht mehr lohnt, darin zu investieren, und Timo Jäger, weil niemand weiß, wo er sich aufhält. Der Gefangene genießt die zweifelhafte Ehre, sich dem schleichenden Verfall anschließen zu dürfen. Er ist, soweit er es feststellen kann, der überflüssigste Gast des Hauses und es ist nicht ganz auszuschließen, dass beide gemeinsam untergehen.

156

Das Warten gleicht einem Zahnarztbesuch, ahnend, dass einem das Unangenehmste noch bevorsteht, weil der Zahnarzt für sein Leben gern tief und schmerzhaft bohrt. Er empfängt seine Patienten nie sofort. Er lässt sie schmoren. Lässt sie das Heulen des Bohrers aus dem Nebenzimmer hören, während sie auf Kassenstühlen fahrig in abgegriffenen Zeitschriften blättern.

Timo liest aus Langeweile in den zerfetzten Seiten des alten Gästebuchs. Kyrillische Schriftzeichen, die er nicht entziffern kann. Verkrustete Dreckklumpen bröckeln von seinen Armen. Im Schritt klebt ihm die Hose von dem feuchten Fleck, den er seit dem Minenfeld mit sich herumträgt. Eine Tür am anderen Ende der Halle öffnet sich.

Zwei Männer in Uniform treten heraus und postieren sich links und rechts des Eingangs – das Zeichen, dass jetzt Timo an der Reihe ist.

Ihn trifft ein Schlag an der Schulter, weil er nicht sogleich begreift, was er zu tun hat. Der bärtige Aufseher weist Timo mit einer unmissverständlichen Geste an, zu gehen, bleibt aber selbst an der Rezeption zurück.

Gesenkten Hauptes schleppt sich der Gefangene dem Unausweichlichen entgegen. Über sein Schicksal bestimmt nun der cholerische Berg-Napoleon. Für die Posten an der Tür ist Timo Luft. Sie würdigen ihn keines Blickes, durchsuchen ihn nicht einmal. Er kommt sich vor wie ein geprügelter Hund. Nein, sogar schlechter. Selbst das verlauste Hundevieh Mamli folgt einer Bestimmung. Der armselige Köter, den sich der Anführer des Polizeitrupps in einem stickigen Verschlag hält, um damit die Shibdars dieser Erde zu Tode zu erschrecken, die Nichtswürdigen, die nicht einmal an Schweine heranreichen. Timo ist einer von ihnen.

Die Türe schließt sich hinter ihm.

Er sieht sich um.

Branco Andov hat sich in diesem abgewrackten Hotel ein eigenes kleines Paralleluniversum geschaffen, und es entspricht jedem Klischee, das sich Autoren mit Groschenheftfantasie für Spionagegeschichten über Superschurken ausmalen können. Andov muss eine Menge dieser Schundromane gelesen haben.

Timo steht im neuesten Zimmer des Hauses. Eine frühere Hotelbar, die man versucht hat für den einen hier verkehrenden Stammgast auf Hochglanz zu polieren. Keines der Inventarien passt zum anderen, aber alles ist irgendwie neuwertig. Die Bar besteht aus Spiegelglas. Sie nimmt fast die gesamte Breitseite des rückwärtigen Raumes ein und ist von oben bis unten mit Spirituosen bestückt. Reihen aus Glühbirnen beleuchten die üppige Auswahl jeder nur erdenklichen Sorte Alkohols. Vor allem Whiskey hat es dem Betreiber der Bar angetan. Bauchige, braune Flaschen stehen auf einem Spiegelregal in Schulterhöhe, aufgereiht wie die Trophäensammlung einer Fußballmannschaft. Eine Literflasche Jack Daniel's befindet sich

157

ebenfalls darunter. Vor dem blankpolierten Tresen stehen mehrere Barhocker mit Samtbezug, der so bordeauxmatt glänzt, dass nur wenige Menschen bisher darauf Platz genommen haben können. Es riecht nach abgestandenem Rauch und Alkoholresten. Ein Geruch, der sich in die Mahagonitäfelung der übrigen Wände und die stuckverzierte Decke eingenistet hat, obwohl alles frisch restauriert aussieht. An der Ostwand lehnt ein hohes Regal, das bis zur Decke mit Büchern angefüllt ist. Dicke Wälzer, die den Betrachter beeindrucken sollen, jedoch nicht aussehen, als seien sie je aufgeschlagen worden. In der Boardmitte befindet sich eine quadratische Aussparung, die von einem Röhrenfernseher auf einem Spitzendeckchen eingenommen wird. Auf dem halbrunden Bildschirm läuft ein Fußballspiel der englischen Premier League. Der Ton ist abgestellt. Ganz oben rechts auf dem Regal steht ein Gipsabdruck der Büste Julius Cäsars.

Gegenüber der Bücherwand befindet sich eine elegante Sitzgruppe. Niedrige Loungesessel aus dunkelgrünem Lederimitat flankieren einen wuchtigen, gläsernen Beistelltisch. Die durchsichtige, ovale Platte liegt auf acht leeren Granathülsen aus poliertem Messing.

In einem der Sessel hat es sich der Herr des Hauses bequem gemacht. Zurückgelehnt sitzt er Zigarre rauchend da und wartet geduldig ab, bis sich sein Gast sattgesehen hat.

Timo klappt die Kinnlade herunter. Die Gestalt in dem geschmacklosen Sitzmöbelstück ist nicht Branco Andov, der mazedonische Polizeichef vom Snowboard.

Dunkelbraune, stechende Augen taxieren Timo vom Scheitel bis zur Sohle. Das schwarze, gepflegte Haar des Mannes ist an den Schläfen leicht ergraut. Durch den toupierten Mittelscheitel sieht es voller aus, als es ist. Das Gesicht ist markant, breit, die Lippen fast schwülstig. Der Mann mit dem perfekt getrimmten Dreitagebart dürfte in seinen Fünfzigern sein. Seinen manikürten Daumen der rechten Hand reibt er bedächtig am Mundwinkel, wenn er an seiner Zigarre zieht. Die Beine hält er überschlagen; seine schwarzen Stiefel glänzen. Der leicht untersetzte, aber alles in allem ziemlich sportlich wirkende Mann, den Timo vor sich hat, trägt den grünen Feldanzug eines hochrangigen Offiziers. Sauber, mit scharfen Bügelfalten und goldenen Sternen auf den Schultern.

Er bläst eine Wolke grauen Zigarrenrauchs in die Luft.

„Sie sind das also, der abtrünnige Stabsunteroffizier, der diesen ganzen Ärger veranstaltet hat", stellt er tonlos fest.

Timo glotzt zurück. Er begreift noch immer nicht, dass er nicht von Branco festgesetzt worden ist. Sein neuer Aufseher spricht perfektes, akzentfreies Deutsch und wie Branco hat er sich offenkundig über seine Geisel informieren lassen.

„Und Sie sind nicht Branco", ist alles, was Timo einfällt.

Der hochrangige Offizier zuckt mit der buschigen, linken Augenbraue und verzieht leicht verwirrt, aber amüsiert den Mund.

„Nein", gibt er zurück, „ich bin nicht Branco. In meiner Gegenwart hält sich jemand dieses Namens ganz gewiss nicht auf." Er erhebt sich und kommt auf seinen Gefangenen zu. „Aber ich bin unhöflich, das stimmt." Der Mann, der nicht Branco ist, legt seine rechte Hand auf die Brust und neigt mit geschlossenen Augen ganz leicht den Kopf.

„Man nennt mich hier oben Pikë. General Pikë. Sie haben das äußerst seltene Privileg, Gast der 222. Brigade in ihrem Hauptquartier auf dem Popova Shapka zu sein."

Von einer 222. Brigade hat Timo noch nie etwas gehört, auch nicht von einem General Pikë. Aber was weiß er als einfacher, deutscher Stabsunteroffizier schon über die Strukturen und befehlshabenden Offiziere mazedonischer Armeeeinheiten? Er hat schon genug damit zu tun, die Eigenheiten seiner eigenen Armee im Kopf zu behalten, was ihm in der Welt, in der er funktionieren muss, genügt. Einzig die Bezeichnung „Popova Shapka" ist Timo nicht fremd, allerdings kennt er den Gebirgsrücken nur unter dem Decknamen „Snowboard".

Er ist also doch auf dem Snowboard gelandet.

„Gast?", wiederholt er die Worte des Generals, „ich bin nicht ihr ... Gefangener?"

General Pikës Miene wird Ernst. Ein Missverständnis wird es bei diesem Mann nicht geben.

„Herr Jäger", sagt er mit eisiger Höflichkeit, „Sie sind ein Deserteur, der seine Kameraden im Stich lässt. Trotzdem sind Sie Soldat, ein Verbündeter noch dazu. Wären Sie Angehöriger meiner Brigade, ich würde Sie dem Regulativ der Einheit überlassen. Als deren Führer sehe ich es allerdings als meine Aufgabe an, Sie unversehrt in die Hände Ihrer eigenen Armee zu übergeben. Natürlich nur, wenn Sie sich ab sofort wieder soldatisch verhalten. Deshalb dürfen Sie sich bis zu einem gewissen Grad als mein Gast betrachten, als unerwünschten Gast zwar, den ich aber dennoch bereit bin angemessen zu behandeln."

„Jawohl", murmelt Timo kleinlaut, ehrlich bereit, sich zu fügen und wie verlangt den letzten Rest seiner Soldatenehre aufzubieten. Nur eines will er unbedingt doch noch in Erfahrung bringen, bevor er sich fügt: „Woher wissen Sie überhaupt, wer ich bin und dass ich aus Camp Fox abgehauen bin?", fragt er mit der gebotenen Zurückhaltung.

Irgendetwas muss er übersehen haben, denn nach seiner Rechnung sollte seine Abwesenheit in Camp Fox frühestens jetzt, wo es auf den späten Nachmittag zugehen muss, auffallen. Warum darüber ausgerechnet ein mazedonischer General Bescheid weiß, will ihm nicht einleuchten.

159

Pikë verschränkt seine Arme vor der breiten Brust und reckt sein Kinn vor. Es widerstrebt ihm sichtlich, einem untergebenen oder unterlegenen Soldaten seine erkennungsdienstlichen Geheimnisse offenzulegen. Doch es liegt auch die Versuchung in seinem Blick, dem Gegner eine Kostprobe der eigenen Macht schmecken zu lassen.

Dieser Schwäche war schon Branco Andov erlegen, als er Timo und Rolli auf dem Snowboard mit Hilfe eines Scharfschützen und dem hundeähnlichen Ungetüm Mamli demütigte. Offensichtlich ist diese Art der Selbstdarstellung in der Führungsetage der mazedonischen Armee gang und gäbe.

Der General brummt mürrisch.

„Ich will es mal so ausdrücken", beginnt er, „Meine Augen und Ohren sind überall. Meine Quelle hat Sie beobachtet, seit Sie über den Zaun gestiegen und feige davongelaufen sind. Für eine kurze Weile konnten Sie sich meinen Blicken im Wald entziehen, doch bei Ihrem stümperhaften Versuch, der mazedonischen Polizei zu entkommen, gerieten Sie mir gleich wieder ins Visier. Sie können von Glück sagen, dass ich es war, der Sie aufgegriffen hat, und nicht diese elenden, marodierenden Landesverräter, die sich Recht und Ordnung selbst schaffen."

Dem Vernehmen nach steht es um die Beziehungen zwischen äußeren und inneren Sicherheitskräften eines Staates nie besonders gut. Dass einer den anderen jedoch des Landesverrats bezichtigt, lässt selbst einen kleinen Stabsunteroffizier der Bundeswehr aufhorchen.

„Sie sind nicht von der mazedonischen Polizei? Dann sind Sie von der Armee", hakt Timo nach.

Wer ist der Typ, der ihn in seine Gewalt gebracht hat, und auf welcher Seite steht er nun?

Die braunen Augen des Generals blitzen gefährlicher als zuvor. Beinahe bedrohlich beginnen sie zu glühen.

„Mazedonische Armee", langgezogen bringt er die zwei Wörter über seine Lippen.

Sein Gesicht drückt tiefempfundene Verachtung aus. Er rückt näher heran. Der Duft eines teuren Rasierwassers steigt Timo in die Nase. Mit Daumen und Zeigefinger zieht der General an seinem Kragen und hält ihn dem Gefangenen hin.

„Sieht für Sie die Uniform der mazedonischen Streitkräfte so aus, Herr Stabsunteroffizier Jäger?"

„Ja, Nein, äh ..."

Timo hat keine Ahnung, wie die Uniform der Landesarmee überhaupt aussieht.

Kopfschüttelnd spricht der Offizier wie zu sich selbst: „Was schicken uns diese Deutschen eigentlich für Soldaten ins Land, die nicht einmal eine Uniform von einer anderen unterscheiden können?"

160

Er sagt es zuerst auf Deutsch, damit der Dummkopf vor ihm seine Verbitterung auch ganz sicher versteht. Dann wiederholt er alles noch einmal in seiner eigenen Sprache.

Damit ist die Audienz zu Ende.

Der General zieht sich ein schwarzes Barett übers Haupt. Vehement deutet er auf eine silberne Spange. „Erkennen Sie wenigstens dieses Zeichen, Stabsunteroffizier Jäger?" Sein Tonfall ist alles andere als freundschaftlich und noch weniger kameradschaftlich gemeint.

Die drei Buchstaben unter dem silbernen, zweiköpfigen Adler sind kaum zu übersehen.

„U-Ç-K", liest Timo laut vor.

„Ich hoffe, das ist deutlich genug für Sie", knurrt ihm General Pikë ins Ohr.

Grußlos stampft er aus dem Zimmer. Die Tür bleibt geöffnet. Gleich darauf stürmen die zwei Posten, die draußen Wache gestanden haben, herein und zerren Timo zurück in seine Arrestzelle. Wie ein Gast fühlt er sich nicht. Wenigstens legen sie ihm die Augenbinde diesmal nicht an. Etwas später werden ihm endlich auch die Handfesseln abgenommen. Der bärtige Wärter stellt ihm eine Schüssel dicken Bohneneintopf hin, den er gierig verschlingt. Satt und schläfrig macht er sich daran, seine Bettstatt für die Nacht herzurichten. In einer Ecke auf dem verdreckten Fußboden liegen mehrere alte, zu Bündeln verschnürte Zeitungen. „Koha Ditori" und „Fakti" heißen die am häufigsten gelesenen Lektüren auf der albanischen Seite des Snowboard. Er rupft einige Seiten aus den Stapeln. Auf dem Boden breitet er sie aus, bis eine dicke Isolierschicht entsteht. Sein Nachtlager ist ungemütlich, aber so muss er nicht fürchten, auf den kalten, zersplitterten Fliesen auszukühlen. Mit einer weiteren Lage deckt er sich zu.

Sogleich fällt er in einen traumlosen Schlaf.

Was ihn wieder weckt, ist der grelle Schein einer Taschenlampe. Er fällt ihm direkt ins Gesicht. Mit einer Hand schirmt Timo seine Augen ab. Er hat jegliches Zeitgefühl verloren, was wohl auch der Sinn war, als man ihm seine Armbanduhr abgenommen hat. Da noch kein Tageslicht in sein Gästezimmer dringt, mutmaßt er, dass es entweder sehr spät in der Nacht oder sehr früh am Tag sei. Zwei Männer, deren schemenhafte Umrisse er erkennt, betrachten ihn eine Weile.

Dann sagt einer von ihnen auf Deutsch: „StUffz!" – Das ist die gängige Abkürzung für einen Soldaten im Rang eines Stabsunteroffiziers – „Du hast ja keine Ahnung, in welchen Schwierigkeiten du steckst."

„Doch, ich weiß", murmelt der Gefangene schlaftrunken, ohne darüber nachzudenken, wer ihn da gerade aus dem Schlaf gerissen hat. Mechanisch nimmt er an, dass es General Pikë oder einer seiner persönlichen Schergen ist, die ihn aus Rachelust heimsuchen, doch keine der dunklen Gestalten

161

vor ihm will so recht zu dem Gebaren des Generals passen und auch die Stimme klingt ganz anders, als er sie in Erinnerung hat.

Er stutzt.

Die Stimme gehört zu einem richtigen Deutschen. Timo kneift die Augen fester zusammen und versucht mehr von seinen Besuchern hinter dem Licht zu erkennen. Beide tragen Uniform. Im blendenden Widerschein der Taschenlampe kommt ihm das Tarnmuster vage bekannt vor. Ein Blick auf die Oberarme des Mannes, der ihm am nächsten steht, bestätigt seine Befürchtung. Ein schwarz-rot-goldenes Emblem ist dort aufgenäht.

„Wer sind Sie?", fragt Timo misstrauisch, obwohl er die Antwort bereits kennt.

Sie kommt auch prompt und im typisch militärischen, rauen Umgangston. „Wir sind dein beschissener Abholservice, StUffz. Paketdienst für Camp Fox. Der Rest geht dich einen Scheißdreck an!", sagt der Kerl mit der Taschenlampe.

Der andere, der bisher noch nichts gesagt hat, legt beschwichtigend eine Hand auf die Schulter seines schimpfenden Kameraden. Daraufhin tritt der Taschenlampenmann einen Schritt zurück.

„Tut mir leid, Major, aber dieser Scheißpenner", damit meint er Timo, „lässt uns nur einen Tag, bevor es für uns nach Hause geht, auffliegen."

Er spuckt auf die Fliesen, dann knippst er die Taschenlampe aus. Die beiden Bundeswehrsoldaten gehen hinaus, nicht ohne die Tür hinter sich wieder sorgfältig abzuschließen.

Was hat der Taschenlampenmann gemeint, als er sagte, Timo würde sie auffliegen lassen?

Noch im Halbschlaf dämmert es ihm.

Er sitzt fest in einem Lager der UÇK, wenn nicht sogar in ihrem Hauptquartier. Somit wäre General Pikë auch nicht irgendein General; es macht ihn zum Oberbefehlshaber der Befreiungsarmee – zum meistgesuchten und meistgehassten Mann in ganz Mazedoniens. Die Anwesenheit der beiden Bundeswehrsoldaten, noch dazu um diese Uhrzeit, ist die einzig vernünftige Erklärung dafür.

Zweifelsohne ist den Verantwortlichen in Camp Fox sehr daran gelegen, den abtrünnigen Soldaten schnellstmöglich und ohne großes Aufsehen zurückzuholen. Nicht, weil man sich so schrecklich große Sorgen um ihn gemacht hat, sondern weil man viele peinliche Fragen beantworten müsste, wenn die Menschen Wind von diesem ungewöhnlichen Fall bekämen. Schließlich hat es das bei der Bundeswehr noch nie gegeben – einen Soldaten, der während eines Auslandseinsatzes desertiert.

Timo wird eine Menge Fragen zu beantworten haben. Für seine unmittelbare Abholung aber müsste man sich nicht die Mühe machen, einen ranghohen Offizier, wie der Major es ist, zu schicken. Allenfalls würden ein paar grimmig dreinschauende Feldjäger langen, die ähnlich der Polizei für die Bundeswehr die innere Ordnung aufrechterhält. Feldjäger machen sich ganz sicher nicht die Mühe, ihren Gefangenen vorher zu begutachten. Sie machen kurzen Prozess, das ist ihr Job.

Also sind die beiden Soldaten, die ihn aufgesucht haben, keine Feldjäger. Der Tonfall des Taschenlampenmannes war respektvoll, aber nicht unterwürfig. Somit kann er nur ein Unteroffizier sein, genauer ein Unteroffizier mit Portepee. Ein Oberfeldwebel oder ein Hauptfeldwebel.

Was zum Teufel ist der Auftrag der beiden?

Timo hat davon gehört, dass die Bundeswehr im ureigensten Interesse ihrer Sicherheit Verbindungen zu allen möglichen Teilen der mazedonischen Armee unterhält. Einsätze der Streitkräfte müssen natürlich präzise koordiniert werden und dürfen keinesfalls von einer zufälligen Auseinandersetzung mit ausgerechnet dem Bündnispartner behindert werden, in dessen Land man sich befindet. In jeder wichtigen Ortschaft Mazedoniens gibt es NATO-Verbindungsoffiziere der Bundeswehr, die mit den politisch Verantwortlichen dort in Kontakt stehen. Sie übermitteln ihre Erkenntnisse direkt an die Sicherheitsabteilung J-2 in Camp Fox.

Als Unruhestifter im Jugoslawienkonflikt geriet schnell die UÇK in den Mittelpunkt der allgemeinen militärischen Aufmerksamkeit. Offiziell hatte sich die kleine, aber schlagkräftige Armee nach dem Kosovokrieg aufgelöst, doch einige ihrer Krieger träumten weiter von einem Großalbanischen Reich. Damit trafen sie auf den Widerstand souveräner Staaten wie Mazedonien. Die nationalistisch gestimmten Teile der UÇK konnte ihr anvisiertes Ziel nicht erreichen, aber sie schafften es immerhin, Zwietracht und Unsicherheit dort zu säen, wo es vorher keine gegeben hatte. Als die Balkankrise bereits abzuflauen schien und die Freiheitskämpfer begannen, sich zurückzuziehen, geriet die albanischstämmige Bevölkerung Jugoslawiens in arge Bedrängnis. Ohnehin als Minderheit mit wenigen Rechten ausgestattet, blieb ihr kaum etwas anderes übrig, als sich der zurückweichenden UÇK anzuschließen. In Mazedonien, das zuvor vom Krieg weitgehend verschont geblieben war, führte das dazu, dass es plötzlich zu bürgerkriegsähnlichen Auseinandersetzungen zwischen Albanern und Mazedoniern kam, die sich auf nichts anderes als ethnische Vorurteile stützten.

Die Operationen „Essential Harvest" und die darauffolgende, von Deutschland geführte „Amber Fox" waren der Garant für den Frieden in der Region. Es wäre mehr als nachlässig gewesen, hätte die Bundeswehr kein Auge und Ohr auf die Partei geworfen, die aus purem Eigennutz den Kessel am Brodeln hielt.

Ein Major samt rechter Hand ist für diesen Zweck die optimale Besetzung. Gewöhnlich werden Offiziere, die man für politisch motivierte Aufträge ins Ausland entsendet, im Eilverfahren zu Generälen ernannt, damit ihre Stimme auf internationalem Parkett mehr Gewicht erhält. Der UÇK jedoch hätte man damit zu viel Ehre erwiesen. Ein Major ist als deutscher Konsulent ausreichend, um dem General der Befreiungsarmee zu signalisieren, dass man ihn als führenden Kopf ernst nimmt.

Dass die Bundeswehrsoldaten vor Ort nicht beglückt sind, den fahnenflüchtigen Stabsunteroffizier Timo Jäger just beim Gegner aufzugabeln, versteht sich von selbst. Ein Skandal, der Wellen schlagen könnte. Wenn die mazedonische Regierung erfährt, dass die als Schutzmacht angetretene Bundeswehr in ihrem Land Vertraulichkeiten mit dem Feind austauscht, wäre der gesellschaftliche Schaden immens.

Bei dem Gedanken, dass er zwei Spione der Bundeswehr auf ihrer Geheimmission entlarvt hat, muss Timo unwillkürlich schmunzeln.

Dann übermannt ihn erneut der Schlaf.

19. Mai 2002 – Mazedonien

Abschiedsfest

Entgegen Timos Befürchtung wird er von seinem Bewacher weder zu grob noch zu frühzeitig geweckt. Man weckt ihn einfach überhaupt nicht auf. Es ist bereits heller Tag, als er die Augen aufschlägt.

Den spärlichen Lichtverhältnissen des Raumes nach zu urteilen ist es entweder später Vormittag oder kurz vor Mittag. Wenn Mittag ist, erfährt er das durch den Teller dicke Bohnen, den man ihm hereinstellt. Man hat es mit seiner Rückführung anscheinend nicht sehr eilig.

Bis zum Nachmittag bleibt er sich selbst überlassen.

Dann öffnet sich die Zellentür und Pikë setzt einen Fuß auf die Schwelle. In den Händen hält er ungeduldig wedelnd ein paar graue Lederhandschuhe, die ihm wohl das glanzvolle Auftreten eines Feldmarschalls verleihen sollen, den man eilends vom Schlachtfeld gerufen hat. Entsprechend unwirsch übermittelt er dem Gefangenen seine Botschaft. Er wirkt ungehalten, weil er die Nachricht persönlich überbringen muss. Dem General ist das Unwohlsein in der Rolle des Sendboten anzumerken. Wahrscheinlich lässt sich die Aufgabe nicht delegieren, weil er über die Deutschen keine Befehlsgewalt hat und unter seinesgleichen der Einzige ist, der gut genug Deutsch spricht.

„Wie ich höre, haben Sie Ihre Landsleute heute Nacht kennengelernt." Er meint das nicht als Frage.

Timo nickt.

„Sie sind meine Gäste, genau wie Sie. Der Unterschied ist, dass ich die beiden schätze. Sie verstehen? Sie sind erwünschte Gäste! Um genau zu sein, betrachte ich sie als meine persönlichen Freunde und selbstverständlich bin ich geneigt, meinen Freunden unter gewissen Umständen eine Gefälligkeit zu erweisen, wenn sie mich darum bitten", sagt er kryptisch.

Pikës Blick schweift in die Ferne, aber er kann sicher sein, dass Timo an seinen Lippen hängt. Es gibt vielleicht einen triftigeren Grund, warum der General seinen Gefangenen, den er nicht als solchen bezeichnet, aufsucht. Wenn der Stabsunteroffizier es geschickt anstellt, gibt es womöglich doch noch einen Ausweg. Weshalb drückt sich der General sonst so gespreizt aus? Timo darf seine Chance nicht verpassen. Gespannt wartet er auf den nächsten Schritt.

„Die Sache ist die", fährt General Pikë fort und sieht ihn durchdringend an, „meine persönlichen Freunde werden in diesem Land – ich drücke es mal höflich aus – nicht sehr wohlgelitten. Mazedonien will seine halbe Millionen Albaner isoliert von der Außenwelt halten. Wer sich uns zuwendet, kommt schnell in Verruf."

Er macht eine Pause.

„Begreifen Sie das ganze Ausmaß des Dilemmas, in dem ich steckte, Herr Jäger?"

Das ist es!

Der Strohhalm, den der General dem jungen Mann hinhält, ist so offensichtlich ein Rettungsanker, dass Timo eine Falle wittert. Pikë will, dass der deutsche Deserteur die Füße stillhält, ihm keinen Ärger macht. Bei dieser Art von Handel bedarf es einer eindeutigen Antwort.

„Mhja", beginnt Timo, während er nach den richtigen Worten sucht. „Herr General, wenn Sie mich gehen lassen, verspreche ich, dass ich niemandem hiervon erzähle", flüstert er dem UÇK-Führer verschwörerisch zu.

Pikë sieht irritiert auf den Häftling herab, der ihm wie ein Clochard aus einem Wust alter Presseerzeugnisse entgegenblinzelt. Dann hebt sich sein Brustkorb zu einem hölzernen Lachen.

„Mein junger Freund", spöttelt er, „wenn ich mich auf das Wort eines elenden Wurms, wie Sie einer sind, verlassen müsste, wäre die Hölle eine Eiswüste und ich der Grillmeister!"

„Aber, aber ich dachte …", stammelt Timo perplex.

„Was immer Sie dachten oder denken, spielt nicht die geringste Rolle. Das hier ist kein Basar, der einen zum Feilschen einlädt. Ich mache Ihnen einen gastfreundschaftlichen Vorschlag, auf den Sie tunlichst eingehen werden, schon aus Gründen des Anstands, den Sie mir schuldig sind, da sie unter meinem Dach Bewirtung und Sicherheit genießen." Auch wenn sich Timo darunter etwas anderes vorstellt, kann er nicht leugnen, dass der General, unter den gegebenen Umständen durchaus Recht hat. Das heißt, es ist nicht Timo, der mit Pikë übereinstimmt, sondern sein innerer Soldat. Er ist wieder da, ganz ungefragt, und er fordert Timo auf, sich auszurechnen, welche Annehmlichkeiten er als Branco Andovs „Gast" auf der anderen Seite des Snowboard erfahren hätte. Natürlich liegt er damit richtig, doch genau das ärgert Timo. Alle Welt hasst Klugscheißer, und zu allem Überfluss ist der schlimmste von allen ein Teil seiner selbst. Dieser innere Soldat ist der Kerl, den Lina verabscheut. Der Besserwisser, der für jeden Anlass den passenden Spruch hat, ironisch und bissig. Der Soldat, der nicht diskutiert, weil er Recht hat.

Endlich zeigt sich auch Timo von ihm genervt.

Er schüttelt kräftig den Kopf, um diesen verfickt klugscheißerischen inneren Kameraden loszuwerden.

General Pikë lässt sich von Timos Darbietung nicht verwirren. Ohne darauf einzugehen, erklärt er, weshalb er sich die Mühe gemacht hat, seinen Gast aufzusuchen: „Meine beiden deutschen Freunde verbringen heute ihren letzten Tag in meinem Teil dieses segensreichen Mazedoniens. Morgen dürfen sie in aller Ehre wieder in ihr Heimatland zurückkehren und dazu möchte ich, dass ihr Leumund ohne den geringsten Makel behaftet ist. Sie, Soldat, werden ihnen auf ihrem Rückweg ins Camp Gesellschaft leisten und vergessen, wo Sie sich die ganze Zeit über aufgehalten und mit wem Sie gesprochen haben. Ist das klar?"

Die Stimme des Generals hört sich angesichts der unbestimmbaren Reaktion des Stabsunteroffiziers zwar etwas leiser an, doch das Grollen darin kündigt den Ausbruch eines gewaltigen Unwetters an, gegen das er nirgendwo Unterschlupf finden wird.

Dem inhaftierten, inneren Soldaten ist das klar. Er hat keinen Anlass zu widersprechen. Der innere Soldat bejaht die Frage des Generals laut, mit größtmöglicher Ergebenheit.

Er hat ihn verstanden.

Doch der Deserteur will aufbegehren. Noch immer hat er die geringe Hoffnung heimzukommen nicht ganz begraben, auch wenn sie schrumpft.

„Für den Fall, Herr Jäger, dass Sie die Ernsthaftigkeit meiner Worte anzweifeln oder gar glauben, es handle sich dabei um leeres Gewäsch, lassen Sie sich eines gesagt sein. Ich betrachte es als grobe Verletzung meiner persönlichen Ehre, wenn Sie meinem Wunsch nicht entsprechen. Ich habe einen langen Arm, mein Junge. Einen sehr langen Arm, mit dessen Hilfe ich meine Ehre mit allen Mitteln wiederherstellen werde, wenn man sie mir raubt."

Timo schluckt trocken.

Jetzt hat auch er verstanden. Er zweifelt keine Sekunde daran, dass General Pikë zu seinem Wort stehen wird. Der Gedanke, in Deutschland

Besuch von einem Mitglied der albanischen Mafia oder sonst einer mafiösen Vereinigung zu bekommen, die eine Ehrenschuld eintreibt, jagt ihm tatsächlich eine Gänsehaut auf die Haut. Er spürt, dass sich auf seinem Arm die Härchen unter der Dreckschicht aufstellen.

Zufrieden registriert der UÇK-General, dass seine Drohung ihr Ziel getroffen hat. Bevor er verschwindet, setzt er eine erbaulichere Miene auf, die Gelassenheit demonstrieren soll.

„Damit Sie sehen, dass ich ein Mann des Wohlwollens bin", sagt er freizügig, „gestatte ich Ihnen, heute Abend an der Festivität teilzunehmen, die ich aus Anlass der Verabschiedung meiner besonderen Freunde zu geben gedenke. Betrachten Sie sich als eingeladen …"

„… aber als ungebetener Gast", vollendet Timo den Satz tonlos.

Pikë verzieht die Lippen zu einem Grinsen.

„Ich sehe, wir verstehen uns."

Die Feierlichkeiten beginnen um Punkt sieben. Der bärtige Wachmann bringt Timo hin. Körperhygiene und Dresscode gelten für ihn nicht. Seit er General Pikës Gast ist, hat er sich weder waschen dürfen noch hat er saubere Kleidung bekommen. Er fühlt sich unwohl und er stinkt. Perfekte Voraussetzungen für einen Partygast.

Die große Sause steigt in der zum Wohnbereich umfunktionierten Hotelbar. Feiern im großen Stil ist in Mazedonien offenbar eine Sache, die man – ausnahmsweise ethnienübergreifend – gerne zur Perfektion treibt. Die Art, wie Rebellensoldaten der UÇK feiern, unterscheidet sich nur unwesentlich von der des Polizeitrupps auf dem Snowboard. Hier wie dort gibt es Bierdosenpyramiden, lange Buffettische und edles Porzellanservice. An diesem Abend laufen die Gemeinsamkeiten nur in einem Punkt augenscheinlich auseinander. Die livrierten Bediensteten und das Küchenpersonal lächeln freundlich. Sie arbeiten für General Pikë aus freien Stücken; ihren entspannten Gesichtern ist zu entnehmen, dass sie niemand zur Arbeit zwingt. Eifrig springen sie umher und vergewissern sich, dass es den Gästen, einschließlich Timo, an nichts fehlt. Man setzt ihn in die Ecke neben der gläsernen Bar an einen Einzeltisch.

Der Platz zum Durchgang zur Toilette, denkt Timo. Er müsste durch den ganzen Raum sprinten, sollte er die Absicht hegen, zu guter Letzt doch noch abhauen zu wollen. Der Einfall wäre ziemlich abwegig, denn die Mehrzahl der geladenen Gäste stürzt sich sicherlich mit Begeisterung auf ihn, wenn er die zehn Meter zum Ausgang an ihnen vorbeirennt.

Es sind gut 20 Personen anwesend. Alles Militärs. Damit ist der komplette Raum bis zur Hälfte ausgefüllt. Jeder trägt seine aufgebügelte Ausgehuniform und daran die zahlreichen, bunten Auszeichnungen und Ordensspangen zur Schau.

Die deutschen Kameraden, die Timo in der Nacht besucht haben, erhalten einen Ehrenplatz. Der Major und ein Hauptfeldwebel, zu erkennen an den Rangabzeichen ihrer grauen Uniformjacke der Grundform A, sind Ende 30. Ihre grünen Baretts weisen sie als Angehörige irgendeiner Kommandobehörde aus. Bei ihrem Anblick muss Timo an Pat und Patachon, das dänische Komikerduo, denken, das er lediglich aus dem Gedächtnisprotokoll seiner Eltern kennt. Sie sitzen links beziehungsweise rechts neben ihrem Gastgeber, dem Oberkommandierenden der mazedonischen UÇK.

Der General trägt einen funkelnagelneuen Battledress im Woodlandmuster, das man in jedem Armyshop für wenig Geld erstehen kann. Auf dem linken Oberarm ist das rote Emblem aufgenäht, das den schwarzen doppelköpfigen Adler der Befreiungsarmee unterlegt. Es ist der einzige Zierrat, mit dem der General aufläuft; zusammen mit dem Dreitagebart wirkt sein Auftritt fast schlampig.

Timo ahnt, dass die Nachlässigkeit Kalkül ist. Es ist das einfache Statement eines Generals mit Allmachtsfantasien. Angefangen bei Friedrich dem Großen über Napoleon bis hin zu Tito, die mit Bescheidenheit kokettierten, mit der Attitüde vom ersten Diener des Staates bei ihren Untergebenen punkteten, um dann ihre Gegner zu vernichten.

Pikë steht diesen Warlords in nichts nach.

Er eröffnet sein Fest mit großspurigen Gesten und einer langatmigen Rede. Zur Hälfte auf Albanisch, zur Hälfte auf Deutsch, dankt er den Bundeswehrsoldaten für die vertrauensvolle Zusammenarbeit und die entstandene Freundschaft während des letzten halben Jahres. Sie möge zum gegenseitigen Vorteil noch lange anhalten. Man werde in Kontakt bleiben, was bedeutet, dass sich die Kameraden über eine Vorschrift hinweggesetzt haben, die man Stabsunteroffizier Jäger vor dem Einsatz als unbedingte Verhaltensregel eingetrichtert hat. Jedes Kleinkind weiß, dass es sich nicht mit Fremden unterhalten soll, entsprechend gilt für die deutschen Soldaten, dass sie weder ihre Telefonnummer noch eine Adresse, also jede Form von persönlichen Daten, außerhalb des geschützten Lagerbereichs an Unbekannte herausgeben dürfen.

Schon gar nicht an albanische Freischärler.

Das dient nicht nur dem persönlichen Schutz, sondern auch dem der eigenen Familie in der Heimat. Um nahezu jede Vorschrift rankt sich eine lehrreiche Anekdote. Schwarze Pädagogik für Soldaten sozusagen, die dazu anhält, sich korrekt zu verhalten. Seit Mobiltelefone in den Neunzigerjahren ihren Siegeszug angetreten haben, muss sich auch die Bundeswehr mit dem Phänomen auseinandersetzen, dass die Truppe privat schneller kommunizierte als im Dienst. Der noch in Babyschuhen steckende Short Message Service, kurz SMS, wird zunehmend ein Problem. Die Soldaten versenden ihre Kurznachrichten meist unverschlüsselt, so dass es ein Leichtes ist, die

Daten abzufangen. Außerdem gehen die Einsatzkräfte mit ihren Telefonnummern äußerst leichtfertig um, was dazu führt, dass in der näheren Vergangenheit Armeeangehörige aller Nationen von mysteriösen Anrufen aus dem Ausland heimgesucht wurden. Darin wurde den Liebsten der Tod ihres Sohnes, Mannes oder Bruders mitgeteilt, manchmal war auch von schwersten Verstümmelungen und hässlichen Terroranschlägen die Rede. Zwar stellten sich die Schreckensnachrichten bei eingehender Überprüfung als unwahr heraus, der psychische Schaden indes war nicht wieder gutzumachen.

Und das nur, weil Soldaten wie der Major und der Hauptfeldwebel mit ihren persönlichen Daten zu leichtfertig umgehen. Die ganz privaten Freunde des Generals haben in dieser Hinsicht anscheinend keinerlei Bedenken. Solch ein Vertrauensbeweis wird mit Geschenken belohnt. Überreicht wird ein Karton Weinflaschen, seidenbestickte rote UÇK-Flaggen, schwarzbedruckte T-Shirts, die der 222. Brigade gewidmet sind, sowie ein Korkenzieher, der die Männer an die feuchtfröhliche Festtafel des heutigen Tages erinnern soll.

Kriegsmerchandise.

Timo leuchtet ein, warum seine Anwesenheit für die Kameraden mehr als lästig ist. Er wird Zeuge der Verbrüderung von deutschen Soldaten mit der UÇK, dem geschworenen Feind des mazedonischen Staates, auf dessen eigenem Grund und Boden.

Es wird ausgiebig getrunken, gefeiert und gelacht.

Nur der Gefangene sitzt abgeschieden in seiner Ecke vor einem Glas Cola. Timo erkennt die Ironie.

Fehlt nur noch, dass ich meine Kameraden heimfahren muss, denkt er bitter.

Er wird mit Speis und Trank bedacht, mit allem, was man auch den anderen Gästen reicht, doch ihm fehlt der rechte Appetit. Das Essen wird ihm ohnehin durch verächtliche Seitenblicke madig gemacht. Lustlos stochert er mit dem Silberbesteck in einem zartrosa gebratenen Stück Kalbfleisch herum und nippt Rotwein aus einem Kristallglas. Er wünscht sich zurück in seine Zelle, wo es ihm nicht unbedingt besser geht, er aber in Ruhe gelassen wird.

Was hat Pikë mit ihm vor?

Er erfährt es mitten im schönsten Festtrubel.

„Stabsunteroffizier Jäger, bitte teilen Sie mir und allen Anwesenden mit, warum Sie sich dafür entschieden haben, ihrem Vaterland den ehrenvollen Dienst zu verweigern. Wir stehen vor einem Rätsel, was Ihren Antrieb, Ihre Motivation betrifft."

Der vom Alkohol angeheiterte General bezieht seinen unehrenwerten Gast zum Gaudium der Gesellschaft in einen lautstarken Diskurs ein. Pikë prostet ihm mit einem bis zum Rand gefüllten Glas Rotwein zu.

169

Das Ziel ist offensichtlich.

Er will Timo bloßstellen.

Bevor der Angesprochene etwas sagt, übersetzt der General seine vorgetäuschte Unwissenheit für die albanischen Zuhörer. Die Menge starrt den jungen Deutschen neugierig an. Dass den UÇK-Führer und die Anwesenden sein Verhalten einen feuchten Scheiß interessiert, hätte Timo ihnen gerne zugeschrien. Auch, dass Pikë der größte Ficker im weltweiten System der Offizierskasten ist, hätte er dem General gerne entgegengeschleudert, doch es bleibt ihm nichts anderes übrig, als sich in die Rolle des Hofnarren zu fügen und gute Miene zum bösen Spiel zu machen. Er ist hoffnungslos in der Unterzahl, und er tut gut daran, nicht die Nerven zu verlieren, wenn er mit heiler Haut davonkommen will.

Geduldig gibt er also seine Geschichte zum Besten. Erzählt von Lina, mogelt ihren hinterhältigen Betrug zu einer schlichten Auseinandersetzung zwischen Liebenden herunter und berichtet von der bevorstehenden Geburt, die ihm so wichtig sei, dass er sie um keinen Preis der Welt verpassen wolle. Spielt die Trumpfkarte der Familie aus, die, wie er weiß, in den Balkanstaaten einen hohen Stellenwert besitzt, und etwas zu theatralisch behauptet er, dass ihm das Verantwortungsgefühl durch die väterliche Erziehung überantwortet worden sei. Er merkt an, dass Liebe und Familie im Kreise dieser Festtafel sicherlich Attribute seien, die hoch im Kurs stünden und ihm eigentlich zur Ehre gereichen müssten.

General Pikë übersetzt huldvoll. Nach einer Weile stellt er bedächtig sein inzwischen leeres Glas vor sich ab. Kopfschüttelnd blickt er in die Tiefe des geleerten Kelchs, als fänden sich darin die Reste des gesamten Wissens um die Welt.

„Mein lieber, junger Freund", beginnt er milde hüstelnd, „ihr Deutschen seid so ... so ... wie sagt man ... so beschränkt! Ihr lebt in einem Haus und tut, als sei es ein Schloss. Ihr fahrt in einem Auto, das ihr wie einen Schoßhund verhätschelt. Doch kaum werdet ihr aus dieser Traumwelt herausgerissen", er schnippt mit den Fingern, „bricht euer Kartenhaus zusammen und ihr jammert wie die Babys."

Er übersetzt seine Worte für die Gäste. Dabei reibt er sich die rot geränderten Augen und imitiert Babygeheul. Zustimmendes Gelächter erhebt sich, in das selbst Timos Landsleute einfallen. Der General ruft etwas Unverständliches zu einem der hinteren Tische. Nur für Timo wiederholt er alles auf Deutsch.

„Mein guter Freund Kalosh dort hinten kämpft für unsere Sache seit fünf Jahren. Davor war er ein Jahr in Deutschland und hat dort eure teuren Autos repariert. Die paar Mark, die er damit verdient hat, hat er nach Hause zu seiner Familie hier in Teşkoto geschickt. Er hat einen Sohn, der sechs Jahre alt ist, und er kennt ihn nur von Fotos, die ihm seine Frau regelmäßig zuschickt. Sie, mein lieber Herr Jäger, werden in diesem Raum auf keinen Soldaten und keine Soldatin treffen, die nicht mindestens ein Jahr lang ihre Familien zurücklassen mussten, um sie und sich mit einem schlechtbezahlten Job im Ausland durchzubringen. Ich selbst habe zwei Jahre lang Agrarwissenschaft in Deutschland studiert, damit ich meinen Angehörigen später eine bessere Zukunft bieten konnte. Ich frage Sie: Was davon ist mir geblieben? Was davon ist uns geblieben? Sehen Sie sich um. Wir sitzen hier, ohne Heim, ohne Auto, ohne Familie, weil wir hoffen, ein kleines Stück davon zu bekommen, was ihr Deutschen für euch als selbstverständlich erachtet. Wir haben uns das Recht dazu verdient, finden Sie nicht? Ganz normale Menschenrechte, für die wir uns in den Bergen verstecken müssen. Also kommen Sie mir nicht mit Liebe und Familie, denn wir wissen um deren Wert, der uns Ehre und Verpflichtung zugleich ist. Eine Verpflichtung, die Sie nicht erfüllen und damit nicht nur sich selbst beschämen, sondern ihre ganze Familie."

Die Stimme des Generals rollte mal leise, dann wieder grollend durch die umgebaute Hotelbar und sorgte abwechselnd für Spannung oder aufbrandende Jubellaute. Der Finger des Anklägers ruht schwer auf Timo, als Pikë sein Plädoyer beendet. Zum Abschluss lässt er sich von seinen Männern für seine ausgefeilte Ansprache feiern, indem er ihnen in ihrem Beifall wohlmeinend mit dem Weinglas zuprostet, das auf geheimnisvolle Weise wieder aufgefüllt wurde.

Der Delinquent auf seinem Stuhl möchte am liebsten darin versinken. General Jaeger, der Lagerkommandant, hat Timo den Wind mit ähnlichen Argumenten aus den Segeln genommen. Die erneute Schlappe ist ein demoralisierender Tiefschlag, der an die Substanz geht. Timo fühlt sich elend. Er will weg. So schnell es geht. Doch der Abend wurde noch nicht offiziell für beendet erklärt. Seine Gefühle gehen den Feiernden am Allerwertesten vorbei.

Die Party fängt gerade erst an.

Im Chor werden inbrünstig Lieder in den typisch leiernden, ottomanischen Rhythmen gesungen. Auch deutsche Marschlieder mischen sich darunter. Es wird derb gescherzt, gelacht und regelmäßig schiebt ein launiger Festredner den einen oder anderen Trinkspruch hinterher.

Timo hingegen sucht händeringend irgendeine Beschäftigung, die ihn von der sich bis zur Besinnungslosigkeit berauschenden Gästeschar ablenkt. Aus purer Langeweile nimmt er die Einrichtung genauer unter die Lupe. Sie hat schon bessere Tage erlebt. Er stellt auch beim zweiten Hinsehen fest, dass sie wie aus einem Museum für Zeitgeschichte gefallen wirkt. Das wandhohe Bücherregal muss dringend abgestaubt werden. Einige der Regalböden aus billigem Laminatholz biegen sich unter den dicken, ungelesenen Büchern. Man könnte den Mangel beheben, indem man die Böden

171

umdreht. Die Ledersessel wurden für das Fest in die Ecke neben seinem Tisch zusammengeschoben. In einem von ihnen hat Timo den General das erste Mal gesehen. Die Polster sind rissig und haben dunkle Flecken von den unzähligen Abdrücken der Menschen, die darin Platz genommen haben. Pikë muss demnach ein geübter Gastgeber sein. Aber er verzichtet darauf, seine Machtintarsien zu ersetzen oder zu erneuern, wenn sie ihren Zenit überschritten haben. Selbst das Spiegelglas der Glasbar nebenan ist an einigen Stellen schon blind und milchig trübe geworden.

Der müde Betrachter in Timo tauft diesen zusammengeschusterten Kram „Balkanpomp", und gerade als er seine Besichtigungstour mit diesem Gedanken beschließen will, bleibt sein Blick an ein paar gerahmten Fotografien über der Bar kleben. Die kleinen Bilder hängen versteckt hinter den aufgereihten Whiskeyflaschen. Man übersieht sie leicht. Es sind insgesamt vier kleine Abzüge, die ihrem Besitzer aber viel bedeuten müssen. Jeder steckt in einem kitschigen, klobigen Goldrahmen.

Auf der ersten Fotografie umarmt General Pikë grinsend einige bewaffnete UÇK-Kämpfer. Er hält sie im Schwitzkasten. Auf zwei weiteren schüttelt er irgendwelchen Anzugträgern die Hand, wovon einer der amtierende deutsche Außenminister ist.

Das vierte Bild zieht Timo besonders an.

Darauf ist, unverkennbar, der General einige Jahre jünger. Er trägt eine dunkelblaue Polizeiuniform, hält seine Arme hinter dem Rücken verschränkt. Sein Gesicht blickt ernst, fast weihevoll, und er steht aufrecht vor einem Gefährt, das in keinem Wintersportort der Luxusklasse fehlen darf.

Es ist ein weißer Motorschlitten.

Im Hintergrund des Schneepanoramas erkennt man die vor kurzem errichteten Häuser einer Hotelanlage. Wenn dies das Gelände sein sollte, auf dem man Timo augenblicklich festgesetzt hat, dann hat der Ort einiges an Charme eingebüßt, findet er. Die Aufnahme kündet von Zeiten, in denen zahlungskräftige Skitouristen für reichlich Geld nach einer schicken Urlaubsunterkunft Ausschau hielten. Das muss so um 1984 gewesen sein, das Jahr der Winterspiele in Sarajevo. In deren Fahrwasser schossen die jugoslawischen Skiressorts aus dem Boden. Auch das Shar-Gebirge rund um den Popova Shapka profitierte von der wenig Kommunismus-konformen Investitionskampagne.

Doch es sind nicht die futuristischen Neubauten, die Timo stutzen lassen. Es ist der Motorschlitten, der weiße Motorschlitten.

Da ihn niemand weiter beachtet, erhebt er sich unauffällig von seinem Platz, um das Bild besser studieren zu können. Er beugt sich über die langgezogene Tresenseite und kneift die Augen zusammen. Genau diesen Motorschlitten hat er schon einmal gesehen.

172

„Polici", ist die Aufschrift in lateinischen Lettern, die halb hinter Pikës jüngerem Konterfei verschwinden.

„Schönes Fahrzeug, nicht?", nuschelt eine bleischwere Stimme in Timos Ohr.

Eine Fahne folgt den Worten. Es ist der UÇK-General, der sich lautlos neben ihm aufgebaut hat und mit geschürzten Lippen ebenfalls das Bild betrachtet. Er schmatzt über den Resten von Bier oder Wein in seinem Mund. Ganz der bemühte Hausherr, hat sich der General unter die Menge gemischt, um darin zu baden und sich zu unterhalten. Der beiläufige Plauderton lässt den Gefangenen fast vergessen, welch zweifelhaften Status er auf dieser Party genießt.

„Ja, tolles Teil!", sinniert Timo. „Ihres?"

Er sieht Pikë erwartungsvoll an.

Die falsche Frage.

Unverzüglich nehmen dessen dunkle Augen wieder jenen stechenden Ausdruck an, der Timo schon bei seiner Ankunft förmlich durchbohrte. Der Mund bewegt sich nicht, aber das Knurren dahinter ist deutlich zu hören.

„Es gehörte mir. Es wurde mir gestohlen."

„Branco Andov?", ist das erste, das Timo schneller über die Zunge flutscht, als er darüber nachdenken kann.

Pikë legt den Kopf schief, als wittere er eine Spur. „Was wissen Sie von meinen Angelegenheiten, Soldat?", fragt er leise, fast flüsternd.

Jeder in unmittelbarer Nähe des Generals weicht zurück. Die unheilvolle Stimmung, die sein bebendes Timbre verbreitet, ist wie ein Schwert, das zum entscheidenden Hieb ausholt.

Stotternd beginnt Timo sich zu rechtfertigen: „B... Branco. A... Andov. Sie wissen doch ... dieser m... mazedonische Polizist, mit dem ich Sie gestern verwechselt habe ..."

Der General wird weiß vor Wut.

„Mit dem Sie mich was?", brüllt er so laut durch den Raum, dass eine dicke Ader rot an seinem Hals schwillt. Die Gespräche rings herum ersterben abrupt. Einige Gäste ducken sich instinktiv weg.

„Haben Sie Vollidiot eigentlich eine Ahnung, wie viele Brancos es in diesem Land gibt? Mit keinem Wort haben Sie einen mazedonischen Polizisten dieses Namens erwähnt, sie dämlicher *Teveqel* Was haben Sie mit diesem Kriegsverbrecher zu schaffen? Soldat, ich schwöre, ich reiße Ihnen auf der Stelle den Schwanz ab, damit Sie in Zukunft der Damenwelt nur noch mit ihrem Arsch zuwedeln können, sollten Sie mir keine Erklärung liefern, die plausibel klingt."

„Ich … diesen Branco kenne ich gar nicht richtig. Er … auf dem Snowboard, bei einer Geburtstagsfeier eines Kameraden … er … er", druckst Timo eingeschüchtert herum.

„Er was?" Der General verliert endgültig die Beherrschung. Saure Speicheltröpfchen regnen auf das Opfer seines Wutausbruchs herab. Unter dem Kragen der Offiziersuniform zeichnet sich die verkrampfte Halsmuskulatur deutlich ab, die wie wirrer Kabelsalat zu einer schmutzigen Bombe führt, die kurz vor der Explosion steht.

„E… er hat uns nur seinen M… Motorschlitten gezeigt. I… ich glaube, er wollte vor uns angeben", stammelt der unglückliche Gefangene.

„Wer, verdammt nochmal, ist uns?", fordert Pikë zu wissen.

„Ich und Rolli … ich meine Feldwebel Rolander. Wir waren zu einer privaten Geburtstagsfeier auf den Snowboard eingeladen und da hat uns dieser Branco Andov sein Schneemobil gezeigt. Das weiße da", sagt Timo und deutet auf das Foto.

Mit glasigem Blick folgt Pikë dem zitternden Finger. Er zwingt sich zur Nüchternheit und nötigt Timo die ganze Geschichte noch einmal ab. Er hat das Gefühl, das Ganze ist schon vor einer Ewigkeit passiert. Der Stabsunteroffizier beginnt mit dem Tag, an dem er Rolli das erste Mal traf. Er erzählt von der Fahrt durch Skopje, von der Schubkarre im Dorf und von ihrer Ankunft auf dem Berg. Noch während er berichtet, verschwindet der deutsche Hauptfeldwebel, Patachon, eilig durch die Tür. Der General hört mit beherrschter Ungeduld zu. Zwischenfragen stellt er nur wenige – zu dem Gelände und zur Lage einzelner Gebäude, unter anderem, welches davon das Hotel *Scardus* ist, in dem sich die Bundeswehrsoldaten samt ihrer Funkstation aufhalten.

Inzwischen ist es mucksmäuschenstill geworden im Raum. Alles konzentriert sich ausschließlich auf den deutschen Deserteur und auf den still vor sich hin brodelnden UÇK-Führer. Timo begreift nicht so recht, was er falsch gemacht hat. Wäre es nach ihm gegangen, hätte er auf Branco Andovs Bekanntschaft und die der Lions-Truppe gerne verzichtet.

Hauptfeldwebel Patachon kommt schnaufend zurück. In der Hand schwenkt er ein Mobiltelefon.

„Es stimmt", ruft er Pikë zu, „Feldwebel Manuel Rolander. Eingesetzt bei J-4-Office. War am 23. April für eine Erkundungsfahrt auf den Popova Shapka eingetragen, in Begleitung." Popova Shapka, der eigentliche Name für die Region rund um den Snowboard.

Mit einem unerwartet behänden Satz springt der General auf Timo zu und packt ihn ruppig am Kragen.

„Dieses Schneemobil gehört mir", blafft er den zu Tode erschrockenen jungen Mann an, „wo ist es?"

Die Angst blockiert jeden klaren Gedanken in Timos Kopf.

„Wenn Sie wollen, kann ich Ihnen zeigen, wo es steht!", wispert er.

„StUffz!", entfährt es Pat, dem deutschen Spionagemajor. Blitzschnell ist er von der Seite hinzugetreten. Er will verhindern, dass die Situation endgültig außer Kontrolle gerät und er womöglich einen Gefangenen zurück ins Camp bringt, der vom Anführer der UÇK in seine Einzelteile zerlegt worden ist. Das würde kein besonders gutes Licht auf ihn und seinen Agentenkumpel werfen.

Pikë hält ihn zurück. Seine bohrenden Augen sind fest auf Timo gerichtet, dessen verdrecktes T-Shirt er noch immer in der geballten Faust hält.

„Nicht so eilig", sagt er gedehnt, „Soldat, haben Sie mir etwas Wichtiges zu melden oder nicht?"

„Ich brauche eine Karte", ächzt Timo, dem übel wird vom beißenden Mundgeruch seines trinkfesten Gegenübers.

Der Hausherr lächelt. Er spreizt seine Finger, lässt Timo los und bellt einen Befehl. Sofort springen mehrere Uniformierte auseinander. Kurz darauf räumt einer von ihnen das Geschirr auf der Festtafel zur Seite und scheucht das zivile Personal hinaus. Eine Frau im Kampfanzug breitet eine topographische Lagekarte auf dem weißen Tischtuch aus. Maßstab 1:25 000. Die Partygänger versammeln sich darum. Aus dem Abschiedsfest ist im Handumdrehen eine Einsatzbesprechung geworden.

„Wo genau befindet sich unser augenblicklicher Standort?", fragt Timo in die Runde.

Unsicher blickt die Meute zum General. Dessen Gesicht wirkt wie versteinert. Seine Kiefer mahlen angestrengt. Er nickt dem deutschen Hauptfeldwebel zu. Murrend stellt sich Patachon neben den unliebsamen Kameraden. Unwirsch deutet er mit dem Finger auf einen graubraunen Fleck auf der Karte, die Zentrale der mazedonischen UÇK.

„Ich hoffe, Sie wissen, was sie da tun", raunzt er Timo zu, dann tritt er wieder zurück.

Der Stabsunteroffizier kann kaum glauben, was er sieht. Sein Aufenthaltsort liegt in Luftlinie gemessen kaum einen Kilometer östlich des Hauptquartiers der als „Lions" bekannten Polizeitruppe auf dem Snowboard. Genau genommen ist Timo sogar bereits auf dem Snowboard. Nur, dass sein Gefangenentransport mit ihm falsch abgebogen und bei der UÇK gelandet ist, genau wie Rolli es ihm bei ihrer ersten Erkundungsfahrt geschildert hat. Durch das Plexiglas eines Winkelmessers findet sich die Zentrale des mazedonischen Polizeitrupps beinahe mühelos auf der gegenüberliegenden Seite des UÇK-Führungsstabs, der gebannt Timos Worten lauscht.

„Dort", er zeigt auf ein breites Rechteck, das etwas abseits der Ressortanlage liegt, die aus sieben kleineren Gebäuden besteht, „sind unsere Fernmelder mit ihrer Relaisstation untergebracht. Und dort", sein Zeigefinger wandert ein Stück nach links oben, auf ein dunkelgrünes Fleckchen zwischen zwei Gebäuden, „befindet sich ein kleiner Verschlag mit einem Wachhund. Daneben habe ich das Schneemobil ... Ihr Schneemobil zuletzt gesehen."

Grüblerisch beugt sich General Pikë über den Kartenausschnitt. Der deutsche Major tritt neben ihn, ebenso ein weiterer UÇK-Offizier.

„Sie nutzen das *Scardus* als Schutzschild", wirft der Deutsche im sachten Flüsterton ein. Was er damit meint, weiß Timo nicht, aber der General dafür anscheinend umso besser. Er nickt. Grimmig drückt er seine Faust auf das Papier, genau auf die Stelle, die Timo beschrieben hat.

„Nur wird ihnen das nichts nützen", schnaubt er mit entrückter Miene. Seine Anhängerschaft im Schlepptau, stampft er aus der Hotelbar.

„Ich werde sehen, was ich von unserer Seite herausbekommen kann", seufzt der Major und setzt der forteilenden Meute nach.

Timo und Hauptfeldwebel Patachon bleiben zurück.

Die Party ist beendet.

Der Hauptfeldwebel hat in seinem langen, kantigen Gesicht einen gezwirbelten und gewichsten Kaiser-Wilhelm-Schnurrbart. Wenn Timo sich ein Patachon vorstellt, sieht es genauso aus, nur, dass sich der Mann mit einem anderen Namen vorstellt. Schwartz. Hauptfeldwebel Schwartz. Major Pat ist in Wirklichkeit Major Rothe. Doch auch diese Namen, Schwartz und Rothe, sind Pseudonyme. Sie gehören dem Nachrichtendienst GENIC an – also dem Bundesnachrichtendienst oder dem Militärischen Abschirmdienst – jener Einheit, die in Camp Fox einen eigenen, abgeriegelten Bereich besitzt, den niemand, außer Feldwebel Rolander zum Bier trinken, betreten darf.

Schwartz, dem die undankbare Aufgabe zugefallen ist, Babysitter für den Gast des Generals zu spielen, nutzt die Wartezeit, um Timo darzulegen, in welch beschissenen Konflikt er sich unvorsichtigerweise hineinmanövriert hat. Der Hauptfeldwebel tut sein Möglichstes, um dem Fahnenflüchtigen die Lage so brenzlig wie möglich zu schildern. Seine blauen Augen blitzen wie die Rundumleuchten eines Streifenwagens der Polizei.

Timo ist mitten in eine Fehde geraten, deren Beginn gar nicht lange zurückliegt. Pikë ist nicht immer ein hochdekorierter UÇK-General gewesen. Vor Jahrzehnten fing er als kleiner Streifenpolizist auf den Straßen Teşkotos an, um sich allmählich den angesehenen Posten eines Abteilungsleiters zu erarbeiten. Seine Befreiungsarmee gab es zu diesem Zeitpunkt noch gar nicht, und selbst als sie 1994 im Kosovo gegründet worden ist, war sie für ihn nichts weiter als eine drogenschmuggelnde, terroristische Vereinigung, die ihre Großmachtsfantasien ausleben wollte. Er bekämpfte sie sogar eine Weile. Schließlich war es ihm als erstem albanischstämmigen Mazedonier gelungen, ein hochrangiges, öffentliches Amt im Polizeiapparat zu bekleiden. Nicht nur, weil er sein Land loyal vertrat, vielmehr deshalb, weil er sich als Lokalpolitiker um die Wintersportregion Teşkoto verdient gemacht hat. Auf dem Höhepunkt seiner Laufbahn und als Anerkennung für seine besonderen Verdienste überreichten ihm die Stadtoberen neben den üblichen, behördlichen Ehren das weiße Schneemobil. Es sollte ihm künftig die Aufgabe erleichtern, den Wintersportbetrieb im Großraum Popova Shapka aufrechtzuerhalten und es war natürlich auch ein Statussymbol. Sein Statussymbol. Für Pikë war es der Beleg, dass sich sein Mazedonien veränderte. Es schien als brächte man den Minderheiten im Land, insbesondere den albanischstämmigen, endlich den Respekt entgegen, den sie verdienten. Dann, 1989, verschärfte eine Hyperinflation die wirtschaftlichen Probleme Jugoslawiens. Der jahrelang unterdrückte Nationalismus des Vielvölkerstaats kochte hoch. Im September 1991 zerfiel er. Auch Mazedonien erklärte sich für unabhängig und geriet in Bewegung. In der Politik durften sich albanische Parteien zunächst sporadisch beteiligen und es wurde sogar eine eigene, der albanischen Kultur zuträglichere Universität gegründet. Unter Präsident Kiro Gligorov machte sich eine gewisse Gründereuphorie breit. Sicher, es gab die stets Unzufriedenen, die in dem Staatenlenker nichts als eine willfährige Marionette eines Unterdrückerregimes sahen. Albanisch war keine offiziell zugelassene Amtssprache, und nicht einmal der Universitätsabschluss der neuen Schule war rechtsgültig, aber es ging stetig voran in diesem noch jungen Land.

Dann kam der Krieg.

Zunächst schien es, als beträfe er nur die Nachbarstaaten, die weniger gut mit der serbisch dominierten Bundesarmee auskamen. Doch als die Unruhen im Kosovo begannen, stellte man auch die Uhren in Mazedonien zurück, zumal die UÇK in Erscheinung trat. Sie requirierte ganze Dörfer beiderseits der Grenze, was im Massaker von Vejce mündete, bei dem acht mazedonische Soldaten von Rebellen bestialisch ermordet wurden. Die Rache ließ nicht lange auf sich warten. Albaner zu sein bedeutete erneut, als Mensch zweiter Klasse wahrgenommen zu werden. Niemand blieb davon verschont, nicht einmal Pikë. Reformen, die wenigstens im Kleinen angestoßen worden waren, wurden schnell wieder zurückgenommen, und wie so oft in der Geschichte trieb blinder Nationalismus seine Blüten. Die Schuld an jeder noch so geringen Widrigkeit, durch dessen Fahrwasser in politisch schwierigen Zeiten jedes Land segelt, wurde bei der Minderheit gesucht, die der Mehrheitsgesellschaft am fremdartigsten vorkam. Die Angst griff um sich. Als teşkotische Polizisten zwei unbewaffnete Albaner, den Vater und seinen erwachsenen Sohn, an einem der neu angelegten Verkehrskontrollstationen regelrecht hinrichteten, weil sie sich von ihnen bedroht fühlten, war der Bürgerkrieg nicht mehr aufzuhalten. Nur Tage später kündigte die mazedonische Armee an, die Stadt Teşkoto zu übernehmen.

Eine militärische Schutzmaßnahme. Polizeichef Fazil Pikë wurde nicht einfach nur entlassen. Ein streitlustiger Pöbel trieb ihn, nach sechseinhalb tadellosen Jahren treuer Pflichterfüllung, aus der Stadt.

Ein Schläger namens Branco Andov, den die UÇK aus seinem Heimatdorf Slupčane vertrieben hatte, war der selbsternannte Anführer und ließ sich mit Zustimmung des Militärs sofort zum neuen Polizeichef Teşkotos ausrufen. Er besetzte den gesamten Polizeiapparat neu. Mit bestechlichen Männern, Raufbolden wie er, der Sache treu ergeben. Die neue Schutztruppe ließ sich ihre Arbeit gut bezahlen, sowohl von der Bevölkerung als auch von den Kriegsflüchtlingen und Hilfsorganisationen, die in unzähligen Kolonnen über den Kosovo in das Land strömten. Zur gleichen Zeit flohen viele Albaner aus der Stadt in die Berge, da die Repressalien gegen sie immer drückender wurden. Unter den Flüchtlingen befand sich auch Fazil Pikë, dem man damit gedroht hatte, ihm und seiner Familie das Leben zu nehmen, falls er sich jemals wieder ins öffentliche Leben Mazedoniens zurückwagen sollte. Andov sorgte schon dafür, dass der ehemalige Polizeichef die Drohung verstand. Um ein Exempel zu statuieren, trieben sie ihn, seine Frau Vebije und ihren zwölfjährigen Sohn Rinor sowie einen Schwung ehemaliger, albanischer Bürger unter dem Beifall vieler Schaulustiger wie eine Herde Vieh aus der Stadt. Niemand hielt die neugegründete Polizeieinheit auf, die sich einen Spaß daraus machte, ihre Opfer mit schweren Holzprügeln zu traktieren. Die Staatsmedien nutzten den aufkommenden, internationalen Trend, oppositionelle Strömungen als terroristischen Akt zu verurteilen, und schlachteten das Ereignis in Teşkoto als Sieg über die „zunehmende, albanische Unterwanderungspolitik extremistischer Terroristen" aus. Die Lokalnachrichten brachten Nahaufnahmen von den verschreckten Gesichtern der Vertriebenen. In den gängigen Tageszeitungen wurden die Bilder von einer hämischen Überschrift begleitet. Daneben gab es ein Foto des neuen Polizeichefs von Teşkoto. Breit grinsend, mit erhobenen Daumen auf seinem sportlichen, weißen Motorschlitten.

Es bedurfte keiner großen Überredungskunst seitens der im Untergrund operierenden UÇK-Führung, den erfahrenen Fazil Pikë für ihre Sache zu gewinnen. Dem frischdekorierten General ging es allerdings nur vordergründig um die Errichtung eines großalbanischen Imperiums. In Wirklichkeit sann er auf eine günstige Gelegenheit, wieder in die mazedonische Politik einzusteigen, damit er seine Vorstellung von einem reformierten Mazedonien durchsetzen konnte.

Und die von Branco Andov verursachte Schmach zu tilgen.

Zumindest erzählt Hauptfeldwebel Schwartz es so. Zu Timos Enttäuschung sind er und sein Vorgesetzter, Major Rothe, keine waschechten Spione. Sie wurden General Pikë als Verbindungsmänner zugeteilt, damit er seinem Ziel mit deutscher Unterstützung näherkommt. Weil er die gemäßigteren Ansichten der Albaner vertritt, helfen sie ihm, den Kontakt zur mazedonischen Regierungsspitze nicht abreißen zu lassen. Trotz der Demütigungen hat sich Pikë behauptet. Aus ihm ist ein Mann geworden, dem man zuhören muss. In Zukunft werde kein Weg an ihm vorbeiführen, davon ist Schwartz überzeugt.

Außerdem hat er noch ein kameradschaftliches Wort der Warnung übrig: „Quatschen Sie den General nie leichtfertig an. Er soll einen Intelligenzquotienten von über 170 haben und ist bekannt dafür, Ihnen buchstäblich einen Strick aus Ihren eigenen Worten zu drehen!"

Ein Bote steckt den Kopf herein. Sie werden ein paar Türen weiter in ein kleineres Besprechungszimmer gerufen. Es ist leergeräumt bis auf einen aufgebockten Holzkasten, der etwa zwei auf drei Meter misst. In einem gelben Eimer an der Seite steckt das Zubehör: eine Sprühflasche, ein kleiner Besen und mehrere Schäufelchen in verschiedenen Größen. Unter einer Glasscheibe liegt in allen Einzelheiten die miniaturisierte Modelllandschaft, in der nur die Spielzeugeisenbahn fehlt. Kleine Häuschen wiegen sich an einem Waldrand, das zu einem gebirgigen Hochplateau führt. Timo hat so etwas schon oft gesehen. Ein Sandkastenmodell, das Spezialisten für ihre Einsatzbesprechungen benutzen, wenn es darum geht, Detailfragen zu klären. Vielleicht nur Kleinigkeiten, für die die menschliche Vorstellungskraft mehr Eindrücke braucht, als sie aus einer Landkarte herauslesen kann. Als Soldat weiß Timo auch ohne Kampferfahrung, dass es immer die Kleinigkeiten sind, die einem das Leben retten.

Auf der Türschwelle hält Schwartz ihn zurück. Der Raum ist nicht wie die anderen vertäfelt, auch die Decke ist etwas höher, so dass die Schritte darin ein wenig nachhallen. Nur eine Handvoll Leute passen überhaupt hinein. Die Anzahl der Anwesenden hat sich stark reduziert. Fünf Personen insgesamt. Der General steht mit einer Frau und zwei Männern seines engsten Führungsstabs an der Schmalseite des Tischs. Ihm gegenüber stützt sich Major Rothe mit beiden Fäusten auf die Kiefernholzverschalung. Sie sind in eine hitzige Debatte vertieft, die sofort abbricht, als der Hauptfeldwebel in Begleitung des Stabsunteroffiziers eintritt.

Der General winkt Timo heran, während der Hauptfeldwebel an die Seite des Majors tritt. Die Umgebung des Snowboard ist exakt getroffen. General Pikës Mannschaft kundschaftet das Terrain schon seit Monaten aus. Sie kennen den Berg in- und auswendig und sie hatten Zeit genug, es maßstabsgetreu bis ins Kleinste nachzubauen. Sogar der enge Verschlag, in dem das Hundevieh Mamli gehalten wird, ist zu sehen. Einzelne, kleine Menschenfiguren stehen zwischen den Häusermodellen auf farbigen, zu Halbkreisen gespannten Fäden – Streifenwege, die von den Wachposten regelmäßig abgelaufen werden, um das Gelände zu sichern. Im Nordosten findet Timo das Hotel, in dem die Bundeswehr ihre Funkstation betreibt;

gekennzeichnet ist es mit einer kleinen Deutschlandflagge. Das *Scardus*. Wer auch immer das Modell erstellt hat, muss ein Künstler sein. Aus dem Blickwinkel des UÇK-Hauptquartiers wirkt das Hotel wie ein breiter Schutzwall. Es steht quer zu den niedrigeren Wirtschaftsgebäuden dahinter.

„Dank unseres Freundes hier", der General meint Timo, „wissen wir nun mit Sicherheit, wo sich die deutsche Einheit befindet."

Pikë tippt auf die kleine Fahne, blickt in die Runde und sagt etwas auf Albanisch. Danach wendet er sich mit finsterer Miene an seinen eben gekürten Informanten.

„Ich bin nicht gewillt, mein Eigentum in den Händen des Kriegsverbrechers Branco Andov zu belassen. Noch heute Nacht wird ein Sonderkommando mein Gefährt in einer geheimen Spezialoperation zurückerobern. Fürs Protokoll: Zeigen Sie doch bitte auf den genauen Standort meines Motorschlittens. Die Stelle, an der Sie ihn das letzte Mal gesehen haben."

Timo tut, wie ihm geheißen.

Sogleich setzt leises Gemurmel ein. Der UÇK-Führer dämpft die Stimmung mit flachen Händen. Er will nicht, dass ein Außenstehender in seine Pläne eingeweiht wird, nicht einmal dann, wenn er den alles entscheidenden Hinweis geliefert hat. Bemüht höflich komplimentiert Pikë den Deutschen hinaus.

„Herr Jäger ich bedanke mich für Ihren Dienst. Ich gestatte Ihnen, sich bis zu Ihrer Auslieferung morgen in meinem Befehlsbereich frei zu bewegen, sofern Sie sich weiterhin als der dankbare Gast erweisen, der sie bisher waren. Danke, das wäre dann alles."

Damit wedelt er Timo von sich fort.

Schwartz schiebt ihn in Richtung Ausgang, doch er will sich nicht so leicht abwimmeln lassen. Kurz bevor der Hauptfeldwebel ihn endgültig über die Schwelle befördert, windet er sich aus dem Griff des Verbindungsmannes.

„Herr General", ruft Timo, „ich will Teil Ihres Kommandos werden!"

„StUffz!", schreien Schwartz und Rothe fast gleichzeitig mit einem Anflug von Entsetzen in den Stimmen.

Das Gesicht Pikës spiegelt Gleichgültigkeit, doch Timo glaubt herauszulesen, dass sich darin eine unterschwellige Botschaft verbirgt. Eine Art Nachhallen, das ihn ermutigen soll, nicht aufzugeben.

„Meine Leute sind harte, kampferprobte Kommandosoldaten", merkt der General an, „wozu sollten sie sich mit einem unerfahrenen Deserteur belasten, der die Mission gefährdet?"

Timo hält dagegen.

„Ihre Leute haben das Schneemobil nicht gesehen; ich hingegen weiß genau, wo es steht. Außerdem weiß ich, dass es einen Scharfschützen vor Ort gibt und einen monströsen Wachhund, der aussieht, als warte er nur auf Frischfleisch."

„Danke für die Zusatzinformation, Soldat", gibt sich der General unbeeindruckt. „Wir werden sie zu verwerten wissen. Sie haben zumindest meine Aufmerksamkeit geweckt. Dennoch scheint mir das Risiko, Sie in das Unterfangen einzubeziehen, unangemessen hoch", sagt Pikë mit lauerndem Unterton. Er erwartet wohl ein bisschen mehr Einsatz von seinem Gast. Selbstbewusst tritt Stabsunteroffizier Timo Jäger erneut in die Runde. Nicht ohne Kalkül erwähnt er den Toten in der rostigen Schubkarre damals im Dorf, als Rolli und er hindurchfuhren. Timo beschreibt das Loch im Kopf der Leiche, die Trostlosigkeit, in der man sie entsorgt hatte, und er lässt nicht aus, dass es vermutlich die Lions wären, die den sogenannten, „Shibdar" auf dem Gewissen hätten. Wie erwartet geht ein zorniges Raunen durch den Raum. Spätestens jetzt weiß Timo, dass er dabei ist. Seine deutschen Kameraden möchten ihn am liebsten erwürgen.

Es gibt tatsächlich keinen vernünftigen Grund, warum er sich den Freischärlern so freimütig aufdrängen muss; vielmehr ist es Timos innerer Soldat, der um seine Existenzberechtigung bangt. Der Virus hat bemerkt, dass sein Wirt ihn abzustoßen beginnt, deshalb wehrt er sich. In letzter Zeit hat Timo ihn kaum wahrgenommen, ihn weitgehend verdrängt. Nicht allein deshalb, weil sich jeder von ihm erteilte Rat im Nachhinein als der reinste Bullshit erwiesen hat. Vielmehr will der absonderliche Übersoldat im Kopf Timo eine militante Unmündigkeit aufzwingen, die sich nur aus Schwarzweißansichten nährt. Kompromisslos verachtet er alles und jeden, der das selbst definierte Ehrgefühl verletzt. Schlimmer noch, er gibt erst dann Ruhe, wenn er die Ursache eines solchen Verstoßes ausgemerzt hat. Lina ist Timos wunder Punkt und der innere Soldat hat die Schwachstelle für sich genutzt. Geschickt genutzt. Timo erkennt das Schizophrene an der Situation, in die ihn sein innerer Soldat mit seinem letzten Schachzug manövriert hat. Der Deserteur ist kein Bundeswehrsoldat mehr; er schließt sich der UÇK an.

Hauptsache, er vollbringt zuletzt doch noch eine heroische, soldatische Tat, die den Stempel seines Übersoldaten trägt.

Timo gibt sich selbst ein Versprechen: Nach diesem letzten Einsatz wird er seinen inneren Soldaten beerdigen. Er wird ihn so tief in sich begraben, dass sich der Übersoldat wünschen würde, Timo könnte ihn aus seinem Körper verbannen. Dieses eine Mal ist es noch nötig, weil er Lina liebt. Timo ist überzeugt, dass es so ist. Das Kind ist von ihm, dessen ist er sich ebenfalls sicher. Zudem besteht die ziemlich reelle Chance, dass sich Lina wieder in ihn verlieben wird, wenn er ihr den Beweis dafür erbringt. Diese Art von Logik kann nur einem Träumer einleuchten; ein strammer Soldat versteht das nicht, schon gar nicht, wenn seine Ehre auf dem Spiel steht. Ebenso wenig wie Harry und Sally jemals nur Freunde sein konnten, so sind

Liebe, Logik und Ehre niemals gleichberechtigte Partner. Stets hechelt eine der anderen hinterher. Diesmal noch bestimmt der innere Soldat, danach wird Timo Mazedonien hoffentlich verlassen, erhobenen Hauptes, allein. In ihm gärt eine Melange aus vollkommen übersteigertem Heldenmut und zivilem Ungehorsam, mit dem er auf das Tischmodell tippt. Von dem Modellhäuschen, das im echten Leben den mazedonischen Polizisten als Mamlis Zwinger dient, springt sein Finger zu einer künstlichen Hügelkuppe aus grünem Plastik. Timo erklärt, dass in dem Verschlag das muskelbepackte Hundeungetüm lauere und des Nachts mit größter Wahrscheinlichkeit frei herumlaufe. Hinter dem Hügel, sagt er, warte der Scharfschütze, der auf Feldwebel Rolanders und seinen Kopf gezielt hätte. Aus ihm spricht weniger der fahnenflüchtige Timo Jäger, als vielmehr der zu seiner letzten Tat angestachelte Soldat. Er stellt das Szenario absichtlich übertrieben dar, damit die versammelte Mannschaft den Eindruck bekommen muss, längst nicht jede Hürde bedacht zu haben.

Es wirkt; das spüren auch Pat und Patachon alias Rothe und Schwartz. Der Major unternimmt einen verzweifelten Versuch, Timos Einlassungen kleinzureden. Er hält dagegen, dass die Gefahren ja nun erkannt seien und daher nicht der Mittäterschaft eines unerfahrenen, deutschen Deserteurs bedürften.

General Pikë indes hat längst Gefallen an Timos Darbietung gefunden. Dennoch muss er um des lieben Friedens willen seinem Verbündeten Recht geben. Das Oberhaupt der UÇK hakt nach, weshalb dem jungen Deutschen so viel daran gelegen sei, gegen die mazedonischen Polizisten ins Feld zu ziehen, und ob dem angehenden Freischärler klar sei, dass er auf eigenes Risiko handele – mit allen Konsequenzen, die ihm blühen, wenn die Operation schiefgeht. Die Bundeswehr, Deutschland, wird leugnen, jemals etwas mit dem jungen Mann zu tun gehabt zu haben.

Timo erwidert, dass es ihm nur allzu klar sei. Während er zusieht, wie sich die Bundeswehragenten wütend auf die Zunge beißen, merkt er an, dass er niemanden als offiziellen Verbündeten betrachte, der es nur aus purem Machtstreben darauf anlege, ihn und seinen Kameraden Rolli in einer solchen Weise herabzuwürdigen, wie es die Lions getan hätten.

Er wolle Genugtuung, wirft er sich in die Brust, denn niemand wird je erfahren, dass Kamerad Rolander für ihn nur Mittel zum Zweck gewesen ist.

Pikë nickt; die deutschen Verbindungsmänner stöhnen auf. Timo darf sich sauber machen für den Einsatz.

19. Mai 2002 – Mazedonien

Zurück am Snowboard

Das Einsatzkommando besteht aus vier Männern und zwei Frauen. Alle haben sich die Gesichter geschwärzt. Unter der Tarnfarbe wirken sie angespannt und zu allem entschlossen. Jeder von ihnen hat eine geladene Maschinenpistole mit Schalldämpfer bei sich. Die Agram 2 000 ist ein 9-mm-Rückstoßlader mit einer Feuerrate von 800 Schuss in der Minute. Wenn man allerdings mehr als 1 000 Schüsse abgibt, verschlechtert sich ihre Verlässlichkeit immens. Für Pikës Spezialoperation ist das nicht von Belang. Die handliche Kurzwaffe dient nur der Verteidigung; mehr als ein Stangenmagazin mit 32 Parabellum-Vollmantelgeschossen ist nicht nötig. Im Ernstfall werden sie von den Elitekämpfern mit tödlicher Präzision abgefeuert. Die sechs albanischen Soldaten sind ein perfekt eingespieltes und trainiertes Team, bestens gerüstet für diese Operation. Sie haben Übung darin, Ballast von einem Ort zum anderen zu transportieren.

Der deutsche UÇK-Krieger steckt wieder in einem Tarnfleckanzug. Große Teile der Rebellenarmee haben sich, seit sie 1996 die Weltbühne des Militärs betreten haben, den Kleidungsstil der Bundeswehr angeeignet. Statt der Deutschlandfahne tragen sie den Doppeladler auf ihrem Oberarm. Da es keine passenden Kampfstiefel gibt, darf Timo seine verkrusteten Sportschuhe anbehalten. Ein Sanitäter hat seine Oberschenkelwunde mit vier Wundklammern und viel Schmerzmittel geflickt.

Er ist unbewaffnet. Natürlich. Seine einzige Aufgabe besteht darin, die Stelle zu bestätigen, an der er das weiße Schneemobil des Generals zuletzt gesehen hat. Ansonsten besteht für ihn die strikte Anweisung, sich aus allen Zwistigkeiten herauszuhalten. Timo denkt nicht daran, sich mit seinen neuen Kameraden anzulegen.

Ein Armeelaster bringt die Kämpfer so nah wie möglich ans Ziel. Die letzten drei Kilometer legen sie im Fußmarsch zurück. Um den Motorschlitten abtransportieren zu können, führen sie stabile Teleskopstangen aus Aluminium mit. Darauf soll das Paket mit Spanngurten befestigt werden, das gut eine Vierteltonne wiegt. Der Trupp muss es schultern und bis zum Extraktionspunkt schaffen, wo der LKW auf sie wartet.

In der lauen, sternenklaren, aber doch tiefschwarzen Nacht, werden die letzten Vorbereitungen getroffen. Lose Gegenstände, die ein Klappern verursachen können, werden festgezurrt; sämtliche Taschen, Beintaschen, Hemdtaschen, Koppeltaschen werden geschlossen, die Magazine klickend in die Schächte geschoben. Die Agrams werden durchgeladen. Eine der beiden Frauen, augenscheinlich die Anführerin des Trupps, prüft mit ein paar trockenen Grashalmen die Windrichtung. Es ist die Frau, die im Lagerraum neben dem General stand. Das Büschel weht von ihr weg. Der Wachhund Mamli soll die Witterung des Kommandounternehmens nicht schon von weitem aufnehmen. Unter guten Bedingungen kann ein Hund einen Menschen auf einen Kilometer Entfernung ausmachen; ausgebildete Spürhunde verfügen über noch feinere Antennen.

Auf ein Zeichen der Anführerin geht es los.

Niemand spricht. In einer langen Reihe pirschen sieben Schatten durch das unwegsame Gelände. Timo geht an dritter Stelle. Die Gruppe kommt nur langsam voran, der Untergrund ist übersät mit trockenem Geäst. Sie müssen Acht geben, sich nicht durch einen unbedachten Schritt zu verraten. Der Stabsunteroffizier kennt die Vorgehensweise aus seiner eigenen Grundausbildung, obwohl die schon ein paar Jahre zurückliegt. Er sucht den Boden unter sich nach einer geeigneten Stelle ab, erst dann tritt er mit dem ganzen Fuß auf. Viel Staat ist auf diese Weise nicht zu machen.

Gegen 02:00 Uhr machen sie die ersten Gebäudeumrisse aus. Hinter einer Kuppe, noch weit vom eigentlichen Ziel entfernt, gehen sie flach auf dem Boden in Deckung. Während die Anführerin mit einem Nachtsichtgerät die Umgebung ausspäht, macht sich der Rest der Gruppe gefechtsbereit. Die Läufe der Maschinenpistolen zielen in die Dunkelheit.

Wiederrum auf ein Zeichen der Frau schwärmen zwei Krieger aus, um das Gelände abzusichern. Sie werden den Rückzug ihrer Kameraden decken, falls es zu einem Schusswechsel kommt. Der Trupp folgt einem Zeitplan, den die Anführerin mit wachem Blick auf ihre Armbanduhr prüft.

Noch regt sich nichts in dieser lauen Nacht.

Manchmal erregt ein Rascheln, das irgendein Getier im Unterholz verursacht, die gespannte Aufmerksamkeit der Mannschaft, nur um sich dann wieder in drückende Stille zu verwandeln.

Um halb drei flackert eine Taschenlampe auf. Einer der mazedonischen Wachposten muss pinkeln; seine Position wird auf einer Karte festgehalten. Später werden die Rebellen diese Stelle umgehen müssen.

Es geht auf 03:00 Uhr zu.

Um fünf nach drei bekommt Timo das Signal, der UÇK-Frau zu folgen. Die übrigen bleiben mit den Tragestangen auf Position; sie werden erst in Erscheinung treten, wenn die Späher das Schneemobil ausfindig gemacht haben.

Zu zweit rücken sie bis an einen Blechverschlag heran. Timo erkennt ihn im fahlen Restlicht als Mamlis Gefängnishütte. Er betet inständig, die wilde Bestie möge schlafen. Sein Herz pocht so laut, dass er fürchtet, durch das Dröhnen in seinem Inneren könne der Feind erwachen.

„Know your enemy!"

Der Feind wird seine zu Unrecht erworbene Wintertrophäe bis aufs Messer verteidigen. Timo hat noch nie einen Menschen sterben sehen. Der

Albaner in der Schubkarre war schon tot. Er hat das ungute Gefühl, dass es heute damit vorbei sein wird – dass er seine Unschuld verlieren wird, wie die Titelhelden in Actionfilmen immer so schön sagen.

Eine Zikade zirpt irgendwo verborgen in einem wildbewachsenen Hang. Ihr einsames Konzert ist ohrenbetäubend laut. Kurz überkommt Timo die irrational romantische Idee, er brauche sich einfach nur die Schuhe von den Füßen zu reißen, um anschließend barfuß und mit ausgestreckten Armen durch das taufeuchte Gras zu laufen. Ein Mondscheinerlebnis, gewissermaßen. Schnell schüttelt er den Gedanken wieder ab, als er den strengen Blick seiner Begleiterin sieht. Sie gibt ihm stumm zu verstehen, dass er sich nur auf diese einzige Sache zu konzentrieren hat. Mit ihrem Kopf macht sie eine auffordernde Geste. Ab hier ist er auf sich allein gestellt.

Er hat ein mulmiges Gefühl im Bauch, aber er hält ihr seinen Daumen hin als Zeichen, dass er weiß was zu tun ist, obwohl er sich dabei längst nicht sicher ist.

In respektvollem Abstand zu Mamlis Wellblechverschlag hastet er vorsichtig geduckt bis zu einem schweren Felsbrocken, hinter dem er sich hinwirft. Der junge Soldat hebt den Kopf und blickt sich um. Zusammen mit drei anderen, riesigen Findlingen begrenzt der Stein ein rechteckiges Schotterfeld. Ein Materialstellplatz oder eine Abladefläche für Großgerät, das man im Winter zur Pflege der Sportarena Popova Shapka herangeschafft hat. Am anderen Ende des Rechtecks steht ein unförmiges, graues Gebilde. Es ist komplett von einer Plane verhüllt. Um ganz sicher zu sein, dass es genau das ist, was Timo vermutet, muss er hinübergleiten und nachsehen.

Vom Feind keine Spur.

Vielleicht ist dem jungen Mann das Glück gewogen. Diesmal. Glück im Spiel … und so weiter. Vor ihm liegt eine Strecke von gut 20 Meter ohne die geringste Deckung. Auf dem lockeren Steinboden werden seine Schritte einigen Lärm verursachen, wenn er es zu eilig hat. Die Bedenken beiseiteschiebend, vergewissert er sich, dass niemand ihn beobachtet. Dann schleicht er los. Den Verschlag lässt er zu seiner Linken.

Genau in diesem Moment öffnet sich die Tür.

Ein gelber Lichtstrahl dringt hinter zwei ungleich großen Schatten aus dem baufälligen Rahmen und reicht Timo bis fast vor die Fußspitzen. Bewegt er sich nur einen Zentimeter weiter, befindet er sich direkt im Blickfeld des Feindes. Der nur unwesentlich kleinere der beiden Schatten schnaubt geräuschvoll aus. Um den zerzausten, schwarzen Kopf wabern graue Nebelschwaden. Tatsächlich hat Timo den Eindruck, als stürze die Temperatur gerade rapide in den Keller – im mazedonisch-warmen Mai relativ ungewöhnlich. Der kalte Schauder fährt ihm unter die Uniformjacke, als er das ungeduldige, tierische Knurren hört. Metall klirrt. Es ist dem größeren Schatten anzumerken, dass er relativ viel Kraft aufwenden muss, um die

Kreatur an der Kette im Zaum zu halten. Er versucht es mit ruhigen, besänftigenden Worten, die ungehört verhallen. Das Biest zieht und zerrt wie von Sinnen.

Es will unbedingt auf die Jagd gehen.

Timo sitzt fest. Wenn Mamli von der Leine gelassen wird, hat er ihn im Handumdrehen erschnüffelt. Wahrscheinlich wird er Timo dann einfach auffressen. Mit angehaltenem Atem sieht er den Schatten des Hundeführers. Er zieht das Tier am Halsband mit einem heftigen Ruck an sich. Das Monster winselt. In Polizeikreisen ist es durchaus üblich, Diensthunde mit einem Stachelhalsband aus Edelstahl zu quälen, das man verniedlichend „Trainingshalsband" nennt. Erziehung durch Schmerz, wobei unklar ist, wie erfolgreich das Konzept wirkt, wenn der Reiz ununterbrochen anhält. Der Mann jedenfalls kann sich mit dem Verhalten seiner Kreatur nicht anfreunden. Mit beiden Händen reißt er die Kette nach unten. Dort wo Timo seinen Kopf vermutet, glimmt vor Anstrengung der rote Punkt einer brennenden Zigarette hell auf. Qualmwölkchen steigen links und rechts in den Nachthimmel. Murrend nestelt der Kerl an Mamlis Hals herum.

Er will die Bestie von der Leine lassen.

Klickend löst sich der Schnappverschluss des Halsbandes. In der Finsternis kann Timo sehen, wie sich die Muskeln unter Mamlis fleddrigem Fell erregt heben und senken. Mit irrsinniger Geschwindigkeit sprintet das Tier los.

In diesem Moment durchschneidet ein markerschütternder, schriller Pfeifton die Luft, gefolgt von einem krachenden Einschlag. Der Erdboden erzittert unter der brutalen Wucht. Eine solch gewaltige Erschütterung hat Timo nicht einmal erlebt, als Tage zuvor in Camp Fox die Erde bebte.

Ein zweites Kreischen löst das erste ab, und wieder bringt eine heftige Detonation den Berg zum Wanken. Albanische Artillerie. Timo kann den Einschlagort der Geschosse nicht ausmachen, nur fühlen. Er weiß instinktiv, dass er sich nicht in Gefahr befindet, doch Schock und Reflex haben ihn sich bäuchlings auf den Boden werfen lassen. Die Arme über dem Kopf verschränkt, drängt er sich an den nächsten Steinbrocken, als könne er sich darin verkriechen.

Eine dritte Stoßwelle braust unter seinem Körper hindurch. Die UÇK fährt zur Ablenkung schweres Geschütz auf, und es verfehlt die erhoffte Wirkung nicht.

„Sie nutzen das *Scardus* als Schutzschild", hatte Major Rothe am Kartentisch gesagt.

Jetzt weiß Timo, was gemeint war. Das Hotel *Scardus* ist die Relaisstation der Fernmeldesoldaten der Bundeswehr. Branco Andov weiß, dass seine albanischen Nachbarn über schwere Artillerie verfügen, doch davon

186

einschüchtern lassen will er sich auch nicht. Er und seine Lions haben sich in den Wirtschaftsgebäuden hinter dem Hotel eingenistet. Würde das albanische Geschützfeuer das *Scardus* hinwegfegen, könnte sich der mazedonische Polizeichef der militärischen Unterstützung Deutschlands gewiss sein. Bisher ist die Rechnung für den Oberlöwen aufgegangen.

Heute jedoch geht General Pikë aufs Ganze.

Der mazedonische Hundeführer flüchtet sich Hals über Kopf zurück in Mamlis Unterschlupf und wirft die Tür zu. Sein Tier hat er in der eigenen Panik zurückgelassen. Verängstigt drängt es sich an den Verschlag und sucht kratzend und jaulend nach einem Schlupfloch. Der Lärm muss entsetzlich in seinen Ohren dröhnen. Es donnert unentwegt weiter, mal auf der einen, mal auf der anderen Seite des Berges.

Timo wäre wohl bis in alle Ewigkeit wie ein Baby eingerollt liegengeblieben, hätte ihn nicht jemand plötzlich am Kragen gepackt. Verwirrt starrt er in das Gesicht seiner Anführerin, während sie ihn auf die Beine zerrt. Fragend nickt sie in Richtung des verschnürten Pakets auf der gegenüberliegenden Seite. Zögerlich nickt er zurück.

Ohne Furcht spricht die Frau mit lauter Stimme in ein Funkgerät, dann klopft sie ihrem deutschen Kameraden auf die Schulter. Sie zeigt „noch drei Minuten" mit den Fingern an und imitiert den Ton einer Granate. Ihnen bleiben drei Minuten bis zum letzten großen Einschlag. Die Albaner wissen, irgendwann hat selbst der größte Schreckmoment ein Ende. Die mazedonischen Polizisten werden sich nicht ewig verstecken. Wenn sie merken, dass sie einer Täuschung aufgesessen sind, kommen sie aus ihren Löchern gekrochen und werden das Feuer eröffnen. Bis dahin muss die Arbeit der Rebellen erledigt sein.

Timo und die UÇK-Kämpferin rennen los.

Mamli heult verzweifelt auf. Er ist noch zu verängstigt, als dass er seinen Wachdienst verrichten könnte. Das Getöse muss den Hund schier wahnsinnig machen. Die Tür der Baracke ist fest verrammelt, es gibt keinen Rückzugsort für das bedauernswerte Biest. Das gilt auch für die anderen Türen, hinter denen mazedonische Polizisten kauern. Erst nach dem Beschuss werden sie sofort herausstürzen, um nachzusehen, was da auf sie hereingebrochen ist.

Mit einigen wenigen schnellen Sätzen haben die beiden Verschwörer ihr Ziel erreicht. Es steht, von einer fleckigen Gewebeplane gut verschnürt, auf zwei grauen Holzpaletten. Die Sicherung erweist sich als Stahlseil mit mehreren in sich verdrillten Strängen. Die Frau zieht ein langes Messer aus ihrem Stiefel und schneidet mit raschen Bewegungen die Plane ein. Das Material gibt ein rupfendes Geräusch von sich. Timo reißt an der entstandenen Öffnung herum, damit er besser hineinsehen kann. Er grinst. Mit erhobenen Daumen zeigt er seiner Begleiterin an, dass sie das gesuchte Objekt gefunden haben. Ein attraktives Lächeln huscht hinter der Tarnfarbe durch ihr angespanntes Gesicht. Für einen Herzschlag verwandelt sich die Kriegerin in eine stolze Frau.

Eilige Schritte auf dem Kiesboden kündigen die Verstärkung an. Die zurückgelassenen Männer kommen mit den ausgezogenen Teleskopstangen angelaufen. Sie schieben die Tragehilfen unter den Hohlräumen der Palette hindurch, so dass man das ganze Paket von vier Enden her leicht anheben könnte. Leider geht die Arbeit nicht ganz so einfach von der Hand, wie das der Trupp im Vorfeld einstudiert hat. Die Männer mühen sich redlich, können ihre Ladung auch ein Stück weit anheben, doch sie schaffen es einfach nicht, das Schneemobil zu schultern. Es ist zu schwer. Ihre Anführerin stößt einen lauten Fluch aus und spricht aufgeregt in das Funkgerät. Die übrigen Soldaten kommen gerannt. Zu sechst, mit Timos Hilfe, gelingt es ihnen, sich auf den Weg zu machen. Keinen Moment zu früh, wie sich herausstellt. Das letzte Geschoss pfeift über sie hinweg. Das Kommando hält an. Mit fest in den Boden gestemmten Beinen und eingezogenem Kopf warten sie ab, bis die Erschütterung unter ihnen hindurchrollt, dann geht es weiter. Die Truppführerin lässt sich einige Meter zurückfallen, damit sie mit ihrer Maschinenpistole den Rückzug der Gruppe abdecken kann. In dieser Phase der Mission zeigt sich die ganze Erfahrung des eingespielten Kommandos. Der Trupp bewegt sich höchst effizient. So ruhig wie nötig und so eilig wie möglich. Die Frauen und Männer nutzen die gleiche Strecke für ihren Rückzug wie auf dem Hinweg. Eine Weile hetzen sie parallel entlang eines Wiesenstücks, das an die Touristikdomizile des Snowboard angrenzt. Dann, als sie allmählich aus dem Sichtbereich der Sicherungsposten kommen, marschieren sie bergab auf einem Trampelpfad durch ein lichtes Waldstück.

Es geht voran.

Ohne Probleme gelangen sie mit ihrer drückenden Fracht bis in die Nähe des wartenden Lastwagens. Sie können schon den laufenden Motor hören. Eine Woge aus Dopamin, Serotonin, Adrenalin und Endorphin durchströmt Timos Körper.

Er fühlt sich wie damals, als Lina ihn auf einen Rave mitgeschleift hat. Ihm ist Rockmusik eigentlich lieber, aber ihr zuliebe hat er sich breitschlagen lassen. Die ewig gleichen, qualvoll lauten Technobeats waren kaum auszuhalten, doch dann hielt ihm Lina ihre Fingerspitze an die Lippen. Darauf balancierte eine kleine, gelbe Tablette, auf der ein Smilie eingeprägt war. Sie schob ihm die Pille in den Mund und steckte ihre Zunge hinterher. Es dauerte eine Weile, bis der Wirkstoff des Methylendioxyamphetamins, genannt XTC, sich ausbreitete. Nach und nach stieg aus seinem Bauch eine Hitze auf, die eine unbändige Kraft in ihm freisetzte. Sie gelangte in jede Faser seines Organismus. Die Welt um ihn wurde eine andere, viel geilere Version. Die Musik packte ihn. Er tanzte, nein, er schwebte ausgelassen durch ein

Universum, das nur ihm gehörte. Darin gab es weder Streit mit Lina noch die Sorge um den nächsten Augenblick. Timos Leben war vollkommen, und er beherrschte es, in dem er verzückt durch den Äther seines Bewusstseins zappelte. Dieses befreiende Gefühl, das er schlussendlich natürlich mit einem schrecklichen Brummschädel bezahlte, war der Inbegriff von dem, was er für Freiheit hielt.

So ähnlich geht es ihm jetzt, nachdem sie es geschafft haben, Branco Andov ein Schnippchen zu schlagen. Er würde am liebsten rotieren vor Freude.

Auf einmal, ohne Vorwarnung, kippt der Trupp nach hinten weg. Wie Dominosteine fallen die Soldaten, von dem Gewicht ihrer Last gezogen, einer nach dem anderen um. Links hinten stößt eine der Frauen einen entsetzlichen Schmerzensschrei aus. Timo fährt auf dem Boden herum, weil er die Gefahr nirgends ausmachen kann. Er befreit sich von der Alustange, die auf sein Bein gefallen ist, ihn aber nicht weiter verletzt hat. Zwei UÇK-Kämpfer wälzen sich unter dem Gewicht der Last, die sie unter sich begraben hat, und versuchen sich ebenfalls zu befreien. Es sieht nicht so aus, als habe der Sturz großen Schaden angerichtet. Das schwere Schneemobil steht noch immer stabil verpackt auf der Palette. Die Albanerin ist vermutlich nur über eine Wurzel gestolpert.

An Timos Ohr dringen Geräusche, die so gar nicht ins Bild passen. Das eine ist ein klangvolles Schmatzen, als rühre jemand genüsslich in einer Wanne Matsch herum. Papierseiten werden zerrissen, obwohl er genau weiß, dass niemand welches mitführt. Es muss Haut sein, wird ihm klar. Die Kakophonie wird begleitet von wohligen Fresslauten. Dazu gesellt sich ein gurgelndes Blubbern wie von einer Ertrinkenden. Irgendwo hinter dem Paket, dort, wohin er nicht sehen kann, geht etwas zutiefst Beunruhigendes vor sich.

Timo rafft sich auf.

Er muss um das ganze Gefährt herumlaufen.

Da ist keine Wanne voller Matsch.

Das Geräusch wird durch zwei ineinander verkeilte Leiber verursacht. Über dem am Boden steht ein grau befelltes Monster auf zwei Beinen, bucklig und zähnefletschend wie ein Werwolf. Mit den Vorderpfoten hält es den ruckenden Oberkörper eines Menschen auf die Erde gedrückt, während es sich in einen Schenkel verbissen hat und lustvoll daran herumzerrt.

Gelähmt vor Entsetzen betrachtet Timo das grauenvolle Schauspiel.

Mamli rüttelte so lange an dem Bein der Frau herum, bis er ein gutes Stück davon ins Maul bekommt. Gierig schlingt er das rohe Fleisch hinunter, nur um sofort wieder zuzubeißen. Das Hundevieh muss fressen, wer weiß, wann es das zuletzt getan hat. Die Frau, um die herum sich der Waldboden dunkelrot färbt, schreit nicht. Gottergeben wimmernd und leichenblass lässt sie die Tortur über sich ergehen. Flatternde Augen, die ins Leere stieren, warten auf ihr Ende.

Timos Blick sucht hastig den Grund ab.

Irgendwo muss doch die Maschinenpistole der Soldatin zu finden sein. Die Agram schwimmt in einer blutigen Pfütze neben seinem Turnschuh. Er will danach greifen, doch das schmierige Schulterstück entgleitet ihm mehrmals. Alles geht rasend schnell vor sich und doch scheint es ihm, als befinde er sich in einer Blase, in der die Zeit ausgebremst wird. Er sieht, wie die übrigen Soldaten noch immer damit beschäftigt sind, sich aufzurappeln. Sein Zeigefinger bekommt den Abzug einfach nicht zu fassen. Aufgeregt nestelt er an dem blutverschmierten Griffstück aus Hartplastik herum. Nur durch Zufall kann er schließlich doch abdrücken. Doch nichts geschieht. Er hat vergessen den Sicherungsbügel unter dem Verschluss umzulegen. Hektisch fährt er mit einem Daumen durch das Halteloch vor dem Magazin und hält die Waffe schräg, damit er mit dem anderen Daumen besser an die Einstellung für den Feuermodus kommt. Es klickt zweimal. Dauerfeuer.

Der Abzug klemmt.

Timo versucht es noch einmal. Und noch einmal und noch einmal.

Nichts.

Aus purer Verzweiflung schreit Timo die Bestie an, um sie von ihrer Mahlzeit abzulenken. Noch fühlt er sich sicher, da er eine Maschinenpistole in den Händen hält. Allein der rettende Schuss will sich nicht lösen. Er hämmert mit der Faust gegen den Verschluss; er schüttelt die Schnellfeuerwaffe, er lädt einmal durch, zweimal – das verfickte Ding will sich nicht abfeuern lassen.

Mamli neigt seinen mottenzerfressenen Schädel. Er beobachtet Timo aufmerksam. Wägt ab. Sein altes Opfer gibt nur noch ein gequältes Stöhnen von sich. Es verliert an Reiz. Mamli wittert frisches Fleisch, ein neues, aufregenderes Spiel.

Der junge Stabsunteroffizier gerät in Panik. Er wirft die Maschinenpistole nach dem Ungetüm. Sie prallt am Kopf ab, Mamli jault nicht mal auf. Zähnefletschend und mit blitzend gelbverfärbten Augen, die tief in den Höhlen liegen, visiert es seinen neuen Gegner an. Die grauen Muskelberge unter den Fellresten spannen sich an. Das Monster ist bereit für den Sprung.

Außerhalb von Timos Zeitblase, gerade noch wahrnehmbar, ist ein stakkatohaftes Tackern zu hören.

Mamlis filzig graues Fell vibriert leicht.

Wieder das Tackern. Lauter.

Diesmal zuckt das Tier kräftiger zusammen, als würde er von einem Bienenschwarm attackiert. Wütend wirft sich der Hund auf die andere Seite.

190

Dort steht, breitbeinig, ein albanischer Racheengel. Die Anführerin ihres Kommandos zielt kaltblütig auf die Flanken der Bestie. Erneut betätigt sie den Abzug. Die Geschosse, abgegeben in kurzen, kontrollierten Feuerstößen, bohren sich in das harte Muskelfleisch des Hundekörpers. *Flopp, flopp, flopp.* Nach der sechsten Salve beginnt Mamli das erste Mal zu winseln. Timos Retterin wechselt das Magazin.

Das getroffene Tier legt die Ohren an und bellt seinen Feind zornig an. Noch während es zu überlegen scheint, ob sich ein Angriff lohnt, dreht es sich mehrfach um die eigene Achse. Es hat genug. Heulend verschwindet es endgültig in die schützende Nacht.

Mehrere Atemzüge lang zielt die UÇK-Kämpferin dem Ungeheuer in die schwarze Leere hinterher, bis klar ist, das Mamli nicht zurückkommen wird. Dann lässt sie den Lauf der Agram sinken und kümmert sie sich um ihre schwerverletzte Kameradin.

Zunächst glauben sie, dass sie nicht beides können: die gehunfähige Frau und das Schneemobil zugleich fortschaffen.

Die Truppführerin entscheidet sich für ihre Kameradin.

„Ich nehme sie!", ruft Timo und macht eine Bewegung, die zeigen soll, dass er sich die am Boden liegende Freischärlerin wie waidwundes Wildbret um die Schultern legen will.

Zunächst quittiert die befehlsgewohnte UÇK-Frau den Vorschlag des Deutschen mit einem energischen Kopfschütteln, doch dann besinnt sie sich eines Besseren. Sie wechselt mit ihren Leuten ein paar Blicke, die nur mit den Schultern zucken, als wollten sie damit sagen: „Was soll's. Wir haben bei diesem Auftrag sowieso nichts mehr zu verlieren."

Der Sanitäter des Trupps versorgt das scheußlich verletzte Bein notdürftig. An Gesäß und Oberschenkel fehlt ein gutes Stück Muskelfleisch. Unterhalb der Wunde bindet er ab und verabreicht der Soldatin eine Morphinspritze. Daraufhin schließt sie beinahe erleichtert die Augen. Sie legt den Kopf zurück und schläft ein. Vorsichtig heben zwei Männer ihren Körper an, damit sich Timo darunter positionieren kann, um ihn sich leichter um die Schultern zu schlingen. Er presst ihre schlaffen Arme und das unverletzte Bein fest an seine Brust. Der blutige Rest baumelt empfindungslos über seinem Rücken. Trotz der Dunkelheit schimmert ihre offengelegte Haut wächsern. Sie fühlt sich schwitzig und kalt an. Ihr Körper wehrt sich schon gegen die beginnende Infektion.

Die Frau braucht dringend einen Arzt.

Die übrigen Kämpfer sammeln sich um das Paket. Ihre Anführerin nimmt den Platz der Verletzten ein. Mit vereinten Kräften schultern sie den Motorschlitten und setzen ihren Nachtmarsch fort.

Sie legen mindestens einen weiteren Kilometer zurück, dann blenden endlich die Scheinwerfer des Lastwagens auf.

Später am 19. Mai 2002 – Mazedonien

Zurück vom Snowboard

Die Uhr im Hauptquartier der UÇK zeigt 15:20 Uhr, als sie dort ankommen. Die Kunde ihrer Ankunft hat sich längst verbreitet. Mehrere Soldaten, kaum hat der LKW angehalten, kommen herbeigeeilt und heben die inzwischen bewusstlose Soldatin behutsam von der Ladefläche. General Pikë tritt ebenfalls dazu. Er beginnt ein Gespräch mit der Truppführerin. Sie berichtet in hastigen, aber überlegten Worten und weist am Ende der kurzen Unterredung auf Timo. Pikës Blick folgt dem ihren. Er rümpft die Nase.

„Waschen Sie sich", befiehlt er knapp, dann lässt er sich auf den LKW helfen und besieht sich seine Beute.

Während der Fahrt haben die Einsatzkräfte die Plane vollständig gelöst. Drei Arbeitsleuchten auf einem Stativ, die man hinter dem Lastwagen aufgebaut hat, damit der General besser in sein Inneres sehen kann, erhellen das weiße Schneemobil in seiner ganzen Pracht, von leichten Kratzern auf dem Lack abgesehen. Pikë streichelt mit seinen Fingerkuppen liebevoll über die alte Karosserie und das gebrauchte Sitzleder. Tränen schimmern in seinen Augen.

An Timo klebt getrocknetes Blut.

Man gibt ihm die Kleidungsstücke zurück, in denen man ihn aufgeschnappt hat, die Jeans und das T-Shirt. Sie sind frisch gewaschen. Ihm selbst wird gestattet, sich zu waschen. Sein bärtiger Wachmann, der Timo nun viel respektvoller behandelt, führt ihn in einen beige gekachelten Raum. Von der Decke hängt silbrig schmutzig ein einzelner, dreistrahliger Duschkopf. Aus der Wand ragt ein passender Drehknopf ohne Farbkennzeichnungen für warm oder kalt. Bevor Timo das reinigende Wasser über seinen Körper laufen lassen kann, soll er zu seiner eigenen Sicherheit einen Kippschalter umlegen. Wie ihm ein Begleiter kichernd versichert, wird auf diese Weise ein Stromkreis unterbrochen. Unterließe der junge Mann diese Sicherheitsmaßnahme, fließe ihm anstelle des wesentlich angenehmeren Duschstrahls Elektrizität über die Haut. Ein Scherz unter Soldaten. Dem Deutschen dämmert, dass General Pikë seine Einheit mit einer gehörigen Portion derber Ironie führt. Sie färbt bereits auf seine eigenen Leute ab. Sie sind infiziert. Infiziert von ihrem ganz persönlichen, inneren Soldaten.

Vielleicht ist Krieg, und Pikës Krieg im Besonderen, ja nur auf diese spezielle Weise zu führen, denkt Timo.

Ihn hingegen beginnt dieser irritierende Übersoldat allmählich zu nerven. Er ist es leid, ständig mit Menschen in Berührung zu kommen, die vorgeben etwas zu sein, das ihnen lediglich ihr innerer Soldat im Befehlsformat diktiert. Der Mensch Pikë ist vor Timos Augen nur ganz kurz aufgeflackert. Etwa, als er von seinen Jahren in Deutschland erzählte und was er bereit war, für seine eigene Familie zu erdulden. Oder als er einfach nur mit seinen Fingern über den weißen Lack seines zurückeroberten Motorschlittens fuhr und dabei fast weinte. Der dominantere Teil aber, der General, gibt vor, dass er von Branco Andov zu dem gemacht wurde, was er heute ist. In Wirklichkeit hat ihm sein eigener, innerer Soldat so lange ein Bild von Stolz und Ehre vorgegaukelt, dass es Fazil Pikë nun für seine eigene Wirklichkeit hält. Als Oberbefehlshaber einer Rebellenarmee bedarf es wahrhaft einer genialen Strategie, um all die begangenen Sünden zu rechtfertigen, die sich auf dieser Lebenslüge begründen. Letztendlich kann sie nur in feinen, verborgenen Spott münden, damit Fazils Geist sie verarbeiten kann. Nach den vielen Fehlschlägen wagt Timo keine Berechnung mehr darüber anzustellen, wie vielen Soldaten außer ihm und dem General die Spielregeln von einem Über-Ich aufgedrängt werden.

Lina hat das erkannt, denkt er reumütig.

Und endlich auch er selbst. Er ist kein Soldat mehr. Endgültig. Er fühlt sich befreit.

Es ist an der Zeit, einiges in seinem Leben in Ordnung zu bringen. Timo Jäger ist wieder Zivilist. Ein Staatsbürger ohne Uniform, frei in und vor allem frei von den eigenen Gedanken. Das einzuordnen, fällt ihm noch schwer.

Die Ernüchterung folgt auf dem Fuße. Während er sich nachdenklich einseift, muss er erkennen, dass die Welt nicht auf die Neuigkeit, Timo Jäger habe sein Über-Ich besiegt, gewartet hat. Sobald die Sonne aufgeht und er wieder in seinen alten Klamotten steckt, wird ihn General Pikë an seine Landsleute in Camp Fox ausliefern. Von dort wird man ihn dem nächsten Gefängnis überantworten und sein Kind, das noch nicht einmal geboren ist, bekommt einen vorbestraften Vater. Niemanden, am allerwenigsten Lina, wird es scheren, ob er aus Liebe desertiert ist oder aus irgendeinem anderen beschissenen Grund. Was also hat er erreicht?

Nichts, lautet die ernüchternde Antwort.

Nichts außer einem kurzen und gefährlichen Selbstfindungstrip, der ihn an den Rande Mazedoniens geführt hat ohne die geringste Aussicht darauf, Linas Herz zurückzuerobern.

Die Seife brennt in seinen Augen. Ihr künstlicher Zitronengeruch ist keine Erleichterung. Er schäumt den ganzen Körper damit ein, wiederholt die Prozedur, bis seine Finger davon schrumpelig werden. Egal, wie sehr er sich über die Haut schrubbt, der Dreck und das Blut wollen sich nicht abwaschen lassen. Beides hat sich tief bis in die letzte Pore eingegraben. Seine Selbsterkenntnis, der Befreiungsschlag, mit dem er seinen inneren Soldaten vertrieben hat, sie kommen zu spät. Die Wahrheit ereilt ihn unter der heißen

Dusche im Hauptquartier der albanischen Befreiungsarmee UÇK und ausgerechnet in diesem Augenblick gibt es niemanden, dem er davon erzählen kann. Das Leben schlägt manchmal Kapriolen.

In den chemischen Seifenduft mischt sich der Geruch einer brennenden Zigarette.

Timo spürt, dass ihn jemand bei seinem Selbstzerfleischungsprozess ungeniert beobachtet. Er ist nackt und verletzlich. Seine blauen Flecken, die er sich während der Übung „Red Fox" zugezogen hat, sowie die Narbe am Oberschenkel schillern nass zwischen ein paar neuen, nicht erwähnenswerten Schrammen. Auch sein Seelenleben liegt offen. Nicht einmal ein Handtuch hat er, hinter dem er seine Scham verstecken kann. Er hat vergessen, nach einem zu fragen. Ohne nach dem Eindringling zu sehen, dreht er das Wasser ab. Mit einer Hand, die er schützend vor sein Glied hält, watschelt er zu seinem Kleiderstapel, der gefaltet auf einem Schemel mit Flechtbezug liegt. Stoisch hält Timo den Blick gesenkt, weil er Angst hat, sich vollständig zu entblößen, wenn er in das Antlitz seines Beobachters blickt. Das leise Knistern der Glut verrät eingesaugten Tabakdunst, Rauch, der genüsslich ausgeblasen wird.

Die Neugier siegt.

Direkt neben dem Schalter, durch den sich der Stromkreis in Timos Nasszelle nach Belieben öffnen und schließen lässt, lehnt, – wer sonst – der General. Eine Kippbewegung seines Daumens könnte alle Probleme lösen. Pikës Kopf ist gräulich dunstumwölkt. Versonnen sieht er den in sich verschlungenen Rauchkringeln bei ihrem Tanz in der feuchten Luft zu. Er hat die Möglichkeit erwogen.

„Ich stehe in der Schuld eines Feiglings", stellt er fest, ohne den jungen Mann im Bestimmten zu meinen. In Händen hält er ein weißes Frottierhandtuch. Er wirft es Timo zu.

„Danke", bringt der junge Mann halblaut hervor.

Er tupft sich schüchtern ab. Der Stoff ist rau und riecht nach einer langen Lagerzeit in einem Holzschrank, der nicht richtig schließt.

Pikë ignoriert Timo und tut, als spreche er zu sich selbst.

„Daher sehe ich mich gezwungen, ihm die freie Wahl zu überlassen."

Den Rest der Zigarette schnippt er in eine schaumige Duschpfütze, die noch nicht abgelaufen ist, dann geht er. Kurz bleibt sein Blick noch an dem Kippschalter hängen. Er seufzt.

Einigermaßen verwirrt sieht ihm Timo hinterher. Das T-Shirt, die Hose, die Turnschuhe hält er in der Hand. Er schaut um eine Ecke der Nasszelle. Sein bärtiger Bewacher ist verschwunden. Probehalber läuft er nackt durch das Erdgeschoss, warm genug ist ihm. Niemand hält den jungen Deutschen im Adamskostüm an. Überhaupt scheint keine Menschenseele mehr da zu sein. Die UÇK weiß offenbar, wie ein zügiger Stellungswechsel durchgeführt wird.

Wie lange hat er geduscht? Im Gehen zieht er sich an, tappt barfuß von Raum zu Raum, wirft einen Blick hinein. Die Stimmung und das Flair der Achtziger sind geblieben, nur die Menschen fehlen. Selbst die Hotelbar, das Wohnzimmer des Generals, ist vollständig ausgeräumt; die sperrigen Möbel stehen noch da, doch die Regale und Borde sind leer. Mit dem feuchten Handtuch über dem Arm, weil sich kein Haken findet, es daran aufzuhängen, streift Timo befremdet durch die offenstehenden Türen. Ein sanfter Zug weht zwischen den Korridoren. Verräterisch bleibt die zerfetzte Doppelseite einer alten Ausgabe der „Fakti" an seinem Fuß kleben. Er schüttelt sie ab. Durch die verwaiste Lobby, in der er gestern noch auf eine Audienz beim General wartete, gelangt er hinaus ins Freie. Gestern erst? Noch einmal rubbelt er sich kräftig das Haar, dann wirft er das Frottiertuch einfach hinter sich. Niemand wird es vermissen. Eine letzte Hinterlassenschaft des stets voranschreitenden Vergessens.

Zwei Fahrzeuge stehen mit laufendem Motor auf der Zufahrt. Ein silberner Land Cruiser und der leichte Geländewagen Typ Wolf der beiden Bundeswehrsoldaten. Major Rothe steigt aus. Er wartet ab, bis Timo, der dienstgradniedere Stabsunteroffizier, an ihn herangetreten ist. Hauptfeldwebel Schwartz bleibt sitzen. Patachon wartet ab, schaut kopfschüttelnd zum heruntergekurbelten Seitenfenster hinaus. Sein linker Ellenbogen liegt auf dem Rahmen.

„Überlegen Sie gut, in welches Auto Sie steigen, Stabsunteroffizier Jäger", mahnt Rothe.

Endlich begreift Timo, welche Wahl ihm der General lässt.

Hinter dem Steuer des silbernen Fahrzeugs sitzt eine Frau. Sie gehört zur UÇK. Es ist die Truppführerin, unter deren Kommando er geholfen hat, den Motorschlitten zu erbeuten.

„Ist das ein Gewinnspiel?" Timo bleibt vor der Motorhaube der Deutschen stehen. Er fühlt ein kleines bisschen Hoffnung, die ihm den Mut zu widersprechen verleiht.

„Steigen Sie in unseren Wagen und der Hauptpreis gehört Ihnen!", schlägt der Major ein bitteres Lachen an.

„Ernsthaft, StUffz", mischt sich der Hauptfeldwebel ein, „wir können dafür sorgen, dass die Sache glimpflich für Sie ausgeht."

Timo zieht die Augenbrauen hoch.

„Ja? Wie das denn?"

„Bisher weiß kaum jemand von ihrem Verschwinden aus Camp Fox", legt Rothe nach. „Sie kehren zurück, nehmen eine mittlere Geldstrafe in Kauf, so um die 500 Euro, und reißen Ihr halbes Jahr in Mazedonien mit Anstand und allen soldatischen Ehren ab. Vielleicht gibt's sogar noch den obligatorischen Orden."

„Aber man hat mich beobachtet, als ich das Lager verlassen habe", wendet Timo ein.

Er erinnert sich an General Pikës Worte.

Der Hauptfeldwebel winkt ab.

„Nur eine Formalie. Was zählt schon das Wort eines kleinen mazedonischen Ramschverkäufers, dem eine seiner Ziegen abhandengekommen ist. Diese Klingonen können im Suff nicht mal einen richtigen Deutschen von einer Ziege unterscheiden!"

Der Ramschverkäufer.

Er ist also die Verbindung zu Pikë. Auch die zu Andov? Durchdringend prüft Timo die Gesichter seiner Kameraden.

Anscheinend meinen sie es ernst.

Timo hat kurz das Bild des erschossenen Mannes in der rostigen Schubkarre vor Augen.

Klingonen, denkt er, die Spezies aus Star Trek, durch die Sternenflotte nur im Zaum gehalten aufgrund deren überlegener Technik. Genau hier ist sie wieder, diese Art zu denken und zu sprechen, als sei man nicht ganz bei sich selbst. Als müsse man die Welt durch andere, mitleidlosere Augen sehen.

„Ist das Ihr Ernst?", fragt Timo und meint Schwartz' Kommentar. Pat und Patachon nicken und meinen ihr Angebot. Sie sind deutlich unzufrieden mit diesem Deal. Er wurde ihnen sicherlich von Pikë aufgezwungen. Nun müssen sie für ihn die Laufburschen markieren. Aber sie nicken weiter tapfer. Timo deutet zu dem Land Cruiser hinüber.

„Wohin bringt mich der Wagen da?"

„Ist Ihr Ticket zum nächsten Flughafen", murrt der Hauptfeldwebel und ergänzt etwas lauter, „vielleicht schaffen Sie es bis nach Hause, StUffz! Aber ich kann Ihnen eine Knastgarantie geben. Wenn Sie in dieses Auto da einsteigen, dann warten vor Ihrer Haustüre, egal wo das ist – und Sie können sicher sein, dass mich das einen verfickten Scheiß interessiert – die Feldjäger mit der unehrenhaften Entlassung auf Sie. Ich gebe Ihnen den guten Rat, schwingen Sie Ihren verdammten Arsch endlich rüber und sitzen bei uns auf. Wir, Major Rothe und ich, haben uns für Sie beim Lagerkommandanten stark gemacht. Lassen Sie uns jetzt ja nicht hängen."

Schwartz lügt, und Timo sieht es ihm an. Keiner der beiden Deutschen würde auch nur den kleinen Finger für ihn rühren.

„Ist ein bisschen wie bei *Wer wird Millionär*", kommentiert Timo sarkastisch, „ich kann mich kaum entscheiden."

Dem Major platzt der Kragen.

„Ach, scheiß doch auf das Rumgeeiere hier!" StUffz, wenn Sie uns jetzt ficken, verspreche ich Ihnen, dass ich es zu meiner höchstpersönlichen Angelegenheit werden lasse, Sie einzubuchten und verrotten zu lassen bis zum beschissen verfickten Sankt-Nimmerleins-Tag!"

Timo zeigt sich gänzlich unbeeindruckt. Er weiß nicht, was General Pikë zu den Typen gesagt hat, damit sich das Blatt zu seinen Gunsten wendet. Es passt so gar nicht in die Vorstellung der deutschen Kameraden. Nun müssen sie alles an soldatischem Feingefühl aufbieten, um ihn zum Mitkommen zu überreden. Dass es mit ihren Motivierungskünsten nicht weit her ist, weiß Timo nur zu gut, denn er war einer von ihnen. Auf ihn wartet weder die verheißungsvolle Generalamnesie noch ein Orden. Die Bundeswehr ist keine Institution, die Fehler verzeiht, dafür graben ihre bürokratischen Wurzeln zu tief.

Er kann es sich leisten, frech zu sein, denn er hat nichts zu verlieren.

„Major Rothe", zieht er die Worte in die Länge, als habe er einen Idioten vor sich, „nicht einer von Ihnen würde im Ernstfall auch nur einen Cent für mich oder mein Leben geben. Nicht Sie, nicht ihr Handlanger dort am Lenkrad. An euch Typen ist rein gar nichts echt, angefangen bei euren falschen Namen bis hin zu euren falschen Versprechungen. Gäbe es eine Auszeichnung dafür, würdet ihr meinen Kopf sogar als Trophäe in Camp Fox ausstellen lassen, ihr Wichser!"

Noch nie ist der ehemalige Stabsunteroffizier Jäger einem Vorgesetzten mit solch gelassener Unverfrorenheit gegenübergetreten. Seine Gedanken auszusprechen, ist wahnsinnig befriedigend. Er sieht an den stummen Reaktionen der Kameraden, dem Pochen ihrer Schläfen, dem atemlosen, in roten Pusteln anwachsenden Zorn ihrer Gesichter, dass er sich im Recht befindet.

Rothe und Schwartz waren ein letztes Hindernis, eine letzte Prüfung. Timo hat den Bann endgültig gebrochen.

Er ist frei.

Endlich.

Und es tut gut.

Mit einem zufriedenen Seufzer lässt er sich auf den Beifahrersitz neben seine ihm aufreizend zulächelnden Truppführerin fallen. Ihre olivfarbene Haut glänzt leicht in der Sonne, was ihm zuvor wegen ihrer Uniform und der Tarnschminke verborgen geblieben ist. Ihr Lächeln ist aufrichtig; ihre bernsteinfarbenen Augen leuchten.

Timo schnallt sich an.

„Wohin?", fragt seine Fahrerin auf Deutsch.

Er ist nicht überrascht.

„Heim", antwortet er.

Sie schaltet in den zweiten Gang. Die Reifen des Toyotas drehen auf dem Schotter durch. Kiesel spritzen in Richtung Pat und Patachon. Die Frau beherrscht die 125 PS ihres Fahrzeugs.

„Ohrid? Flughafen?", will sie wissen, als sie eine ganze Weile schweigend geradeaus gefahren sind.

„Ist mir eigentlich egal", brabbelt Timo undeutlich.

„Egal?", hakt die Albanerin erstaunt nach.

Er schätzt ihr Alter auf ungefähr Mitte dreißig, „Wieso, egal?" Er kratzt sich im Nacken, um über eine passende Antwort nachzugrübeln. Was soll er schon sagen? Rothe und Schwartz werden dafür sorgen, dass er das Land nicht ungehindert verlässt. In diesen Minuten geht sein Foto vermutlich an alle Grenzeinrichtungen mit dem Hinweis, dass der desertierte Soldat darauf sofort festzunehmen sei. Außerdem hat er kein Geld. Seine Brieftasche wurde ihm nach seinem Tanz durch das Minenfeld abgenommen. Er hat sie von den beiden UÇK-Kämpfern, die ihn aufgegriffen haben, nicht wiederbekommen. Sein Personalausweis, seine Bankkarte und 300 Euro waren darin. Die Preise für einen einfachen Flug, die er heimlich im Internet recherchiert hat, lagen ungefähr dazwischen. Das Geld ist futsch. Selbst wenn er es also bis zum nächsten Flughafen schafft, kann er sich dort weder ausweisen noch sich ein Ticket kaufen. Für ihn ist der Zug abgefahren, der letzte Flug hat abgehoben. Er wird Mazedonien nicht auf legale Weise verlassen können. Ihm ist beinahe schon egal, wo man ihn ablädt, er hat sowieso keine Ahnung, wie es weitergehen soll.

„Ist 'ne verzwickte Geschichte", entgegnet er mit einem fatalistischen Seufzen.

„Ist lange Fahrt", gibt die Frau sanft zurück. Ihr Deutsch ist nicht ganz so geschliffen wie das ihres Vorgesetzten, aber sie hat eine angenehm sonore Stimme. Wie das „r" über ihre bogenförmigen Pfirsichlippen rollt, zieht Timo magisch an. Mit Vornamen heißt die gutaussehende Frau mit dem olivfarbenen Teint Betka. Sie ist in den Dreißigern, hat zwei Kinder und ist verheiratet mit einem anderen hohen UÇK-Offizier, der gerade in Bosnien seinen Dienst verrichtet, oder sonst wo. Genau weiß sie es der Geheimhaltung wegen auch nicht.

Dass sie ihm von sich erzählt, ist ein Beweis des Vertrauens, also schiebt Timo in knappen Zügen sein Leben und das Dilemma, in dem er steckt, ebenfalls nach. Als er zu Ende berichtet hat, bremst Betka plötzlich scharf ab und wendet den Wagen.

„Habe ich Idee", sagt sie ohne jede weitere Erklärung.

Später am Tag passieren sie die Grenze zum Kosovo über einen abenteuerlichen Bergpass. Für ein paar US-Dollar willigt der albanische Grenzposten ein, Timo nie gesehen zu haben.

Gekonnt manövriert die Soldatin den Land Cruiser weiter über steil abfallende, knochentrockene Böden, die nur in Ansätzen eine Spur vorgeben. Für Timo ist der Weg unsichtbar; die karge Bergwelt sieht überall gleich aus. Die holprige Fahrt endet schließlich in einem Dorf, das nicht mehr ist als ein aus vier alten, strohbedeckten Steinhütten bestehender Weiler. Der Wagen hält vor dem dritten Haus. Besucher sind hier selten. Die Eingangstür hält weder Einbrecher noch Mäuse davon ab, sich Zutritt ins Innere zu verschaffen. Sie ist einen guten Fußbreit zu kurz und klappert in den Angeln, wenn der Höhenwind dagegen drückt. Der hat auch die Wände aus getrocknetem Lehm gehörig bearbeitet; tiefe Längsscharten im gelben Putz zeugen von kräftigen Sturmböen. Zwei kleine Fenster gibt es nur auf der Süd- und Westseite. Im Dach fehlen wie bei einem schlechten Haarschnitt ein paar Büschel Stroh. Vor dem Haus sitzt ein altes Männlein auf einem wurmstichigen Holzbänkchen, als hätte es die Ankömmlinge bereits erwartet. Die dunkle Haut des Alten ist so ledrig, dass es kaum eine Stelle darauf gibt, die keine Falten wirft. Als er Betka gewahr wird, furcht sich sein Gesicht dergestalt, dass die Runzeln von der Mitte ausgehend einen engen Strahlenkranz bis zu den Ohren beschreiben wie die Nachmittagssonne, die nicht mehr weiß, wohin sie mit all dem Licht und der Wärme soll. Im Inneren des sonnigen Ziehharmonikagesichts hat der Karies heftig gewütet. Hinter den gekerbten Lippen ragen nur noch vereinzelt ein paar faulige Zahnstumpen hervor, die sich allerdings sofort freudig plappernd auf und ab bewegen, als die UÇK-Kämpferin aussteigt. Sie umarmt den Alten herzlich und tauscht sich mit ihm lebhaft aus. Timo versucht zwischen den beiden eine verwandtschaftliche Ähnlichkeit auszumachen, findet dafür aber keine Anzeichen. Offensichtlich sind sie sehr gute Bekannte und seine Begleiterin vertraut dem hutzeligen Männchen genug, um sich an diesem Ort eine Pause zu gönnen. Der Alte erwidert jede ihrer freundlich gemeinten Gesten mit einer Berührung und scheint Betkas Worte gleichsam in sich aufzusaugen. In der Einöde ist Smalltalk vielleicht der einzige Orgasmus, den er noch erfährt. Der greise Bock fährt sich mit der Zunge mehrmals über die spröden Lippen. Die Frau lässt sich nicht anmerken, ob sie von seiner freizügig zur Schau gestellten Lüsternheit angeekelt ist oder nicht.

Eine Woge der Eifersucht erfasst Timo, doch er bewahrt Stillschweigen, weil er auf Betkas Hilfe angewiesen ist. Er vertraut ihr, wie er Lina einst vertraut hat. Ein Quäntchen Misstrauen bewahrt er sich, denn er weiß, dass der Feind überall lauern kann. Reglos verfolgt er durch die Windschutzscheibe das Geschehen.

Nach einer geraumen Weile stellt Betka ihm den Lustgreis vor. Mit einer gehörigen Portion Abscheu im Leib springt Timo aus dem Toyota. Übertrieben freundlich stürmt er mit ausgestreckter Hand auf den Alten zu. Der Mann zuckt naserümpfend zurück und sieht fragend zu Betka, die ihm gut zureden muss, während sie Timo einen warnenden Blick zuwirft. Zögerlich bekommt er die zerfurchten, schlaff herunterhängenden Fingerspitzen des Männleins hingehalten. Sie fühlen sich an wie schartiges, in Öl getränktes Ziegenleder. „Ist bei Fremden immer misstrauisch, besonders wenn keine Moslems", erklärt die Freischärlerin.

„Wie kann der Alte uns denn helfen?" Das zu fragen kommt ihm ein wenig undankbar vor, doch er hat Angst, das Betkas Antwort darin besteht, dass sie mit dem alten Sack ins Bett steigen müsse, damit Timo seine Freiheit erlangen könne. Sollte dieser unvorstellbare Fall eintreten, würde er das zu verhindern wissen. Die erfahrene Soldatin geht gar nicht auf den Einwurf ihres Beifahrers ein, sondern setzt ein triumphierendes Grinsen auf.

Mit einem kräftigen Hieb auf die knochigen Schultern des Alten ruft sie: „Das ist Luigj Vasa! Bester Rakjamacher auf ganze Balkan und", etwas leiser, „bester Fälscher der Welt!"

Nach dem ersten, ein wenig nach Lakritze schmeckenden Gläschen Balkanschnaps wird Timo in ein Atelier geführt, das so gar nicht in das rustikale Ambiente des Bergdorfes passt. Eine hochmoderne Fotografenausrüstung umfasst eine Hintergrundleinwand, mehrere Reflektoren, Lampen und eine ziemlich teuer aussehende Spiegelreflexkamera auf einem Stativ, die in einer kleinen Kammer herumsteht, als wüsste auch sie nicht recht, wohin sie da geraten ist. Wo der Strom dafür herkommt, will Timo lieber nicht wissen.

Das Passfoto ist schnell gemacht; der Deutsche muss sich nur noch entscheiden, mit welcher Staatsangehörigkeit er in sein Heimatland einreisen möchte. Neben einem albanischen und einem der übrigen Ostblocknationalitäten stehen ihm ein italienischer, französischer, spanischer, amerikanischer und natürlich auch ein deutscher Reisepass zur Auswahl. Da er vage mit dem Aussehen seiner eigenen Papiere vertraut ist, entscheidet er sich zunächst dafür, doch Luigj rät ihm zu einem amerikanischen Dokument, da seiner Erfahrung nach US-Bürger in Deutschland kaum jemals einer Kontrolle unterzogen werden. Es reiche aus, den Zollbehörden ein paar Brocken Englisch hinzuschmeißen, falls sie fragen, und außerdem habe er schon mehrere Dutzende solcher Ausweise angefertigt, und nie seien ihm Klagen gekommen. Schließlich würden sich Negativrezensionen in diesem Geschäft sehr nachteilig auswirken, gibt der alte Fuchs zahnlos grinsend zu bedenken. Er macht sich sogleich ans Werk, lässt aber durchblicken, dass es gut und gerne 24 Stunden dauern könne, bis er mit seiner Arbeit fertig sei. Da sich der Tag langsam dem Ende zuneigt, dürfen Betka und Timo die Nacht in seinem Haus als Gäste verbringen. Der bloße Gedanke daran bereitet dem jungen Deutschen größtes Unbehagen. Neben der

Fälscherwerkstatt gibt es nur einen weiteren Raum, in dem die Küche mit dem offenen Herd und das Schlafzimmer vereint sind. Es gibt nur ein Bett und das Bettzeug ist schon ziemlich lange in Gebrauch. Was Timo jedoch noch mehr beschäftigt, ist die Schuld, in die er sich bei Luigj begibt. Wie soll er ihn bezahlen? Er beschließt, seine Begleiterin direkt zu fragen, wie er den Preis für die Gefälligkeit des Fälschers aufbringen soll. Sie winkt ab und meint, dass er sich darüber keine Sorgen machen müsse. Das sei allein ihre Angelegenheit. Aber als sie Timos leicht angewidertes Gesicht sieht, fügt sie erheitert hinzu, dass der alte Luigj ein Onkel des Generals sei. Deshalb könne er ganz beruhigt sein.

Nach dem Abendessen reden sie noch lange weiter. Timo erfährt, dass auch Betka einige Zeit in Deutschland zugebracht hat. Sie folgte ihrem Ehemann nach Stuttgart, als er ein Studium zum Agrartechniker aufnahm. Nach drei Jahren war das Heimweh so groß geworden, dass sie, gerade 18 Jahre alt und schwanger mit dem ersten Kind, zurück nach Mazedonien zu ihren Eltern zog. Ihr Mann musste erst sein Studium zu Ende bringen.

Jetzt träumt die 34-jährige Betka nur noch davon, mit ihrer ganzen Sippe in einem kleinen Häuschen mit Garten alt zu werden. Sie ist eine gute Erzählerin und zeigt Timo sogar Fotos von ihren Kindern – Zoran und Ibrahim, die bei den Großeltern untergebracht sind. Ermal, ihr Mann, ist ein stattlicher Kerl in Uniform, dessen slawisch-asiatisches Äußeres dem Betrachter humorlos entgegenblickt. Die Familie sieht sich kaum. Keine große Sache, meint Betka dennoch wehmütig. In Mazedonien seien die Menschen es gewohnt, über längere Zeit hinweg voneinander getrennt zu leben. Natürlich sei es auch nicht schön, die eigenen Kinder höchstens einmal im Jahr für ein paar Stunden zu Gesicht zu bekommen, aber sie lebe nun einmal in einem armen Land, da sei das eben so. Nach dem Krieg wollen sie und ihr Mann das Ihrige dazu beitragen, dass sich das Leben in Mazedonien schnell verbessern werde. In Betkas Augen schimmert eine winzige Tränenperle auf.

Sofort wechselt sie das Thema.

Sie finde es einerseits ehrenhaft, was Timo für seine Verlobte und ihr ungeborenes Kind auf sich genommen habe. Es schwingt kein bewundernder Unterton mit. Eher klingt es so, als erwarte sie als Frau einen solchen Beweis der Zusammengehörigkeit geradezu von einem richtigen Mann. Andererseits gibt sie zu bedenken, dass die Strafe für Fahnenflüchtige bei der deutschen Bundeswehr viel leichter zu ertragen sei als die drakonischen Maßnahmen, welche die UÇK für einen Deserteur vorsehe. Sie verrät nicht, wie diese Strafe aussieht, doch der Deutsche kann sich nach den Andeutungen Betkas und des Generals ausmalen, dass ein Gefängnisaufenthalt für Leute wie ihn nur die eine Seite der Medaille wäre. In kleinen, sich für elitär haltenden Zirkeln sind eher Methoden wie Spießrutenlaufen oder Code Red-Mobbing en vogue. Fremde Armeen, fremde Sitten.

Timos Kopf, der sich die letzten Tage in Mathematik nicht sonderlich hervorgetan hat, spult allerdings zu einer völlig anderen Stelle zurück. Zu Betkas Zeit in Stuttgart. Etwas an ihrer Geschichte lässt dem bürgerlich gesetzten Mitteleuropäer keine Ruhe.

„Du hast vorhin gesagt, dass du mit 18 schwanger geworden bist", sinniert er stirnrunzelnd, „und davor warst du drei Jahre in Deutschland. Bei Ermal, deinem Mann. Dann musst du ja …"

„… mit 15 verheiratet gewesen sein. Genau", bestätigt die Albanerin mit einem entwaffnenden Lächeln. „Für albanische Muslima ist nicht ungewöhnlich, früh heiraten. Eher Schande, volljährig, unverheiratet und ohne Kinder. Meine Eltern haben guten Mann ausgesucht. Ermal ist zehn Jahr älter, sorgt aber gut für Familie. Ich liebe meinen Mann viel. Alles gut. In Deutschland war nicht so gut, also mein Mann sagt, dass ich Cousine bin. Weil jung, wollten Leute, dass ich Schule gehe. Bin ich gegangen und habe gelernt Deutsch."

Timo ist erstaunt. Dass es diese Kinderehen gibt, hat er gewusst, auch, dass sie vor einigen Generationen in Deutschland ebenfalls üblich waren. Dennoch kann er kaum glauben, dass aus solchen Verbindungen eine intensive Liebesbeziehung entstehen kann.

„Hast du nie daran gezweifelt, dass dein Mann der Richtige für dich ist, ich meine, das kann man in dem Alter doch gar nicht wissen … wart ihr einander treu, in all der Zeit, die ihr euch nicht gesehen habt?", will er indiskret wissen.

Die Frau zeigt sich nicht minder erstaunt über seine Frage.

„Wallah", stößt sie aus, „habe ich nie Grund gehabt zu zweifeln! Erst kommt Blut, dann Liebe. Sagt mein Papa vor Hochzeit. Und? Hat Recht gehabt! Wir schwören vor Allah. Ermal treu, ich treu. Wen nicht, Allah verlangt an-Nūr."

Sie zieht eine goldene Halskette aus ihrem tarnfarbenen Dekolleté und hält sie hoch. In eine Brillantfassung ist ein österreichischer Golddukat eingelassen, auf dem Kaiser Franz Joseph mit Lorbeerkranz dargestellt ist.

„Ist Erinnerung", sagt sie verschmitzt lächelnd, „dass Ermal liebt mich, und dass Trennung kostet viel Geld."

Es ist die Vehemenz und Leidenschaft, mit der Betka von Liebe spricht, die Timos bisheriges Biedermeierleben als Lügengespinst entlarvt. Er gewinnt den Eindruck, dass seine Weltanschauung rein gar nichts mit der Realität zu tun hat, dass er sein Leben im Dornröschenschlaf zugebracht hat. Viele Menschen haben an ihm gerüttelt, Betka hat ihn aufgeweckt. Ohne Kuss. Dafür mit einer Nachdrücklichkeit, die sich wie eine Ohrfeige anfühlt. Er reibt sich zerstreut die Wange.

Darf er das, was er für Lina empfindet, wirklich Liebe nennen, nach allem, was er gehört hat?

Sein Befreiungsschlag, von dem er angenommen hat, er täte ihn für Lina, ist bei genauerer Betrachtung kein Liebesbeweis, sondern ein mehr oder weniger notwendiges Übel zum Erhalt seiner selbst. Die Flucht aus Camp Fox ist letzten Endes die Flucht vor seinem inneren Soldaten gewesen. Seit seinem Ausflug durch das Minenfeld steht aber nicht nur sein Übersoldat in Frage, sondern die gesamte Existenz des Timo Jäger. Die Person, die bei der Aktion mit dem Schneemobil den Helden spielen durfte, ist passé. Gleich, wie Timos Geschichte endet, er wird nie mehr der Gleiche sein und doch weiterhin der Alte. Was für ein beschissenes Paradox.

Mit Hilfe Betkas und der Handwerkskunst des zerknautschten Luigjs könnte er Tabula rasa machen, reinen Tisch. Er könnte einen völlig neuen Weg einschlagen, ein anderer Mensch werden.

Wenn er wollte.

Timo weiß, dass er das nicht tun wird.

Der Kulturschock, den ihm die verschiedenen Einwohner Mazedoniens, mögen sie Lions oder Rebellen gewesen sein, beigebracht haben, sitzt tief. Vielleicht wird er manches davon nie richtig verwinden, doch nach einer Weile wird Timo Jäger wieder in einen Trott gefunden haben, den man als *typisch deutsch* bezeichnen würde. Bis dahin fehlt nur der richtige Abschluss. Diese eine Sache muss er zu Ende bringen, auch wenn sich das schlecht als Liebe verkaufen lässt. Überhaupt, hat sich nicht auch seine Art zu lieben verändert?

Er liebt Lina. Behauptet jedenfalls sein Herz. Dennoch hat er sich Sabrina geöffnet und all den drallen Hübschheiten, die an einem sonnigen Tag im April in Skopje entlang des Flusses Varda promenierten, als er ihnen auf der Fahrt zum Snowboard hinterherschaute. Und auch ein bisschen schlägt sein Herz für Betka, gesteht er sich ein. Sie ist trotz ihrer 34 Jahre, dem Ehemann und den zwei Kindern eine selbstbewusste und attraktive Kriegerin. Weibliche Eigenschaften, die sich keineswegs ausschließen, sondern die Amazone begehrenswert erscheinen lassen.

Lina steht nicht länger über diesen Frauen, obgleich sie immer ein wichtiger Teil in Timos Leben bleiben wird. Das Kind, ihr gemeinsames Kind, ändert daran nichts. Es löst in ihm noch immer den ungeheuer großen Drang aus, heimzukehren. Das Kind, das es womöglich gar nicht gibt, ist seine Endstation, nicht Lina. Da ist die Neugier zu sehen, ob es ihm selbst ähnlich ist oder Linas untreue, grüne Augen hat. Dass er sich einer Illusion hingibt, mag er sich nicht vorstellen. Er treibt in einem reißenden, unkontrollierbaren Gedankenfluss.

In der Nacht sieht er sein Kind das erste Mal vor sich. Im Traum. Lina kommt darin nicht vor. Seine Intuition sagt ihm, dass Betka die Mutter sei.

Es schwebt nackt in einem Bad aus milchig weißem Licht. Das Köpfchen ist nach links geneigt, seine Lider hält es geschlossen. Die kleinen Arme liegen leicht angewinkelt neben dem winzigen Körper. Es atmet! Von dem unschuldigen Lebewesen geht ein Frieden aus, den nur ein Mensch empfinden kann, dem die Welt kein Beschwernis ist.

Etwas von der Ruhe geht auf Timo über. Während er schläft, spürt er, dass sich um seine Mundwinkel ein Lächeln kräuselt. Er hatte soeben das schönste Kind der Welt erblickt.

Natürlich.

20. bis 21. Mai 2002 – Kosovo, Deutschland

Heimkehr

Luigj hat die ganze Nacht hindurch wie ein Besessener gearbeitet. Über eine riesige, von unten beleuchtete Standlupe gebeugt, fummelte er an Timos Reisedokument mit einem rasiermesserscharfen Skalpell und mehreren Werkzeugen herum, die er eigens für seine Profession entwickelt hat.

Am nächsten Morgen arbeitet er immer noch.

Der Alte erhebt sich nur selten, und wenn, dann nur um sich eine Zigarette anzuzünden oder ein schwarzes Gebräu, das entfernt nach Kaffee riecht, aus einer Kanne zu schlürfen, die verkrustet vom vielen Gebrauch auf der Feuerstelle des Holzofens vor sich hin blubbert.

Timo verbringt den Vormittag und auch die Mittagsstunden auf Luigjs Platz vor der Tür und lässt mich von der Höhensonne wärmen. Das Häuschen ist umgeben von einer zerklüfteten, braunen Karstlandschaft. Es liegt auf gut 2 000 Meter Höhe und fügt sich nahezu perfekt in die schartige Natur ein. Die Aussicht ist majestätisch. Früh am Tag hängen die Wolken noch in den Niederungen fest und umgeben den Berg wie ein schäumender Ozean aus Watte. Als sich die Wogen später teilen, geben sie den Blick frei auf eine große Stadt weit unten im Nordosten. Die bronzene Kuppel einer Moschee spiegelt das Sonnenlicht wider. Im Süden schimmert türkis das Wasser eines Gebirgssees. Ein frischer Windhauch streift ab und zu durch das Bergdorf. Er hat genau die richtige Temperatur, um sich nicht unangenehm kalt auf der Haut anzufühlen.

Das ist es, denkt der junge Mann still für sich, *so lässt es sich im Alter aushalten.* Wenn es im Universum einen versöhnlichen Ort gibt, der annähernd an die

Ruhe des Traumes der vergangenen Nacht heranreicht, dann hat Timo ihn hier gefunden.

Hin und wieder kommt Betka heraus, um nach ihm zu sehen. Sie könnten Freunde sein, und doch wird das in diesem Leben nicht mehr geschehen. Sie setzt sich eine Weile zu Timo auf die Bank. Gesprochen wird nicht; sie sehen gemeinsam in die Tiefe, dorthin, wo sie die Spuren der zivilisierten Menschenspezies nur auf weite Entfernung ertragen müssen. Ein einziges Mal entgleitet der Frau ein Stoßseufzer.

„Schön hier", gibt sie einem der kühlen Windstöße mit auf den Weg, als die Sonne rechts hinter einem dunkelbraunen Überhang verschwinden will. Dann begibt sich Betka wieder ins Haus.

An ihr vorbei tritt der Fälscher ins Freie. Er wedelt mit einem dunkelblauen Einband, auf dem ein Adler mit ausgebreiteten Schwingen und der Schriftzug „United States of America" in Gold eingeprägt sind.

„Mbaruar!", Luigjs euphorisches Krächzen klirrt wild durcheinandergeschüttelt wie der Inhalt eines Beutels rostender Nägel. Mit dem verschmitzten, zahnstummeligen Grinsen wirkt sein Gekrächze durchaus heiter. Er überreicht dem neuen Besitzer das druckfrische Dokument. Es ist auf einen Samuel W. Baggins ausgestellt. Links neben dem persönliche Datenblock lächelt ein Abbild Timo Jägers alias Mr. Baggins den Betrachter an.

Er ist jetzt undercover wie Pat und Patachon, die Bundeswehragenten. Erwartungsvoll schaut ihm das alte Männchen über die Schulter. Seinem Atem hängt eine Alkoholfahne nach, die verrät, dass in der schwarzen Brühe vom Ofen mehr als nur Kaffee war.

Als hätte Timo irgendeine Ahnung davon, wie man die Qualität eines gefälschten Ausweises prüft, klappt er das Schriftstück auseinander. Es sieht für ihn aus wie ein stinknormaler Reisepass. Ein Hologramm ist darauf und die typisch grünlich-roten Wellenmuster und Einkerbungen in der Schutzfolie. Der Geburtstag kommt hin, die Größe auch. Das Foto ist so geschickt eingefügt worden, dass weder Schweißnähte oder Schnittmuster des scharfen Skalpells zu erkennen sind. Er pfeift durch die Zähne, um dem Meister seine Anerkennung auszudrücken.

„Ha", macht der daraufhin und klopft dem Jüngeren kräftig auf die Schulter. Er tippt auf den Namen im Pass und reckt den Daumen in die Höhe.

„Good film, good film, you are a hobbit now!", prustet er los, wobei er Timo am T-Shirt zurück in die Hütte zerrt.

Betka spielt mit den Autoschlüsseln abfahrbereit in der Hand. Neben ihr liegt, auf einer Kleidertruhe mit Eisenbeschlag, die Timo noch gar nicht aufgefallen ist, ein brauner Umschlag. Sie überreicht ihn lächelnd ihrem Mitfahrer. Fragend schaut Timo erst in ihre braunen Augen, dann in das

Kuvert. Ein dünnes Bündel 100-Euro-Scheine steckt darin. Er zählt, im Ganzen, 15 Scheine.

„Müsste für Flug reichen", sagt Betka.

„Das … das kann ich nicht annehmen", stammelt der junge Mann unbeholfen.

Darauf antwortet der alte Fälscher mit seinem faltigsten und zugleich schmierigsten Grinsen auf Albanisch.

Betka übersetzt: „Im Kosovo damit kannst du überall einkaufen. In Deutschland nicht!" Unter tausendfachen Dankesbekundungen verlässt Timo Luigj Vasas Anwesen gemeinsam mit der Frau, die ihn das zweite Mal gerettet hat. Erst vor Mamli, dann davor, erwischt zu werden. Als sie wieder unterwegs sind, sieht er sie lange bewundernd von der Seite an. Sie bemerkt seinen Blick, lässt sich aber nichts anmerken.

Schließlich sagt er: „Danke Betka."

„War Befehl von General", winkt sie ab. „Er meinte, soll ich dich schnell aus Land schaffen. Egal wie, nur schnell. Habe ich gemacht, was mir befohlen."

Ihre braunen Pupillen huschen dabei nur kurz in Timos Richtung. Kleine Grübchen verraten den Anflug eines Lächelns. Sie nickt zufrieden.

Am frühen Vormittag des nächsten Tages betritt Timo in Frankfurt endlich wieder deutschen Boden.

Der Flug gestaltete sich ohne Schwierigkeiten und auch Luigjs Worte bewahrheiteten sich. Kein Zollbeamter nahm von dem US-Passagier Samuel W. Baggins Notiz, der aus dem Kosovo eingereist ist. Entgegen dem Rat seiner albanischen Reiseführerin, die sich von ihm vor der Abflughalle des Jadem Jashari International Airport in Pristina mit einem flüchtigen Wangenkuss verabschiedete, nutzt er das Falschgeld ein weiteres Mal, um sich davon ein Zugticket nach Hause zu kaufen.

Er nimmt sich vor, gleich bei Carolinas Eltern vorbeizuschauen, denn er erwartet, dass ihn die Feldjäger zuallererst bei seinen eigenen Eltern vermuten werden. Jetzt, wo er es schließlich doch geschafft hat, will er sich nicht gleich wieder verhaften lassen. Da er keine Ahnung hat, wie Linas Familie auf ihn reagieren wird, legt er sich passende Worte zurecht, falls sie versuchen ihn abzuwimmeln. Er wird sie erst in Ruhe lassen, wenn er sein Kind gesehen hat. Es muss gar nicht das Baby selbst sein, aber wenigstens ein Ultraschallbild oder etwas Ähnliches.

Während der Zugfahrt schleicht sich einmal mehr der Gedanke ein, das Kind in Linas Bauch könne nicht von ihm sein. Er bemerkt, dass er von Minute zu Minute nervöser wird und fürchterlich zu schwitzen beginnt. Auf einmal fühlt er sich gar nicht mehr gut. Ihm wird übel. Mehrmals stürzt er zur Toilette des Abteils und übergibt sich in das Fallrohrbecken. Durch das Spülloch im Boden rast das Gleisbett unter ihm hinweg; er kann sich kaum auf den Füßen halten. Bei einem zufälligen Blick in den Spiegel sieht Timo jemanden, der ihm nur entfernt bekannt vorkommt. Seine Haut ist aschfahl wie bei der Leiche in der rostigen Schubkarre. Seine müden Augen liegen in schattigen Höhlen. Von Mitreisenden erntet er abfällige Bemerkungen und Blicke; einige suchen sich murrend einen anderen Sitzplatz. Noch vor Mittag ist Timo endlich am lang herbeigesehnten Ziel.

Das ist seine Stadt. Der Ort, an dem er geboren wurde, in die Schule ging und sich in Lina verliebt hat. In ihrem Elternhaus war er das letzte Mal, als sie ihre Verlobung feierten. Er traut sich nicht, das Grundstück zu betreten. Mehrmals schleicht er im weiten Bogen drum herum. Einerseits, um sich zu vergewissern, dass Lina zu Hause ist, andererseits um herauszufinden, ob es nicht von einer Feldjägerstreife oder der Polizei beobachtet wird. In der Siedlung aus Doppelhaushälften fallen Fremde sofort auf, deshalb setzt er sich ein paar Straßenzüge weiter unter das Dach eines Bushäuschens. Er beobachtet die Umgebung. Die Zeit vergeht quälend langsam, aber weder für Linas Anwesenheit noch für die der Staatsgewalt findet Timo Anzeichen. Einem richtigen US-Bürger wären wie im Film mindestens das FBI oder die CIA auf den Fersen gewesen, doch ein deutscher Deserteur wird in der wirklichen Welt nur von seiner eigenen Einbildungskraft verfolgt. Die Polizei kommt schließlich tatsächlich, doch nicht, weil sie nach dem Flüchtigen Ausschau hält, sondern weil sie von aufmerksamen Nachbarn gerufen wurde. Die hatten nämlich bemerkt, dass sich ein Mann mit ungepflegtem Äußeren ziemlich auffällig für ein bestimmtes Haus in ihrer Straße interessiert.

Als der grüne Streifenwagen neben der Haltestelle Rehmenfeld zum Stehen kommt, hätte Timos Schreck kaum größer ausfallen können. Er hat ihn nicht einmal kommen hören. Ein Polizist mit kahlem Schädel fragt aus dem heruntergelassenen Seitenfenster, was der Fremde im abgerissenen Outfit denn in diesem Teil der Stadt zu suchen habe. Das einladende Zentrum, durch das friedlich eingehegt die Aue verläuft und an den weitläufigen Stadtpark anschließt, liegt viel weiter im Westen. Eine Hälfte des Ertappten flüchtet bereits lauthals schreiend über Seitengassen und Zäune. Die andere Hälfte ist erstarrt vor Überraschung und hofft unsichtbar zu sein. Das hat schon bei seiner Gefangennahme durch die UÇK nicht funktioniert und klappt natürlich auch nicht bei dem Beamten, der inzwischen ausgestiegen ist und mit seinem Zeigefinger Timos Papiere fordert. Der erste Schock legt sich, als der Polizist nichts an den Papieren auszusetzen hat, aber Samuel W. Baggins muss an seiner Rolle festhalten. In seinem bestmöglichen Schulenglisch erklärt Timo, dass er heute aus den USA angereist ist, um seine deutsche Freundin zu besuchen. Er habe die genaue Anschrift zwar notiert, unterwegs jedoch den Zettel verloren und sich zudem verlaufen.

Dem Polizisten, dessen Englisch von einem deutlich sächsischen Akzent geprägt ist, kommt Timos Geschichte nicht sehr ausgereift vor. An der Sprache selbst hat er nichts zu bemängeln, vielmehr misstraut er dem Erscheinungsbild des Amis. Nachdem er sich von Timo genau beschreiben ließ, wohin er möchte, beschließt er, den jungen Mann aus Übersee bis vor die gesuchte Haustür zu belgleiten. Sie haben es nicht weit. Sie müssen nur die Straße überqueren und gelangen über einen Fußweg, der zwischen den Gartenparzellen der Doppelhaushälften hindurchführt zu der gewünschten Adresse. Es ist ein Haus wie tausend ähnliche. Erdgeschoss mit Terrasse, der Wohnraum darüber, die Regenrinne immer links entlang der Wand. Uniformes Wohnen für Spießer. Kurzerhand klingelt der Polizist selbst.

Linas Vater öffnet.

Er sieht erst den Streifenbeamten, dann den jungen Mann dahinter. Als er die zweite Person erkennt, verdüstert sich seine Miene schlagartig. Dennoch wartet er brav ab, was ihm der Staatsdiener mitzuteilen hat.

Der glatzköpfige Polizist will wissen, ob der Bewohner dieses Anwesens oder sogar seine eventuell vorhandene Tochter den vorstehenden US-amerikanischen Staatsbürger namens Samuel W. Baggins zu ihrem Bekanntenkreis zähle.

Obwohl Linas Vater anzumerken ist, dass er die Frage am liebsten verneinen würde, bestätigt er die Angaben, versieht sie jedoch mit dem bissigen Hinweis, dass der Ausländer nur ein flüchtiger Bekannter sei. Ein Urlaubsflirt, mehr nicht.

Timo schluckt trocken.

Der Beamte meint, dass das dann ja eine Art Familienangelegenheit sei, aus der er sich herauszuhalten habe, und verabschiedet sich hastig mit einem Griff an die imaginäre Schirmmütze, die er im Auto vergessen hat.

Da er ihn nicht einfach der Staatsgewalt ausgeliefert hat, hofft Timo, dass Linas Vater ihm ein Stück weit gewogen ist. Es ist aber auch genauso gut möglich, dass er nur viel zu überrascht von Timos plötzlichem Auftauchen ist.

Ins Haus bittet er ihn nicht. Er hat kein Interesse daran zu erfahren, was die Maskerade mit dem Amerikaner soll, doch er lässt den Jungen wissen, dass sich sein Verschwinden aus Mazedonien herumgesprochen habe. Nicht in der breiten Öffentlichkeit, die Bundeswehr versucht die Angelegenheit noch klein zu halten. Allerdings wurden die Familien vom Militärischen Abschirmdienst, MAD, einer Sicherheitsüberprüfung unterzogen. Er, seine Frau, Timos Eltern und Lina selbst. So wie es aussehe, habe der Junge sich offensichtlich in arge Schwierigkeiten gebracht.

Ob er denn gar keinen Stolz mehr habe?

Ihr Vater behauptet, das Theater habe dazu geführt, dass seine hochschwangere Tochter der Aufregung wegen ins örtliche Krankenhaus eingeliefert werden musste. Timo solle sich auf keinen Fall einfallen lassen, sie dort zu besuchen. Ihr und dem Baby müsse jetzt viel Ruhe zuteilwerden, damit die Geburtswehen nicht unkontrolliert ausbrächen. Wenn Timo seine Verlobte und ihr Baby am Herzen lägen, werde er doch gefälligst einsehen, dass es das Beste für alle Beteiligten sei, wenn er sich fernhalte.

Kurze Zeit später hat Timo mit dem Bus das Krankenhaus im westlichen Ortsteil Oste erreicht. Er beabsichtigt keineswegs, Lina und ihr Baby irgendeiner Gefahr auszusetzen. Da er keine Ahnung davon hat, maßt er sich nicht an, Linas Wehen und Geburtsschmerzen einzuordnen, um daran abzuschätzen, wie sehr sie leidet. An den Worten ihres Vaters hegt er hingegen starke Zweifel, weil Eltern keine Ärzte sind. Sie wollen ihre Kinder nur beschützen.

Die Empfangsdame im Foyer, die geschäftsmäßig die Patientendaten auf ihrem Bildschirm abruft, findet jedenfalls keinen Hinweis darauf, dass Lina keinen Besuch empfangen dürfe. Sie liegt auf Zimmer 106. Welch Ironie, die Zimmernummer seines Herzens, die ihm schmerzlich die Einsame-Herzen-Party vor sechs Jahren ins Gedächtnis ruft.

Station K-3 der Geburtshilfe- und Perinatalabteilung ist nicht leicht zu finden. Timo folgt rosaroten Hinweispfeilen, die in mehrere Richtungen gleichzeitig zeigen. Die Gänge sehen alle gleich aus, so dass er bald selbst kaum weiß, wo er sich befindet. Fahrigen Schritts läuft er treppauf und treppab, obwohl ihm die Dame am Empfang mitgeteilt hat, dass er nur ein einziges Stockwerk zu bewältigen hat. Er ändert seine Taktik. Mit dem Fahrstuhl erreicht er zwar die richtige Etage, Zimmer scheint es darauf aber keine zu geben. Nur jede Menge Untersuchungs- und Behandlungsräume. Stets hasten pastellfarben gewandete Angestellte vorbei, die zwar etwas Doktorenhaftes an sich haben, aber nie den Anschein erwecken, Zeit für eine Auskunft erübrigen zu können. Er bleibt an einer verglasten Krankenhausoase stehen, hinter der unzählige, farbige Lichter blinken. Ansonsten ist der Platz verwaist. Von der Stationsleitung, die dort angeschrieben steht, ist weit und breit nichts zu sehen. Der junge Mann denkt über die Gelegenheit nach, die Sache auf sich beruhen zu lassen … Lina in Ruhe zu lassen. Unschlüssig, ob er es als übernatürliches Zeichen zu verstehen hat, dass er keinen Hinweis auf ihren Aufenthaltsort finden kann, sticht ihm ein fetter, rosaroter Pfeil ins Auge. Das Symbol weist in die entgegengesetzte Richtung.

In hellblauer Schrift steht darauf: „Station K-3."

Bald steht Timo vor einer verschlossenen Doppeltür. Er rüttelt an den schwarzen, quadratischen Handgriffen. Ein handgeschriebener Zettel, der in einer Klarsichthülle seitlich mit Tesa an der Wand angebracht ist, verkündet, dass nur passieren kann, wer den gelb leuchtenden Knopf der Gegensprechanlage betätigt. Timo hat darauf spekuliert und sich vorgestellt, dass er ganz einfach in Linas Zimmer hineinspazieren könne, und nun hält ihn dieses verdammte Schild auf. Verstohlen drückt er sich vor dem Einlass herum. Er kann sich nicht dazu durchringen, den Sprechknopf zu betätigen.

Hat er überhaupt einen Anspruch drauf, etwas von Lina zu wollen? Er ist keiner ihrer Angehörigen, nur der durchgeknallte Ex-Verlobte, der aus der Armee geflohen ist.

Alte Zweifel überfallen ihn wieder.

Ein Ex ist er, mehr nicht.

Ex-Verlobter, Ex-Soldat. Jemand, der zuerst sein eigenes Leben zum Einsturz bringt, bevor er reumütig wie ein verlauster Köter zwischen seinen eigenen jämmerlichen Trümmerresten herumstreunert und hofft, etwas Fressbares zu finden. Er hat sich ausgezählt wie Mamli, der sich getreu seines tierischen Instinkts an einen heimeligen Ort zurückzieht, an dem ihm erlaubt wird zu verenden. Mit viel Glück erfährt er dort vielleicht noch die Gnade der Zuneigung. Oder Branco Andov erschießt ihn einfach, weil das Monster keinen Zweck mehr erfüllt.

Das ist alles, was auch Timo erwarten darf.

Er will es aber haben, dieses kleine Fünkchen Liebe, und wenn schon nicht von Lina, dann von seinem Kind. Er will, er will, er will. Wenigstens ein feines Lächeln, einen unschuldigen Blick aus riesigen Äuglein, den zarten Druck winziger Finger. Irgendetwas. Er wird sich hier nicht wegbewegen, bevor er nicht etwas davon hat.

Es muss klappen. Auch ohne den Summer zu betätigen. Timo gibt der Tür fünf Minuten Zeit, sich selbstständig zu öffnen; er befiehlt es ihr gleichsam und würde es doch für göttliche Fügung halten, wenn sie ihm den Zutritt gewährt. Fünf Minuten werden zu zehn, dann zu fünfzehn, zwanzig. Er beschwört die Tür, er bettelt sie an.

Um die Perspektive zu verändern, setzt er sich auf einen von drei Klappstühlen, die in Sichtweite des Eingangs aufgestellt sind, und wiederholt von dort die Prozedur. Nichts geschieht. Wenn es etwas zu bedeuten hat, dass sich die Tür nicht öffnen will, dann lautet die unmissverständliche Botschaft gewiss, dass Timo hier nichts zu suchen habe. Das Universum lässt ihn zappeln.

Für den jungen Mann grenzt es an die übliche soldatische Ironie, dass er an jener letzten und entscheidenden Tür scheitern wird. Gott darf sich einem Soldaten gegenüber nicht als gerecht erweisen, selbst dann nicht, wenn er wie Saulus zum Paulus wird. Wen von ihnen, von denen sich ein jeder als Krone der Schöpfung und sein Ebenbild sieht, soll der Allmächtige vorziehen? Soldaten sind Mörder, hat Brecht festgestellt. Ein überirdisches Wesen mit allumfassendem Wissen kann einen solchen Widerspruch nur ertragen, indem es seine Kreaturen in dieselbe Verwirrtheit stürzt, der es selbst ausgesetzt ist. Für Gott ist das mit Leichtigkeit zu ertragen, das menschliche Gehirn schafft das nicht. Vor verschlossener Tür glaubt Timo zu begreifen, dass nur Ironie und Sarkasmus die richtigen Werkzeuge dafür sind, die göttliche Unergründlichkeit zu verarbeiten. Seinem Willen entsprangen Branco Andov und Fazil Pikë. Rolli und Sabrina. Mamli, das Monster, und Betka, die Amazone. Er und Lina. Jede dieser Verbindungen ist von Nahem betrachtet ein schlechter Scherz. Rein gar nichts fügt sich, nichts passt mehr zusammen. Nach seinem inneren Soldaten büßt Timo seinen ohnehin schwachen Glauben ein. Die Welt, wie er sie kennt, ist aus den Fugen geraten. An dieser Stelle wünscht er sich sehnlichst, tot umzufallen, doch es ist ihm nicht vergönnt, die Tragödie auf diese Weise zu beenden. Es liegt nicht in seiner Macht.

Ihn ergreift eine innbrünstige, verzweifelte Wut auf Gott und die Welt. Sie mischt sich unter seine Ohnmacht zu einem Gebräu, das einen Menschen zum Äußersten treiben kann. Er sitzt äußerlich ruhig auf seinem Klappstuhl, innerlich ficht er die Wahl aus zwischen blindwütiger Raserei oder dem niederschmetternden Eingeständnis, dass er vollkommen versagt hat. Der innere Dialog seiner Klappstuhlphilosophie zermürbt ihn, dabei wäre das Ziel so nah, keine zehn Meter wahrscheinlich.

Ironie. Verdammte, verfickte Ironie.

Timo schüttelt resigniert grinsend den Kopf.

Das war's!

Er klopft sich auf die Knie und erhebt sich zum Gehen.

Plötzlich gleitet surrend die Doppeltür auf.

Zwei Pfleger in blauen Kasacks schieben ein leeres Bettgestell heraus. Sie tauschen kleine Bosheiten aus, Sticheleien unter Kollegen, nicht ernst gemeint. Aus der Leichtigkeit, ein Bett von einer Seite auf die andere zu schieben, machen die beiden eine Kunst. Es dauert ewig. Schon wollen sich die Türen wieder schließen. Timo beachtet den Pfleger, der ihn auf die Benutzung der Gegensprechanlage hinweist, gar nicht erst, sondern drückt sich an ihm vorbei durch den engen Restspalt der Tür.

Hektisch sucht er die vielen Einbuchtungen entlang des neonbelichteten Korridors nach der richtigen Zimmernummer ab. 101, 102, 103. Halb rennend spielt er Augenpingpong. 106 liegt auf der linken Seite, etwa in der Mitte des kotzgrün gestrichenen Flurs.

Davor bleibt er mit weichen Knien stehen. Der gut trainierte Sportler ist vor Aufregung ganz außer Atem. Er zittert. Das letzte Mal hat er sich so gefühlt, als er aus der offenen Heckklappe eines CH-53 Transporthubschraubers 1 250 Meter in die Tiefe geschaut hat. Keinen einzigen Fallschirmsprung hat er ausgelassen, doch jetzt würde er gerne kneifen. Zaghaft klopft Timo gegen die klobige, weiße Schiebetüre. Niemand bittet ihn herein, deswegen pocht er dagegen, viel stärker als gewollt. Noch immer keine Reaktion. Er zieht die schwere Tür wie ein Garagentor auf zwei Rollen mit großer Kraftanstrengung auf. Unerwartet löst sich ein Bremsmechanismus in der Führungsschiene über ihm und die Tür rollt wuchtig in die Halterung. Es gibt einen lauten Knall. Seine eigene Ungeschicktheit ärgert ihn.

Aufgeschreckt von dem Lärm, den der junge Mann verursacht hat, tauchen hinter der Wand des Badezimmers, das die Bettstatt der schwangeren Patientinnen verbirgt, zwei verständnislos dreinblickende Frauengesichter auf. Lina ist nicht darunter. Es riecht streng nach Desinfektionsmittel, Essensrückständen und Urin. Mit eingezogenem Kopf hebt Timo entschuldigend die Arme.

In dem Zimmer stehen drei Bettgestelle eng an eng mit den Kopfenden zur Wand. Dazwischen ist gerade genug Platz für einen Beistelltisch mit Klapptablett, Ablagefläche und Schublade darunter. Das Bett in der Mitte ist frei, die daneben sind belegt. Die beiden Frauen sind die Besucherinnen der Schwangeren, die an der Fensterseite liegt. Sie lassen den Störenfried nicht aus den Augen.

Timo zwinkert. Er sieht sich die Personen im Raum genau an, um sich zu vergewissern, welche von ihnen Lina ist. Für ihn sehen die Menschen in einem Krankenhaus alle gleich aus. Die Patienten stecken in lose am Rücken verknoteten Leinenschurzen; Ärzte und Besucher unterscheiden sich unter ihren gewichtig ernsten Mienen nur aufgrund der weißen Laborkittel der Stethoskopträger. So durchdringend Timo die anwesenden Frauen mustert, so feindselig kommen ihre Blicke zurück. Die Patientin am Fenster, die gerade ein übergroßes Baby mit schwarzen Haaren an ihrer offengelegten Brust stillt, verbirgt ihren Unmut nicht. Sie ist eine schon ältere Dame um die vierzig, die den Eindringling mit zu Schlitzen zusammengekniffenen Augen anstarrt. In diesem Krankenzimmer, in dem keine der Patientinnen wirklich krank ist, denkt sie überhaupt nicht daran, ihren prallen Busen vor dem jungen Mann zu verhüllen, der es gewagt hat, sich in ihre Privatsphäre einzumischen, ohne sich dafür angemessen zu erklären. Timo verspürt erneut den wachsenden Drang davonzulaufen. Eingeschüchtert fliegt sein Blick zum letzten Bett.

Dort liegt Lina.

Gott sei Dank!

Er kennt ihren Anblick seit Jahren, doch obgleich er sie ziemlich sicher und sie ihn vielleicht einmal geliebt hat, kommen sie einander in diesem Augenblick fremd vor. Timo ist überrascht, seine Ex-Verlobte im Krankenhausbett ausgelaugt und hohlwangig vorzufinden. Sie sieht aus, als sei sie eben von einem Vampir ausgesaugt worden. Ihren grünen Augen fehlt der Glanz, das blonde Haar ist mindestens um die Hälfte gestutzt. Es wirkt strähnig. Timo hat Lina so oft aufgezogen, sich ihres Stylings wegen stundenlang im Bad zu verbarrikadieren. Jetzt täte ihr ein kleiner Tupfer Farbe auf der Haut nicht schlecht. In dem Monat, den er von zu Hause weg war, ist einiges passiert. Dass die werdende Mutter sich für ihn herausgeputzt hätte, wenn sie seinen Besuch vorhergesehen hätte, stand aber auch nicht zu erwarten. Es dauert eine kleine Unendlichkeit, bis alles Fremde von ihren Gesichtern abfällt und sie wieder etwas Vertrautes darin finden. Beide haben in letzter Zeit einiges durchlitten. Lina hält den Atem an, Timo wirkt ratlos.

Die Dame mit dem Riesenbaby an der Brust lässt den Notfallknopf sinken, den sie sich inzwischen mit der freien Hand geangelt hat.

„Was machst du denn hier?", fragt Lina mit dünner Stimme.

Timo zuckt mit den Schultern.

„Weiß auch nicht so genau."

Sie schweigen und sehen einander an, spüren die Distanz, die sich zwischen ihnen aufgebaut hat. Es fühlt sich an, als trenne beide ein ganzes Zeitalter.

„Irgendetwas hat sich verändert", bemerkt sie, die Stirn in Falten legend, „du hast dich verändert."

Er ist nicht überrascht, dass es ihr aufgefallen ist, aber er will sich ihr auch nicht erklären. Es würde zu lange dauern.

Unvermittelt sagt Lina: „Sie ist noch auf Station. Mir fehlte bisher die Kraft, sie zu mir zu nehmen."

Timo versteht nicht.

„Sie?", fragt er verwirrt.

Lina lächelt matt.

„Sie ist ein Mädchen."

Endlich begreift der junge Mann und lächelt ebenfalls.

„Wann?"

„Sie kam um 12:43 Uhr zur Welt und wiegt 2 795 Gramm."

„Ist das viel?"

„Normal, soviel ich weiß."

„Gut."

„Willst du sie sehen?"

„Wie heißt sie denn?"

„Ich habe ihr noch keinen Namen gegeben. Mir ist nichts Passendes eingefallen."

„Wie ... wie sieht sie denn aus?"

Lina blickt grüblerisch, dann sagt sie, nicht ohne Stolz: „Sie ist sehr hübsch!"

„Dann kommt sie nach ihrer Mutter."

Lina lächelt noch immer. An dieser Stelle setzt wieder das Schweigen ein. Es ist keine peinliche Stille, sondern ein gegenseitiges Beobachten, um aus dem Verhalten des jeweils anderen schlau zu werden. Linas blutleere Lippen werden schmal. Sie durchbricht das Schweigen zuerst, und er meint aus ihrer Miene eine Mischung aus Enttäuschung und Verstehen ablesen zu können.

„Du bleibst nicht hier", das ist keine Frage.

Es ist eine Feststellung.

Timo schüttelt langsam, fast mechanisch den Kopf.

„Mmh", macht Lina und damit ist alles gesagt.

Er macht einen Schritt auf das Bett zu. Unter der Bettdecke, die ihn an sein eigenes Lager im Sanitätscontainer und die Nacht mit Sabrina erinnert, lugt Linas rechte Hand hervor. Er nimmt sie, drückt sie zärtlich und küsst den kühlen, blassen Daumenknöchel.

Dann geht er.

In ihm ist keine Wehmut. Er spürt keine Trauer. Weder, weil er die Chance, Lina zurückzubekommen, nicht genutzt hat noch, weil er seine Tochter nicht gesehen hat. Er weiß jetzt, dass es sein Kind ist. Mehr muss er nicht wissen. Ihn umspült eine Woge der Wärme und Gewissheit. Seine Reise ist zu Ende, das Ergebnis spielt keine Rolle. Er hat trotz Linas ausgemergelter Gestalt erkannt, dass sie gewachsen ist. Innerlich und ohne sein Zutun. Sie wird gut für ihre Tochter sorgen und es gibt nichts, dass er ihnen bieten kann. Sie braucht ihn nicht. Er wusste es just in dem Moment, als Lina „Mmh" sagte. Nicht, dass er sich aus der Verantwortung stehlen will; hätte Lina ihn darum gebeten, er hätte sich für sie und das Kind zerrissen. Doch gleich, wie sehr er sich bemüht hätte, ein guter Vater zu sein, es wäre immer zu wenig gewesen. Auch Lina hat das erkannt und ließ ihn ziehen.

Sie haben ihren Frieden miteinander gemacht.

Mit neuer Leichtigkeit steuert Timo auf den Ausgang des Krankenhauses zu. Er ist viel leichter zu finden als Linas Geburtszimmer. Die Sonne scheint grell durch die riesige Glasfassade des Eingangsbereichs. Fröhliches Vogelgezwitscher dringt laut durch ein halb geöffnetes Fenster. Auf der anderen Seite sind Bäume. Viele Bäume. Ihre Blätter sind von einem satten, unwirklichen Grün. Dem jungen Mann ist nie aufgefallen, dass sich das städtische Krankenhaus inmitten einer herrlichen, waldähnlichen Parkanlage befindet.

Verwundert tritt er ins Freie.

Auf einer schmucken Steinbank sitzt eine Gestalt und winkt zu ihm herüber. Ihm wird erst bewusst, dass sie ihn meint, als ihm gewahr wird, dass niemand sonst anwesend ist. Die Gestalt kommt ihm vertraut vor. Sie ist zierlich schlank und langes blondes Haar umschmeichelt wie Schleierwölkchen ihren ganzen Körper.

Es ist Sabrina.

214

Ehrlich erstaunt winkt Timo zurück. Sein Herz macht einen Satz. Lachend will er ihr um den Hals fallen, doch ihr Gesichtsausdruck hält ihn zurück. Ihr Winken ist keine freudige Begrüßung, sondern gehört zu einem Warnruf. Ihre Lippen formen erschreckte Laute, die er auf die Entfernung nicht verstehen kann. Will sie ihn vor seinen Verfolgern warnen? Polizei? Feldjäger? Er erstarrt in der Bewegung und will sich zur Flucht wenden, da wird er von einem solch entsetzlichen Schlag getroffen, dass er glaubt, eine überdimensionale Keule hätte ihn von oben geradewegs in den Boden gerammt.

Es blitzt.

Wellenbewegungen durchfluten seinen Körper. Eine unwirkliche Hitze ergreift ihn, nimmt ihn auf, katapultiert ihn brutal in die Höhe und schmettert ihn wieder zu Boden. Der Wärmeschwall, der in seine Lunge dringt, raubt ihm den letzten Atem. Er hört das ekelerregende Geräusch morsch knackenden Geästs und reißenden, feuchten Papiers aus seinem Inneren. Etwas da drin geht gerade unwiederbringlich kaputt, er spürt es genau.

Sabrina steht Kopf, dann wird ihm schwarz vor Augen.

Sie haben ihn also doch noch erwischt und kommen ihn holen …

Timo hat noch nie ein solches Grün gesehen.

Er starrt ungläubig auf das saftig grüne Gras rings um ihn, in dessen weichem Schoß er wie in einem Nest liegt. Es ist ein grelles Grün. Ein Grün, das so jungfräulich frisch aussieht, dass man sich am liebsten die Schuhe von den Füßen reißen möchte, um barfuß darin herumzulaufen. Es kommt ihm ungerecht vor, dass er es nicht kann, dass niemand es kann.

Alles hier, die ganze grüne Landschaft, ist von Minen durchseucht.

Andenken an den Krieg.

Frieden kehrt in den jungen Mann ein.

Dieses unglaubliche Grün! Er kann nicht verstehen, warum der Hass sogar auf diesem geheiligten Fleckchen Erde Einzug gehalten hat.

Ein Grünfink zwitschert.

Jedenfalls den Tieren scheint er herzlich egal zu sein – der Krieg, und er, der Mensch.

Die Sonne scheint ihm warm ins Gesicht.

Es ist das erste Mal seit seiner Grundausbildung, dass er das fröhliche Auf und Ab vergnüglich trillernder Tonleitern wieder genießen kann. Als Rekrut waren sie ihm zum nervenzehrenden Gekreische geworden. Der Soundtrack quälender Strapazen endlos langer Fußmärsche im Morgengrauen mit vollem Marschgepäck und Waffe. Das Gebrüll der Ausbilder und der modrig erdige Geruch aus Nässe und Dreck.

Jetzt sind die Erinnerungen daran weit weg.

Die Stimme des Grünfinks ist Musik.

Der junge Mann lächelt.

215

Die Frau, die sich vorsichtig neben ihm auf ihre Knie niederlässt, lächelt ebenfalls.

Sie ist hübsch.

Er hat sie erst vor kurzem im Arm gehalten; nun beugt sie sich über ihn. Eine dünne blonde Strähne fällt ihr dabei neckisch in die Stirn. Sie streicht sie sich mit geschmeidig langen Fingern hinters Ohr.

Es kommt ihm wie ein Traum vor.

Er muss ihr unbedingt sagen, dass sie ihn nicht küssen darf, weil sein Herz an einer anderen hängt oder zumindest an dem Kind, das die andere von ihm erwartet. Er will sie auf Abstand halten und versucht seine Hände zu heben.

Mitfühlend weicht sie etwas zurück und bewegt ihre Lippen, doch er kann nicht verstehen, was sie sagt. Dem jungen Mann schwindelt.

Dass etwas nicht stimmt, bemerkt er erst, als er ihre Hände spürt, die fest auf sein Bein pressen. Er versucht den Kopf zu heben, doch die Frau drückt ihn sanft zurück.

Blut klebt an ihren Händen. Viel Blut.

Plötzlich hat er Angst um sie. Um ihr Leben.

Sein Herz beginnt zu rasen.

Irgendetwas ist mit dem Grün an diesem Ort ganz und gar nicht in Ordnung. Ihn überkommt das überwältigende Gefühl, dass er die hübsche Frau, die ihm so bekannt vorkommt, unbedingt von hier wegbringen muss. Er möchte sie auf seine Arme heben und davontragen, doch er kann sich nicht rühren.

Für ihn als Sportler, als Läufer, ist es eine Tragödie, dass seine Beine nicht so wollen wie sein Kopf. Das ist nicht richtig. Die ganze Sache hätte ganz anders ablaufen sollen. Halb so anstrengend wie ein Marathonlauf. Wenigstens.

Irgendwie hat ihn der Mann mit dem Hammer doch erwischt. Nun liegt Timo flach, bewegungsunfähig. So sehr er sich auch müht, er kommt einfach nicht mehr hoch.

Ihn schwindelt. Nach und nach realisiert er, dass es gar nicht die Frau ist, die blutet.

Es ist sein Blut. Überall.

Er blickt an sich hinunter und sieht pulsierende Fetzen an den Stellen, wo einmal seine Arme und Beine waren.

Da sind keine Schmerzen, also kann das nicht sein Körper mein, der da liegt, denkt er. Blut läuft ihm über die Augen. Es lässt sich nicht wegwischen.

Sabrina. Das ist ihr Name!

Timo sieht sie hilfesuchend an.

Er ist nicht zu Hause. Hat es nie bis dorthin geschafft. Hat weder Betka, noch Pat und Patachon, noch General Pikë kennengelernt. Nur bei dem

Gedanken an sein Kind, das er in Linas Armen zurückgelassen hat, lächelt er noch einmal. Sein letzter Traum war ein gnädiger Traum. Er ist kein Held. Surrende Minenblindgänger sind eine Erfindung aus Hollywood. Die Druckwelle der Explosion muss ihm die Besinnung geraubt haben. Minen sind Herdentiere, besagt eine von vielen Pionierweisheiten. Nicht einmal in einem Rennwagen hätte er es an diesem 17. Mai unbeschadet hindurch geschafft. Wie ein aufgebrochener Uhrenkasten liegt er immer noch in dem Minenfeld, in das ihn die Milizmänner gejagt haben, nur das sich das Räderwerk in seinem Innern nicht mehr reparieren lässt.

Seine Zeit ist um.

Zärtlich nimmt Sabrina Timos Blick auf; in ihrem eigenen stehen dicke Tränen. Plötzlich beginnt sein Herz zu rasen. Immer schneller, in einer Geschwindigkeit, die er in einem Wettkampf nie erreicht hätte. Er läuft, ohne sich zu bewegen. Er wird fortgerissen, möchte anhalten, weil er weiß, dass er das mörderische Tempo nie und nimmer durchhalten kann. Timo fühlt, wie sich seine Augäpfel nach hinten drehen und er kurz vor der Besinnungslosigkeit steht. Nur eine leise nachhallende Stimme befiehlt ihm von weit her, bei Bewusstsein zu bleiben.

Er kennt die Stimme.

Er kann sie nicht leiden.

Fick dich, denkt Timo und schließt die Augen.

19. Mai 2002 Mazedonien

... aus der täglichen Lagemeldung

In ehrlicher Pflichterfüllung und im Dienste für sein Vaterland fiel Stabsunteroffizier Timo Jäger am 17. Mai 2002. Er wurde Opfer eines Minenunfalls in der Nähe der mazedonischen Kreisstadt Teşkoto. Nicht näher bekannt sind die Umstände, unter denen sich der Zeitsoldat, der sich auf einer Erkundungsmission befand, ohne Unterstützung in das als ungesicherte Gefahrenzone bekannte Gebiet begab.

Der Unfall wurde um 17:00 Uhr Ortszeit durch die örtliche Polizeidienststelle zu Protokoll gegeben. Mein ausdrücklicher Dank gilt an dieser Stelle dem Leiter der Dienststelle Teşkoto, Polkovnik Branco Andov, der die notärztliche Erstversorgung am Unfallort koordinierte.

Weiterhin untersage ich und befehle hiermit, den entsprechenden Sektor nicht ohne vorherige EOD-Aufklärung aufzusuchen. Ausdrücklich verweise ich auf das Einhalten der Bereitschaftsstufe 2, die unter anderem ein Verlassen des Lagers nur in Begleitung vorsieht.

Gez. Jaeger, Brigadegeneral und Lagerkommandant

Die in dem Buch vorkommenden Personen und Ereignisse sind frei erfunden. Mögliche Ähnlichkeiten mit noch lebenden oder bereits verstorbenen Personen sind reiner Zufall.
Die im Buch vorherrschende Einstellung zum Thema Bundeswehr kann keinesfalls vereinfacht auf jeden einzelnen Soldaten oder jede einzelne Soldatin übertragen werden, denen es eine Selbstverständlichkeit ist, ihren Dienst für ihr Vaterland beinahe tagtäglich unter Einsatz ihres Lebens weit weg von zu Hause zu verrichten.
Ihnen gelten mein Dank sowie mein vollster Respekt!

Weiterhin möchte ich besonders meinen Testleserinnen Brigitte und Sandra danken, sowie meinem Lektor Jill für die fundierten Anmerkungen zu meiner Geschichte.

Der Autor

218

Ihre Zufriedenheit ist unser Ziel!

Liebe Leser, liebe Leserinnen,

hat Ihnen unser Buch gefallen? Haben Sie Anmerkungen für uns? Kritik? Bitte zögern Sie nicht, uns zu schreiben. Wir werden jede Nachricht persönlich lesen und beantworten.

Schreiben Sie uns: info@ek2-publishing.com

Wussten Sie schon, dass Sie uns dabei unterstützen können, deutsche Militärliteratur sichtbarer zu machen? Bitte nehmen Sie sich einen Moment Zeit und bewerten Sie dieses Buch auf Amazon. Viele positive Rezensionen führen dazu, dass das Buch mehr Menschen angezeigt wird.

Sie können somit mit wenigen Minuten Zeitaufwand unserem kleinen Familienunternehmen einen großen Gefallen tun. Vielen Dank für Ihre Unterstützung!

PS: In seltenen Fällen kommt ein Buch beschädigt beim Kunden an. Bitte zögern Sie in diesem Fall nicht, uns zu kontaktieren. Selbstverständlich ersetzen wir Ihnen das Buch kostenlos.

Verpassen Sie keine Neuerscheinung mehr!

Tragen Sie sich in den Newsletter von *EK-2 Militär* ein, um über aktuelle Angebote und Neuerscheinungen informiert zu werden und an exklusiven Leser-Aktionen teilzunehmen.

https://ek2-publishing.aweb.page/

Als besonderes Dankeschön erhalten Sie **kostenlos** das E-Book »Die Weltenkrieg Saga« von Tom Zola.

Klappentext: Der deutsche UN-Soldat Rick Marten kämpft in dieser rasant geschriebenen Fortsetzung zu H.G. Wells »Krieg der Welten« an vorderster Front gegen die Marsianer, als diese rund 120 Jahre nach ihrer gescheiterten Invasion erneut nach der Erde greifen.

Deutsche Panzertechnik trifft marsianischen Zorn in diesem fesselnden Action-Spektakel!

KFOR – Die Deutschen kommen

Action-Thriller über die Bundeswehr im Kosovo-Krieg von Stefan Köhler

Erleben Sie, wie die Obergefreiten Jörg Körner, Steffen Gaude und ihre Kameraden in ein Land vordringen, das ihnen völlig fremd erscheint und das vom Krieg gezeichnet ist. Sprengfallen, Minen und Heckenschützen sind nur einige der Gefahren, die allerorts lauern. Und so behalten die Männer der KFOR den Finger stets in der Nähe des Abzugs.

Stefan Köhler gelingt es, in seinem autobiografisch angehauchten Roman menschliche Abgründe und Hoffnung, Leid und Glück, tödliche Gefechte und schöne Momente der Kameradschaft gleichermaßen abzubilden. Er beweist einmal mehr sein besonderes Händchen für packende und ehedem gefühlvolle Militärbelletristik.

Eine Veröffentlichung der EK-2 Publishing GmbH

Friedensstraße 12
47228 Duisburg
Registergericht: Duisburg
Handelsregisternummer: HRB 30321
Geschäftsführerin: Monika Münstermann

Website: www.ek2-publishing.com
E-Mail: info@ek2-publishing.com

Titelbild: Kayla Pelgrim
Autor: Stefan Spreng
Lektorat & Buchsatz: Jill Marc Münstermann

2. Auflage, Februar 2023

ISBN Print: 978-3-96403-247-8
ISBN Hardcover: 978-3-96403-248-5

Printed in Poland
by Amazon Fulfillment
Poland Sp. z o.o., Wrocław

47025687R00127